LYDIA JOYCE

Flamme der Leidenschaft

Buch

Es dauerte nur einen kurzen Augenblick, da wusste Charles Crossham, Lord Edgington, dass die hinreißende ungestüme, verarmte Sängerin Maggie King die Hauptrolle seiner Operninszenierung übernehmen musste. Noch nie hatte er eine Frau mit solchem Temperament gesehen. Und auch Maggie ist Charles' verführerischem Charme schutzlos erlegen. Schon bald entbrennt eine ungezügelte Leidenschaft zwischen ihnen. Doch Maggie ahnt nicht, dass Charles eine Wette eingegangen ist, für die er aus dem Straßenmädchen eine Dame der Gesellschaft machen muss. Zudem bedrohen rücksichtslose Schurken aus Maggies dunkler Vergangenheit ihr Glück – und ihr Leben. Nur gemeinsam können sie Londons gerissensten Bösewicht besiegen. Und nur Charles' Liebe kann Maggie von alten Sünden befreien …

Autorin

Lydia Joyce arbeitete zunächst als Ingenieurin, bevor sie in der Schriftstellerei ihre wahre Berufung fand. Gemeinsam mit Ehemann und Sohn lebt Lydia Joyce in den Bergen New Mexicos.

Von Lydia Joyce bereits erschienen:
Rebellin der Nacht (36464)
Maskerade der Herzen (36530)
Nacht des Verführers (36736)

Lydia Joyce

Flamme der Leidenschaft

Roman

Aus dem Amerikanischen
von Eva Malsch

blanvalet

Die amerikanische Originalausgabe erschien 2007 unter
dem Titel »Voices of the Night« bei Signet Eclipse,
an imprint of New American Library, a division
of Penguin Group (USA) Inc., New York.

Verlagsgruppe Random House FSC-DEU-0100
Das für dieses Buch verwendete FSC-zertifizierte Papier
Holmen Book Cream liefert Holmen Paper, Hallstavik, Schweden.

1. Auflage
Deutsche Erstveröffentlichung Dezember 2007
bei Blanvalet, einem Unternehmen der Verlagsgruppe
Random House GmbH, München.

Umschlaggestaltung: HildenDesign, München
Umschlagmotiv: Alan Ayers
Redaktion: Regine Kirtschig
ES · Herstellung: Heidrun Nawrot
Satz: DTP Service Apel, Hannover
Druck und Einband: GGP Media GmbH, Pößneck
Printed in Germany
ISBN: 978-3-442-36787-0

www.blanvalet.de

Zur Erinnerung an Grande und die Menschen in unserem Leben, die wir vielleicht nicht immer mögen, aber die wir trotzdem ein Leben lang lieben.

Prolog

Februar 1860

Schaudernd zog Maggie den verrußten Schal enger um ihre schmalen Schultern, als sie sich hinter Johnnys breiter, kräftiger Gestalt duckte.

Über der Stadt lag dichter Nebel, der sie zu ersticken drohte und die Rauchwolken aus den Schornsteinen hinabdrückte. Beklemmend wirbelte der Rauch unter dem Gewicht des braunen, atemlosen Himmels durch die Straßen. Es war ein schwarzer, ein mörderischer Nebel. In dieser Woche hatten Maggie und die anderen Straßenkinder jeden Morgen, nachdem Johnny sie mit Fußtritten geweckt hatte, Ruß gehustet. An diesem Morgen hatte Moll sogar Blut gespuckt.

Die Dämmerung war ein unerfülltes Versprechen gewesen, ein schwacher Lichtstreifen, ein schmutziges Halbdunkel, das die schwarze Nacht durchdrang, aber wenige Stunden später war es wieder erloschen, weil die Dienstmädchen in der ganzen Stadt die Kohlenfeuer geschürt hatten. Nun ballte sich der Rauch erneut, sank herab, und mit dem Nieselregen rieselten große Schneeflocken aus Ruß auf die Straßen. Wie üblich patrouillierten Streifenpolizisten. Um zehn Uhr schwenkten sie immer noch ihre Bullaugen-Laternen. Paarweise erledigten die Lampenanzünder ihre Arbeit und hinterließen eine Spur aus schwefelgelben Lichtkreisen, die nichts weiter beleuchteten als den Nebel.

Jetzt musste es vier Uhr sein, schätzte Maggie. Das verrieten ihr knurrender Magen und die verfrühte Abenddämmerung, die schon bald in eine unnatürliche Nacht übergehen würde. Johnny stand am Fuß einer Straßenlampe vor dem Brückengeländer und richtete das Licht seiner gestohlenen Laterne in die braune Suppe, wo es verschluckt wurde, wo nichts zurückleuchtete.

Nie zuvor hatte Maggie eine so qualvolle Angst empfunden, denn Johnny wollte einen Mann sterben sehen. Und *sie* sollte dafür sorgen, dass er starb.

Ihr Handgelenk schmerzte vom Gewicht der Pistole. Mit ihrer freien Hand hielt sie den Schal zusammen, um die Waffe zu verbergen, die Johnny vorhin geladen hatte. Die Pistole war neu, das glänzende Metall von Ruß getrübt, und so groß, dass Maggie den Lauf umklammern musste, damit ihre kleinen Finger den Abzug erreichten.

»O ja, dieser Danny ist verdammt gemein«, hatte Johnny verkündet und ihre Furcht genossen. »Alle meine Gehilfen müssen ihre Pflicht tun. Sonst werden sie nicht in meine Truppe aufgenommen. Da gibt's keine Ausnahmen, obwohl du ein Mädchen bist.«

Maggie wollte sich seiner Truppe nicht anschließen. Doch sie hatte keine Wahl. Entweder arbeitete sie für ihn, oder sie wurde seine Rivalin. Und was mit seinen Rivalen geschah, wusste sie. Ein Pistolenschuss auf einer Brücke oder ein Messer in einem Eingang, und ein armes Straßenkind hauchte sein Leben aus, weil es ebenso wenig wie Maggie Blut vergießen mochte. Wäre sie bloß keine Diebin geworden. Dafür eigneten sich nur Jungen. Dann hätte Johnny niemals herausgefunden, wie gut sie mit Türschlössern umgehen konnte. Und sie müsste diesem Mann nicht auflauern, den sie kaum kannte. Aber das war immer noch besser als die Hölle, in der so viele andere Mädchen lebten. Beklommen erinnerte sie sich an Sallys Gesicht, das vor ein paar Tagen zu Brei geschlagen worden war, erst von einem Freier, dann von Johnny. Fast noch schlimmer war die stumme, blicklose Resignation in ihren Augen gewesen.

»Jetzt höre ich was«, zischte Johnny und klappte den Deckel über seine Laterne. Bedrückendes Dunkel umgab die Straßenlampe, unter der sie standen, die Welt war auf einen Lichtkreis reduziert, dessen Durchmesser höchstens Maggies doppelte Armeslänge betrug.

Im Schutz des Schals umfasste sie die Waffe noch fester. Trotz der Finsternis herrschte reges Leben in der Stadt. Viermal hatten sich die Geräusche von Schritten als falscher Alarm entpuppt.

Jemand näherte sich und pfiff eine Melodie, die sie kannte – ihre Lieblingsarie aus einer Oper, deren Premiere vor zwei Tagen stattgefunden hatte. Spielerisch, fast fröhlich durchdrang die gepfiffene Version den Nebel, die Schritte des Interpreten trommelten beschwingt auf das Pflaster.

Nein, das konnte nicht der Mann sein, den sie töten sollte, nicht dieser Mann, der Opernarien pfiff.

Nun trat er ins dumpfe orangegelbe Licht, sie sah einen sorgsam gestutzten Schnurrbart, eine Augenklappe, flachsblondes Haar unter einem Filzhut.

»Jetzt!«, fauchte Johnny, packte ihren Arm und schob sie nach vorn.

Sie hob die Waffe, las die Verblüffung in Dannys Miene, den Triumph in Johnnys Gesicht. Und sie erblickte andere Menschen, die nicht hier waren – verletzt, geschunden, gepeinigt – Sally und Little Thom, Moll und Long Jenny, Fat Billy und Sweet Polly. Plötzlich schwang sie die Pistole herum und drückte ab. Der Knall hallte ohrenbetäubend durch die Nebelwand, die Waffe zuckte in Maggies Hand, und Johnny riss die Augen auf.

In seiner Stirn klaffte ein rundes Loch. Er taumelte nach hinten, prallte gegen das Brückengeländer und stürzte darüber. Mühsam rang sie nach Luft. In ihrem Handgelenk brannte ein heftiger Schmerz, klirrend fiel die Pistole zu Boden. Dann rannte Maggie zur Brüstung und spähte nach unten. Doch der Nebel hatte den kurzen Aufruhr der Wellen bereits verschluckt, als wäre einfach nur ein Stein ins Wasser gefallen. Nicht einmal ein Plätschern war zu hören.

Ein oder zwei Tage später würde einer der halb verhungerten Straßenjungen den Toten mit einem Schleppnetz aus dem Fluss ziehen und den Fund pflichtbewusst der Polizei melden, nachdem er ihm alle Wertsachen abgenommen hatte. Vielleicht würde man die Leiche identifizieren, vielleicht auch nicht. Was immer auch geschehen mochte – Johnnys Gehilfen waren der Gefangenschaft entronnen.

Endlich befreit. Maggie wich vom Geländer zurück, ihr Fuß stieß gegen den Revolver, der über das Kopfsteinpflaster schlitterte.

Als sie die Waffe aufhob, fuhr ein neuer Schmerz durch ihr Handgelenk. Hastig nahm sie die Pistole in die andere Hand und wollte sie ins Wasser schleudern. Doch dann zögerte sie und steckte sie unter den Schal. Ein Schießeisen war wertvoll. So etwas durfte man nicht wegwerfen.

»Vielen Dank, mein Mädchen.«

Verwirrt drehte sie sich um. Danny stand noch an derselben Stelle wie zuvor, als sie die Pistole gehoben hatte. Unter dem Schnurrbart trug er ein Lächeln zur Schau, das so falsch wie sein melodischer Akzent war.

Obwohl Maggie innerlich zitterte, hob sie ihr Kinn und starrte ihn an. »Jetzt sind Sie mir was schuldig, Danny O'Sullivan.«

Das Lächeln, das er so salopp wie einen Hut aufgesetzt hatte, behielt er bei. »Ein tapferes Mädchen könnte ich gebrauchen.«

»Nein, ich will von niemandem *gebraucht* werden. Lassen Sie mich einfach in Ruhe. Mich und meine Freunde. Wir sind auf niemanden angewiesen. Weder auf Johnny noch auf Ihresgleichen.«

»Klingt vernünftig«, meinte er und zuckte mit den Schultern. »Wenn wir quitt sind, gebe ich dir Bescheid.«

»Da Sie mir Ihr Leben verdanken, werden wir niemals quitt sein.«

»Aber Maggie, mein Mädchen ...« Sein unverhülltes blaues Auge funkelte. »In dieser Stadt können Menschenleben gekauft und verkauft werden wie alte Fische oder der Abfall eines Gemüsehändlers.«

Ohne ein weiteres Wort schlenderte er davon. Sekunden später verschwand er im Nebel, und Maggie erschauerte.

1

Vier Jahre später

Charles Crossham, Lord Edgington, eilte die vergoldete Barocktreppe hinauf und nahm immer zwei Stufen auf einmal. Mühsam zwang er sich zu einer ausdruckslosen Miene. Er kochte vor Wut. Verdammt, wie konnte Millie es wagen, aus einer albernen Laune heraus die Pläne zu vereiteln, die er fünf Monate lang geschmiedet hatte? Vielleicht wusste sie nicht, welche Rolle er heimlich bei Lily Barretts Debüt spielte. Trotzdem war ihre Einmischung unerträglich. Während er durch die Galerie schritt, hallte der Marmorboden unter seinen polierten Stiefeln.

Erbost riss er die Tür ihres Wohnzimmers auf und postierte sich mitten auf dem hellen Aubusson-Läufer, der den Teppich vor dem Kamin berührte. Bei seiner stürmischen Ankunft zuckte sie zusammen, dann spähte sie über ihren Roman hinweg und erwiderte seinen eisigen Blick. Sie saß am Fenster, in ihrem zierlichen, mit cremefarbener Seide bezogenen Lieblingssessel. Durch die Spitzengardinen drang winterliches Licht herein.

»Soeben erfuhr ich, was du auf dem Ball der Rushworths getan hast«, begann er ohne Umschweife.

»Was habe ich denn verbrochen?« Ihre grauen Augen weiteten sich, ihre Stimme klang atemlos, und ihre Hand umklammerte das Buch so fest, dass der Einband protestierend knarrte.

Charles knirschte mit den Zähnen. Wie konnte sie eine solche Frage stellen? Ihre geheuchelte Unschuld zerrte an seinen Nerven. Am liebsten hätte er sie gepackt und wenigstens ein *bisschen* Verstand in ihr selbstsüchtiges Spatzenhirn hineingeschüttelt. »Du hast Miss Barrett gedemütigt«, erklärte er stattdessen in ruhigem Ton. Wie er seine Schwester behandeln musste, wusste er, nachdem er seit vier Jahren dem gemeinsamen Haushalt vorstand. »Damit hast du eigenmächtig alle ihre Chancen auf eine erfolgreiche Saison verdorben.«

»Ach, das meinst du ...« Millie entspannte sich und fuhr mit einer anmutigen Hand durch die Luft. »Bedenk doch bitte – Miss Barrett, oder wie immer ihr richtiger Name lauten mag, wuchs unter fragwürdigen Umständen auf, es mangelt ihr an nennenswerten gesellschaftlichen Kontakten. Also passt sie nicht in unsere Kreise. Wenn Colonel Vane auch behauptet, sie sei seine mittellose Verwandte, sind wir doch alle über ihre illegitime Herkunft informiert. Ich tat nichts weiter, als darauf hinzuweisen. Nun müssen wir ihr nicht mehr unter Vorspiegelung falscher Tatsachen begegnen. Du solltest mir dankbar sein. Zweifellos war es unklug, diese Person auf dem fashionabelsten Londoner Ball zu präsentieren. Dadurch wurden wir alle entwürdigt.«

»Miss Barrett geht dich nichts an«, erwiderte Charles sanft, obwohl es ihm schwerfiel, seinen Zorn zu zügeln.

Irritiert kräuselte sie die Lippen. »So ein langweiliges, nervöses kleines Ding. Bisher lebte sie auf dem Land. Und dort gehört sie auch hin. Warum interessiert sie dich? Beinahe gewinne ich den Eindruck, sie wäre *dein* Fauxpas, lieber Bruder. Aber dafür bist du wohl zu jung.« Amüsiert lächelte sie über ihren eigenen Witz.

Sein Fauxpas! Charles unterdrückte einen Fluch. Wie nahe sie der Wahrheit gekommen war, ahnte sie nicht, er fühlte sich fast versucht, sie einzuweihen.

Nein, besser nicht ... Das würde sie erzürnen, und so gern er sie auch ärgerte, wollte er doch kein Risiko eingehen. »Du wirst deinen Fehler korrigieren«, entschied er.

Zwischen ihren Brauen erschien eine steile Falte. »Oder?« Als sie den Kopf schüttelte, wippten ihre braunen Locken.

Wollte sie einen Streit vom Zaun brechen? Charles holte tief Luft. Nach ihrer letzten Dummheit hatte er ihr sogar die Nahrung verweigert, bis sie bereit war, ihr Taschengeld aus dem Nachlass ihrer Großmutter zu nutzen und die Folgen ihres Leichtsinns aus der Welt zu schaffen. Vier Tage lang hatte sie durchgehalten, ehe sie zusammengebrochen war. Dann hatte der Doktor ihr klargemacht, sie würde ihre Gesundheit ernsthaft gefährden, wenn sie sich den Wünschen ihres Bruders weiterhin widersetzte. Nach zusätzlichen, weniger extremen Entbehrungen hatte Millie endlich klein beigegeben.

Solche unerfreulichen Kämpfe wollte Charles nicht wiederholen. »Soll ich mir etwas ausdenken?«, fragte er.

»Lieber nicht.« Ihr Lächeln wirkte etwas gekünstelt.

»Warum stellst du dich immer wieder gegen mich? Das verstehe ich nicht. Solche Konflikte sind mir wirklich unangenehm.«

»Versuch mich nicht zu manipulieren, Millie«, mahnte er ungeduldig, weil er ihre Taktik erkannte. »So tolerant wie unser lieber verstorbener Papa bin ich nicht.«

»Daran musst du mich nicht erinnern«, fauchte sie. Nach einer kurzen Pause änderte sie ihre Strategie erneut. »Warum soll ich mich für Miss Barrett einsetzen? So ein Mädchen wird niemals zu unsereins gehören. Das weißt du.«

Charles runzelte die Stirn. »Offenbar bist du dir völlig sicher.«

»Ja, natürlich, teurer Bruder.« Seufzend verdrehte sie die Augen. »Eine solche Person passt nun einmal nicht zu uns, weil sie …« Sekundenlang suchte sie nach Worten. »Weil sie aus anderem Holz geschnitzt ist, aus schlechterem Holz.«

»Aus minderwertigem, vulgärem Holz?«, ergänzte er. Trotz seines Unmuts amüsierte ihn der Gedanke, wie viel seine Schwester und Lily Barrett gemeinsam hatten.

»Genau. Glaubst du das etwa nicht?«

»Tut mir leid, ich kann deine Meinung nicht teilen.«

Nachdenklich verengte sie ihre grünen Augen, und er fragte sich, ob sie auch nur ahnte, wie leicht sie zu durchschauen war, wenn sie raffinierte Winkelzüge plante. Eine Wette. Darauf würde es hinauslaufen. So wie immer.

»Lieber Charles, ich will nicht mir dir streiten«, sagte sie schließlich. »Ich hasse es, wenn wir miteinander auf Kriegsfuß stehen. Am besten lösen wir das Problem sofort. Du behauptest, jemand wie Lily Barrett könnte unserer Gesellschaftsschicht angehören. Und ich finde, das kann sie nicht. Deshalb wäre es ein Akt der Barmherzigkeit, das arme Ding konsequent zu schneiden. Wenn du mir beweist, dass ich Unrecht habe, werde ich mich höflich bei deiner Miss Barrett entschuldigen und Mama bitten, sie bei einem formellen Debüt zu betreuen – am Hof, auf einem Ball oder sonst wo.« In der Gewissheit, sie hätte ihm einen unwiderstehlichen Köder hingeworfen, strahlte sie über das ganze Gesicht.

In der Tat, ihr Vorschlag war verlockend. Ein solches Arrangement übertraf seine kühnsten Hoffnungen. Auf diese Weise würde er viel mehr erreichen als mit seinen diskreten Aktivitäten hinter den Kulissen. Dafür brauchte er nur eine hübsche, talentierte, in seinen Kreisen unbekannte Schauspielerin. Und er wusste, wo er junge Frauen fand, die sich nach dem Rampenlicht sehnten. Entschlossen nickte er. »Also gut, ich nehme dich beim Wort«, warnte er.

Siegessicher lehnte sie sich in ihrem Sessel zurück. »Von dir würde ich auch gar nichts anderes erwarten, mein lieber Bruder.«

Er wandte sich ab, und sie begann wieder in ihrem Buch zu lesen. Eine Hand am vergoldeten Türknauf, hielt er inne. »Und Millie …«

»Ja, Charles?« Lächelnd blickte sie auf.

»Was ich noch sagen wollte, gestern habe ich von deinen verlorenen Wetten auf dem Ball der Ferrers erfahren und deine Schulden bezahlt. Darüber sprach ich mit unserer Mutter, und sie teilt meine Meinung. Für eine junge Dame schickt es sich nicht, mehr zu verspielen, als ihre Finanzen gestatten. Du erhältst kein Taschengeld, bis du mir die Summe ersetzt und mich für die Schwierigkeiten entschädigt hast, die du mir bereitest.« Mit einer kleinen Pause erweckte er den Anschein, er würde eine Alternative erwägen. »Es sei denn, du begleichst deine Schulden, indem du Miss Barrett unverzüglich um Verzeihung bittest.«

Da erlosch ihr selbstgefälliges Lächeln. Die Lippen zusammengepresst, griff sie hinter sich und packte ein Kissen mit violetter Petit-Point-Stickerei, das sie ihrem Bruder statt einer Antwort an den Kopf warf.

Mühelos fing er es auf und ließ es zu Boden fallen. »Wie ich sehe, missfällt dir mein Angebot.«

Er schloss die Tür hinter sich, und das Echo seiner Schritte hallte erneut in der östlichen Galerie. Aus vergoldeten Rahmen starrten die kalten Gesichter seiner Ahnen auf ihn herab. Die Züge der jüngeren Crosshams zeigten die Spuren dekadenter Sättigung. In ihren Augen glühte der Triumph befriedigter Gelüste. Dieselben Personen waren auf späteren Porträts von Überdruss und den Folgen jahrelanger Ausschweifungen gezeichnet, die Finger von Gicht verunstaltet. Da und dort wirkten verbitterte Mienen ein wenig gemildert, dank des träumerischen Nebels, den Laudanum, Opium oder Absinth erzeugt hatten. Aber sämtliche Blicke schienen sich feindselig in Charles' Rücken zu bohren, denn er bekämpfte alles, was die Familie stets verteidigt hatte, all die Maximen seiner Erziehung. Seine Sorge um Lily Barrett war nur eine seiner zahlreichen Bestrebungen, mit den Familientraditionen zu brechen.

Zumindest diese Aufgabe war leicht zu erfüllen, obwohl

Millie ihm etliche Steine in den Weg gelegt hatte. Er brauchte nur ein gefügiges, hübsches junges Ding mit einer ehrlosen Vergangenheit, ausreichend begabt, um die Tochter eines Squires vom Lande zu mimen. Wo man solche Mädchen fand, wusste jeder Edgington genau.

In der Oper.

Nachdem die Bühnentür mit einem endgültigen Krach ins Schloss gefallen war, betrat Maggie das schmutzige Pflaster der Hintergasse. Sally richtete sich von der Wand auf, an der sie gelehnt hatte.

Mit schmalen Augen spähte Maggie nach beiden Seiten. In der düsteren Gasse ließ sich keine Menschenseele blicken. Die Dämmerung brach schnell herein. Vom Fluss stieg grauer Nebel empor, mischte sich mit dem Ruß, den die Schornsteine herabsandten, und wirbelte um die Füße der beiden Mädchen, als sie davongingen.

»Nun, was hat er gesagt?«, fragte Sally.

»Nichts.« Maggie konnte nicht verhindern, dass ihre Stimme bitter klang. *Hätte ich doch damals auf der Brücke die Gelegenheit genutzt und auch Dannys Gehirn aus seinem verdammten Kopf geblasen.* Zwei Wochen lang hatte er Boten mit der Nachricht, er müsse mit ihr reden, zu ihr geschickt. Das hatte sie ignoriert, denn sie wusste, dass er niemals nur »redete«. Schon gar nicht, seit er alle größeren Londoner Gangs übernommen oder eliminiert hatte. Wenn man früher von Billingsgate nach St. Giles gegangen war, hatte man ein Dutzend verschiedener Gangsterreviere durchquert. Jetzt gab es nur noch ein einziges.

Bisher hatte Maggie den Kopf zwischen die Schultern gezogen und war den bevorzugten Jagdgründen seiner Spießgesellen ausgewichen. Danny O'Sullivan hatte sie auf seine schwarze Liste gesetzt. Das teilte er ihr natürlich nicht mit. Was auch gar nicht nötig war. Als sie ihre Stellung als Sängerin im Mermaid's Dance verlor, weil sie einen einflussreichen Gentleman beleidigt hatte, und kein neues Engagement bekam, wusste sie sofort, wer dahintersteckte. Zweifellos hatte Danny dafür gesorgt, dass sie in Ungnade gefallen war.

Müde strich sie mit dem Handrücken über ihre Lider und seufzte. »Mr Hawkins wollte mich gar nicht sehen. Als ich trotzdem in sein Büro rannte, wandte er sich ab und erklärte, er hätte keinen Platz für eine weitere Varietésängerin. Da versicherte ich ihm, ich würde *alles* machen. Er sagte, ein Mädchen, das gewisse Gentlemen beleidigt, könnte er nicht brauchen.«

»Alles?« Böse Erinnerungen verdunkelten Sallys blaue Augen. »Maggie, du hast noch nie …«

»Erzähl mir bloß nicht, was ich getan habe und was nicht!«, zischte Maggie. Auf dem Weg zur Tottenham Court Road ging sie immer schneller. Hinter sich hörte sie die Schritte ihrer Freundin, die längere Beine hatte und ihr mühelos folgte. »Wir haben kaum noch einen Penny, Sally. Seit Tagen kriege ich keine Noten mehr zum Kopieren. Nan besäuft sich dauernd, statt mit ihrem Marktkarren loszufahren. Und Frankie habe ich die ganze Woche nicht gesehen. Wir sind mit der Miete im Rückstand. Wenn ich nicht bald was verdiene, wird uns die alte Witwe Merrick rauswerfen. Und dann müssen wir *wirklich* tun, was irgendwer verlangt, weil wir keine Wahl haben.«

Sie erreichten die Straße, und Maggie eilte durch das Gedränge der Passanten zur Church Lane. Als ein Schnüffeln erklang, merkte sie, dass Sally weinte. Das versuchte sie zu ignorieren und klammerte sich an ihren Zorn.

»Noch nie musstest du dich verkaufen, Maggie. Deshalb weißt du nicht, wie das ist. Diese Männer, die auf einem liegen und keuchen und prusten …«

Maggie blieb stehen und fuhr so abrupt zu ihrer Freundin herum, dass Sally fast mit ihr zusammenprallte. Zu beiden Seiten strömten Menschenmengen vorbei, aber sie achtete nicht darauf. »Ich verkaufe mich nicht an *alle* Kerle, die zum Haymarket kommen. Nein, ich will *richtige* Geschäfte machen. Mich selber gibt's nur, wenn es sich lohnt.«

»Für mich sollst du nicht …«

»Auch nicht für Moll und den kleinen Jo?«, stieß Maggie hervor. »Verdienen sie es, auf der Straße zu leben, nur wegen deiner Prüderie?«

Jetzt schluchzte Sally immer lauter, helle Tränenspuren durchzogen den Schmutz auf ihren vernarbten Wangen. »Moll und Jo sind Nans Problem. Nicht deins. Maggie, du bist meine beste Freundin. Wenn du dir das antust, würde ich's nicht ertragen…«

Auch Maggie wollte weinen. Doch sie tat es nicht. Wie man Tränen vergoss, wusste sie nicht mehr. »Ich darf sie nicht im Stich lassen«, murmelte sie und nahm Sallys knochige Gestalt ungeschickt in die Arme. »Seit Jahren sind wir zusammen, die beiden gehören genauso zu meiner Familie wie du.«

»Klar, Maggies Truppe«, stimmte Sally leise zu. Ein Träger mit einer Kiste auf dem Rücken fluchte empört, als er sich an ihr vorbeizwängte. Seufzend ließ sie Maggie los, und sie gingen weiter. »Was willst du jetzt tun? Das war das letzte Varieté in der Church-Lane-Gegend. Selbst wenn man die miesen Schmieren mitzählt.«

»Ich stelle mich an einem Theater vor, wo Danny nichts zu sagen hat«, verkündete Maggie entschlossen. »An der Oper. Perle hat von meinen Schwierigkeiten gehört und mir geschrieben, sie würde ein Vorsingen für mich arrangieren. Wart's nur ab, alles wird gut. Sogar noch besser. Überleg doch mal, wie viel Geld wir kriegen, wenn ich Opernsängerin werde!«

Obwohl heitere Zuversicht in diesen Worten mitschwang, gestand sie sich ihre Niederlage ein. Was sie plante, war ein hoffnungsloser letzter Versuch, einen Traum zu verwirklichen, der sich niemals erfüllen würde.

Vor vier Jahren hatte ihre Stimme den Ansprüchen der Opernbühne nicht genügt. Daran würde sich jetzt nichts ändern. Aber sie musste sich wenigstens darum bemühen. Was blieb ihr anderes übrig?

Also würde sie wieder vorsingen und erneut scheitern. Danach wollte sie verschwinden, nach Southampton oder Leeds oder in irgendeiner Stadt, wo ihr befleckter Ruf den Freunden nicht schaden würde.

2

Covent Garden. Die Kontraste dieses Platzes faszinierten Charles immer wieder. Von Ruß geschwärzt, beherbergten die klassischen Häuser – einst die Domizile des verarmten Adels – mittlerweile nur noch bittere Armut. Dazwischen tummelten sich Menschenmassen, durch und durch britisch, so dass die italienisch inspirierten Fassaden fast lächerlich wirkten. An einer Seite ragte die St. Paul's Church mit ihrem strengen, deplatziert römischen Säulenvorbau empor, während sich drei parallele Arkaden durch die Mitte des Platzes erstreckten, erfüllt von Lärm, Chaos und den Abfällen des Gemüse- und Blumenmarktes.

Es gab keinen Grund, hier anzuhalten, denn die Kutsche hätte Charles um die Ecke zur Vorderfront der Royal Italian Opera bringen können. Aber der Tumult des Marktes hatte ihn schon immer magisch angezogen, jetzt mehr denn je, weil er nach dem Tod des Vaters ein so konservatives, bedrückendes Leben führte. Der Baron öffnete den Wagenschlag und sprang auf das Pflaster, ohne das Trittbrett hinabzulassen.

Unter seinen Stiefeln spürte er vergammeltes Verpackungsstroh und feuchte Gemüseabfälle. Etwa fünfzig

Marktbuden reihten sich auf dem offenen Platz aneinander, von Händlern betrieben, die sich keine Standorte in den geschützten Arkaden leisten konnten.

An diesem späten Nachmittag waren die Ladentische bereits halb leer. Doch der Platz wimmelte immer noch von Großhändlern, Gemüse- und Fischverkäufern, Straßenjungen und Blumenfrauen, der ganzen Palette niedriger Gesellschaftsschichten, dem prüfenden Auge eines Amateurwissenschaftlers dargeboten.

Charles ging zur Mitte des Platzes und folgte der Galerie zwischen zwei Arkaden. Um diese Jahreszeit gab es kein frisches Gemüse mit guter Middlesex-Erde an den Wurzeln. Aber man konnte Zwiebeln, Rüben und Kartoffeln kaufen, noch staubig von der Lagerung in den Silos. Für die Tafeln der Reichen wurden Früchte sorgfältig gehütet. Auf manchen Tischen häuften sich die reisemüden Produkte aus wärmeren Klimazonen, mit weißem Frost bedeckt. Billige Treibhausblumen ließen in der kalten Luft die schweren Köpfe hängen, die Blätter und Blüten sorgsam mit Drähten verstärkt, damit sie Wagenfahrten und überheizte Salons eine Zeit lang überleben würden.

Bevor Charles die Floral Hall betrat, einen dumpf schimmernden Bau aus Eisen und Glas, wich er einer Frau aus, die einen Apfelkorb auf dem Kopf trug. In der warmen Halle verkauften distinguierte Händler ihre seltenen, kostbaren Blumen. Vornehme Damen inspizierten das Angebot und gaben Bestellungen für ihre nächsten Dinnerpartys oder Bälle auf. Höflich nickte er der Countess of Rushworth zu, die wie üblich von ihrer blassen, scharfsichtigen

Tochter begleitet wurde. Danach begrüßte er Mrs Algernon Morel, die zweifellos nichts Gutes im Schilde führte. Doch er blieb erst vor seinem Lieblingsstand stehen, um die gewohnte Ansteckblume zu erwerben, eine diskrete und sehr teure Orchidee mit einem unaussprechlichen Namen, an der er Gefallen gefunden hatte. Dann durchquerte er die Halle, erreichte die Straße und wandte sich zur weißen Fassade des renovierten Opernhauses, das neben den verrußten Nachbargebäuden jungfräulich wirkte.

Mit schnellen Schritten stieg er die Eingangsstufen hinauf und betrat das Foyer. Wie vereinbart, wurde er von Mr Larson erwartet, der sich eher lustlos mit Sir Nathaniel Dines und Lord Gifford unterhielt. Charles teilte mit Dines und Gifford ein dilettantisches Interesse an der Kunst. Allerdings hatte eine besonders bissige Dame behauptet, sie würden eher die Sängerinnen als die Opern goutieren.

Charles ging zu den Gentlemen. Nach der Begrüßung führte Mr Larson die Besucher respektvoll in den halbdunklen Zuschauerraum, wo der Lüster nur teilweise brannte. Sie folgten seinem unscheinbaren dienstbaren Geist mit einer kleinen abgeschirmten Laterne zu einer der vorderen Reihen, weit genug von der Bühne entfernt, um einen Blickkontakt mit den Künstlern zu vermeiden, aber so nahe, dass sie alle Ereignisse beobachten konnten.

Nicht zum ersten Mal fragte sich Charles, wie es wäre, eine Vorstellung auf gleicher Höhe mit der Bühne zu genießen, statt aus der Edgington-Loge hinabzuschauen. In einem Plüschsessel zurückgelehnt, saß er zwischen Mr Larson und Dines.

Nur die mittleren Rampenlichter brannten und beleuchteten das Bühnenbild für den ersten Akt von »Oberon«, der Oper, die an diesem Abend aufgeführt werden sollte. Charles betrachtete einen fantastischen, märchenhaften Wald. Dann sah er sich im Zuschauerraum um, wo die kaum erhellten Silhouetten der vielen hundert Sitze nicht leer, sondern erwartungsvoll erschienen. Normalerweise genoss er solche Momente, wenn die Luft von knisternder Spannung erfüllt und die leere Bühne für den Auftritt einer Sängerin bereit war, die vielleicht zur nächsten großen Primadonna avancieren würde, oder eines unbegabten Mädchens mit unvernünftigen Ambitionen. Aber an diesem Tag konzentrierte er sich auf den Plan, die Wette gegen seine Schwester zu gewinnen.

»Gestern bekam ich einen interessanten Brief von Miss Crossham«, erklärte Lord Gifford und beugte sich über Dines hinweg, um mit Charles zu sprechen.

In diesem Augenblick trat eine große, grobknochige Frau auf die Bühne, die einer Wäscherin in mittleren Jahren glich. Charles gönnte ihr nur einen kurzen Blick, da sie sich weder für die Oper noch für seine eigenen Zwecke eignete, und so ignorierte er ihre Darbietung.

»Vermutlich hat sie Ihnen von unserem kleinen Streit erzählt«, murmelte er, ohne seinen Ärger zu verbergen. Millie benahm sich furchtbar indiskret, sie dachte gar nicht daran, ihre Korrespondenz auf Damen zu beschränken, nachdem sie dem Schulzimmer entwachsen war.

»Ja«, bestätigte Gifford, »diese Auseinandersetzung scheint sie zu beunruhigen.«

»Auch mir hat sie geschrieben«, mischte Dines sich ein, »und ich glaube, in etwas schärferem Stil. Offenbar verübelt sie mir meine Aktivitäten in dieser Sache, denn sie behauptet, wenn ich das Mädchen nicht so vehement verteidigt hätte, wäre sie nicht gezwungen worden, Miss Barrett in die Schranken zu weisen. Dann hätte der Streit vermieden werden können.« Er wischte sein Monokel mit einem Taschentuch ab und klemmte es vors Auge. Beim Anblick der Sängerin zuckte er zusammen und befestigte das Einglas wieder an seinem Revers.

Fast unmerklich runzelte Charles die Stirn. Wenn Millies Argument auch an den Haaren herbeigezogen war, musste er ihr in gewisser Weise Recht geben. Dines' Arroganz erregte immer wieder ihr Missfallen. Ganz egal, welchen Standpunkt er vertrat, sie stellte sich aus reinem Eigensinn gegen ihn oder aus Prinzip, wie sie es selbstbewusst nannte. Natürlich wusste er, welche Wirkung er auf sie ausübte, und er hatte die Situation sicher zu seiner eigenen Belustigung ausgenutzt. Unter anderen Umständen hätte sich auch Charles amüsiert. Aber das verhinderte die Erinnerung an die beklagenswerte Lage, in der er Miss Barrett angetroffen hatte.

Dines warf Charles einen Seitenblick zu, als würde er dessen Gedanken lesen. »Wer Miss Barrett ist, wusste ohnehin schon jeder, Edgington. Anfangs war das Täuschungsmanöver ganz unterhaltsam. Aber sie ist so farblos, dass wir ihrer schon lange vor dem Rushworth-Ball müde wurden. Millie hat es uns einfach nur erspart, weiterhin zu schauspielern, was ohnehin niemandem nützen würde.«

»Wieso bemühen Sie sich so um diese junge Frau, Edgington?«, fragte Gifford. »Beinahe könnte der Eindruck entstehen, sie wäre Ihre Hure gewesen. Wollen Sie ihr helfen, einen Einfaltspinsel ins Ehebett zu locken, bevor ihr Zustand offenkundig wird und Sie ihren Balg ernähren müssen?«

Verächtlich schüttelte Charles den Kopf. Gifford konnte Skandale besser heraufbeschwören als verhindern, in all den Jahren, seit Charles ihn kannte, hatte der Mann niemals auch nur einen Funken Mitleid mit irgendjemanden bekundet. Schade, dass Christopher Radcliffe den Rushworth-Ball nicht besucht hatte. Oder Faith Weldon. Die beiden hätten Millie zur Vernunft gebracht. Und sie wussten, dass ein Täuschungsmanöver – mochte es auch noch so leicht zu durchschauen sein – akzeptiert wurde, solange niemand peinliche Fragen stellte. Da Lily Barrett über ein hübsches Gesicht, angenehme Manieren und eine beträchtliche Mitgift verfügte, würde ein jüngerer Sohn aus gutem Haus ihre Vergangenheit sicher vergessen und ihr den Hof machen.

Mr Larson unterbrach den Vortrag der grobknochigen Sängerin. Ungeschickt knickste sie und verließ die Bühne. Als eine andere Frau erschien, klemmte Dines wieder sein Monokel vors Auge und musterte sie. Diesmal nahm er es nicht mehr ab. Die hübsche junge Blondine wies reizvolle Kurven an allen richtigen Stellen auf. Mit derbem Cornwall-Akzent verkündete sie, was sie singen würde, und Charles seufzte leise, während Dines' Mundwinkel zuckten. Der Mann hatte eine Schwäche für unschuldige Landmädchen. Aber Charles zog kultivierte, erfahrene Frauen vor, immer nur für kurzfristige Beziehungen. Für solche Amüsements fand er allerdings jetzt keine Zeit mehr, denn er war mit der Verwaltung seines Erbes beschäftigt. Jedenfalls war *dieses* Mädchen *zu* vulgär, um seinen speziellen Zwecken zu dienen.

Nun begann die vollbusige Blondine ein nichtssagendes populäres Lied zu trällern, und Dines verzog angewidert sein Gesicht. »Wenn Sie das Verhalten Ihrer Schwester so unangenehm finden, alter Junge, warum tun Sie nichts dagegen?«

Charles schnitt eine Grimasse. »Leichter gesagt als getan, wenn es um Millicent geht.«

Als Dines den Kopf schief legte, spiegelten sich die Lampenlichter in seinem Monokel. »Ach, kommen Sie schon, Edgington! Millie ist nur eine Frau. Finden Sie eine kleine Schwäche, und dann üben Sie den richtigen strategischen Druck aus.«

»Und was würden Sie empfehlen?«, fragte Charles kühl. »Mein eigenes Fleisch und Blut würde ich nur ungern quälen.«

»Miss Crossham ist eine leidenschaftliche Spielerin, was ganz London weiß«, erwiderte Dines und hob lässig die Schultern. »Schlagen sie ihr doch eine Wette vor.«

Unwillkürlich lachte Charles. »Zu spät, sie hat mich bereits zu einer Wette herausgefordert.«

»Oh, tatsächlich?« Dines wandte sich zu ihm. Hinter dem Monokelglas, das die Lampenlichter reflektierte, waren seine Augen unsichtbar. »Zu welchen Bedingungen? Und worum geht es, wenn ich fragen darf?«

»Wenn ich ihr beweise, dass eine ordinäre Rinnsteinpflanze in der Gesellschaft akzeptiert werden kann, will Millicent unsere Mutter bitten, Miss Barrett bei einem offiziellen Debüt zu betreuen«, antwortete Charles mir einer gewissen Genugtuung.

»Und Ihr Interesse am Wohl der jungen Frau bleibt geheim«, meinte Dines. »Sehr schlau.«

Gifford schüttelte den Kopf, ob ungläubig oder bewundernd, vermochte Charles nicht festzustellen. »Seit Monaten bettelt Millicent um eine Gesellschaftsdame, nicht wahr? An ihrer Stelle hätte ich mit dem Mädchen gewettet, Sie würden eine Gesellschafterin von niedriger Herkunft in eine verarmte Aristokratin verwandeln, Edgington. Das hätte genügt. Offenbar sind Sie zu ehrgeizig.«

»Selbst wenn Millicent mich auf Knien anfleht«, entgegnete Charles, »engagiere ich niemals eine Gesellschafterin für sie, das weiß sie auch.«

»Und was wird geschehen, wenn Sie die Wette verlieren?«, erkundigte sich Dines.

»Millie hat mir kein entsprechendes Angebot gemacht. Aber ich habe mir ausbedungen, dass sie sich bei Miss Barrett entschuldigen muss.«

Da brach Dines in lautes Gelächter aus. »Für ein Mädchen, das so gern wettet, ist sie ziemlich ungeschickt.«

»Was Sie bereits ausgenutzt haben«, konterte Charles frostig. Die Hälfte der Summe, die Millie auf dem Rushworth-Ball verspielt hatte, war in Dines' Tasche gewandert.

Grinsend zuckte Dines mit den Schultern, ohne die geringste Reue zu zeigen.

»Und nun sind Sie in die Oper gekommen, um eine Rinnsteinpflanze aufzuspüren?«, fragte Gifford.

»Genau«, stimmte Charles zu.

»Wie wär's mit dieser? Immerhin ist sie hübsch genug.« Gifford wies mit seinem Kinn auf die Blondine.

Skeptisch hob Charles die Brauen. »Nein, sie sieht wie ein Milchmädchen aus.«

»Heute können Sie noch andere Künstlerinnen begutachten«, sagte Dines. »Wenn Sie Glück haben, findet sich was Passendes.«

»Nur Millicent glaubt an das Glück.« Charles richtete seine Aufmerksamkeit wieder auf die Bühne. »Während ich eine penible Planung vorziehe.«

Darüber schien sich Dines ungeheuer zu amüsieren. »Genau wie ich, alter Junge, genau wie ich!«

»Nun bin ich bereit«, erklärte Maggie entschlossen. Ihr Magen drehte sich um. Aber das ignorierte sie tapfer.

Natürlich konnte sich ihr Magen nur umdrehen, weil er nicht leer war. Dank ihres Einfallsreichtums hatte sie fast vier Jahre lang keinen Hunger gelitten. Dabei sollte es auch bleiben.

Perle Blanc stand – oder posierte – im Licht der einzigen Gaslampe an der Tür zur Garderobe. Ständig schien sie sich auf einer unsichtbaren Bühne zu bewegen, Maggie überlegte oft, ob ihr das imaginäre Publikum auch folgte, wenn sie allein war. Die Opernsängerin warf ihre flachsblonden Locken in den Nacken und lachte guttural. »*Oui, ma chérie*, selbstverständlich bist du bereit! Mach dir keine Sorgen, wir alle haben so wie du angefangen.« Bei den letzten Worten wechselte ihre Stimme zum Cockney-Slang über, und der französische Akzent verschwand wie ein Morgenmantel, den sie zu Boden fallen ließ. In ihren Augen erschien ein kokettes Funkeln.

Lächelnd nickte Maggie. Sie wusste zu schätzen, dass die Freundin sie aufheitern wollte und ihr genug vertraute, um auf ihre wahre Herkunft hinzuweisen. Aber Perle irrte sich – sie waren nicht vom gleichen Kaliber. Wie Maggie nur zu gut wusste, ließen sich weder ihre Stimme noch ihr Aussehen mit den Qualitäten des kurvenreichen Soprans vergleichen. »Danke«, flüsterte sie nervös, und Perle hob mahnend einen Finger.

»Nur nicht so schüchtern!« Maggie mochte keine großartige Sängerin sein, aber sie war eine ausgezeichnete Schauspielerin.

»Danke«, wiederholte Maggie in entschiedenem Ton.

»Gut. Heute musst du dich wirklich anstrengen. Mr Larson sucht noch einen Sopran für die Hauptrollen.«

»Für die interessiere ich mich gar nicht«, erwiderte Maggie. Je unauffälliger sie auftrat, desto besser, denn desto länger würde es dauern, bis Danny von ihrem neuen Engagement erfuhr und wieder einmal sein Bestes tat, um sie zu verunglimpfen.

Sekundenlang drückte Perles Miene gewisse Zweifel aus. Warum, wusste Maggie. In Mr Larsons Chor gab es genug gute Sängerinnen. Er suchte eine neue Primadonna. Und dafür eignete sie sich wohl kaum.

Nein, beschloss sie energisch, so leicht gebe ich nicht auf.

Auch für sie würden sich Möglichkeiten eröffnen. Die musste sie nur entdecken.

Perle schüttelte den Kopf, als versuchte sie unangenehme Gedanken zu verscheuchen. »Viel Zeit haben wir nicht mehr, *ma petite*. Gib mir deinen Hut. Soll ich dir wirklich kein hübscheres Kleid leihen?«

»O Perle, das wäre sinnlos. Du bist viel größer als ich und üppiger gebaut.« Maggie nahm ihren Hut ab und schwenkte ihn ausdrucksvoll durch die Luft. »Während ich keinerlei Rundungen vorzuweisen habe. In einem deiner Kleider würde ich albern aussehen.«

Seufzend führte Perle ihre Freundin zu den Kulissen. »Warum hast du nichts Eleganteres angezogen? Eins deiner Varietékostüme? Das versteh ich nicht. Dauernd läufst du wie eine alte Krähe herum.«

»Glaub mir, mein Little-Peg-Kostüm würde Mr Larson nicht beeindrucken.«

Nun erreichten sie die kurze Warteschlange der hoffnungsvollen Kandidatinnen. Von neuer Nervosität erfasst, blieb Maggie stehen. Hinter den Frauen sah sie den riesigen, schwach beleuchteten Zuschauerraum in prächtigem Scharlachrot und Weiß schimmern.

Noch nie war Maggie in einem so grandiosen Haus aufgetreten. Jetzt sah es sogar noch imposanter aus als vor der Feuersbrunst, die es im Jahr 1856 zerstört hatte. Vor der Bühne zogen sich die Reihen der Plüschsitze bis nach hinten ins undurchdringliche Dunkel, umrahmt von den reich verzierten Brüstungen der Logen. Der Lüster an der schattigen Decke verbreitete nur trübes Licht. Gegenüber der

Bühne, unterhalb einer gigantischen Krone, lag die königliche Loge mit den scharlachroten Vorhängen.

Würde sich die Stimme einer Sängerin, die auf dieser Bühne stand, in dem kolossalen Raum verlieren?

Doch die düstere, staubige Atmosphäre im Arbeitsbereich der Oper war Maggie so vertraut wie ihre kleine Wohnung, denn hinter der Bühne sah jedes Theater gleich aus. In manchen Häusern gab es hohe Decken und Platz für zahllose Darsteller, in anderen mussten sie sich innerhalb enger Grenzen zurechtfinden. Aber überall herrschte das gleiche Dunkel, wo man ständig über irgendwelche Versatzstücke stolperte. Prospekte und Kulissen hingen an den gleichen Schnüren. Überall roch es nach Fettschminke, Öl und Schweiß.

Als Kind hatte Maggie sich oft zwischen den Kulissen versteckt, stets bereit, für die Künstler, die auftraten und abgingen, kleine Aufgaben zu erledigen und ein paar Pennys zu verdienen. Fasziniert hatte sie der Musik gelauscht und Perle kennen gelernt, die damals – eifrig bestrebt, den Cockney-Akzent abzulegen – in den kleinen Rollen eines Pagen oder einer kecken Zofe aufgetreten war. Nur ein einziges Mal in all den Jahren hatte sie selbst auf der Bühne gestanden. Damals hatte Mr Larson erklärt, was ihr ohnehin bewusst gewesen war – ihre Stimme sei schön und ausdrucksvoll, könne sich aber nicht mit den außergewöhnlichen Organen der Sängerinnen in seiner Royal Italian Opera Company messen.

Verdammt, Danny, dachte sie zum tausendsten Mal in dieser Woche. Was habe ich Ihnen jemals zuleide getan?

Die junge Frau auf der Bühne beendete ihren Vortrag. Nach gedämpften Worten aus dem Zuschauerraum, die Maggie nicht verstand, stolperte die Bewerberin verzweifelt zwischen die Kulissen.

Dann rief der Inspizient Maggies Namen. Perle drückte ihr aufmunternd die Hand, und sie holte tief Atem, bevor sie ins Rampenlicht trat.

Desinteressiert musterte Charles die kleine, in einen Schal gehüllte Gestalt, die über die Bühne ging. Wahrscheinlich ein halbwüchsiger Bühnenarbeiter, der vor der nächsten Darbietung die Rampenlichter justierte …

Doch sie wandte sich zum Zuschauerraum, und der Lichtschein fiel auf ein erstaunlich charaktervolles Gesicht, das man diesem zarten Körper nicht zugetraut hätte.

Nein, das war kein Junge, sondern eine weitere Sängerin, die sich um ein Engagement bemühte. Sie hatte schwarzes Haar, schwarze Augen, eine helle, in der Beleuchtung sogar fahle Haut und ebenmäßige Züge. Bei einer anderen Frau hätten sie hübsch gewirkt. Aber dieses Wort genügte nicht, um den Eindruck zu beschreiben, den Charles gewann. Was ihn verblüffte, war die innere Kraft, die das schmale Gesicht ausstrahlte.

Herausfordernd stand sie da, während ihr Blick blindlings über die Zuschauerreihen schweifte. Durch das Rampenlicht suchte sie ihr Publikum – ein kühnes Unterfangen. Sie trat vor und erhob sich auf die Zehenspitzen. Um zu fliehen oder anzugreifen? Das erriet Charles nicht.

Am Proszenium hielt sie inne. Der schwarze Schal glitt

von ihren Schultern und enthüllte ein schlichtes, braunes Kattunkleid. »Soll ich anfangen?«, rief sie.

Erstaunt vernahm Charles den makellosen Akzent. Das ist gewiss keine Lady, entschied er und neigte sich unwillkürlich vor.

»Ja, natürlich, meine Liebe«, antwortete Mr Larson.

»Wer ist das?«, flüsterte Charles.

Mr Larson inspizierte das Blatt Papier im Schoß seines Sekretärs, der an seiner anderen Seite saß. »Moment mal, Sir – Margaret King. Hier steht, sie habe vor vier Jahren schon einmal vorgesungen. Aber ich erinnere mich nicht an sie. Damals muss sie noch ein Kind gewesen sein. Sie sagt, seither sei sie in diversen Varietés aufgetreten. Perle Blanc bürgt für ihre Integrität.«

Überrascht hob Dines die Brauen, und Charles las die Gedanken des Gentleman. Perle Blanc war der unangefochtene führende Sopran am Covent Garden, so berühmt wie La Grisi und Madame Viardot in ihren Glanzzeiten und so eitel wie alle Primadonnen. Wieso setzte sie sich für eine gewöhnliche, mindestens zehn Jahre jüngere Varietékünstlerin ein?

Das Mädchen starrte in die ungefähre Richtung der Zuhörer und kündigte an: »Nun werde ich die Arie der Odabella aus dem Prolog von ›Attila‹ singen.«

Interessant, dachte Charles. Seit Jahren war »Attila« nicht mehr in London aufgeführt worden, obwohl dieses Werk von Verdi stammte. Und in diesen Tagen betrachtete man alles, was jemand anderer komponiert hatte, nicht einmal als Oper. Noch ungewöhnlicher fand er die Wahl des

Odabella-Parts. Für solche Arien entschieden sich die Sängerinnen nur selten, da sie entweder naiv oder extravagant erscheinen wollten. Zurzeit waren diese beiden Qualitäten besonders beliebt.

Sekundenlang schloss Margaret King die Augen und holte tief Luft, um sich zu konzentrieren. Als sie die Lider wieder hob, zeigte ihr Blick einen intensiven, stechenden Ausdruck. Dann begann sie unvermittelt zu singen. Der erste Ton klang so klar und kraftvoll, dass ein Schauder über Charles' Rücken rann. Mühelos konnte er sich vorstellen, diese junge Frau wäre den Hunnenhorden auf einem Schlachtfeld entgegengetreten, ein Schwert in der Hand, die Stirn kampflustig gerunzelt. Auch jetzt, in der Niederlage, stand sie erhobenen Hauptes vor dem barbarischen König und verachtete die Frauen, die sich hinter ihren Männern verschanzten, statt ihre Häuser und Kinder zu verteidigen. Eine exzellente Schauspielerin. Perfekt …

Genau die Person, die er suchte.

Sie besaß keine bemerkenswerte Stimme. Vor schwierigen Passagen musste sie das Tempo verlangsamen, ihrer Mittellage fehlte es an Durchschlagskraft. Trotzdem pochte Charles' Herz schneller, als sie den unsichtbaren Attila herausfordernd anstarrte. Dieser Vortrag durfte noch nicht verhallen. Automatisch erinnerte er sich an die Antwort des Hunnenkönigs und stand auf. Was er tun musste, um die einzigartige Darbietung zu verlängern, wusste er.

Am Ende der Arie legte Maggie alle ihre Gefühle in die letzten Takte, dann verstummte sie. Erst jetzt merkte sie, dass sie die Hände geballt hatte, einen Arm über dem Kopf erhoben. Zu ihren Füßen lag der schwarze Schal. Sie bückte sich, wollte ihn aufheben. Da durchbrach eine sonore Männerstimme die tiefe Stille.

»Bella è quell'ira, o vergine ...«

Attilas Antwort auf Odabellas Kampfansage ... Offenbar war das kein professioneller Sänger, das stellte sie sofort fest. Aber in seiner Stimme schwangen so bezwingende Emotionen mit, dass Maggie der Atem stockte. Verwirrt und reglos spähte sie in das Dunkel jenseits der Rampenlichter.

Jetzt kam der Sänger näher. Voller Zuversicht bekundete er seine Bewunderung für Odabella und erklärte, er würde ihr eine Gunst erweisen. Maggie zögerte. War das eine besondere Prüfung? Die Augen zusammengekniffen, versuchte sie die Gestalt des Mannes zu erkennen. *»Fammi ridar la spada!«*, erwiderte sie. »Gib mir das Schwert zurück!«

»Nimm meines!« Nun ertönte seine Stimme etwas lauter, und sie sah die Umrisse des Mannes vor dem Proszenium.

Mechanisch begann sie wieder zu singen, unfähig, ihren Blick von »Attila« loszureißen. Sie schwor ihm grausame Rache, drohte, ihn mit der Waffe zu töten, die er ihr gegeben hatte. Da sprang er leichtfüßig auf die Bühne. Kein nebelhafter Schemen mehr, stand er vor ihr, von hellem Licht übergossen, ein Fremder in einem eleganten schwarzen Gehrock, hochgewachsen und kräftig gebaut, die Haut leicht gebräunt, was ihn von echten Londonern unterschied.

Wer ist das?, überlegte sie verstört und fühlte sich in die

Enge getrieben. Wo war Mr Larson? Warum erlaubte er diesem Mann, die Bühne zu betreten?

Ohne sein Stichwort zu verpassen, ging er zu ihr, ein arroganter König Attila, in einer stolzen Haltung, die sicher nicht gespielt war.

Reflexartig hob sie das Kinn, ihr ganzer Körper spannte sich an. Dank ihrer erprobten Willenskraft konnte sie die Stellung halten. Jetzt spielte sie nicht mehr die tapfere Odabella. Wer immer er sein mochte, er war ein einflussreicher Gentleman und sie selbst ein Niemand. Die Aufmerksamkeit, die er ihr schenkte, verhieß nichts Gutes.

Auch Attila zauderte, ehe er die Wirkung beschrieb, die diese furchtlose Kriegerin auf ihn ausübte. Dicht vor ihr hielt er inne. Um zu ihm aufzublicken, musste sie den Kopf in den Nacken legen. Da gestand er ihr sein verwundetes Herz, ergriff ihre Hand und kniete nieder.

Um sich nicht zu befreien, besser gesagt um nicht zu flüchten, musste sie ihre ganze Selbstkontrolle aufbieten. Ihre Sinne, von den Erfahrungen auf der Straße geschärft, ließen alle Alarmglocken läuten. *Das ist nicht richtig, das ist gefährlich!* Trotzdem rührte sie sich nicht. Niemals würde sie einer Schwäche nachgeben. Denn irgendwo im dunklen Zuschauerraum saß Mr Larson, von dem ihre Zukunft abhing. Ihre letzte Chance durfte sie nicht verderben. Eher würde sie *alles* ertragen.

»Vielen Dank für Ihren Vortrag, Miss King!«

Gleichmütig und gelangweilt drang der Ruf aus der Finsternis. Mr Larson. Sie hörte seine Worte. Doch sie konnte ihren Blick nicht von dem Mann abwenden, der vor ihr kniete. Wahrscheinlich hatte der Covent-Garden-Direktor sie gar nicht wiedererkannt. Aber sie erinnerte sich an seine Stimme, nachdem sie in all den Jahren zwischen den Kulissen gestanden hatte, eine weitere unbedeutende Gestalt, eifrig bestrebt, seine Anweisungen zu befolgen.

»In der Tat, Sie sind begabt, Miss«, fuhr er fort, »Sie besitzen superbe schauspielerische Talente. Aber Ihre Stimme klingt zu rau. Und obwohl Sie eine Odabella oder sogar eine Lady Macbeth darstellen könnten, sind Sie einfach zu klein für solche Rollen. Wenn Sie sich ausbilden lassen, werden Sie meinen Ansprüchen vielleicht trotz Ihrer geringen Körpergröße genügen. Vorerst rate ich Ihnen, ans Varieté zurückzukehren. Oder bemühen Sie sich um ein Engagement an einem Theater.«

Der Gentleman, der vor ihr auf den Knien lag, musterte sie so durchdringend, dass sie Mr Larsons Worte kaum registrierte. In ihrem Magen entstand ein flaues Gefühl. Aber die erwartete Übelkeit stellte sich nicht ein. Eigentlich empfand sie fast gar nichts, sie war viel zu verwirrt und benommen.

Johanniskraut, dachte sie vage. Oder Brandy. Im Rampenlicht sah sie die Augenfarbe des Mannes. Nun erhob er sich, und sie musste erneut zu ihm aufschauen.

»Begleiten Sie mich, Miss King. Vielleicht kann ich Ihnen eine Arbeit anbieten, die Ihnen zusagt.« Seine Sprechstimme glich seiner Singstimme, tief und wohlklingend, mit einem heiseren Unterton, der wie eine Warnung in Maggies Ohren dröhnte.

Was habe ich schon zu verlieren?, dachte sie, schluckte

krampfhaft und nickte. Schweigend ließ sie sich in die Kulissen an der linken Bühnenseite führen, weg von den anderen Bewerberinnen, die ihrem Auftritt entgegenfieberten, weg von Perle, die auf die Rückkehr ihrer Freundin wartete.

Im Dunkel hinter der Bühne blieb der Gentleman nicht stehen. Stattdessen führte er Maggie zielstrebig davon. Offenbar kannte er die verborgenen Teile des Operngebäudes ebenso gut wie sie selbst. Sie erreichten den menschenleeren Flur bei den Garderoben, wo eine schwefelgelbe Gaslampe flackerte.

Als er seinen Griff um Maggies Hand lockerte, entzog sie ihm ihre Finger und wich vor ihm zurück. Er lächelte, was sie vermutlich beruhigen sollte, aber ihre Wachsamkeit noch erhöhte. Denn seine Lippen erweckten nicht den Anschein, dass sie oft lächelten. Prüfend betrachtete sie sein restliches Gesicht und erkannte fast erschrocken, wie attraktiv er war. Von den Anzeichen seiner Macht und seines Reichtums beeindruckt, hatte sie bisher nichts anderes festgestellt. Nun sah sie seine klassischen Züge, die ebenmäßigen weißen Zähne, das dichte, pomadisierte hellbraune Haar. Er strahlte eine so intensive Vitalität aus, dass sie sich an seiner Seite müde und verbraucht vorkam, obwohl er mindestens ein halbes Jahrzehnt älter sein musste als sie. Viel zu weltgewandt, um vertrauenswürdig zu wirken, dachte sie. Aalglatt. Wie ein Fisch, der silbrig durch die Wellen huscht, ehe er plötzlich emportaucht und nach dem Insekt über der Wasserfläche schnappt. In diesem Moment fühlte sie sich tatsächlich wie ein wehrloses Insekt.

Aufmerksam inspizierte er ihr Gesicht, ihre zierliche Figur, ihre Haltung. In seinen Augen las sie eine gewisse Anerkennung – und noch etwas anderes, Intimeres, das brennende Röte in ihre Wangen trieb. Instinktiv entfernte sie sich aus seiner Reichweite. Sie misstraute vornehmen, attraktiven Männern. Ersteres entsprach oft nicht der Wahrheit, was sie häufig genug erkannt hatte, und Letzteres … Auch Danny sah gut aus. Sogar Johnny war auf seine Weise hübsch gewesen.

»Ich habe Sie hierher gebracht, weil ich mit Ihnen sprechen will«, erklärte der Gentleman. Anscheinend ahnte er, dass sie das Schweigen nicht brechen würde.

»Reden ist kein Verbrechen«, murmelte sie. Vor lauter Angst fiel sie in ihren St.-Giles-Dialekt zurück. Erschrocken über den Fauxpas, biss sie auf ihre Lippen, und er zuckte zusammen.

»Das habe ich auch gar nicht angedeutet.« Dann verstummte er, musterte sie wieder, und sie wusste nicht, ob sie zurückweichen oder näher zu ihm treten sollte. »Ich muss sagen, Ihre schauspielerischen Fähigkeiten haben mich beeindruckt.«

Um einen kultivierteren Akzent bemüht, räusperte sie sich. »Aber mein Gesang nicht.«

»So schlecht fand ich Ihren Vortrag gar nicht. Allerdings muss ich gestehen – meine Bewunderung gilt nicht Ihrer Singstimme.«

Seine Ehrlichkeit beruhigte sie ein wenig. »Diese Ansicht scheint Mr Larson zu teilen.«

Eine Schulter an die getünchte Wand gelehnt, verschränkte er die Arme vor der Brust. Doch die Lässigkeit, die er demonstrierte, überzeugte sie nicht. Dafür wirkte seine Haltung zu angespannt, seine Miene zu intensiv. »Erinnern Sie sich, was er Ihnen empfohlen hat? Wenn Sie Ihre Ausbildung fortsetzen würden …«

Lachend schüttelte sie den Kopf und unterbrach ihn. »*Fortsetzen*? Ich wurde niemals ausgebildet. Das kann ich mir nicht leisten.«

Entschlossen erwiderte sie seinen forschenden Blick und bekämpfte ihr Unbehagen. Solche vornehmen Gentlemen beachteten ein Mädchen von ihrer Sorte nur, wenn sie nichts Gutes im Schilde führten.

»Nun, das ließe sich ändern«, entgegnete er, als wollte er ihre Gedanken bestätigen.

Ihre Augen verengten sich. Jetzt müsste sie einfach davongehen. Und doch – hatte sie eine Wahl? »Wenn Sie mich ausbilden, was muss ich dafür tun?« So viel Geld konnte eine Frau nur auf dem Rücken verdienen oder mit einer Arbeit, die sie ins Gefängnis, in Abschiebehaft oder an den Galgen bringen würde. Inzwischen hatte sie den Punkt erreicht, wo sie Ersteres akzeptieren würde – gern sogar, wenn sie Dannys Klauen damit zu entrinnen vermochte. Aber Letzteres? So verzweifelt war sie noch nicht. Einmal war sie schon verhaftet worden. Falls man sie erneut festnahm, durfte sie nicht auf Milde hoffen. Und Leeds war ein angenehmeres Schicksal als die Deportation nach Australien.

Erstaunt hob er die Brauen. »O nein, ich würde Sie nicht unterrichten. Ich bin ein Kenner und Förderer. Kein Lehrer.«

Spielte er nur mit ihr? Machte er sich über sie lustig? Offenbar hatte er gar nicht vor, ihr irgendetwas anzubieten. Maggie presste die Lippen zusammen, wandte sich ab und ging zur Bühnentür, die Schultern von Verzweiflung und Enttäuschung verkrampft. Für Spielereien mit gefährlichen Männern hatte sie keine Zeit. Sie musste Geld verdienen. Irgendwie …

In ihrem Nacken spürte sie ein Prickeln – den durchdringenden Blick des Mannes. Dann hörte sie seine Schritte hinter sich.

»Warten Sie!«, verlangte er in autoritärem Ton. Offenbar konnte er sich nicht vorstellen, ein Mädchen wie sie würde seinen Befehl missachten.

Eine Hand auf der Klinke, zögerte sie. Sollte sie versuchen, im Getümmel des Covent-Garden-Markts zu entkommen? Nein, sicher würde er ihr folgen, sogar bis zur Church Lane. Das Kinn hochgereckt, drehte sie sich um. Er strahlte die Selbstsicherheit eines Tory-Lords aus, den undefinierbaren Ernst eines Mannes, der wichtigere Dinge zu bedenken hatte als seine derzeitigen Aktivitäten. Aber sein Gesicht wirkte seltsam jung und offenherzig, beinahe sanft und zufrieden, von einem luxuriösen Leben geprägt. Nicht einmal die kleinsten Straßenjungen, die hinter ihren willigen Brüdern hertapsten, trugen diese jungendlich-frische Aura zu Schau. Plötzlich überlegte sie, ob es eine Jugend gab, die den Reichen vorbehalten blieb.

»Was wollen Sie?«, fragte sie. »Sagen Sie's ohne Umschweife.«

Mit diesen unverblümten Worten schien sie ihn zu amüsieren, denn seine Mundwinkel zuckten. Herausfordernd verschränkte sie die Arme vor der Brust, imitierte absichtlich seine frühere Pose. Unter einer Hand spürte sie ihre heftigen Herzschläge, bestürzt über ihre eigene Kühnheit.

»Also gut«, erwiderte er ungerührt. »Was ich Ihnen vorschlage, ist ganz einfach – allerdings außergewöhnlich. Wenn Sie sich für einen gewissen Zeitraum in meine Obhut begeben, werde ich für Sie sorgen und Sie bezahlen. Ich lasse Sie zur Opernsängerin ausbilden, und man wird Ihnen beibringen, sich wie eine Lady zu benehmen. Als Gegenleistung werden Sie in einer kleinen Komödie mitspielen, die höchstens eine Woche dauern soll, und die Rolle einer Lady übernehmen, so glaubhaft wie möglich.«

»In Ihrer Obhut …«, wiederholte sie argwöhnisch. »Sir, ich werde nichts tun, was mich in Schwierigkeiten bringt.«

»Glauben Sie mir, die kleine Scharade wird niemandem schaden. Sie sollen einfach nur einer meiner kleinen Launen nachgeben, mehr steckt wirklich nicht dahinter.« Bei diesen Worten klang seine Stimme so kühl und sachlich wie zuvor. Beinahe hätte Maggie gelacht, weil er so ernsthaft über seine »kleinen Launen« sprach. Doch sie schaute ihn nur an und wartete auf nähere Erklärungen. Als sie schwieg, zog er ärgerlich die Brauen zusammen. »Wenn Sie's unbedingt wissen müssen – Sie sollen eine Lady spielen, damit ich eine Wette gewinne. Deshalb sollen Sie die bestmögliche Erziehung erhalten.«

Langsam verzogen sich Maggies Lippen zu einem Lächeln. Ob sie ihm glauben sollte, wusste sie nicht. Aber wenn er etwas Böses im Schilde führte, warum war er dann zu ihr gekommen? Auf dem Haymarket wanderten viele naive Landpomeranzen herum, die arglos in Kutschen steigen und für immer verschwinden würden, ohne dass es irgendjemand merkte. Sie konnte sich auch nicht vorstellen, dass dieser Gentleman von ihren weniger legalen Talenten erfahren hatte, die sie schon seit Jahren nicht mehr nutzte. Selbst wenn er nicht die ganze Wahrheit sagte – er hatte ihr wohl kaum etwas Wichtiges verschwiegen.

»Wie heißen Sie?«, fragte sie, um seine Aufrichtigkeit zu prüfen. »Mit Fremden mache ich keine Geschäfte.«

Sekundenlang zuckten seine Kinnmuskeln. Dann entspannte er sich. »Lord Edgington«, erwiderte er mit einer kleinen Verbeugung. Nach Maggies Ansicht galt diese höfliche Geste nur der künftigen Partnerschaft. Vor einem Mädchen von ihrer Sorte würde er sich niemals verneigen.

Lord Edgington – diesen Namen kannte sie in Verbindung mit der Oper. Soviel sie wusste, saß er sehr oft in seiner Loge, und die Ereignisse hinter den Kulissen interessierten ihn ebenso wie die Spielpläne und natürlich gewisse Sängerinnen. Vielleicht nicht *ganz* vertrauenswürdig, dachte sie. Ein Mann von seinem Stand dürfte nicht an ein Mädchen wie mich herantreten, aus welchen Gründen auch immer. Aber er war wohl kaum gefährlich. »Und die Bedingungen, Sir?«

»Ihr Engagement wird mindestens einen Monat und höchstens drei dauern. In dieser Zeit werden Sie ein kleines Haus in Chelsea bewohnen. Ich sorge für Ihre Lebenshaltungskosten, Dienstboten und tägliche Unterrichtsstunden. Außerdem bekommen Sie ein Gehalt von einem Pfund pro Woche.«

Maggie umfasste die Türklinke etwas fester. Pro Woche ein Pfund – damit konnte sie ihre Miete bezahlen und sogar eine kleine Summe sparen. Wenn sie doppelt so viel verlangte, wäre sie noch besser dran. Würde er zustimmen? »Zwei Pfund pro Woche. Kein Penny weniger.« Beinahe zitterte ihre Stimme.

Seine Miene verdüsterte sich, und sie glaubte, er würde das Ansinnen ablehnen. Aber dann nickte er. »Normalerweise verhandle ich nicht mit Leuten, die ich in meine Dienste nehme. Aber um des lieben Friedens willen bin ich zu einem Kompromiss bereit. Zwei Pfund pro Woche, wenn Sie mich sofort begleiten.«

»Zuerst muss ich in meine Wohnung gehen, Mylord«, protestierte Maggie, »und meinen Freunden Bescheid geben.«

»Draußen wartet meine Kutsche, ich fahre Sie hin.« Als er in dem schmalen Korridor an ihr vorbeiging, stieg ihr der Geruch von Eau de Cologne und teurem Zigarrenrauch in die Nase. Sofort beschleunigte sich ihr Puls. Solche edlen Düfte erinnerten sie an einstige Gefahren – ihre flinke Hand, die in unbewachte Taschen griff. Adrenalin und Angst bildeten eine vertraute, schwindelerregende Mischung.

Plötzlich juckte es in ihren Fingern, die sie hastig ineinanderschlang. Diesen Kitzel brauche ich nicht mehr, sagte sie sich. In ihrer Fantasie tauchten Bilder von Newgate auf, von Johnnys Leiche, die über das Brückengeländer fiel. *Damit habe ich nichts mehr zu tun.*

»Nach Ihnen.« Seine Lordschaft hielt ihr die Bühnentür auf, ohne ihre Nervosität zu bemerken.

Mit gestrafften Schultern trat sie ins Freie – in ein neues Kapitel ihres Lebens, was immer es bringen mochte.

Eine Zukunft, entschied sie, während ihre Stiefel auf den schmutzigen Pflastersteinen knirschten. *Sicherheit.* Und das Einzige, was zählte: *Geld. So viel Geld, wie ich noch nie im Leben besaß.*

3

Charles beobachtete die junge Frau, die ihm in der Kutsche gegenübersaß. Ihren Schal hatte sie auf der Bühne liegen lassen, und sie trug keinen Hut. Aber der Schatten im Wagen verbarg sie. Deshalb entstand der Eindruck, sie wäre völlig vermummt, und er sah nur ein schemenhaftes helles Gesicht, von dunklen Augen beherrscht, die unverhohlenen Argwohn ausdrückten. Ihre spürbare innere Anspannung erinnerte ihn nicht an einen verängstigten Hasen, eher an ein flinkes, kleines Raubtier, vielleicht ein Wildkätzchen oder einen geschmeidigen Nerz.

Beging er einen Fehler? Konnte Miss King ihr rastloses, ungezügeltes Temperament ablegen und eine Lady mimen? Als sie auf der Bühne gestanden hatte, war sie scheinbar zu allem fähig gewesen. Aber jetzt fragte er sich, ob es ihr gelingen würde, ihre Nervosität wenigstens für zwei Minuten zu bezähmen, geschweige denn jene vornehme Klasse zu bekunden, die jungen Damen wie seiner Schwester angeboren war. Warum fand er das Mädchen trotz dieser eklatanten Mängel so interessant? Normalerweise genoss er die Gesellschaft kultivierter Frauen und gab sich nicht mit ungebildeten Gassenmädchen ab.

Unverwandt starrte sie ihn an. Das irritierte ihn, und so wandte er sich zum Fenster, um die heruntergekommenen Häuser zu betrachten, an denen sie vorbeifuhren. Allmählich rückte die Teestunde näher. Über dem verschmutzten Stadtteil sank die Sonne herab. Bald würden die Laternenanzünder ans Werk gehen, Putzfrauen und Arbeiter heimkehren. Straßenhändler würden sie bedrängen und ihnen alles Mögliche verkaufen wollen, von einem warmen Abendessen bis zu kleinen Kohlensäcken. Hier waren die Gassen kaum breit genug, um der herrschaftlichen Kutsche Platz zu bieten. Mehrmals gerieten die Räder in Rinnsteine mit überquellenden Abwässern. Charles roch den unangenehmen Gestank, trotz der fest geschlossenen Fenster.

Schließlich hielt der Wagen vor einem Laden, der genauso schäbig aussah wie die benachbarten Geschäfte. Auf einem schmutzigen Pappschild in der Auslage stand »Merrick, Altkleider«, es war die Adresse, die Miss King genannt hatte. Charles wandte sich zu ihr. Aber sie starrte ihn immer noch wortlos an.

»Ich komme mit Ihnen«, entschied er, weil er ihr misstraute. Womöglich würde sie in einem Laden oder im Gewirr der Hintergärten verschwinden, bevor die Partnerschaft richtig begonnen hatte. Aus unerklärlichen Gründen fand er es wichtig, dass *sie* den Auftrag erfüllte. Nur sie, keine andere.

Obwohl er sie kaum kannte, glaubte er, besondere Qualitäten in ihr zu entdecken – etwas, das ihm besonders kostbar erschien, weil er es für eine Rarität hielt. Mit jeder Sekunde wuchs sein Interesse an diesem eigenartigen Mädchen, er redete sich vergeblich ein, seine Faszination sei rein wissenschaftlicher Natur.

»Ich brauche Sie nicht«, erwiderte sie unhöflich und berührte den Türgriff.

Blitzschnell umfasste Charles ihre kleine, schmale Hand, und sie zuckte zusammen. Aber sie riss sich nicht los. Er öffnete den Wagenschlag und klappte das schmiedeeiserne Trittbrett nach unten, stieg aus und zog Miss King mit sich. Nun blieb ihr nichts anderes übrig, als ihm zu folgen oder Widerstand zu leisten. Resignierend kletterte sie hinter ihm aus der Kutsche, und er spürte, wie ihre dünnen Finger bebten.

»Ich möchte Sie begleiten«, erklärte er schlicht, um einen etwaigen Streit zu beenden, bevor er anfing.

Forschend schaute sie ihn an. Versuchte sie, seine Gedanken zu lesen? Dann zuckte sie mit den Schultern und entzog ihm ihre Hand. »Also gut. Was kann's schon schaden?« Jetzt kam ihr Cockney-Akzent zum Vorschein. Den musste man ihr austreiben.

Charles folgte ihr zu einem Eingang neben dem Laden. Inzwischen hatten sich mehrere Leute um die Kutsche versammelt, die wie ein großer, schwarzer Fremdkörper mitten auf der Straße stand. Einige schoben sich daran vorbei, andere blieben stehen, um den eleganten Gentleman und das Mädchen zu beobachten, als würden die beiden in einem Kasperletheater auftreten.

»Ah, Maggie hat sich einen feinen Pinkel angelacht!«, hörte Charles eine Frau rufen.

»Klar, der ist was Besseres«, meinte ein Mann.

Während immer mehr Zuschauer herbeieilten, erklangen solche und ähnliche Kommentare. In den Fenstern an beiden Straßenseiten erschienen gaffende Gesichter. Charles fühlte sich einer Welt ausgeliefert, in die er nicht gehörte. Für ihn war das eine völlig neue Erfahrung, die ihm missfiel.

»Vielleicht sollte Ihr Kutscher weiterfahren, Sir«, schlug die junge Frau – Maggie – leise vor. Dann wandte sie sich zu der sensationslüsternen Schar und verlangte in breitem Dialekt: »Lasst uns bloß in Ruhe, ja? Mit diesem Gent habe ich rein geschäftlich zu tun.«

Zu Charles' Verblüffung schlurften die Leute gehorsam davon, ein paar murmelten sogar Entschuldigungen.

Wer war diese Frau?

Solche Fragen mussten warten, denn sie sperrte die Tür auf, öffnete sie, und der kleine Silberschlüssel verschwand wieder in der Tasche ihres Rocks. In knappen Worten befahl Charles seinem Bediensteten umherzufahren, bis er wieder herauskäme. Dann betrat er hinter Maggie einen winzigen Hausflur, nicht breiter als die Treppe, die sich in düsteren Schatten verlor. An einer Seite führte eine Tür in den Altkleiderladen. Ein Oberlicht erhellte die Stufen nur schwach.

Knirschend drehte sich der Schüssel im Schloss, als Maggie die Tür wieder versperrte. Dann ging sie schweigend an Charles vorbei. Im schmalen Korridor streifte ihr Rock seine Beine, und der Geruch einer billigen Seife, den ihr Haar verströmte, wehte in seine Nase. Plötzlich verspürte er den Impuls, ihren Arm zu ergreifen und sie an sich zu ziehen. Dieses Bedürfnis erhitzte sein Blut. Wie würde sie reagieren? Und warum empfand er einen so absurden Wunsch? In ihrem Wesen erinnerte ihn nichts an die weltgewandten Damen, die ihn zu reizen pflegten, und noch weniger an die unschuldigen Debütantinnen, die immer wieder in kaum verhohlener Berechnung seinen Weg kreuzten.

Verwirrt folgte er ihr die abgetretenen Stufen hinauf. Im ersten Stockwerk hingen dünne Spitzenvorhänge vor Fenstern an beiden Enden des Flurs. Maggie führte ihn über einen fadenscheinigen Teppich, auf dem jeder Schritt Staub aufwirbelte, zu einer weiteren Treppenflucht. In dieser Etage waren die Wände in ausnehmend hässlichem Grün tapeziert. Links und rechts von der einzigen Tür hingen gerahmte Drucke, die Nymphen oder Musen zeigten – in jenem Stil, den Schreibwarenhändler auf der Straße feilboten. Zu Charles' Verblüffung stand sogar ein zerkratzter Garderobentisch aus imitiertem Mahagoni unter der Treppe, mit einer staubigen Kristallschüssel für Visitenkarten. Unter einer Stufe klemmte ein Spiegel, so platziert, dass er nicht einmal einen Zwerg reflektieren würde.

»Wer wohnt hier?«, fragte er verwundert, als Maggie die zweite Treppenflucht hinaufzusteigen begann.

»Die alte Witwe Merrick«, erwiderte sie, ohne zurückzublicken. »Für die arbeitet unsere Moll. Mrs Merrick hält sich für eine Lady, die vom Pech verfolgt wurde, weil es ihr nicht gelungen ist, eine gute Partie zu machen und in höhere Gesellschaftskreise zu gelangen.«

Sekundenlang hielt er inne, verblüfft über den trockenen

Humor, den diese Worte bekundeten und den die ausdruckslose Stimme Lügen strafte. Inzwischen hatte Maggie das zweiten Stockwerk erreicht, und er nahm immer zwei Stufen auf einmal, um sie einzuholen.

Am Ende des schmalen Korridors entdeckte er eine weitere Stiege. »Die führt zum Dachboden«, erklärte sie, als sie seinem Blick folgte. Dann blieb sie vor der ersten der beiden Türen in der zweiten Etage stehen und griff wieder in ihre Rocktasche. Auf dem kahlen Bretterboden in einer Ecke des Gangs stand ein Karren, den sie missbilligend musterte, bevor sie die Tür aufsperrte.

Um die Ursache dieses Unmuts zu erkunden, fand er keine Zeit, denn die Tür schwang auf, grelles Licht drang ihnen entgegen, und ein schriller Schrei erklang. »Maggie!«

Sie überquerte die Schwelle, er folgte ihr vorsichtig. Als die Tür hinter ihnen ins Schloss fiel, blinzelte er immer noch ins helle Licht.

Bis sich seine Augen daran gewöhnten, dauerte es eine kleine Weile. Ein Chaos – das war sein erster Eindruck. Sie standen in einer kleinen, fensterlosen Küche mit verrußten Wänden, an die irgendjemand Reklamebilder geklebt hatte, offenbar in der Überzeugung, das wären schöne Kunstwerke. Von den Wänden herab wurde er von mehreren leuchtenden Augenpaaren fixiert. Zum Beispiel gehörten sie einem Baby, das ein Bad im Sud einer Markenseife genoss, und einer Dame, die strahlend lächelte und die Vorzüge von Blake's Blacking für All Iron pries. An der gegenüberliegenden Wand verströmte ein verbeulter Herd gnadenlose Hitze. Einige Stühle, die nicht zueinander passten, umgaben einen Spieltisch, ein Küchenschrank und ein Kinderbett vervollständigten die Einrichtung.

Sogar ohne die fünf nicht allzu sauberen Gestalten, die hier verweilten, würde man sich in diesem Raum beengt fühlen. Noch nie hatte Charles ein solches Elend gesehen. Überall klebte die Aura bitterer Armut und beschmutzte sogar die blank gescheuerte Tischplatte. Die Küche roch nach Schweiß, abgestandenem Essen und feuchter Wäsche. Nur mühsam vermied er es, die Nase zu rümpfen. Die Arme vor der Brust verschränkt, lehnte er sich an den Türrahmen und setzte jene Miene gelangweilter Gleichgültigkeit auf, die ihm so vertraut war wie ein alter Mantel.

»Wer ist das?«, fragte ein rothaariger Junge. Bei Charles' Ankunft war er aufgesprungen. Nun starrte er den Baron mit schmalen Augen an, eine Hand in seiner Jackentasche, die zweifellos eine Waffe enthielt.

Beinahe blieb Charles' Herz stehen. Würde dies das unrühmliche Ende eines weiteren ehrlosen Barons of Edgington bedeuten? Irgendwie passend. Solche Gedanken behielt er für sich und schenkte dem Jungen ein verächtliches, hochmütig aristokratisches Lächeln.

Zu seiner Genugtuung sah er ihn zittern, bevor Maggie mahnte: »Lass ihn in Ruhe, Frankie.«

Wer immer der Bursche sein mochte, er war nicht ihr Liebhaber. Das verriet ihr Tonfall. Aus unerfindlichen Gründen fand Charles diese Erkenntnis erfreulich.

Mit gerunzelter Stirn schaute sich Maggie im Licht der Petroleumlampe um, die auf dem Tisch brannte. Sie warf

Charles einen Blick zu. Dann zuckte sie mit den Schultern, als wäre er einfach nur eins von vielen Dingen, die sie in diesem Moment erledigen musste. »Wo ist Nan?«, fragte sie die drei Leute, die am Tisch saßen. »Draußen habe ich den Karren gesehen. Und der Suppentopf steht immer noch auf dem Herd.« Sie zwängte sich zwischen zwei Stühlen zum kleinen Schrank durch und spähte in die große Schüssel, die darauf stand. »Nur die Hälfte aller Teller sind gewaschen!« Sie wandte sich wieder zu den drei Personen.

Doch die beachteten sie nicht, weil sie immer noch Charles anstarrten – Frankie nach wie vor entrüstet, aber etwas unsicherer, ein braunhaariger Junge sichtlich interessiert und das Mädchen voller Misstrauen.

»So gut ich konnte, habe ich gespült.« Das dünne Stimmchen drang aus dem Kinderbett, wo sich ein kleines Mädchen über die Gitterstäbe beugte, die ihm nur bis zur Brust reichten. Daneben lutschte ein Kind von undefinierbarem Geschlecht am Daumen.

»O Moll!« Maggies Gesicht nahm sanftere Züge an. »Wirklich, du musst deiner Schwester nicht die Arbeit abnehmen.«

Zerknirscht nickte die Kleine.

»Nan liegt im Schlafzimmer, sie schläft«, verkündete der braunhaarige Junge mit einem kultivierten Akzent, der einen krassen Kontrast zu der schäbigen Umgebung bildete. In einem billigen, aber sauberen Anzug, das Haar sorgsam gekämmt und mit Makassar-Öl geglättet, sah er wie ein sehr junger und sehr armer Schreiber aus.

»Sicher schläft sie immer noch«, ergänzte die junge Frau an seiner Seite, ohne Charles aus den wachsamen Augen zu lassen. Ihr Gesicht war von zahlreichen Narben entstellt.

»Dann geh zu ihr und weck sie«, befahl Maggie.

Sofort stand die junge Frau auf.

Aber Maggie bedeutete ihr, wieder Platz zu nehmen, und seufzte. »Schon gut. Wenn sie besoffen ist, macht sie nur Ärger. Vorher muss ich euch was erzählen.«

»Was du nicht sagst!«, spottete Frankie, seine Hand glitt wieder zur Jackentasche.

»Frankie«, wiederholte sie in geduldigem Ton, wie einen abgenutzten Refrain. Dann sank sie auf den einzigen freien Stuhl und musterte Charles wie einen unbefugten Eindringling. »Also, dieser Gent heißt Lord Edgington. Er will eine Wette gewinnen. Deshalb wird er für eine Weile mein – Beschützer. Ich muss nur einen harmlosen Auftrag übernehmen.«

»Hör mal, Maggie ...«, mahnte das Mädchen mit dem vernarbten Gesicht.

»Reg dich ab, Sally«, erwiderte Maggie. »Was du glaubst, ist es nicht. Ganz bestimmt nicht«, fügte sie hinzu, als das Mädchen immer noch beunruhigt die Brauen zusammenzog.

»Wenn du sicher bist ...«

»Völlig sicher«, beteuerte Maggie.

Nun versuchte Frankie, dem fremden Mann einen vernichtenden Blick zuzuwerfen, was wegen seines Unbehagens misslang. »Wahrscheinlich bin ich hier unerwünscht. Da hast du was, Maggie. Darüber bin ich heute gestolpert.

Obwohl du's wahrscheinlich nicht brauchst, wenn dir dieser reiche Schnösel so viel Zaster gibt, wie du nur willst. Jetzt laufe ich mal zum Buchmacher.« Der sommersprossige Bursche drückte eine Münze in Maggies Hand. Dann verließ er die Wohnung, nachdem er Charles ein letztes Mal feindselig angestarrt hatte.

Leicht verstört schaute Maggie ihm nach. »Jetzt muss ich packen.« Sie richtete ihre Aufmerksamkeit wieder auf Charles und schenkte ihm ein schwaches Lächeln – das erste *echte* Lächeln, das sie ihm gönnte. »Keine Bange, Mylord, es wird nicht lange dauern. Komm mit mir, Sally.«

Das verunstaltete Mädchen folgte ihr in den angrenzenden Raum und nahm die Lampe mit. Nur das Licht, das durch die offene Tür hereinfiel, erhellte die Küche. Dann erklang ein Quietschen, und ein hübsches Mädchen – offenbar die pflichtvergessene Nan – stolperte aus dem Zimmer und kniff blutunterlaufene Augen zusammen. Mit einer fahrigen Geste strich sie ihr wirres, schwarzes Haar aus dem Gesicht, bevor sie das Geschirr zu spülen begann und die Teller so laut wie nur möglich klirren ließ.

Aus dem Schlafzimmer drang eine leise, aber lebhafte Debatte, von der Charles nichts verstand. Verlegen räusperte sich der Junge, der einem Schreiber glich. »Jetzt bringe ich den Karren nach unten«, erklärte er, ohne sich an jemand Bestimmten zu wenden, und schob sich an Charles vorbei. »Pardon, Eure Lordschaft. Wenn ich mich vorstellen darf – ich bin Harry.«

Wenig später tauchten Maggie und Sally wieder auf, die Lampe wurde auf den Tisch zurückgestellt.

Die Wangen leicht gerötet – von irgendwelchen Emotionen, die Charles nicht identifizieren konnte – trug Maggie ein Bündel unter dem Arm. Unwillkürlich dachte er an die zahlreichen Truhen und Koffer, die seine Schwester sogar auf kurzen Reisen begleiteten. Welch ein Gegensatz zu den armseligen Habseligkeiten, die dieses kleine Bündel enthalten mochte.

Offenbar erriet Maggie seine Gedanken, denn sie hob würdevoll ihr Kinn. »So, ich bin bereit.« Die Schultern stolz gestrafft, führte sie ihn aus der winzigen Wohnung.

Maggie stand vor der Haustür, als Lord Edgingtons Kutsche langsam und vorsichtig um die Straßenecke bog. Unter den Rädern spritzte Abwasser empor. Die beiden Rappen, die zum schwarzen Wagen passten, hoben ihre Hufen möglichst hoch, voller Verachtung für das ungewohnte Terrain. Inzwischen hatte Harry den Karren heruntergebracht. Humpelnd schob er ihn in den nächsten Eingang, damit der Landauer weiterfahren und vor dem Laden halten konnte.

In diesem Moment trat der Baron aus dem Haus. Maggie zwängte sich an ihm vorbei, um die Tür wieder zu versperren, und er erstarrte. Seine reglose Haltung wirkte noch peinlicher, als wenn er nach ihr gegriffen hätte.

»Verzeihen Sie«, murmelte Maggie und verstaute den Schlüssel wieder in der Tasche ihres Rocks. Wie sinnlos die Vorsichtsnahme war, wusste sie selbst am besten. Doch die ängstliche alte Witwe Merrick fühlte sich hinter ihren billigen Schlössern sicherer.

Lord Edgington runzelte die Stirn. »In Zukunft erwarte ich etwas mehr Respekt von Ihnen.«

Verwirrt hob sie die Brauen. »Was meinen Sie, Sir?«

Er warf ihr einen scharfen Blick zu. »Wissen Sie das wirklich nicht? Sie dürfen mich nicht anrempeln.« Dann lachte er, halb ungläubig, halb belustigt, und öffnete die Wagentür. Unbewegt blieb Maggie stehen. »Nun?«, fragte er und wies mit dem Kinn ins Innere der Kutsche.

Sollte sie tatsächlich zuerst einsteigen? Wie eine Lady? Sie blinzelte nervös, dann folgte sie der Aufforderung.

»Am besten beginnen Sie schon jetzt, Ihre Rolle zu lernen«, bemerkte er. Sekundenlang verdunkelte seine breitschultrige Gestalt das helle Viereck der Tür, bevor er Maggie gegenüber Platz nahm. »Zum Chelsea House, Stephens«, befahl er und schloss den Wagenschlag.

An diesem Tag fuhr Maggie zum ersten Mal in einer Kutsche, ohne sich die Hintergedanken einer Diebin oder Trickbetrügerin zu machen. Kleine Missetaten hatte sie in Vehikeln verübt, die nach Schimmel oder billiger Farbe rochen. Wie seltsam, fast unnatürlich, auf luxuriösem Samt zu sitzen und zu wissen, dass sie diesmal mehr oder weniger ehrbaren Zwecken diente.

Die Räder begannen zu rollen, und die Nähe Seiner Lordschaft beunruhigte sie genauso wie bei der Fahrt zu ihrer Wohnung. Jetzt fühlte sie sich sogar noch elender, denn inzwischen hatte er sie taxiert, und er fand zweifellos, sie würde seinen Ansprüchen nicht genügen. Damit sie ihn nicht anschauen musste, schob sie den Vorhang ein wenig beiseite und betrachtete die Geschäfte, die vorbeiglitten.

»Hoffentlich habe ich Ihnen keine Unannehmlichkeiten bereitet, Miss King.«

Erstaunt wandte sie sich zu Lord Edgington. Seine Miene wirkte gelangweilt, sein Blick hellwach. Bedeuteten seine Worte ein Friedensangebot? »O nein«, versicherte sie, obwohl sie das Gegenteil befürchtete. Bald würde Danny Wind von ihrem grandiosen neuen Auftrag bekommen. Aber was konnte er schon tun? Sie würde seiner Reichweite entrinnen und in eine Welt übersiedeln, wo er keine Macht ausübte. Zumindest vorerst nicht.

Sie entsann sich, wie der Baron in ihrer Küche gestanden und den winzigen Raum vollkommen ausgefüllt hatte. Bei diesem Gedanken empfand sie eine ungewohnte Scham. So stolz war sie gewesen, dass sie es so weit gebracht und die Schuppen, wo sich die Gauner zusammenrotteten, die armseligen Hütten und billigen Pensionen hinter sich gelassen hatte, sogar die gemieteten Kammern. Jetzt besaß sie eine ganze Wohnung, mit ihren eigenen Möbeln. Aber so großartig sie diese Errungenschaften auch fand, für einen Gentleman wie Seine Lordschaft zählten sie gar nichts. Nun schämte sie sich für den lächerlichen Spiegel der alten Witwe Merrick, für die schäbige Wohnung, für Frankies ungehobeltes Benehmen, für Harrys ausgefranste Manschetten und für Nan. Arme Nan.

»So benimmt sie sich nicht immer«, hörte sie sich unvermittelt sagen.

»Wer?« Lord Edgington wandte sich zu ihr. Die Brauen erhoben, bezeugte er höfliches Interesse.

»Nan. So führt sie sich nicht immer auf.« Maggie presste

ihr Bündel fester an die Brust. »Und es ist nicht ihre Schuld, dass ihr Dinge passiert sind, die kein Mensch durchmachen dürfte.«

»Nun, das geht mich nichts an«, bemerkte er, aber seine Miene zeigte einen fast einladenden Ausdruck, als würde er einer vagen Neugier nachgeben, um sich die Zeit zu vertreiben.

»Ich weiß, wie Sie Nan angeschaut haben«, erwiderte sie erbost über sein lässiges Verhalten. Natürlich, ihre Freundin ging ihn nichts an. Keiner, der zu ihrer Truppe gehörte. Für ihre Gefährten war nur sie allein verantwortlich. »Sie haben Nan wie irgendwas angestarrt, das der Mann von der Müllabfuhr vergessen hat. Im Grunde ist sie ein gutes Mädchen. Und sie liebt ihre Schwester und ihren kleinen Sohn. Für die beiden würde sie alles tun. Aber an manchen Tagen ist die Welt hässlich und voller böser Erinnerungen. Sie flieht in die Kneipen, wo es hell ist. Da geht es immer fröhlich zu ...« Ihre Stimme erstarb. Unsicher senkte sie den Blick und zupfte an dem Schal, der ihr kleines Bündel umhüllte. Warum redete sie mit diesem feinen Pinkel, der niemals verstehen würde, was sie meinte? In seiner glanzvollen Welt gab es keine billigen Spiegel oder buntes Glas, nur echte Juwelen und Kristall. Die Reichen tranken Wein, um ihr Leben zu genießen. Und die Armen, um ihr Elend zu vergessen.

»Offenbar wissen Sie, wovon Sie sprechen«, meinte er, und Maggie blickte wieder auf.

Jetzt musterte er sie nicht mehr wie einen kuriosen Gegenstand oder ein amüsantes Spielzeug, sondern er schien sie – vielleicht zum ersten Mal – als atmendes, denkendes Wesen zu akzeptieren. Also entschied sie, er würde eine ehrliche Antwort verdienen. »Sicher bin ich nicht so tugendhaft wie Harry, der keinen Tropfen trinkt. Aber ich hänge nicht an der Flasche. Viel zu oft musste ich mit ansehen, wie der Alkohol manche Menschen ruiniert.«

»Nein, ich meinte die Erinnerungen.« Sein Gesicht nahm einen seltsamen Ausdruck an.

»Oh …« Unaufhaltsam stürmten die Erinnerungen auf sie ein – die Verletzungen, die Krankheiten, die Sterbenden. Vor allem jener eine Tod, den sie verschuldet hatte.

»Habe ich Recht?« Der aalglatte Lord Edgington kehrte zurück, er wirkte nicht wie ein Baron, sondern eher wie das Porträt, das ein Baron der Nachwelt hinterlassen wollte.

Abwehrend schüttelte sie den Kopf. »Nans Erinnerungen sind nicht meine.«

»Sind Ihre erfreulicher?«, hakte er nach.

»Anders«, entgegnete sie und wünschte, er würde ihr solche Fragen ersparen. »Ich bin nicht Nan. Deshalb kann man das nicht vergleichen.«

»Gewiss, Sie sind nicht Nan.«

Entdeckte sie ein humorvolles Funkeln in seinen Augen, kaum erkennbar im Licht einer vorbeigleitenden Gaslampe? Und warum beschleunigte sein Blick ihren Puls? Wieso fand sie die kühle Luft in der Kutsche plötzlich so heiß und stickig?

Nun zügelte der Fahrer das Gespann, und Lord Edgington zog die Vorhänge beiseite. »Ah, da sind wir.« Er öffnete den Wagenschlag, sprang hinaus und reichte Maggie seine Hand.

Wieder fiel ihr auf, wie jung er aussah, wie unverbraucht, und sie überlegte, warum er trotz dieser jugendlichen Aura nicht weniger beängstigend erschien. Sie stützte sich auf seinen Arm. Unter ihrem fadenscheinigen Handschuh spürte sie den glatten, feinen Stoff seines Ärmels. Ihr Herz pochte schneller, als sie aus der Kutsche stieg und das Haus betrachtete – nach ihrer Einschätzung gehobene Mittelklasse. Nicht besonders groß, in seiner Schlichtheit fast verdächtig, flankiert von vornehmeren Gebäuden mit schmiedeeisernen Geländern und Balkonen an den ansonsten identischen Fassaden. Doch diese Beobachtungen hinderten Maggie nicht daran, eine gewisse Ehrfurcht bei dem Gedanken zu empfinden, dass sie hier wohnen würde, zumindest für ein paar Monate.

Wie sie sich eingestand, wurde sie auch von wachsendem Unbehagen erfasst, denn sie wusste, auf welche Weise sie sich den Aufenthalt in diesem Domizil verdienen musste. Für ein solches Haus und zwei Pfund pro Woche darf er einiges verlangen, sagte sie sich energisch. Ich bin noch nie vor schwierigen Aufgaben zurückgeschreckt. Warum sollte mir irgendwas Angst machen, das eine arme Näherin für ein Stück Brot und eine Tasse Tee hinkriegen würde?

Trotzdem beruhigten sich ihre heftigen Herzschläge nicht. Lord Edgington führte sie wortlos die Eingangstreppe zu einer weißen Veranda hinauf, wo seine und ihre Schuhe dunkle Flecken hinterließen. Um anzuzeigen, dass der Hausherr oder die Hausherrin derzeit nicht hier wohnten, hatte man den Messingklopfer entfernt. Aber der Baron hämmerte gegen die Tür.

Eine Zeitlang herrschte Stille, dann erklangen Schritte, eine Kette wurde gelöst, und eine schlanke, attraktive Frau in mittleren Jahren öffnete die Tür. Über ihrem schwarzen Kleid trug sie die weiße Schürze eines Dienstboten, der sein Tagewerk bereits vollbracht hatte. »Mylord!«, rief sie erstaunt. Ob das eine Begrüßung oder eine milde Majestätsbeleidigung war, ließ sich nicht feststellen. »Ich hatte nicht erwartet, Sie wiederzusehen, so bald nach …« Nun schaute sie Maggie an und schien sich zu fassen. »Oh, ich verstehe. Tut mir leid, Mylord, das Haus ist nicht für – Gäste hergerichtet …« Peinlich berührt, verstummte sie erneut.

»Margaret King«, stellte Lord Edgington seine Begleiterin in frostigem Ton vor. »Und das ist Mrs Pershing, die Haushälterin, seit Jahren eine treue Dienerin meiner Familie, der Sie rückhaltlos vertrauen dürfen, meine Liebe. Mrs Pershing, Miss King wird eine Rolle bei einer albernen Wette übernehmen, die Miss Crossham mit mir abgeschlossen hat.«

Sichtlich bekümmert, trat die Haushälterin beiseite. Die Ankunft des Barons schien ihr viel größere Sorgen zu bereiten als Maggies äußere Erscheinung. »O Mylord, ich wünschte, Sie hätten mich verständigt, denn das Haus ist unbewohnbar. Über allen Möbeln liegen Staubdecken. Die meisten Räume sind nicht gelüftet. Seit einem Monat wurde die Bettwäsche nicht gewechselt. Weder ein Stubenmädchen noch eine Köchin gehen mir zur Hand …«

»Heute Abend müssen Sie nur ein Zimmer für Miss King herrichten.« Lässig betrat Lord Edgington die Halle, zog seinen Mantel aus und reichte ihn der Frau. »Bestellen Sie irgendwo ein Dinner. Wie viele Domestiken benötigt werden, können Sie morgen mit Miss King erörtern. Zweifellos wird die übliche Anzahl genügen. Schicken Sie außerdem nach Madame Rochelle, wir brauchen eine vollständige Garderobe. Sagen Sie ihr, Miss King soll ein unschuldiges Mädchen darstellen, sie darf keine eigenen Entscheidungen treffen.«

»Sehr wohl, Mylord«, sagte Mrs Pershing, nicht im Mindesten verblüfft über diese bemerkenswerten Anordnungen. Sie ergriff den Mantel und den Hut Seiner Lordschaft. Dann warf sie Maggie einen flüchtigen Blick zu, während sie ihr das Bündel und die Handschuhe abnahm, und stieg die Treppe hinauf.

Ihr Gleichmut bestätigte Maggies Verdacht. In diesem Haus wohnten sehr oft Frauen von fragwürdiger Herkunft, sie selbst war einfach nur die Letzte einer langen Reihe. Alles klar, dachte sie. Der Baron würde ihr mitteilen, wann er – dies oder jenes von ihr erwartete.

»Morgen wird Mrs Pershing Sie durch das untere Geschoss führen«, kündigte er an und wies mit dem Kinn zu einer Tür, hinter der vermutlich der Küchentrakt lag. »Den Rest des Hauses zeige ich Ihnen, während sie Ihr Zimmer herrichtet.«

»Einverstanden, Mylord«, erwiderte sie, obwohl er ihr keine Frage gestellt hatte.

Der Baron öffnete eine Tür und ließ ihr den Vortritt in einen dunklen Raum. Nur zögernd trat sie über die Schwelle. Er griff an ihr vorbei, und sie sprang instinktiv zur Seite. Zischend erwachte das Gaslicht eines Wandleuchters zum Leben, Maggie sah einen runden Tisch in der Mitte des Zimmers, unter einer weißen Staubdecke versteckt. Vor dem Erkerfenster stand eine ebenfalls verhüllte Sitzgruppe.

»Das Damenzimmer, für den Morgenaufenthalt«, erklärte er lakonisch.

In Maggies Brust breitete sich ein eigenartiges Gefühl aus, teils staunende Skepsis, teils verwirrendes Entzücken. Ein Zimmer, nur für den Morgen bestimmt. Und es würde ihr gehören, zumindest für einige Zeit. Ein Raum für das Frühstück, die erste Tasse Tee am Tag, völlig überflüssig und so groß wie ihre ganze Dreizimmerwohnung in St. Giles.

Langsam wanderte sie umher, berührte die Möbel unter den Staubschonern, wagte kaum zu glauben, dass dies Wirklichkeit war, und fragte sich besorgt, was die Instandhaltung eines solchen Hauses kosten mochte. Wenn sie hier wohnte – würde sie mit der entsprechenden Gegenleistung klarkommen? Plötzlich wirkte Lord Edgington, der bei der Tür stand, bedrückend in seinem schwarzen Gehrock, die Augen und das Haar vom Gaslicht vergoldet.

»Wenn Sie wollen, können Sie die Staubtücher entfernen«, sagte er mit seinem entnervenden Gleichmut.

Maggie starrte ihre Hand an, die auf der verdeckten Tischplatte lag, krallte schweigend die Finger um den weißen Stoff und zog ihn herunter. Wispernd und raschelnd glitt er über das glatte Holz und landete in einer bauschigen Wolke auf dem grünen Teppich.

Die Mahagonifläche schimmerte dunkel im schwachen Lampenschein. Wieder einmal wurde sie von einem Gefühl sonderbarer Irrealität erfasst. Sie wandte sich ab und befreite die anderen Möbel von den Staubschonern. Immer schneller bewegte sie sich, in wachsender Verblüffung.

Bald lagen alle Tücher zerknüllt am Boden, nachdem sie glänzendes Holz und üppige Polsterungen entblößt hatten, eine wahre Pracht, obwohl sie wusste, dass die Einrichtung nicht kostbar genug war, um auch nur die Abstellkammern in Lord Edgingtons Residenz zu füllen.

Eine dunkle Tür führte zu einem Zimmer im Hintergrund des Erdgeschosses, Maggie ging darauf zu. Dabei schaute sie den Baron unsicher an. Zustimmend nickte er, sie trat ein und tastete an der Wand nach einem Lichtschalter.

Hinter ihr näherte sich der Schatten Seiner Lordschaft.

Sekunden später flammten zwei Wandleuchter zu beiden Seiten eines Kamins auf. Das Speisezimmer. Maggie zog die großen Tücher vom ovalen Esstisch, dann von einem Schreibtisch an der Wand. Atemlos und immer noch ungläubig bewunderte sie die gediegene Ausstattung. Dann drehte sie sich zu Lord Edgington um, der sie beobachtete, mit der gewohnten Gleichgültigkeit, die ein forschender Ausdruck in seinen Augen Lügen strafte.

»Das alles gehört *mir«,* erklärte sie, unfähig, den Aufruhr ihrer Emotionen in angemessene Worte zu fassen. »Wenigstens für eine kleine Weile.«

Seine Miene änderte sich nicht. Aber sein Blick erschien ihr noch intensiver, und ihr Mund wurde trocken. »Der Salon liegt im ersten Stock und nimmt die ganze Länge des Hauses ein.« Losgelöst von der Botschaft, die ihr seine Augen sandten, wirkte diese Information seltsam nüchtern.

Entschlossen riss sie sich zusammen, verließ den Raum durch eine zweite Tür und kehrte in die Halle zurück. Ihre Füße huschten lautlos über die schwarzweiß glasierten Fliesen, da merkte sie, dass sie wieder in die Gewohnheiten einer Diebin verfiel. Offenbar hatte sie ihr Recht, sich in einem solchen Haus aufzuhalten, noch nicht vollends begriffen.

Sie stieg die Treppe hinauf und zwang sich, bei jedem Schritt fest aufzutreten. In ihrem Rücken spürte sie Lord Edgingtons Nähe. Ihr Nacken prickelte.

Im ersten Stock wartete der Salon, im zweiten das Schlafzimmer, und sie wusste, was geschehen würde, wenn sie es erreichten. Eine Gaslampe brannte über dem Treppenabsatz, Schatten erfüllten den restlichen Flur. Doch die Finsternis war Maggies alte Freundin. Ohne zu zögern, ging sie weiter, nachdem sich ihre Augen an das Dunkel gewöhnt hatten, und öffnete die einzige Tür auf dieser Etage.

Aus dem Treppenhaus drang nur schwaches Licht in den Raum. Sie trat ein, suchte einen Kamin und Gaslampen. Dann hörte sie den Baron hereinkommen und wandte sich zu seiner breiten schwarzen Silhouette vor dem Grau des Flurs. Er machte noch zwei Schritte, direkt auf sie zu. Sah er sie wirklich nicht? Da er einen so kraftvollen, übermächtigen Eindruck erweckte, empfand sie die Möglichkeit einer Sehschwäche beinahe tröstlich. Sie blieb stehen und wartete neugierig ab, ob er gegen sie prallen würde, bevor er merkte, wo sie war. Nun ging er weiter. Erst im letzten Moment musste er sie erblickt haben, denn er hielt abrupt inne und packte ihre Schultern, um einen Zusammenstoß zu verhindern.

»Ich habe Sie nicht gesehen.« Keine Entschuldigung, keine Frage nach ihrem Befinden, nur die schlichte Feststellung einer Tatsache. Er stand so dicht vor ihr, dass sie seine Beine und die Hitze seines Körpers durch ihren dünnen Rock spürte. Wie Schraubstöcke umklammerten seine Hände ihre Schultern. Jetzt und hier würde es geschehen. Das fühlte sie. Ihr Puls pochte schneller. In ihren Ohren rauschte das Blut, und sie versuchte zu schlucken, um ihre trockene Kehle zu befeuchten.

»Ja, ich weiß«, sagte sie heiser, »ich habe mich schon gefragt, ob Sie über mich stolpern.«

Sein Griff lockerte sich. Aber er ließ sie noch nicht los. »Wollten Sie das?« In seiner kühlen Stimme schwang ein Unterton mit, der ihr verriet, dass ihm ihre Antwort völlig egal war.

»Natürlich nicht …«, begann sie, sie konnte kaum weitersprechen. »Das hätte wehgetan.« Was sollte sie tun? Worauf wartete er?

»Nun, dann will ich mir vorstellen, Sie hätten befürchtet, *ich* könnte mich verletzten.« Seine Finger umschlossen ihre Schultern wieder etwas fester, aber nicht schmerzhaft. In Maggies Bauch entstand eine seltsame Wärme, sie bezwang den Impuls, sich loszureißen.

Stattdessen sank sie an seine harte Brust und erschauerte, weil sich die Wärme verstärkte. Solche Gefühle kannte sie. Bisher war sie immer davor geflohen. Aber in dieser Nacht gab es keinen Zufluchtsort. Ihre letzte Chance auf Sicherheit lag – so unfassbar es auch anmuten mochte – in den Armen dieses Mannes.

»Maggie …«, sagte er langsam, als wollte er den Klang des Namens ausprobieren. »Auch ich habe Fragen. Wie werden Sie sich verhalten, wenn ich *das* tue?« Dann neigte er sich herab, und sein Mund suchte ihren.

4

Instinktiv zuckte sie zurück, als eine warnende innere Stimme erklang. Aber bevor der Baron auf den schwachen Widerstand reagieren konnte, hob sie ihm ihr Gesicht entgegen und legte den Kopf schief, um seine Suche nach ihren Lippen zu erleichtern.

Sein Mund verfehlte das Ziel, streifte ihre Wange, und sie erstarrte, verblüfft über die eigenartige Berührung, obwohl sie darauf vorbereitet war. Bei seinem nächsten Versuch war er erfolgreicher. Sofort drängte er sie, die Lippen zu öffnen, und sie unterwarf sich der Forderung. So heiß war der Kuss, leidenschaftlich und sanft – undenkbar, diesen sinnlichen Angriff zu bekämpfen. Die Hitze strömte von Maggies Mund durch ihren ganzen Körper, ein Schauder, der ihr Gehirn benebelte und ihre Haut prickeln ließ.

War es das, was ein Kuss bewirken sollte? Sie wurde nicht zum ersten Mal geküsst. Manchmal war sie zu langsam gewesen, um der groben Attacke eines Betrunkenen auszuweichen, einem feuchten Schmatz auf ihren Mund. Aber so etwas hatte sie noch nie erlebt. Die Lippen und die Zunge des Barons erzeugten schwindelerregende Gefühle, mit dem Rhythmus dieser Zärtlichkeiten zwang er ihr seinen Willen unwiderstehlich auf.

Was soll ich jetzt tun?, fragte sie sich einer Panik nahe. Alles werde ich verderben, er wird glauben, ich wäre nicht gut genug, und von der Abmachung zurücktreten. Krampfhaft umklammerten ihre Finger den glatten Stoff seines Gehrocks.

Nun beendete er den Kuss. Maggie rang nach Luft, als wäre sie soeben eine steile Treppe hinaufgelaufen. In ihrem Kopf drehte sich alles, es fiel ihr schwer, klar zu denken. *Ich hab alles falsch gemacht. Sicher wird er mich wegschicken.*

Doch er sagte nichts, und sie merkte, dass auch er Atem schöpfen musste. Unter ihren Händen spürte sie, wie sich seine Brust hob und senkte.

Er begehrte sie. Ob diese Erkenntnis erschreckend oder beruhigend war, wusste sie nicht. Nach einem kurzfristigen inneren Konflikt merkte sie, was von ihr erwartet wurde. Langsam ergriff sie den obersten Knopf an ihrem Hals. Aber statt ihn zu öffnen, stand sie einfach nur da und starrte Lord Edgingtons schattenhafte Gestalt an.

War es die richtige Entscheidung? Ihre einzige Möglichkeit? Wenn sie sich anders besann – würde er sie gehen lassen? Oder war es schon zu spät dafür? Die Hitze erfüllte ihren Körper immer noch und brachte ihre Gedanken durcheinander. Ihr halbes Leben lang hatte sie ein solches Schicksal abgewehrt. Trotzdem hatte sie Sally nicht belogen, denn sie würde sich nicht auf dem Haymarket verkaufen. Vor Mr Hawkins' Theater war ihr das alles so einfach vorgekommen. Aber jetzt misstraute sie ihrer eigenen Urteilskraft, weil sie so inständig wünschte, es würde geschehen. Und das hing nicht mit der Sorge um ihre Zukunft zusammen.

Deine Mum war eine Hure, sagte sie sich energisch und riss den Knopf auf. Warum solltest du dir einbilden, du wärst was anderes?

Hastig öffnete sie den zweiten Knopf, den dritten und vierten. Immer wieder streiften ihre Finger die Brust des Barons. So nah stand er vor ihr, nur einen Gedanken entfernt, sie spürte seine innere Anspannung fast so deutlich wie ihre eigene.

Er griff nach ihren Händen. Sekundenlang fürchtete sie, er würde ihr Einhalt gebieten. Doch er knöpfte das Kleid selbst auf. Als sie seine warmen Finger durch ihr Korsett spürte, rann ein neuer Schauder über ihren Rücken.

Doch trotz ihrer Erregung wahrte ein Teil ihrer Seele Abstand. So glasklar, wie es Worte nicht auszudrücken vermochten, erkannte sie die tiefe Kluft zwischen seiner und ihrer Welt.

Diese kleinen schmerzlichen Bedenken verbannte sie schon bald in den Hintergrund ihres Bewusstseins. Dabei halfen ihr die Hände Seiner Lordschaft, die ihr Herz mit süßer Hoffnung erfüllten.

Der letzte Knopf war geöffnet. Mit geschlossenen Augen spürte sie, wie der Baron ihr Korsett berührte und das Oberteil des Kleids über ihre Schultern hinunterstreifte. Geschmeidig ging diese Bewegung in eine Umarmung über, und Maggie erwiderte seinen Kuss, an seine Brust geschmiegt. Er schmeckte nach edlem Brandy, nach Reichtum.

Nun streichelte er ihre nackte Haut oberhalb des Korsetts, trotz ihres Entzückens schreckte sie vor dieser großen Hand zurück, die sich in der Nähe ihres Halses befand. Aber dann wanderten seine Finger hinab, ertasteten den Rand ihres Hemds und glitten unter den gerafften Ausschnitt, in die Vertiefung zwischen ihren kleinen Brüsten. Verstört riss sie die Augen auf und hielt den Atem an, was ihren Brustkorb weitete und die Hand des Barons noch fester an ihr Fleisch presste. Sein Daumen, subtil und rau, umkreiste eine Brustwarze, die sich sofort erhärtete. In ihrem Bauch schienen Flammen zu lodern. Während er sie verzehrend küsste, liebkoste er ihren Busen, bis ihre Sinne nur noch *ihn* wahrnahmen.

Immer fester presste er sie an sich und löste schrille Alarmglocken aus. Das durfte sie nicht tun. Er war zu groß, zu stark, zu mächtig. Deshalb musste sie ihm misstrauen. Einem solchen Gentleman bedeutete sie nichts. Vielleicht würde er sie verletzen, sogar töten. Davon würden nur wenige Leute erfahren. Kaum einer würde sich darum kümmern.

Sei nicht so dumm, ermahnte sie sich, bevor sich ihre Angst zur Hysterie steigern konnte. Du hast deine Entscheidung getroffen. Jetzt gibt es kein Zurück mehr.

Der Baron ließ sie los, und sie entspannte sich. Einladend legte sie den Kopf in den Nacken. Aber statt sie wieder zu umarmen, neigte er sich herab. Sanft und lockend strichen seine Lippen über ihre. Einmal, zweimal, dreimal, bevor ihr ein neuer Kuss den Mund verschloss und ein betörendes Verlangen entfachte. Ihre Beine trugen sie nicht länger. Von süßer Schwäche erfasst, lehnte sie sich an ihn.

Das schien er für ein Zeichen zu halten, denn er drückte sie nach unten. Sie blinzelte verwirrt, und es dauerte eine Weile, bis sie seinen Wunsch verstand – sie sollte sich hinlegen. Gehorsam gaben ihre weichen Knie nach, und er sank mit ihr zu Boden. Verführerisch küsste er sie wieder. Unter ihren Handflächen spürte sie einen flauschigen, dichten Teppich, der schwache Geruch von Staub und Wolle mischte sich mit dem Duft des Barons.

Er kniete zwischen ihren Beinen. Obwohl sie wusste, seine Knie und Ellbogen würden sein Gewicht tragen, fühlte sie sich unter ihm fast erdrückt. Alle ihre Sinne schien er zu vereinnahmen. Nun streifte er ihren Rock nach oben, kalte Luft wehte über ihre nackte Haut. Unwillkürlich spannte sie ihre Schenkel an, wollte sie zusammenpressen. Doch das ließen seine Hüften nicht zu, sondern schoben sie noch weiter auseinander.

Plötzlich verwandelte ihre Fantasie den Baron in ein Schwert, das sie entzweischneiden würde. Um ein Wimmern zu bezähmen, biss sie auf ihre Lippen, während glühende Hitze erwartungsvoll durch ihre Adern floss. Sie konnte nicht atmen, das Korsett war zu eng. Schmerzhaft bohrten sich die Fischbeine in ihr Fleisch. Dann näherte sich seine Erektion der engen Öffnung, sie fühlte ein beharrliches Drängen. Wenig später verschmolz er mit ihr. Brennende Qualen, wildes Entzücken … Doch sie spürte noch etwas, das über beides hinausging.

Der Widerstand einer Barriere, die nicht existieren dürfte, riss Charles aus dem Schleier seiner Begierde. Verdammt, sie war eine Jungfrau.

Aber ich kann nicht aufhören, ich will nicht aufhören, dachte er. Trotzdem trennte er sich von ihr, obwohl seine pulsierende Erektion die ersehnte Erlösung verlangte. »Was zum Teufel haben Sie sich gedacht?«, herrschte er Maggie an.

»Wieso?«, platzte sie heraus und wand sich unter ihm, was seine enttäuschte Lust noch steigerte.

»Sie waren eine Jungfrau!« Als sie sich wieder unter ihm wand, fluchte er und rückte von ihr weg.

Verzweifelt hielt sie seinen Ärmel fest. »Nein, gehen Sie nicht! Tut mir leid, dass ich Ihren Ansprüchen nicht genüge. Sie haben Recht. So etwas habe ich noch nie getan. Wenn ich was falsch gemacht habe, verzeihen Sie mir!«

Charles starrte ins bleiche Oval ihres Gesichts, das im Dunkeln schimmerte. Entsetzt über sich selbst, fand er keine Worte.

»Tut mir leid«, wiederholte sie, halb flehend, halb erbost. »Geben Sie mir noch eine Chance. Jetzt dürfen Sie mich nicht wegschicken. Beim zweiten Mal werde ich es besser machen. Das weiß ich.«

Am liebsten hätte er sie gepackt und geschüttelt. Am Anfang dieser Tändelei hatte er den Eindruck gewonnen, sie würde das Unschuldslamm nur spielen. Dann hatte sie ihn in eine unmögliche Rolle gedrängt. In die Rolle eines Verführers? Eines ruchlosen Schufts? Was auch immer, es hinterließ einen bitteren Nachgeschmack. Er sprang auf. Abrupt erlosch seine Begierde, obwohl einer seiner Körperteile – verdammt noch mal – protestierte.

»Stehen Sie auf!«, befahl er heiser und tastete nach dem

Schalter der Gaslampe, in der Hoffnung, das Licht würde ihn endgültig von diesem quälenden Verlangen befreien.

Orangegelb begann die Flamme zu flackern und tauchte den Raum in warmen Glanz. Das verschlimmerte die Situation noch, denn als er sich zu Maggie wandte, sah er sie am Boden sitzen, die Beine von ihrem zerknitterten Rock umhüllt, das Gesicht teils verwirrt, teils trotzig, die Augen immer noch von Leidenschaft verschleiert. Wild zerzaust umgab das Haar ihren Kopf, das Oberteil ihres Kleides war bis zur Taille geöffnet und enthüllte ein billiges Korsett. Zum Teufel, bei diesem Anblick wuchsen neue Gelüste in seinem Körper.

»Nein, ich gehe nicht.« Kampflustig hob sie das Kinn, obwohl ihre Stimme zitterte. »Was Sie wollten, habe ich Ihnen gegeben. Wenn Sie glauben, Sie hätten ein schlechtes Geschäft gemacht, ist das nicht meine Schuld.«

Was er wollte? Bis er die Bedeutung ihrer Worte verstand, dauerte es ein paar Sekunden. Er schaute sich in dem bescheiden möblierten Salon um, und da betrachtete er das Haus mit Maggies Augen – das Erbe der Barons of Edgington, ein ruhiges, diskretes Domizil für diverse Mätressen. Was war logischer als die Vermutung, er könnte solche Dienste auch von *ihr* fordern?

»Setzen Sie sich!« Gebieterisch zeigte er auf die Umrisse eines Sofas unter einem weißen Staubtuch. »Und um Himmels willen schließen Sie Ihr Kleid!«

Eine Zeitlang starrte sie ihn an, dann erhob sie sich und sank auf die Sofakante, ohne ihr Kleid zuzuknöpfen.

Charles schloss seine Hose und ging zu ihr. So klein und

derangiert sah sie aus, so verwirrt und misstrauisch. Hielt sie ihn etwa für ein Monstrum?

»Natürlich können Sie nicht behaupten, Sie hätten es nicht gewollt«, hörte er sich sagen, eine Verteidigung, als Anklage getarnt.

Schweigend erwiderte sie seinen Blick. Hatte sie es etwa *nicht* gewollt? Hätte *sie* ihn geküsst, könnte er ihr die Schuld anlasten. Aber die Initiative war von ihm ausgegangen, sie hatte sich seinen Erwartungen entsprechend verhalten und ihr Kleid geöffnet. Eine Einladung, hatte er vermutet. War sie etwa einfach nur gehorsam gewesen?

Verdammt, jetzt starrte ihn die kleine Bettlerin an, als hätte er soeben ihre Mutter getötet. So albern, so gewöhnlich sah sie in ihrem hässlichen braunen Kattunkleid mit der zerzausten Frisur aus. Gewiss, hübsch genug auf ihre Weise, aber so vulgär. Was hatte er sich eigentlich in diesem dunklen Raum gedacht? Wenn er überhaupt irgendetwas gedacht hatte, abgesehen von der Tatsache, dass eine junge, bereitwillige Frau in seine Arme gesunken war. Mit der Verwaltung seines Familienvermögens beschäftigt, hatte er monatelang keine solche Gelegenheit gefunden. Auch er trug keine Schuld, er hatte nur getan, was jeder Mann an seiner Stelle tun würde.

»Nun, ich dachte …« Hastig verstummte er. Seine Gedanken gingen sie nichts an. »Nur eins habe ich von Ihnen erwartet, Margaret – eine schauspielerische Leistung, mit der ich, Ihr Wohltäter, Sie beauftragen werde. Um meinen Ansprüchen zu genügen, müssen Sie sehr hart arbeiten.«

»Oh!« Obwohl sie nicht errötete, drückte diese kurze

Silbe die ganze Scham aus, die sie empfand. »Aber – Sie haben mich geküsst.«

Ironisch hob er die Brauen. »Da ich mit einer attraktiven jungen Frau allein im Dunkeln war, lag das nahe. Nur weil ich keine anderen Forderungen an Sie stelle, heißt das keineswegs, ich würde eine eindeutige Ermutigung ignorieren.«

»Oh«, wiederholte sie. In ihren Augen erschien ein berechnender Ausdruck, bevor sie den Blick zu seinen Hüften senkte, wo der offene Gehrock seine Erektion nicht verbarg. Offenbar missachtete dieser Körperteil den Sinneswandel Seiner Lordschaft. »So schlimm – fand ich's gar nicht«, bemerkte sie, um einen neuen Versuch zu wagen. Zumindest kam es ihm so vor. Sie schaute mit gekünstelter Koketterie wieder in sein Gesicht, so dass er verächtlich seufzte.

»Wenn das der ganze Enthusiasmus ist, den Sie aufbringen, werde ich heute Nacht die Gesellschaft Madame Palms und ihrer fünf Töchter vorziehen.«

Erschrocken rang sie nach Atem. »Aber – ich bemühe mich.«

»Das will ich nicht!«, stieß er gereizt hervor und beobachtete, wie sie zusammengesunken auf dem Sofa saß und die Stirn runzelte. »Glauben Sie nicht, was ich Ihnen soeben erklärt habe? Was meine Absichten betrifft?«

Maggie schnitt eine Grimasse, dann murmelte sie: »Nein.«

»Warum nicht?«

Unbehaglich zuckte sie mit den Schultern. »Weil Sie ein

reicher Gentleman sind. Ich bin nur eine Varietésängerin. Und ich habe die Wahrheit gesagt. So schlimm war's wirklich nicht.«

»Sie verstehen es zweifellos, einen Mann zu umgarnen«, meinte er sarkastisch.

Eine Zeitlang starrte sie ihn wortlos an. Dummes Ding, spottete seine boshafte innere Stimme. Aber in ihren Augen las er unverhohlene Besorgnis um *ihn*.

»Solche reichen Gentlemen kenne ich«, sagte sie schließlich. »Ihresgleichen behandeln sie anständig. Aber sie lassen die arme, ehrliche Familie eines Lebensmittelhändlers skrupellos hungern, weil sie ihr Geld für eine Wette in Ascot brauchen. Dieser Lebensmittelhändler würde seine Zeit nicht mit einem Mädchen wie mir verbringen. Für den bin ich unerreichbar. So wie Sie für mich. Und ich begreife nicht, warum es Sie interessiert, was *ich* wollte.«

Diese Worte trafen ihn wie Hammerschläge. Widerstrebend musste er ihr Recht geben. Niemals würde er eine affektierte Debütantin küssen, wenn er allein mit ihr im Dunkeln wäre, geschweige denn ihr die Unschuld auf einem alten türkischen Teppich rauben. Offenbar verriet seine Miene, was er dachte, und Maggie senkte verlegen den Kopf.

»Auf Ihre Weise haben Sie nichts falsch gemacht, Sir. Sie sind mindestens zehnmal so viel wert wie ich. Das weiß ich.« Nach einer kurzen Pause schaute sie wieder auf. »Und wenn das einen Unterschied macht – es stimmt, ich wollte es. Ich frage mich nur, ob ich es mir wünschen durfte.«

Charles räusperte sich. Jetzt könnte er sie küssen und

dort fortfahren, wo er aufgehört hatte … Aber der Raum lag nicht mehr im Dunkeln. Und am nächsten Tag würde er Maggie wiedersehen. Regelmäßig würden sie einander begegnen, bis sie ihre Rolle vollendet beherrschte. Er war sich nicht sicher, ob er die unkomplizierte geschäftliche Beziehung in eine intimere, problematische Affäre verwandeln wollte. Was wusste er schon von dieser jungen Frau, außer dass sie eine Opernsängerin werden wollte?

»Vielleicht sind wir nur in diese unangenehme Situation geraten, weil wir einander zu wenig kennen«, bemerkte er, um diesen Gedanken fortzuführen. »Statt uns wie verrückt zu küssen, sollten wir uns die Zusammenarbeit mit einem klärenden Gespräch erleichtern.«

Zu seiner Verblüffung lächelte sie belustigt, ihre Augen verengten sich katzengleich, was ihm keineswegs half, ein ehrbares Desinteresse an ihren Reizen zu empfinden. »Wenn ich auch sehr jung bin,wette ich doch meinen letzten Penny darauf, dass ich schon mehr vom Leben gesehen habe als Sie. Ich versichere Ihnen, es ist ganz normal, dass ein Mann und eine Frau sich ›wie verrückt küssen‹, wie Sie es nennen.«

»Sie sollen sich wie eine Lady benehmen«, mahnte er in scharfem Ton und zügelte den Impuls, der ihn zu neuen »verrückten Küssen« drängte. »Da müssen Sie noch sehr viel lernen.«

In ihren Augen funkelte es boshaft, und sie presste die Lippen zusammen, um die Antwort zurückzuhalten, die ihr auf der Zunge lag.

»Zweifellos wäre es hilfreich, wenn ich etwas mehr über

Sie wüsste. Und zum letzten Mal, knöpfen Sie Ihr Kleid zu!«, fauchte er. Nur mühsam verbarg er seinen Groll.

Diesmal gehorchte sie, aber so langsam und bedächtig, dass es an seinen Nerven zerrte.

Charles versuchte missbilligend die Stirn zu furchen, während er jede einzelne Bewegung der kleinen Finger fasziniert verfolgte. »Nun möchte ich Ihnen beibringen, wie man Konversation macht. Ich beginne mit einer höflichen Frage nach Ihrer Herkunft, und Sie werden ebenso höflich antworten. Verstanden?«

»Wie, bitte?« Ihre Hände hielten inne. »Soll das eine höfliche Frage sein?«

Wollte sie scherzen? Ärgerlich überhörte er ihren Einwand. »Wie gefällt es Ihnen in London, Miss King?«

»Oh …« Maggie starrte ihn an. Dann schloss sie wieder einen Knopf. »Woanders bin ich niemals nicht gewesen.«

»Woanders bin ich nie gewesen«, verbesserte er sie.

Wenn ihr die Korrektur missfiel, zeigte sie es nicht. »Woanders bin ich nie gewesen. Also kann ich London mit nichts vergleichen.«

Charles nickte und hoffte, er würde den Anschein eines ernsthaften Lehrers erwecken. Nur noch vier Knöpfe waren geöffnet. Sobald ihr zarter, rosiger Hals im Kragen verschwand, würde er sich sicherer fühlen. »Wurden Sie hier geboren?«

»In der King Street, im Heiligen Land«, teilte sie ihm widerstrebend mit.

»Welch ein Zufall«, bemerkte er, und sie starrte ihn wieder an. Das musste er ihr abgewöhnen.

»Was?«, fragte sie ungehobelt.

»Nun, Sie heißen King, und Sie kamen in der King Street zur Welt.«

Maggie lachte. »Nein, das ist kein Zufall, denn ich wurde nach dieser Straße benannt.«

»Wie ist das möglich?«

»Als ich ein Baby war, starb meine Mum.« Endlich schloss sie den letzten Knopf. »Allzu viel weiß ich nicht über sie. Mein Bruder Bill nahm mich für ein paar Jahre bei sich auf, er erzählte mir, ihr Vorname war Siobhan. Wenn sie auch einen Nachnamen hatte, kenne ich den nicht. Bei meiner Geburt gab's schon eine Big Maggie und eine Little Maggie und eine Young Maggie. Für die Leute war ich die Maggie aus der King Street, und schließlich nannten sie mich Maggie King. Das ist genauso gut wie jeder andere Name.«

»Ja, vermutlich«, stimmte er leicht verwirrt zu. »Ist Ihr Bruder der junge Mann, der heute diesen Anzug trug?« Wohl kaum, denn der Bursche musste jünger als Maggie sein, und angesichts seiner gewählten Ausdrucksweise war eine so nahe Verwandtschaft unwahrscheinlich. Wie auch immer, Charles wollte ihre Bereitschaft ausnutzen, etwas mehr über sich selbst zu verraten.

Maggie zog die Nase kraus. »Nein, das ist Harry.«

»Auch ein Bruder?«

»Ein armes kleines Waisenkind. So wie ich.« Ihre Stimme troff vor Sarkasmus. »Sind wir nicht bedauernswert? Unser Schicksal rührt Sie zu Tränen, was?«

»Eigentlich nicht«, entgegnete er gleichmütig.

Sie musterte ihn abschätzend. »Sehr gut. Schon immer habe ich diese Ladys von der Wohlfahrt gehasst, die mich mit ihrem salbungsvollen Gerede und ihrem Mitleid nerven. Mit diesem Gefasel nützen sie uns nichts. Harrys Dad war ein Apotheker. Er wurde krank, wegen der Arztrechnungen und weil er nicht mehr arbeiten konnte, hatten Harry und seine Mum keinen einzigen Penny, als der Alte schließlich ins Gras biss. Seine Mum versuchte, Geld zu verdienen. Aber sie wurde auch krank, bald danach starb sie.«

»Ist Harry Ihr Nachbar?« Wie Charles sich eingestand, nahm seine Neugier auf Maggies Vergangenheit erschreckende Ausmaße an. Er setze sich zu ihr auf das Sofa, und sie schaute ihn schulterzuckend an.

»O nein, er wohnt bei uns. Wissen Sie, Sir, dauernd treffe ich Leute, die es schwer im Leben haben. Und wenn man jemandem helfen kann, nun, dann tut man's eben. Das vergessen sie einem nicht, wenn man eines Tages selber was braucht. Harry ist ein netter Junge. Was ihm zugestoßen ist, verdient er nicht. Also ging ich zu jemandem, der Schriftstücke für einen Rechtsanwalt abfasst, und der verschaffte Harry eine Stellung als Schreiber. Wegen seinem Beinleiden kann der arme Kerl nichts anderes arbeiten. Er verdient zu wenig, um sich ein eigenes möbliertes Zimmer zu leisten. Also schlug ich ihm vor, bei uns einzuziehen. Nach einer Weile wurde er einer von uns.«

»Von uns?«, wiederholte Charles. Er hatte vermutet, nur Nan, Sally und die beiden Kinder würden zu Maggies Haushalt gehören und die jungen Männer wären Besucher. Offenbar hatte er sich geirrt.

Überrascht blickte sie auf. »Die meisten haben Sie kennen gelernt, Mylord. Nur Giles war nicht da.«

Charles rechnete nach – die drei am Tisch, die zwei im Bett, Maggie, Nan, der unbekannte Giles. »Im Ganzen acht Personen?«

Vielleicht hatte ein Tadel in seiner Stimme mitgeschwungen, denn Maggie ging sofort in die Defensive. »Wir haben drei Zimmer. Frankie, Giles und Harry schlafen im Salon, Moll und Jo haben das Bett in der Küche beim Herd. Das Schlafzimmer teile ich mir mit Nan und Sally. Wir kommen sehr gut zurecht. Manche Leute wären heilfroh, wenn sie einen einzigen Raum für eine so große Familie wie unsere hätten.«

»Das verstehe ich«, sagte Charles.

»Harry ist ein guter Junge. Er brachte Sally und mir bei, besser zu reden. Und Giles auch. Der lernt außerdem schreiben und lesen bei Harry, zusammen mit Moll.«

»Können Sie lesen und schreiben?« Erstaunt hob Charles die Brauen.

»O ja.« Sie lächelte, als müsste sie an einen geheimen Scherz denken. »Und ich habe eine sehr schöne Handschrift. Viel Zeit zum Üben bleibt mir nicht. Aber ich lese meinen Freunden Geschichten aus der Zeitung vor, wenn Harry keine Zeit hat, weil er Schriftstücke kopieren muss.«

»Ich verstehe«, erwiderte Charles. Eine andere Antwort fiel ihm nicht ein. Zumindest keine, dir ihr *nicht* herablassend erscheinen würde. In wie vielen Salons hatte er gesessen und mit Frauen geplaudert? Im Vergleich dazu war diese Konversation bizarr. Aber sehr real. Er räusperte sich und stand auf, glättete sein Haar und seine Kleidung. »Nun sollten Sie den Rest des Hauses besichtigen.«

»Natürlich.« Wieder einmal schien sie sich zu amüsieren. Dann wurde ihr Gesicht ausdruckslos. »Warum nicht?«

Abrupt wandte er sich ab und verließ das Zimmer, mit dem unerklärlichen Gefühl, Maggie würde ihn auslachen. Er stieg die Treppe hinauf. Im Zwischenstock wartete er, bis sie ihn eingeholt hatte. »Das Wasserklosett«, verkündete er kühl, öffnete die Tür, und Maggie spähte mit großen Augen hinein. Zögernd fügte er hinzu: »Vermutlich wissen Sie nicht, wie das funktioniert.«

»Oh, doch!«, entgegnete sie fast verächtlich und schob sich an ihm vorbei. Sofort reagierte sein Körper auf ihre Nähe und sandte Befehle zu seinem Gehirn, die es missachtete.

So aufmerksam, wie sie die Räume im Erdgeschoss begutachtet hatte, studierte sie die Einrichtung des Bads. »Oh, eine Wanne. Mit heißem Wasser aus dem Boiler vom Herd?« Offenbar fand sie das alles zu schön, um wahr zu sein.

»Gewiss«, bestätigte Charles.

Nachdenklich nickte sie und trat aus dem Badezimmer. »Meine Freunde und ich kommen ganz gut zurecht. Aber ganz gut bedeutet nicht sehr gut«, fuhr sie rasch fort, als würde sie dieses Geständnis erleichtern.

Was sollte er darauf antworten? Charles warf ihr einen Blick zu, der, wie er hoffte, ermunternd und beruhigend wirkte.

»Niemals würde ich mich über meinen Stand erheben«,

beteuerte sie. »Das soll niemand von mir behaupten. Aber manchmal stelle ich mir vor ... Moll und Giles müssten in eine Schule gehen, richtig lesen, schreiben und rechnen lernen, damit sie nicht von irgendwelchen Leuten, die schlauer sind, übers Ohr gehauen werden. Gewiss, Jo ist noch ein Baby. Und Harry ist nicht für dieses Leben geschaffen. Eigentlich müsste er ein Gent sein. Und ein Sekretär. Vielleicht sollte er sogar studieren und Anwalt werden, statt einfach nur dieses juristische Zeug abzuschreiben.«

Ursprünglich war der zweite Stock für drei Schlafzimmer bestimmt. Aber in diesem Haus hatten niemals Kinder oder Gäste gewohnt, und so diente ein Raum als Arbeitszimmer, ein anderer als Ankleidekammer, an die das Schlafzimmer grenzte. Maggie warf einen kurzen Blick in den Arbeitsraum. Dann betrat sie das Schlafzimmer und erstarrte.

Charles folgte ihr. Anscheinend hatte Mrs Pershing sehr schnell gearbeitet. Helles Gaslicht erfüllte einen einladend gestalteten Raum. Im Kamin brannte ein kleines Feuer, alle billigen Ziergegenstände befanden sich wieder an ihren Plätzen, und auf der rosa Tagesdecke des Betts lag Maggies armseliges Bündel.

In diesem kitschigen Boudoir trug alles den Stempel der letzten Geliebten, die Charles' Vater beglückt hatte – von zahllosen hässlichen kleinen Porzellanfiguren bis zu den bestickten Deckchen auf sämtlichen Möbeln. Beinahe glaubte der Baron, Frances in der Ankleidekammer rumoren zu hören, er erschauerte. Seit dem Tod seines Vaters war er keine Beziehung mit einer Frau eingegangen, die er zwischen den Geistern des Verstorbenen einquartieren wollte.

»Sehr – distinguiert«, bemerkte Maggie skeptisch.

»Geschmacklos«, entgegnete er. »Die letzte Bewohnerin hatte keinen Stil.« Und die Augen einer Sirene, ergänzte er in Gedanken, den Körper einer Göttin und die Moral einer Straßendirne.

Schulterzuckend wanderte Maggie im Zimmer umher. »Das ist *Ihr* Haus, Sir.«

»Stimmt.« Unwillkürlich lächelte er über die pointierte, schlagfertige Antwort. Die Erinnerungen, die dieser Raum heraufbeschwor, und Maggies Anwesenheit weckten plötzlich den Impuls, die Flucht zu ergreifen. Warum auch nicht? Er schuldete ihr nichts. »Da ist die Glocke.« Er zeigte auf eine Schnur, die neben dem Bett hing. »Wahrscheinlich bereitet Mrs Pershing gerade Ihr Dinner vor.« Als die Haushälterin auf dem Weg nach unten am Salon vorbeigegangen war, wie viel hatte sie da gehört? Wie viel hatte sie erraten? »Wenn Sie irgendetwas brauchen, läuten Sie.«

»Gehen Sie jetzt?« Maggie drehte sich zu ihm um. Wieder einmal fiel ihm auf, wie klein sie war. Ihr Kopf reichte nicht einmal bis zu seiner Schulter. Und wie zierlich. Warum wirkte sie trotzdem nicht gebrechlich?

»Ja. Sie sollten mich ›Sir‹ nennen«, fügte er hinzu.

»Sehr wohl, *Sir.*« Der sarkastische Tonfall entging ihm nicht.

»Gute Nacht, Miss King«, verabschiedete er sich kühl.

»Gute Nacht, Sir. Möchten Sie mich nicht noch einmal küssen, bevor Sie mich verlassen?«

Meinte sie das ernst? Ihre Stimme klang kokett. Aber ihre Augen hatten sich verdunkelt. Verdammt, genau das wollte er. Aber wenn er es tat, könnte er das Liebesspiel nicht mehr unterbrechen. Diesmal nicht – ganz egal, wie bitter er es in ein oder zwei Tagen bereuen mochte. Obwohl sich sein Blut erhitzte, warf er ihr einen vernichtenden Blick zu. »Wenn Sie mir diese Frage das nächste Mal stellen, sollten Sie sicher sein, dass Sie es auch ernst meinen und alles wünschen, was einem Kuss folgen würde. Denn ich versichere Ihnen, *ich* würde es anstreben.«

Ohne ein weiteres Wort machte er auf dem Absatz kehrt und eilte aus dem Zimmer.

Eine Hand auf den Mund gepresst, starrte sie die offene Tür an, durch die der Baron soeben hinausgegangen war. Ihre Lippen fühlten sich immer noch geschwollen an – von seinen Küssen. Was empfand sie bei der Erkenntnis, dass er nichts von ihr verlangte außer den Aufträgen, die er erläutert hatte? Erleichterung, gewiss. Aber auch Angst. Unsicherheit. Und seltsamerweise Enttäuschung.

Zumindest theoretisch wusste sie, wie eine intime Beziehung zwischen einem Gentleman und einer Frau von ihrer Sorte verlief, ganz egal, welche besonderen Bedingungen sich damit verknüpften. Und wenn es keine solchen Bedingungen gab – was bedeutete das für sie? Würde sich der Baron an das Abkommen halten? Was musste sie tun, um ihn nicht zu langweilen? Damit er sie nicht einfach wieder auf die Straße setzte?

Vorhin hatte er erklärte, sie müssten einander besser kennen lernen. Aber wenn sie sich unterhielten, war es nur er, der die Fragen stellte. Und sie antwortete. Über ihn wusste sie noch genauso wenig wie zehn Minuten nach der ersten Begegnung. Abgesehen von den Küssen, die sie erregt und zugleich gepeinigt hatten …

Es klopfte am Türrahmen, und Mrs Pershing steckte den Kopf herein. »Miss, ich haben Ihnen ein Tablett mit dem Dinner gebracht. Und da ist ein junger Mann.« Missbilligend kräuselte sie die Lippen. »Er behauptet, er würde Sie kennen.«

Als sie beiseitetrat, schlenderte Giles ins Zimmer, ein zerlumpter kleiner Prinz mit einem überdimensionalen Blumenstrauß im Arm.

»Hallo, Maggie!«, rief er und strahlte über das ganze Gesicht. »Ich wollte nur mal sehen, wie's dir jetzt geht. Da hast du wirklich einen stinkreichen Pinkel aufgegabelt.«

Miss Pershing trug eine betont ausdruckslose Miene zur Schau. Aber Maggie wusste, dass die Frau begierig zuhörte. Sie eilte zu einem kleinen runden Tisch, der nicht so vollgeräumt war wie die anderen. Hastig legte sie ein paar Ziergegenstände auf einen Stuhl. »Stellen Sie das Tablett hierher. Danke.«

Falls Mrs Pershing enttäuscht war, weil sie mehr oder weniger höflich weggeschickt wurde, ließ sie sich nichts anmerken. Wortlos schloss sie die Tür hinter sich.

»Wie hast du mich gefunden?«, fragte Maggie das Kind, sobald sie mit ihm allein war.

»Jemand hat mir erklärt, wie ich herkomme«, erwiderte Giles nicht besonders aufschlussreich und reichte ihr Blumen. »Für dich, Mum.«

Beklommen starrte sie die Blumen an. Wer sollte ihr so

etwas schicken? Da fiel ihr niemand ein außer … »Von Danny.«

»Ja, das glaube ich auch«, stimmte der Junge zu. Als sie den Strauß nicht ergriff, warf er ihn neben das Tablett.

»Bei Mrs Pershing darfst du mich nicht ›Mum‹ nennen«, mahnte sie, während sie überlegte, was Danny mit diesem Geschenk bezweckte. »Sonst wäre sie verwirrt.«

Giles grinste. »Klar, Mum.«

»Wer hat dir die Blumen gegeben?« Nun versuchte sie es mit einer anderen Taktik. Giles neigte dazu, immer nur die Frage zu beantworten, die man ihm stellte. Darüber hinaus sagte er nichts.

»Einer dieser Lieferanten, die für Parks arbeiten, den Blumenhändler.« Hungrig beugte er sich über das Dinnertablett.

»Darf ich ein bisschen was kosten, Maggie?«

»Natürlich«, murmelte sie, obwohl sie wusste, dass er die ganze Mahlzeit verschlingen würde. Ohne eine weitere Ermutigung abzuwarten, begann er, sich den Bauch vollzuschlagen.

Als Maggie ihn in ihre Obhut genommen hatte, war er ein winziges Ding gewesen. Kaum bis zu ihrer Taille hatte er gereicht. Aber in zwei Jahren war er erstaunlich gewachsen, und es sah nicht so aus, als hätte er seine volle Größe bereits erreicht. Viel zu weit ragten seine Handgelenke aus den Jackenärmeln. Dabei hatte Maggie ihn erst in diesem Sommer gezwungen, eine neue Jacke zu kaufen, nachdem er aus der alten hoffnungslos herausgewachsen war.

»Und dieser Blumenmann wusste, wo er dich finden kann?«, fragte sie, während er ein großes Stück Kronenbraten in den Mund stopfte.

Blitzschnell schluckte er den Bissen hinunter. »Nein«, erwiderte er voller Stolz. »Wo ich vor zwei Stunden war, weiß ich selber nicht. Ich glaube, er suchte Nan, weil er in eine ihrer Straßen ging, wo sie die Suppen verkauft. Aber da war sie nicht. Dann fand er mich, und er weiß, dass ich dich kenne. Also gab er mir die Blumen und ein ganzes Sixpence-Stück, weil ich scheinbar zu blöd war, um dich aufzustöbern, bevor er mich bezahlt hat.«

»Und was hat er gesagt?« Da sie wusste, wie gern er fabulierte, ergänzte sie in strengem Ton: »Das will ich ganz genau wissen. Wort für Wort.«

»Daran erinnere ich mich nicht. Jedenfalls sollte ich dir diese Blumen bringen – ›mit Empfehlungen‹.«

»Also weiß Danny, wo ich bin«, seufzte sie schweren Herzens.

Giles zuckte mit den Schultern, ärgerlich über ihr Desinteresse an der Rolle, die er bei der Blumenübergabe gespielt hatte. »Vermutlich. Falls er Parks' Laufburschen gesagt hat, was er mir ausrichten soll.«

Wie war das möglich? Die Leute, die Lord Edgingtons Kutsche am Covent Garden und in St. Giles gesehen hatten, wussten nicht, wer er war und dass er dieses Haus besaß. Es sei denn, jemand hatte die Kutsche verfolgt. Besonders schnell waren sie nicht gefahren. Bei dem Tempo hätte jeder gesunde Junge mithalten können. Ihre Nackenhaare prickelten. Meistens merkte man nicht, wenn man beobachtet wurde. Das wusste sie nur zu gut. Und doch, in diesem Moment …

Sie trat ans Fenster und zog den Vorhang beiseite. In dieser Straße standen die Gaslampen dicht beisammen, dunkelbrauner Nebel umwallte die hohen dunklen Pfosten. Nur die Männer, die gerade von der Arbeit nach Hause kamen, zwei Einspänner und ein halbes Dutzend Gents mit Hüten und Mänteln ließen sich blicken. Aber Maggies Aufmerksamkeit galt einer kleinen, schäbigen Gestalt an der Straßenecke, in einer übergroßen Jacke, die fast bis zum Boden reichte. Über der Schulter lag ein Besen. Ein Straßenkehrer? Einer von Dannys Handlangern? Wer konnte es sich in diesen Tagen leisten, *nicht* für ihn zu arbeiten? Der Kopf des Kindes wandte sich in ihre Richtung. Sekundenlang hätte sie schwören können, der Junge würde das Haus des Barons eingehend mustern. Dann kehrte er ihr den Rücken.

»Halt dich von Danny fern, hörst du, Giles?«, befahl sie und ließ den Vorhang los.

»Ja, Mum«, antwortete er gleichmütig. Dass man nirgendwo in London vor Danny sicher war, wenn er es ernsthaft auf einen abgesehen hatte, wusste er ebenso gut wie Maggie. Sie hatte gehofft, in Lord Edgingtons Haus drohte ihr keine Gefahr. Offensichtlich war das ein Irrtum.

Plötzlich erschien ihr das Schlafzimmer eher grotesk als geschmacklos. Sie sehnte sich nach ihrer vertrauten Umgebung in der Church Lane zurück. Dort wusste sie, welche Geräusche Gefahren ankündigten, und sie konnte den Lärm des Straßenverkehrs identifizieren, wie ein alter Seebär, der einen Wetterumschwung in seinen Knochen spürte. Aber diese Vertrautheit war trügerisch, nur eine Illusion ihrer Sicherheit. Vorerst durfte sie sich nicht mehr in die Nähe ihrer Freunde wagen. Wenigstens würde ihnen nichts zustoßen, wenn Danny über sie herfiel.

Bei diesem Gedanken wandte sie sich wieder zu Giles. »Geh jetzt nach Hause.«

Sorgsam wischte er den Rest der Bratensauce mit einem Stück Brot vom Teller und schob es zwischen die Zähne. »Ja, Mum«, wiederholte er mit vollem Mund und kaute genüsslich. »In St. Giles soll es eine neue Kneipe geben. Da will ich rechtzeitig hin. Mal sehen, ob ich was abstauben kann.« Zufrieden tätschelte er seinen Bauch und schlenderte zur Tür hinaus.

Könnte sie doch seine Nonchalance teilen ... Ohne den geringsten Hunger zu verspüren, starrte sie den leeren Teller an. Was mochte Danny von ihr wollen? Vermutlich *alles*. Was immer er von ihr verlangte – zweifellos hing es mit dem Leben zusammen, das sie vor vier Jahren, in jener Nacht auf der Brücke, beendet hatte. Jene Zeiten, erfüllt von Diebereien und Verzweiflung, gehörten zu einer Vergangenheit, in die sie niemals zurückkehren würde.

Langsam ging sie zu ihrem Bündel, das auf dem Bett lag, und wickelte es auseinander. Dann trug sie ihre Sachen in die Ankleidekammer. Ihr Kleid vom letzten Jahr, die beiden Hemden zum Wechseln und die drei Unterröcke – im Augenblick trug sie keinen – bildeten ihre gesamte Garderobe, abgesehen vom Little-Peg-Kostüm, das sie nicht mitgenommen hatte. In dem riesigen Schrank füllten sie nicht einmal ein einziges Fach. Ihren alten Schildpattkamm, die passende Bürste und die Haarnadeln verstaute sie in einer Schublade des Toilettentisches, auch die Halskette aus Schmelzfarbglas, die ihr einer von Little Pegs Bewunderern geschickt hatte. Jetzt lag nur noch die dumpf schimmernde Pistole in der Mitte des Schals.

Maggie griff danach. Schwer und beklemmend lag die Waffe in ihrer Hand, der Perlmuttgriff fühlte sich kalt an. Sie wollte den Revolver in das Schubfach des Sekretärs in ihrem Schlafzimmer legen. Doch sie besann sich anders und schob ihn unter die Rosshaarmatratze des Betts – in Reichweite, damit sie ihn notfalls sofort hervorziehen konnte. Schon längst hätte sie ihn verkaufen sollen. Aber seit sie Johnny in jener Nacht erschossen hatte, konnte sie sich nicht davon trennen.

Was ihr die Pistole bedeutete, wusste sie nicht genau. Ihre Freiheit, ihre Schuldgefühle, ihr altes und ihr neues Leben, alles in diesem Metall vereint und die Erinnerung an ihre bedrohte Unabhängigkeit, an unerledigte Dinge ... Sosehr ihr auch davor graute, die würde sie tun müssen, wenn sie jemals wirklich frei sein wollte.

Entschlossen verdrängte sie diesen Gedanken und zog sich bis auf ihr Hemd aus. An ihren Kleidern roch sie den Duft des Barons – auch an ihrer Haut, als sie aus dem Hemd schlüpfte, ein intensives, würziges Aroma, das den brennenden Wunsch weckte, er würde sie in dieser Nacht nicht allein lassen. Sicher wären seine Arme stark genug, um sie vor Danny zu schützen. Aber der Baron stellte ebenfalls eine Gefahr dar. Er war ein Mann, der daran gewöhnt war, dass seine Befehle stets befolgt wurden. In seinen Armen wäre sie vor dem tückischen Schurken sicher. Andererseits … Würde sie bleiben, was sie war? Unversehrt, nicht von der schieren, autokratischen Kraft seiner Persönlichkeit in das Geschöpf verwandelt, das er in ihr sehen wollte? An der Innenseite ihres Schenkels entdeckte sie einen Blutfleck und betrachtete ihn eine Zeitlang, bevor sie auf einen Zipfel eines Betttuchs spuckte und ihn wegwischte.

Hier gab es keine Wandhaken, so wie in ihrem eigenen Schlafzimmer an der Church Lane. Vielleicht sollte sie diese Kleider nicht zu ihren sauberen in den Schrank legen. Sie hängte sie über das Fußende des Betts und zog ein sauberes Hemd an. Dann löschte sie das Gaslicht und kroch zwischen die Laken, versuchte zu schlafen und fühlte sich sehr, sehr einsam.

5

Während die Kutsche westwärts rollte, wurde der schmutzige Nebel lichter. Bald wehten nur noch durchscheinende, wirbelnde Schleier über die Straße. Charles schaute ihnen zu, als er an einem Gasthaus vorbeifuhr. Im Hof, von schwachen Öllampen erhellt, warteten geduldige Pferde auf den nächsten Wagen.

Diese Gegend unterschied sich von der bedrückenden Atmosphäre in Chelsea. Am Wagenfenster glitten stattliche Häuser vorbei, halb verborgen von Mauern, Toren und Hecken, geschützt vor den neugierigen Blicken unbefugter Passanten.

Welch ein Unterschied zum düsteren Gassengewirr, zu den Elendsquartieren in St. Giles. Hier fanden die Spitzen der Gesellschaft Zuflucht, gewannen Abstand von dem braunen Nebel und der Bourgeoisie, die unaufhaltsam die alten Regionen der Aristokratie in Mayfair und Piccadilly vereinnahmte. In dieser Gegend standen die Häuser nicht zu eng beisammen, keine ungeduldigen neureichen Gecken warteten auf Pferde, die aus dem nächsten Mietstall geführt werden sollten. Denn hier gehörte zu jedem Gebäude ein eigenes kleines Landgut, so dass die Reichen die Freuden der Londoner Saison ungestört genießen konnten.

Und nun wollte er ein Mädchen aus dem schmutzigsten Teil der schmutzigen Innenstadt holen und hierher bringen? In seiner Fantasie erschien Maggies Gesicht, raffiniert und wachsam, geprägt von lebhafter Intelligenz und einem frühreifen Wissen um all die bösen Dinge dieser Welt. Ein solches Mädchen mit einem solchen Gesicht – *hier?*

Nicht so frühreif, wie du dachtest, flüsterte eine innere Stimme in jenem sorgenvollen Teil seiner Seele, wo seine Zweifel im Schatten lauerten. Die Stirn gerunzelt, musterte er ein Herrschaftshaus mit Zinnen, das den Eindruck erwecken sollte, es wäre Jahrhunderte alt, obwohl der Mörtel noch trocknen musste. Körperlich war Maggie noch unschuldig gewesen. Trotzdem hatte sie Dinge getan, die nicht zu einer unschuldigen Frau passten.

Er hatte ihr etwas angetan, das sich kein Gentleman erlauben dürfte.

Diesen Gedanken verdrängte er und erinnerte sich an die kleine Gestalt in seinen Armen, so angespannt und steif, dass er befürchtet hatte, sie könnte zerbrechen. Ihre Haut roch nach Seife und nach einem köstlichen femininen Duft – nach Maggie.

Verdammt. Unbehaglich rutschte er auf dem Kutschensitz umher und wünschte, seine Erektion würde abebben. Darum musste er sich später kümmern, und zwar allein. Er wollte Komplikationen vermeiden und einfach nur eine Wette gewinnen.

Missgelaunt starrte er einen indischen Vergnügungspalast an, der aus Nebelschwaden emporragte. Im diffusen Mondlicht schimmerten Zwiebeltürme. Dieses Gebäude markierte den Rand des Edgington-Landes – *seines* Landes. Während der letzten anderthalb Jahrhunderte war seine Familie allmählich von der Rinderzucht zur Zucht edler Pferde übergegangen. Der gesamte Grundbesitz gehörte unwiderruflich ihm, aber alle Häuser – für fünf oder zehn oder neunundneunzig Jahre vermietet – waren mit Krediten gebaut, die Mieteinnahmen waren schnell vergeudet worden. So hatten die finanziellen Verpflichtungen der Baronie schwindelerregende Höhen erreicht. Nun blieb ihm nur eine einzige Möglichkeit. Er musste noch mehr Häuser bauen, die neuen Einnahmen nutzen, um alte Schulden zu begleichen, und seine Ausgaben in vernünftigen Grenzen halten, ohne dass neugierige Beobachter irgendwelche Probleme registrierten. Zum ersten Mal seit mehreren Generationen überstiegen die fabelhaften Ausgaben des Edgington-Landguts die fabelhaften Einnahmen. Stein um Stein hatte Charles das Wrack des Familienvermögens wiederaufgebaut. Er brauchte keine kostspieligen, Kräfte raubenden Verwicklungen, sondern Klarheit, Entschlossenheit, Integrität. Wenn er das alles zu einem erfolgreichen Ende brachte, durfte er hoffen, sein Selbstwertgefühl zu retten. Denn er fürchtete, es war ihm irgendwann zwischen der Schulzeit und dem Antritt seines Erbes abhandengekommen, und er wusste nicht, wie man zu sich selbst fand.

Als er diese Gedanken beendete, tauchte das Tor von Edgington House vor ihm auf. Isoliert stand es im Rest des einstigen Parks, umgeben von den Villen und glitzernden Vergnügungstempel der Reichen. Die großen Ländereien der Edgingtons lagen in Lancashire. Doch die Familie hatte die Londoner Ausschweifungen dem gesünderen ländlichen Lebensstil vorgezogen. Deshalb hatte dieses Herrschaftshaus dem ursprünglichen Familiensitz schon vor langer Zeit den Rang abgelaufen.

Der Pförtner lief herbei. Knarrend schwang das Tor auf. Am Ende der Zufahrt polterte die Kutsche die Brücke entlang, die den Fluss überspannte, und folgte der Eibenallee. Feiner Kies knirschte unter den Rädern. Auf dem Gipfel eines Hügels ragte das Haus empor, die Seitenflügel umschlossen einen gepflasterten Hof. Die Kalksteinfassade, ein grandioses barockes Kunstwerk, pulsierte hinter den wechselnden Farben der Nebelschleier. Vom Grünspan befleckt, der vom Kupferdach herabgekrochen war, wirkte der Bau ätherisch und zugleich streng in seinen klaren Linien.

Zu antiquiert, nannte Charles' Mutter das Haus und rümpfte die Nase angesichts der alten Gemälde und Gobelins, die immer noch zahlreiche Wände schmückten. Und zu kalt, was zweifellos zutraf. Sogar im Hochsommer, wenn ganz London schmachtete und die Themse von den Ufern zurückwich und stinkenden Schlamm entblößte, loderten Flammen in den Kaminen des Edgington House. In den Räumen mit den hohen Decken strahlten die Mauern die Kälte von Jahrhunderten aus.

Die Hufe klapperten auf dem Kopfsteinpflaster des Hofs. Dann hielt die Kutsche vor der geschwungenen Eingangstreppe, über der die Doppeltür fest geschlossen war, wie die verkniffenen Lippen eines alten Mannes. Charles stieß den Wagenschlag auf und sprang leichtfüßig hinaus.

Ungeduldig, hörte er in Gedanken seine Mutter tadeln. *Würdelos.* Welche Sünden ihre Kinder begingen, schien sie nicht zu bekümmern, solange dies alles würdevoll geschah.

Er stieg die Stufen hinauf. Noch bevor er den Treppenabsatz erreichte, schwangen die Türflügel auf. Seine Mutter trat heraus, gefolgt von den beiden Gesellschafterinnen in ihrem ewigen schwarzen Bombasin, mehreren aufgeregten Dienstmädchen und zwei Lakaien, die vergeblich den Eindruck zu erwecken suchten, *sie* hätten die Tür so schnell geöffnet.

»Charles!«, rief sie und eilte ihm auf der Treppe entgegen.

»Mutter«, erwiderte er und musterte sie kühl. Früher war sie die »liebe Mama« gewesen, immer freundlich, wenn auch geistesabwesend, stets bereit, ihre Sprösslinge in parfümierten Umarmungen zu herzen, zu lachen, den kindlichen Nöten zu lauschen und Mitgefühl zu bekunden, Trost zu spenden und das Leid mit Süßigkeiten zu lindern. Doch dann hatte er das Internat in Rugby besucht. Jedes Jahr, wenn er die Ferien daheim verbracht hatte, war sie ihm verändert erschienen. Allmählich ging das Gelächter in Klagen über, die Umarmungen wurden von Nörgeleien oder Ratschlägen begleitet. Die kleinen Geschenke hatten sich in Bestechungen verwandelt, um Lady Edgingtons Hoffnung auszudrücken, er würde »oft an seine liebevolle Mutter denken«. Jetzt wurde ihm beim Anblick der vogelartigen, plappernden Frau bewusst, dass er sie zwar liebte, aber längst aufgehört hatte, sie zu mögen.

»Wo warst du denn, Charles? Seit einer Ewigkeit halte ich den Tee für dich warm, nun ist schon fast Zeit fürs Dinner!« Sie schimpfte nicht mit ihm, sorgte sich nur und machte zu viel Aufhebens.

Mühsam bezwang er den Impuls, einfach an ihr vorbeizugehen. Stattdessen bot er ihr seinen Arm. Sie starrte ihn sekundenlang an. Dann verebbte das lebhafte Getue, und sie ließ sich hilflos die Treppe hinaufführen.

In der Halle angekommen, erklärte er: »Ich trinke nicht jeden Tag mit dir Tee, Mutter. Auch beim Dinner leiste ich dir nicht regelmäßig Gesellschaft. Also hattest du keinen Grund, mich zu erwarten. Selbst wenn ich zu Hause bin«, er betonte das Wort *wenn*, »nehme ich meine Mahlzeiten oft allein ein.«

»Aber ich will wissen, wo du bist«, protestierte sie. »Du hast Robbins nicht mitgeteilt, dass du durch Abwesenheit glänzen würdest. Nicht einmal Kendall. Damit bereitest du mir Sorgen. Das weißt du. Dauernd fürchte ich, irgendetwas Schreckliches wäre passiert. Wenn du mich über deine Pläne informierst, werden deine Mahlzeiten nicht erkalten. Und ich müsste mich nicht aufregen. Übrigens fände ich es besser, du würdest immer hier speisen. Das würde sich günstiger auf deine Verdauung auswirken. Da oder dort zu essen, das ist reine Willkür und sicher nicht richtig …«

Während seine Mutter ihre Litanei fortsetzte, blieb er in der kalten weißgoldenen Pracht der Eingangshalle stehen. Ringsum postierte sich das Gefolge Ihrer Ladyschaft, und an der Decke lächelte eine üppig gebaute Europa, zwischen den drallen Beinen einen Stier, der in die Wellen stürmte.

Charles ließ den Arm seiner Mutter los, um seinen Mantel auszuziehen, und übergab ihn dem nächstbesten Lakaien. In seinen Ohren dröhnte Lady Edgingtons Gejammer. Schließlich verlor er die Geduld, unterbrach sie mitten im Satz und neigte sich zu ihr hinab, ehe sie zurückweichen konnte. »Ich bin nicht mein Vater«, wisperte er so leise, dass nur sie die Worte verstand. Das war er ihr schuldig. »Um *mich* musst du dich nicht sorgen, weil *meine* Abwesenheit dein Ehebett *nicht* besudelt.«

Entgeistert schnappte sie nach Luft und zuckte zurück. Unter den Rougeflecken färbten sich ihre Wangen weiß wie Marmor. Beinahe bereute er seine Ermahnung. Nur beinahe. Zu oft hatte er als kleiner Junge an der Dinnertafel gesessen, mit knurrendem Magen, während die Suppe verkocht und das Roastbeef vertrocknet und seine Mutter händeringend im Speisezimmer umhergewandert war. So verzweifelt hatte sie abgewartet, ob sich ihr Ehemann verspäten oder überhaupt nicht erscheinen würde.

»Wie kannst du es wagen, so mit mir zu reden?«, keuchte sie. Doch sie wirkte weder wütend noch entsetzt. Ihre Antwort war eine erbärmliche Bitte, den Anschein der Schicklichkeit zu wahren. Nur darauf kam es an. »Wie kannst du es wagen, so mit deiner Mutter zu sprechen?«

Charles seufzte. Plötzlich fühlte er sich müde. Seine Worte hatten nichts bewirkt. Was immer er sagte, es stieß stets auf taube Ohren. »Heute Abend werde ich in meinem Arbeitszimmer essen. Trink deinen Tee, Mutter. Oder setz dich an die Dinnertafel, weil es schon so spät ist. Und warte nie wieder auf mich.« Sarkastisch hob er die Brauen. »Millie hat sicher nicht gewartet.«

Indem sie nicht widersprach, bestätigte sie seine Vermutung. Nach ein paar Sekunden wandte er sich ab und stieg die Treppe hinauf. Seine Schritte hallten in der Stille wider. Mit hellen, trockenen Augen beobachtete seine Mutter, wie er aus ihrem Blickfeld verschwand.

In der östlichen Galerie ging er an der Tür seiner Schwester vorbei, zu der Suite am Ende des Flügels, die er nach dem Tod seines Vaters übernommen hatte. Er wollte seine Mutter nicht aus ihren Räumen vertreiben, und es widerstrebte ihm, seinen Kopf auf das Kissen des Vaters zu betten. Deshalb bewohnte er eine Suite, die aus vier Zimmern bestand und ursprünglich für einen anderen Vorfahren eingerichtet worden war. Dazu gehörte, keineswegs zufällig, ein privates Treppenhaus, das zur Bibliothek hinunter- und zum zweiten Stock hinaufführte.

Er öffnete die Tür seines Arbeitszimmers, wo Kohlen im Kamin glühten und die Flammen einer Gaslampe die kahlen Wände erhellten. In diesem Raum prallten der Tudor- und der Barockstil aufeinander, die Wandtäfelung und die Kassettendecke in Weiß und Gold zeigten die Interpretation eines früheren Zeitalters, die im siebzehnten Jahrhundert üblich gewesen war. Die wuchtigen Möbel bestanden aus hellem Ahorn mit lebhafter Maserung und verliehen dem Raum eine kühle, unpersönliche Atmosphäre.

»Da bist du ja!«

Als Charles die unerwartete Stimme hörte, schloss er die Tür hinter sich. »Wie immer, wenn ich daheim bin.«

Millie erhob sich aus einem meergrünen Polstersessel. »Den ganzen Tag warst du weg. Also musst du geplant haben, wie du unsere Wette gewinnen willst.« Ihre Augen verengten sich. »Das weiß ich.«

»Offensichtlich fantasierst du zu viel.« Er hatte jetzt keine Lust, mit seiner Schwester zu sprechen, wollte keine wippenden Locken und keinen Schmollmund sehen. Und er würde ihre Schmeicheleien nicht ertragen. Was er brauchte, war ein Brandy – vielleicht ein doppelter. Dabei würde er an eine andere Frau denken, keineswegs in brüderlicher Gesinnung. Er ging zum Kamin und zog am Glockenstrang. Falls sein Kammerdiener Kendall den Klingelton hörte, wüsste er, dass Seine Lordschaft zu dinieren wünschte.

»Ach, komm schon!«, gurrte Millie selbstgefällig. »Ich bin nicht dumm. Vor zwei Tagen hast du mich zu dieser albernen Wette verleitet, heute verspätest du dich. Übrigens habe ich Sir Nathaniels Schwester, Lady Victoria, und Leticia Mortimer kurze Briefe geschickt. Keine der beiden wusste, wo du warst.«

»Warum bewirbst du dich nicht bei Scotland Yard?« Ärgerlich lockerte er seine Krawatte. »Sicher würde die Polizei eine so ausgezeichnete Detektivin vom Fleck weg einstellen.«

»Wer ist sie?«, fragte sie und überhörte die spitze Bemerkung. »Das möchte ich wissen!«

»Selbst angenommen, ich hätte irgendetwas getan, was mit unserer Wette zusammenhängt – du schmeichelst dir übrigens, wenn du glaubst, ich würde meine Zeit damit verschwenden – warum sollte ich dich einweihen?« Wieder einmal schnappte er nach dem Köder, den sie ihm hinwarf, was wohl unvermeidlich war.

»*Mich* musst du nicht zum Narren halten«, entgegnete sie sanft, »sondern alle anderen.«

Charles schenkte sich einen großzügig bemessenen Brandy ein. Fragend hielt er die Karaffe seiner Schwester hin, die ihre Nase rümpfte und das unaufrichtige Angebot durchschaute. »Du, meine Liebe, würdest solche Informationen sofort ausposaunen.«

Die Stirn gerunzelt, starrte sie ihn an. »Jedenfalls werde ich herausfinden, wer sie ist. Ich habe mich an Lord Gifford gewandt … Das heißt, ich bat seine Schwester, mir alles zu erzählen. Er ist immer sehr freundlich zu mir. Viel netter als du.«

Seufzend sank er in den Polstersessel, aus dem sie aufgestanden war. »Um Himmels willen, Millie, du bist dem Kinderzimmer entwachsen. Lass dir bloß nicht einfallen, Lord Gifford zu schreiben. Du kannst nicht mehr mit Gentlemen korrespondieren, wie es dir beliebt. So viel Christopher Radcliffe auch von dir halten mag – sobald er merkt, wie indiskret du bist, wird seine Zuneigung erkalten. Wenn du nicht als alte Jungfer sterben willst, die allen Leuten auf die Nerven fällt, solltest du dich wie eine junge Dame benehmen.«

Millies Gesicht versteinerte. Sekundenlang fürchtete er, sie würde weinen. Sollte sie das tun, würde er sie hinauswerfen, notfalls mit körperlicher Gewalt. Stattdessen zuckte sie nur traurig die Schultern und setzte sich auf den kleinen Schemel zu seinen Füßen. »Früher dachte ich, du wärst der beste Bruder von der Welt«, klagte sie. »Aber nach deiner Rückkehr aus Rugby warst du so still und ernst. Da hast du mir Angst gemacht. Und jetzt ... Nicht einmal neue Kleider darf ich mir kaufen!«

»In diesem Jahr hast du schon fünf neue Kleider bekommen, Millie«, erwiderte er müde.

»So kurz hat Papa mich nie gehalten. Nein, so grausam war er nicht. Natürlich dachte ich, du hättest es nicht so gemeint, als du sagtest, ich müsste meine Ausgaben von Grandmamas Erbe bestreiten. Hätte ich das gewusst, wäre ich so vernünftig gewesen, nicht alle Kleider in diesem Winter schneidern zu lassen. Nun muss ich den ganzen Sommer und sogar noch den Herbst die Fetzen vom letzten Jahr tragen!« Um ihren Worten Nachdruck zu verleihen, machte sie eine Pause. Aber Charles nahm nur einen großen Schluck Brandy und genoss den brennenden Geschmack in seiner Kehle. »Was ist geschehen, Chas?«, fragte sie leise und benutzte den Spitznamen, den er zum ersten Mal seit zehn Jahren wieder hörte. »Warum haben wir keinen Spaß mehr miteinander?«

»Nun, ich bin erwachsen geworden. Diesem Beispiel solltest du folgen. Die Welt besteht nicht mehr aus Ponys und Süßigkeiten.«

Verständnislos blinzelte Millie, und er gönnte sich noch einen Schluck. In diesem Augenblick klopfte es an der Tür.

»Herein, Kendall!«, rief er, und sein Kammerdiener betrat das Zimmer. »Gute Nacht, Millie«, verabschiedete er sich von seiner Schwester in einem Ton, der keinen Widerspruch duldete.

Steifbeinig erhob sie sich, ohne eine Miene zu verziehen, und trippelte zur Tür hinaus.

So quält der Tyrann seine Familie, dachte Charles trocken und inspizierte das Tablett, das Kendall auf den Tisch neben dem Polstersessel stellte. »Ah, gebratene Ente in Aprikosensauce! Unsere Köchin wagt sich an immer kühnere Kompositionen heran.« Mit einem Enthusiasmus, der ihn beinahe selber überzeugte, begann er zu essen. Während der Mahlzeit erschien in seiner Fantasie eine kleine Frau, die auf einer Bühne stand und mit ihrem Gesang die Tyrannei der ganzen Welt bekämpfte.

Schon am frühen Morgen begann Maggies Tag, als Mrs Pershing die Vorhänge auseinanderzog und erstaunlich helles Licht ins Zimmer strömte, das nicht zur Jahreszeit passte.

Zwischen zahlreichen Laken und Decken richtete Maggie sich auf. Dabei versanken ihre Hinterbacken noch tiefer im dicken Federbett. Gähnend rieb sie sich die Augen. Sie hatte nicht gut geschlafen, denn die Matratze war zu weich, die Bettwäsche zu glatt, das ganze Bett zu groß, zu leer für eine einzige Person – zweimal so groß wie die eiserne Bettstatt, die sie mit Sally und Nan teilte. Auch die Stille in der Nachbarschaft erschien ihr seltsam und beklemmend. Seit die Kirchenuhr am letzten Abend zehnmal geschlagen hatte, lag die Straße in lautlosem Schlummer, abgesehen von einem polternden Müllwagen oder den Schritten eines Streifenpolizisten.

Nach Mitternacht war Maggie aufgestanden, um die Vorhänge zu öffnen und zur Straßenecke zu spähen. Dort lungerte der Straßenkehrer immer noch herum. Der Polizist blieb stehen und sprach mit ihm. Danach verschwand der Junge und tauchte wieder auf, sobald der Beamte seinen Rundgang fortsetzte.

In der nächsten Stunde beobachtete Maggie dreimal, wie sich dieses Ritual wiederholte. Schließlich kroch sie erschöpft ins zu große, zu weiche Bett zurück. Viel zu lange hatte sie den Baldachin aus rosa Seide angestarrt, bis sie endlich einschlummert war.

»Guten Morgen, Miss King«, grüßte Mrs Pershing und band die Vorhänge geschickt mit Kordeln zusammen.

»Guten Morgen«, murmelte Maggie und betrachtete den blassblauen Himmel. Von niemandem konnte man erwarten, vor zehn Uhr Erbsensuppe zu kaufen. Da Little Pegs Auftritte meistens bis spät in die Nacht gedauert hatten, wusste sie nicht, wie die Morgendämmerung aussah. Sie war immer erst gegen Mittag aufgestanden, um den Karren mit den Suppentöpfen bis zum Abend zu übernehmen. Wie sie jetzt feststellte, hatten ihr diese frühen Tagesstunden nicht gefehlt. »Wie spät ist es?«

»Fast neun, Miss«, erklärte die Haushälterin freundlich. »Ich habe Sie schlafen lassen, bis Madame Rochelles Gehilfin eingetroffen ist, und das Frühstück heraufgebracht«, fügte sie hinzu. Maggie entdeckte ein Tablett auf dem kleinen Tisch. »Beeilen Sie sich mit dem Essen. Sie müssen sich nicht anziehen. In ein paar Minuten schicke ich das Mädchen herauf.«

So fing der aufregendste Tag in Maggies Leben an. Ihre Maße wurden genommen und ihre Figur taxiert, zuerst von dem hochgewachsenen bleichen Mädchen, dann von der

Schneiderin Madame Rochelle selbst, die versicherte, sie würde sich persönlich in allen Einzelheiten um Maggies Garderobe kümmern, von der Wäsche bis zu den Schuhen.

An ihrer Haut roch Maggie immer noch den Baron, und sie fürchtete, die Gehilfin würde es merken. Falls das zutraf, ließ sich das Mädchen nichts anmerken.

Wieder allein, genoss Maggie den neuen Luxus eines Bads. Bis zu den Brüsten versank sie im heißen Wasser – ein eigenartiges Gefühl und seltsam tröstlich, obwohl ihr dieser Komfort unnatürlich erschien. Sie konnte zwischen verschiedenen französischen Seifen wählen und experimentierte, bis sie zwei Düfte fand, die ihr am besten gefielen. Wenn die Seifenstücke über ihren Körper glitten, kam es ihr fast wie eine Liebkosung vor. Welch ein Kontrast zu den Kernseifen, die man in kochendes Wasser reiben musste, um sie aufzulösen. Diese Lauge brannte auch nicht auf der Haut, wenn sie einen Kratzer am Handrücken benetzte.

Viel zu früh klopfte Mrs Pershing an die Tür des Badezimmers und verkündete, ihr Chaperon sei angekommen. Ein Chaperon? Neugierig schlüpfte Maggie in ihr Hemd, ins Korsett und die Unterröcke. Dann streifte sie das Kleid über den Kopf, das Madame Rochelle ihr nur als Notlösung aus Gründen der Schicklichkeit überlassen hatte. Als sie die Treppe hinabstieg, wehte ein grober Halbwollstoff um ihre Fußknöchel. Erwartungsvoll betrat sie den Salon, um den Neuankömmling zu begrüßen.

Zu ihrer Erleichterung hatte man die Staubtücher entfernt, der Raum wirkte ganz anders als am vergangenen Abend. Trotzdem schien sich immer noch ein Geist des Barons darin aufzuhalten. Eine junge Frau stand von einem Stuhl mit gerader Lehne auf und stellte sich vor. Wie Maggie erfuhr, war ein »Chaperon« die höfliche Umschreibung einer Gouvernante, die ihr Manieren beibringen sollte.

»Soviel ich weiß, stammen Sie aus einfachen Kreisen und sollen in die Gesellschaft eingeführt werden«, begann Miss West freimütig, aber liebenswürdig und streckte ihre Hand aus. Offensichtlich eine kluge junge Dame.

Maggie musterte sie, schätzte den Wert ihrer Kleidung ein und gelangte zu einer respektablen, aber nicht zu hohen Summe. »Ja, das stimmt«, bestätigte sie vorsichtig und schüttelte ihr die Hand.

»Nur keine Bange, Miss King. Meine Agentur ist darauf spezialisiert, Frauen und Töchter von Gentlemen auszubilden, die plötzlich in höhere Gesellschaftskreise emporgestiegen sind. Darin bin ich wirklich geübt.«

Ohne weitere Umschweife packte Miss West ihren Koffer aus und erläuterte die Einzelheiten des Unterrichts. Ihre Schülerin musste gutes Benehmen und tanzen lernen, ein bisschen Literatur und Französisch und sich oberflächliche Kenntnisse in Geografie, Geschichte und Politik aneignen. Außerdem waren arithmetische Fähigkeiten erforderlich, die über Maggies bescheidene Rechenkünste hinausgingen. Zunächst würden sie hier im Haus arbeiten.

Sobald Maggie Fortschritte machte, würde sie sich unter dem wachsamen Auge ihrer Gouvernante auch in der Öffentlichkeit bewegen.

»Und wann werde ich singen?«, fragte Maggie. »Ich soll auch Gesangsunterricht nehmen.«

»Ach ja …« Miss West studierte den Stundenplan. »Jeden Morgen komme ich zu Ihnen, um Punkt neun. Meine Mittagspause dauert von elf bis ein Uhr. In dieser Zeit wird die Gesangslehrerin eintreffen. Danach essen Sie zu Mittag, am Nachmittag stehen Geografie und Mathematik auf dem Programm. Ich gehe um sieben Uhr abends, nach Ihrem Dinner, und Sie machen Ihre Hausaufgaben für den nächsten Tag.«

»Oh – ich verstehe«, erwiderte Maggie unsicher.

Nun betrat Mrs Pershing den Salon. »Da ist Mrs Arabella Ladd, die Gesangslehrerin.«

»Ausnahmsweise schaue ich zu«, verkündete Miss West, »um Ihr Benehmen zu beobachten, Miss King.«

Von Mrs Ladd hatte Maggie schon gehört, so wie jeder, der sich in der Londoner Opernwelt auskannte. Arabella Newcombe war als neue Jenny Lind gefeiert worden, bis sie nur fünf Jahre nach dem Beginn ihrer Karriere die Stimme verloren, geheiratet und eine Gesangsschule gegründet hatte – die beste und renommierteste in ganz England.

Ehrfürchtig blickte Maggie der formidablen Dame entgegen, die in den Salon rauschte. Erstaunlich, dass Lord Edgington gerade *sie* engagiert hatte, noch dazu über Nacht.

Mrs Ladd verschwendete keine Zeit, ließ Maggie mehrere Übungen singen und begleitete sie am Piano, das vor dem Erkerfenster stand. Ein paar Minuten später wies sie auf ein halbes Dutzend Mängel in der Stimme ihrer neuen Schülerin hin und erklärte, sie müssten ganz von vorn anfangen. Zwei Stunden lang übte Maggie, richtig zu atmen. Danach schmerzten ihre strapazierten Bauchmuskeln, ihr

Rücken hatte sich versteift, und ihre Füße spürte sie kaum noch.

Beim Lunch machte Miss West Konversation mit Maggie, korrigierte ihre Aussprache und diverse taktlose Kommentare und wies auf verschiedene Aspekte der Etikette hin. Die Regeln schwirrten sinn- und ziellos durch Maggies Gehirn. Aber sie versuchte sich alles zu merken. Am Abend fühlte sie sich völlig ausgelaugt und konnte kaum noch die Augen offen halten. Inständig sehnte sie das Ende der Lektionen um sieben Uhr herbei. Es war schon zehn Minuten nach sieben, als ein Geräusch an der Tür erklang. Sie blickte auf und erwartete, Mrs Pershing würde eintreten. Bei Lord Edgingtons unerwartetem Anblick stockte ihr Atem. Mühsam bezwang sie ihre heftigen Herzschläge, und Erinnerungen an den letzten Abend stürmten auf sie ein – sein Mund auf ihrem, die Hitze seiner Hände auf ihren Brüsten …

Verwirrt sprang sie auf. »Oh – eh – Lord Edgington«, stammelte sie, »wie nett von Ihnen, mich zu besuchen.«

Ohne sie zu beachten, wandte er sich an Miss West. »Wie mir Ihre Agentur versichert hat, sind Sie sehr tüchtig.«

»Gewiss, Mylord, die Allerbeste«, antwortete die Gouvernante selbstzufrieden. »Leider hat Miss King vergessen, dass wir nicht aufstehen, wenn ein Gentleman erscheint.«

Irritiert und verlegen sank Maggie auf ihren Stuhl zurück.

»Wie eine Lady, bitte«, mahnte Miss West.

Die Wangen gerötet, straffte Maggie die Schultern, bis sie schmerzten. »Nehmen Sie doch bitte Platz, Mylord«, sprudelte sie in ihren vornehmsten Tönen hervor, während sie innerlich kochte. Welch ein Unsinn, das ganze Getue und diese Mätzchen, die einzig und allein dem Zweck dienten, eine Närrin aus einer erwachsenen Frau zu machen. Doch sie wusste, es war wichtig, sogar nötig. Also zügelte sie ihren Zorn und lächelte, obwohl sich ihr ganzes Gesicht dabei verkrampfte.

Höflich erwiderte der Baron das Lächeln und setzte sich auf einen Stuhl ihr gegenüber. Aber seine Augen blieben von der freundlichen Miene unberührt und schienen sie mit einer Intensität zu durchbohren, die er wohl kaum beabsichtigte.

Auch er hat's nicht vergessen, dachte sie. Auch er spürt etwas. Ein schwacher Schauder rann durch ihren Körper – Erregung, vermischt mit Unsicherheit.

»Ist Madame Rochelle heute hierhergekommen?«, fragte er in gleichmütigem Ton.

»Ja, Sir«, erwiderte Maggie ausdruckslos. »Morgen werden meine ersten Kleider geliefert, sagt sie.«

»Hat sie gesagt«, korrigierte Miss West pflichtbewusst.

»Hat sie gesagt«, wiederholte Maggie und widerstand einem Impuls, auf ihrem Stuhl umherzurutschen. »Über ein Dutzend Kleider wird sie für mich anfertigen.«

Der Baron nickte. »Das weiß ich. Um diese Rolle zu spielen, brauchen Sie eine vollständige Garderobe, Miss King, was beträchtliche Kosten verursachen wird.« Die Stirn gerunzelt, musterte er das Kleid, das sie trug. »Ist das von Madame Rochelle?«

»Ja.«

Die Furchen auf seiner Stirn vertieften sich. »Stehen Sie

auf, damit ich es besser sehen kann.« Wortlos gehorchte sie und drehte sich langsam im Kreis. »Völlig unakzeptabel«, urteilte er und starrte das Kleid an, als würde ihn der graue Halbwollstoff beleidigen.

»Das hat sie mir nur gegeben, damit ich was zum Anziehen habe, bis die ersten Kleider fertig sind«, erklärte Maggie.

»Sobald sie geliefert werden, dürfen Sie dieses grässliche Ding nie wieder tragen, verstanden? Schicken Sie es an Madame Rochelle zurück. Dafür zahle ich keinen Penny.«

Verwirrt schluckte sie. »Ja, Sir.«

Als er ihr bedeutete, wieder Platz zu nehmen, gehorchte sie. Tiefe Stille erfüllte den Raum, und sie starrte einen Punkt an der Stelle an, wo Lord Edgingtons Hals im Hemdkragen verschwand.

Nach einer Weile räusperte sich Miss West. Eine gelehrige Schülerin, begann Maggie zu reden. »Morgen werde ich einige Dienstboten zu Vorstellungsgesprächen empfangen, Sir, eine Köchin, ein Dienstmädchen, eine Zofe.«

»Gut.« Anscheinend versuchte der Baron, gelassen zu wirken.

Aber sie kannte die kleinen Zeichen der Anspannung in einem Mann. Solche Beobachtungen hatten sie vor vier Jahren gewarnt, wenn Johnny drauf und dran gewesen war, ihre arglosen Gefährten mit Schlägen oder Fußtritten zu bestrafen. Was Lord Edgington betraf, musste sie keinen Gewaltakt fürchten. Trotzdem fand sie seine innere Unrast nicht weniger beängstigend, und sie rutschte nervös auf ihrem Stuhl umher. »Da unser Arrangement geheim bleiben soll, Mylord, würde ich gern zwei Freundinnen einstellen. Sicher können Sie sich drauf verlassen, dass Nan und Sally die Klappe halten.«

»Dass sie schweigen werden«, korrigierte Miss West missbilligend.

»Ja, das auch«, bestätigte Maggie und schnitt eine Grimasse.

»Gut«, wiederholte der Baron.

»Aber Sally würde ihre Stellungen in den anderen Häusern verlieren, wo sie sauber macht, und Nan die Standplätze für ihren Karren an andere Straßenhändler …«

»Das verstehe ich.«

Nun herrschte erneut bedrückende Stille. Machte er es ihr absichtlich so schwer? »Ich lerne, wie eine Lady isst«, berichtete sie zögernd und hoffte, er würde endlich einen Beitrag zur Konversation leisten.

»Gut«, sagte er wieder.

Nun hing ihre Geduld nur noch an einem seidenen Faden. »Madame Rochelle hat fünf Unterhosen für mich bestellt. So etwas habe ich noch nie getragen, aber sie hat erwähnt, alle Damen tragen das unter ihren Krinolinen. Mögen Sie Unterhosen, Sir?«

Die Augen der Gouvernante drohten aus den Höhlen zu quellen, und Lord Edgington hüstelte. »Würden Sie uns für ein paar Minuten entschuldigen, Miss West?«

»Gewiss, Mylord«, antwortete die Frau und stand hastig auf, verließ das Zimmer und schloss lautlos die Tür hinter sich.

»Sie machen es mir mit Absicht schwer«, klagte Maggie.

»Unterhosen …?«, murmelte er gedehnt.

»Wenigstens wurden Sie dadurch gezwungen, etwas anderes zu sagen als ›gut‹«, verteidigte sie sich.

»Was sollte ich denn sagen?« Irritiert strich er durch sein goldbraunes Haar, die erste spontane Reaktion seit seiner Ankunft.

»Keine Ahnung, Sir!«, fauchte sie. »Irgendwas, statt einfach nur dazusitzen und mich anzustarren wie eine Scheibe Roastbeef und zu erwarten, ich müsste so tun, als wäre alles ganz normal!«

Überrascht lachte er. »Eine Scheibe Roastbeef?«

»Was ich meine, wissen Sie, Sir.«

Jetzt schien er sich zu entspannen. Voller Belustigung funkelten seine Augen und nahmen den Ausdruck einer intimen Prüfung an. »Eine Scheibe Roastbeef … Und ich dachte, ich hätte mir nichts anmerken lassen. Falls ich die unzüchtigen Gedanken bekunde, die mich seit gestern Abend verfolgen, wären sie nicht kulinarischer, sondern eher lüsterner Natur.«

»Oh …«, flüsterte sie und biss instinktiv auf ihre Lippen. »Also wurden Sie – verfolgt, Mylord?«

Der Baron schüttelte den Kopf. »Das hätte ich nicht zugeben dürfen.«

Hilflos zuckte sie mit den Schultern. »Auch ich wurde verfolgt. Dauernd denke ich daran, was passiert ist und wozu es geführt hätte, wenn Sie nicht weggegangen wären.«

»Glauben Sie mir, ich bedauere den ungewohnten Verlust meiner Selbstkontrolle.« Lord Edgingtons Miene verschloss sich.

»Das habe ich nicht gemeint.« Entnervt sprang sie auf, und er erhob sich ebenfalls. Ganz automatisch in Gegenwart einer Dame, dachte sie absurderweise. »Was ich meinte … Heute Morgen nahm ich ein Bad in dieser luxuriösen Wanne«, sprudelte sie hervor. »Und ich schwöre, ich rieche Sie immer noch an meiner Haut, an meinen Kleidern. Den ganzen Tag lang trieb mich das fast zum Wahnsinn. Manchmal möchte ich meinen Körper schrubben und schrubben, und andererseits …«

Jetzt zeigte sich die Anspannung erneut in seinem Blick, in seinen verkrampften Schultern. »Und andererseits?«

»Und andererseits wünschte ich, Sie wären letzte Nacht bei mir geblieben …« Maggies Stimme erstarb in ihrer Kehle.

»Sagen Sie das nicht!«, stieß er hervor. »Ich bin nicht aus Stein!«

»Dann spüren Sie es genauso wie ich«, betonte sie, von seltsamer Genugtuung erfüllt. »Ich war mir nicht sicher, was Sie mit dieser ›Verfolgung‹ andeuten wollten. Und ich …«

»Sie wissen nicht, was Sie reden, Miss King«, unterbrach er sie und eilte an ihr vorbei zum Erkerfenster. Den Rücken zu ihr gewandt, starrte er auf die Straße hinaus. »Sie sind – unberührt.«

»Nicht mehr«, erwiderte sie leise.

»Aber Sie sollten es sein. Übrigens sind Sie nicht einmal der Frauentyp, den ich bevorzuge«, fügte er hinzu. In der nächsten Sekunde bereute er diesen albernen Kommentar.

»Wirklich nicht?« Ihre Augen verengten sich. Entschlossen durchquerte sie das Zimmer und blieb direkt hinter Seiner Lordschaft stehen. »Küssen Sie mich, und danach sagen Sie noch einmal, ich würde Ihnen missfallen.«

Er drehte sich um, und der wilde Glanz in seinen braunen Augen erschreckte sie. »Habe ich Sie nicht gewarnt? So etwas dürfen Sie nur aussprechen, wenn Sie es ernst meinen.«

»Natürlich meine ich es ernst«, wisperte sie.

Ehe sie wusste, wie ihr geschah, nahm er sie in die Arme und drückte sie an sich. Seine Nähe erzeugte schwindelerregende Emotionen. Fordernd presste er seinen Mund auf ihren und raubte ihr den Atem. An diesem Kuss wirkte nichts experimentell oder spielerisch, er bekundete nur reine Kraft und Leidenschaft, Lord Edgingtons drängende Lippen jagten ein betörendes Feuer durch Maggies Adern.

So schnell, wie er sie umschlungen hatte, ließ er sie wieder los. Leicht benommen, musste sie um ihr Gleichgewicht kämpfen.

»War das ein Fehler?«, fragte er ausdruckslos.

»Nein, ich glaube nicht«, würgte Maggie hervor.

»Ich will mir keine Geliebte zulegen«, erklärte er unverblümt.

Schmerzhaft hämmerte ihr Herz gegen die Rippen. Eine Geliebte? Sie schaute sich in dem wundervollen Salon um. Wenn er ihr gehören würde, vielleicht für ein oder zwei Jahre, sogar für drei … »Ich möchte nicht Ihre Geliebte werden«, log sie. Könnte sie ihn an sich binden, das Bedürfnis wecken, sie niemals gehen zu lassen? Der Gedanke, er würde sie so sehr begehren, war verführerisch und beklemmend zugleich. Alles würde er kontrollieren, ihre Kleidung, ihre Aktivitäten. Trotzdem war er nicht so gefährlich wie Danny. Ja, er musste möglichst bald ihr Bett teilen. Wenn die Liebesnacht unerwünschte Früchte trug, musste sie ihm den Schwur abnehmen, für das Kind zu sorgen. Bei seiner Ehre. Hoffentlich würde sein Ehrgefühl genügen.

Dann wäre sie für immer von Danny befreit. Hier würde er nicht an sie herankommen. Sie holte tief Luft. »Nur eins will ich – schlafen Sie mit mir.«

In seinem Gesicht spiegelten sich Gefühle wider, in so schneller Folge, dass Maggie sie kaum zu lesen vermochte – Überraschung, Zynismus, Bedauern, Entzücken und vor allem Verlangen. Er öffnete den Mund, um zu antworten …

Da flog die Tür auf und prallte krachend gegen die Wand. Maggie fuhr herum. Automatisch wappnete sie sich gegen drohende Gefahren. Auf der Schwelle stand Giles, die Augen weit aufgerissen. »O Mum, Nan wurde zusammengeschlagen und ihr Karren zertrümmert!«

»Danny«, hauchte sie. Ihr Magen krampfte sich zusammen.

»Nein!« Noch ehe sie ihre Füße bewusst in Bewegung setzen konnte, rannte sie los. Giles lief vor ihr her, hinter ihr polterten Schritte auf der Treppe und verrieten, dass Seine Lordschaft ihr folgte. In der Halle stürmte sie an einer verwirrten Miss West vorbei und zur Haustür hinaus. Die Straße war leer, abgesehen von der schwarzen Kutsche des Barons und dem Straßenkehrer an der Ecke.

»Nehmen Sie meinen Wagen.«

Verblüfft wandte sie sich zu Lord Edgington, der neben ihr stand. »Wieso?«

Er schenkte ihr ein humorloses Lächeln. »Weil er schneller ist als Ihre Beine, Miss King.«

»Nein, ich meine, warum helfen Sie mir?«

»Sie werden nach Ihrer Freundin sehen, ob ich Ihnen helfe oder nicht.«

»Natürlich.«

»Madame Rochelle verlangt über hundert Pfund für Ihre neue Garderobe. Also schütze ich nur mein Investment. Steigen Sie in meine Kutsche, ich begleite Sie.« Sein Ton duldete keinen Widerspruch.

Eine weitere Einladung brauchte sie nicht. Sie riss die Tür des Wagens auf und kletterte dicht gefolgt von Giles hinein. Aber Lord Edgington hielt inne. »Wohin fahren wir?«

Fragend schaute sie Giles an.

»Zur alten Bess«, sagte der Junge. »Frankie ist wieder mal verschwunden. Weil Sally Angst hatte, scheuchte sie alle anderen aus der Wohnung zu Bess.«

Hastig beschrieb Maggie den Weg, und der Baron gab seinem Kutscher die nötigen Anweisungen. Dann stieg er ein, schloss den Wagenschlag und setzte sich neben sie, dem Jungen gegenüber. »Was ist das für ein Haus?«

Bald wird er's rausfinden, dachte Maggie und lächelte grimmig. »Nun, wahrscheinlich würden reiche Pinkel wie Sie es ein Haus von schlechtem Ruf nennen.«

6

Ein Bordell. Plötzlich schien Charles' Leben eine völlig absurde Richtung einzuschlagen. Vor zwei Tagen hatte er diese junge Frau noch nicht gekannt. Und jetzt stellte er ihr seinen Wagen für eine Fahrt zu einem Bordell zur Verfügung, in das eine trunksüchtige Schlampe vor irgendeinem Verbrecher geflohen war.

Seufzend schüttelte er den Kopf und stellte die naheliegende Frage: »Wer ist Danny?«

Maggies Kopf fuhr ruckartig zu ihm herum. Dass er diesen Namen kannte, schien ihr zu missfallen. »Niemand«, murmelte sie.

»Offenbar jemand, der arme Mädchen auf der Straße zusammenschlägt«, meinte er sarkastisch.

»Ob er das war, weiß ich nicht, Sir«, erwiderte sie voller Unbehagen, und Charles hatte das Gefühl, sie würde selber nicht glauben, was sie da sagte. Sie schnitt eine Grimasse. »Vielleicht ist es ein Dieb gewesen. Oder Nan war irgendwem ein paar Shilling schuldig und hat zu oft versäumt, die Zinsen zu zahlen.«

Das Kind saß ihnen gegenüber und spitzte wachsam die Ohren. War das der unbekannte Giles, Maggies Mitbewohner, den Charles am Vortag nicht gesehen hatte? Er griff in seine Tasche, holte einen Shilling hervor und warf ihn dem Jungen zu. »Wer ist Danny, Giles?«

Sorgsam polierte der Junge den Shilling mit einem Ärmel und ließ ihn in seiner zerlumpten Kleidung verschwinden. »Jeder kennt Danny O'Sullivan, weil das der allerwichtigste und gemeinste Schurke von ganz London ist. Dem gehört die Hälfte aller Gangs. Und ein Drittel vom Rest muss ihm Abgaben zahlen.«

Maggies Kinnmuskeln spannten sich an. Aber sie bemerkte nur: »In London gibt es viele Dannys.«

Ohne diesen Einwand zu beachten, fragte Charles das Kind: »Warum hat er Nan was angetan?«

Bevor Giles antwortete, warf er Maggie einen kurzen Blick zu. »Keine Ahnung, Sir. Früher hat er sich nie um sie gekümmert.«

Was immer er wissen mochte, würde er nicht verraten. Und warum sollte es Charles interessieren? Wie er Maggie erklärt hatte, schützte er nur sein Investment. Er würde sie zu ihrer Freundin begleiten, dann wohlbehalten nach Chelsea zurückbringen, und alles wäre in Ordnung.

Energisch verbot er sich Spekulationen über Dinge, die ihn nichts angingen. So schweiften seine Gedanken unweigerlich zu der Szene im Salon, die der zerlumpte Junge unterbrochen hatte. Er war bereit gewesen, mit Maggie King zu schlafen, der erbärmlichen kleinen Varietésängerin. Nein, sie war nicht erbärmlich, ganz im Gegenteil, und gerade das faszinierte ihn so sehr an ihr. Trotz ihrer zierlichen Gestalt wirkte sie keineswegs fragil oder verwundbar.

Sie äußerte sich kühn und unverblümt, fast dreist. Nichts

an ihr erinnerte ihn an die beabsichtigte Vulgarität, gekünstelte Koketterie oder angstvolle Scheu der wenigen Frauen aus dieser niedrigen Gesellschaftsschicht, die ihm bisher begegnet waren. Und es mangelte ihr wahrlich nicht an Selbstvertrauen.

Verstohlen musterte er ihr Profil, während sie unverwandt aus dem Wagenfenster starrte. Ihre zusammengepressten Lippen bekundeten Sorge und Ungeduld. Sicher lag es an ihrer starken Persönlichkeit, dass er mit beunruhigenden Gedanken an diese junge Frau eingeschlafen und aufgewacht war, dass ihn verwirrende Erinnerungen den ganzen Tag verfolgt hatten. Mit niemandem, den er kannte, ließ sie sich vergleichen. Irgendwie erschien sie ihm wie ein neuer Wein. Seit dem ersten Schluck wuchs sein Appetit. Wenn er sich mehrmals betrank, würde er vielleicht eine gewisse Langeweile empfinden und erneut versuchen, die Lust zu wecken, die seinen übersättigten Gaumen am Anfang so sehr gereizt hatte. Wie sie selbst betonte, war sie keine Unschuld mehr. Und was sie von ihm erwarten konnte, wenn sie ihn weiterhin bedrängte, hatte er ihr klar und deutlich erklärt …

Die Ankunft am Ziel beendete diese Gedanken. Erstaunt öffnete er den Wagenschlag und sprang auf das Pflaster hinab. Für ein Bordell war das eine gute Adresse, nahe dem Haymarket und mehrerer teurer Restaurants, eine Gegend, die viele junge Gentlemen frequentierten. An der frisch gestrichenen weißen Fassade wies nichts auf die Funktion des Etablissements hin, nur zwei flackernde Gaslampen flankierten eine diskrete Hausnummer.

Maggie kletterte hinter Charles aus dem Wagen und sah sich rasch um. Dann richtete sie ihren Blick anders als sonst auf ihre Füße und eilte in das Gebäude. Auch Giles stieg aus, aber er folgte ihr nicht. Stattdessen lehnte er sich an den Türrahmen, um ihre Rückkehr abzuwarten. Die Passanten beachteten ihn nicht.

Obwohl die Abenddämmerung erst in etwa einer Stunde hereinbrechen würde, schlenderten bereits zahlreiche Leute vorbei, elegante Gentlemen und junge Mädchen in teuren Kleidern, mit bemalten Lippen und dunkel geschminkten Augen – die übliche Schar, die aus Prostituierten und vergnügungssüchtigen Männern bestand und den Haymarket oder die Regent Street bevölkerte. Bisher hatte Charles niemanden erkannt. Aber wenn er hierblieb, würde man ihn bald entdecken, deshalb beschloss er, ins Bordell zu gehen.

Als er den Türknauf berührte, lief ein kleiner Junge zu ihm. »Soll ich Ihnen eine besondere Schönheit verschaffen, Sir?«, piepste er, grinste anzüglich und lüftete einen schmutzigen Hut.

»Nein«, erwiderte Charles in entschiedenem Ton, »ich habe meine eigene Gesellschaft mitgebracht.«

Enttäuscht verzog der Junge das Gesicht, lief davon und zwängte sich zwischen zwei Huren hindurch, die mit einer älteren Frau auf der anderen Straßenseite standen und misstrauisch herüberstarrten.

Charles betrat die Eingangshalle des Etablissements, wo er Maggie mit einem etwa elfjährigen Mädchen antraf. Am Fuß der Treppe räkelten sich zwei riesengroße Männer in komfortablen Sesseln. Was für ein Vergnügungstempel mochte das sein?

Offenbar verriet Charles' Miene sein Missbehagen, denn Maggie kam zu ihm und murmelte: »Das ist Nell, Old Bess' jüngste Tochter.«

Also das Kind der Besitzerin. Charles atmete auf. Offenbar kein Freudenhaus, in dem sich perverse Kunden mit kleinen Mädchen amüsierten.

»Jetzt ist Sally in der zweiten Dachkammer zur Rechten«, berichtete das Kind. »Ihre Freundin sollte hier in einem Zimmer arbeiten, statt auf der Straße rumzulaufen. Bei uns müssen sich die Kerle benehmen«, fügte sie hinzu und wies auf die zwei Rausschmeißer.

»Danke, Nell«, sagte Maggie, plötzlich wieder mit ausgeprägtem Cockney-Akzent.

Nachdem Charles diese Information erhalten hatte, begann er, die Treppe hinaufzusteigen. Je früher sie Nan fanden, desto eher konnten sie nach Chelsea zurückfahren.

»Moment mal, Sie müssen nicht mitkommen!« Maggie eilte hinter ihm her. »Das schaffe ich schon. Nan will Sie sicher nicht sehen.«

»Wie ich bereits sagte, ich schütze mein Investment.« Warum er so hartnäckig auf seinem Standpunkt beharrte, wusste er nicht. Vielleicht, weil Maggies Verhalten ihn irritierte. Gewiss, es war gut und schön, wenn ein Mädchen nach Unabhängigkeit strebte. Aber in ihrem Fall grenzte es an Verachtung, die seine Autorität beleidigte.

»Die können Sie auch hier unten schützen, Sir«, entgegnete sie.

Statt zu antworten, zuckte er nur die Schultern, und sie schnaufte erbost. Doch sie verzichtete auf einen weiteren Protest.

Im ersten Stockwerk sah er einen gut beleuchteten Korridor mit einem scharlachroten Teppich. Hinter den Türen erklangen kichernde Stimmen, ein Stöhnen, hin und wieder ein Schrei. Wäre Charles allein gewesen, hätte er die verräterischen Geräusche ignoriert. Aber weil Maggie ihm folgte, spähte er über seine Schulter, um ihre Reaktion zu beobachten. Gleichmütig hob sie die Brauen, als wollte sie fragen: *Was haben Sie denn erwartet?*

Nein, sie war wirklich keine Unschuld.

Sie stiegen zur zweiten Etage hinauf, und Maggie schlüpfte an ihm vorbei, zu einer halb verborgenen Dienstbotentreppe, die zum Dachboden führte. Dann folgten sie einem schmalen, nur von einer schwachen Gaslampe erhellten Gang. Charles öffnete eine Tür zur Rechten und betrat einen winzigen Raum, der noch dichter bevölkert war als die Küche in Maggies Wohnung. Neben dem Eingang lehnte Harry, der Schreiber, an der Wand. Zusammengesunken saßen die beiden Kinder auf einem schmalen Bett, und in der Mitte der Kammer kniete Moll am Boden und umarmte ein schluchzendes Mädchen. Nan. Ihr Haar war wild zerzaust, ihr tränennasses Gesicht voller Schrammen und blauer Flecken.

Bei diesem Anblick hielt Charles den Atem an. Obwohl er Giles' kurzen Bericht in Chelsea gehört hatte, war ihm das Ausmaß des Überfalls nicht bewusst gewesen. So etwas stieß seinesgleichen nicht zu. Unbehelligt konnten die Mitglieder seiner Gesellschaftsschicht durch die dunkelsten Gassen wandern.

»Hast du dir was gebrochen?« Maggie drängte sich an Charles und Harry vorbei und sank neben dem weinenden Mädchen auf die Knie.

Wortlos schüttelte Nan den Kopf, schluchzte noch lauter, und Sally starrte Charles feindselig an. »Was treibt er hier?«

»Reg dich ab, er macht keinen Ärger«, erwiderte Maggie.

»So was ertrage ich nicht mehr. Maggie!«, platzte Nan heraus und kam einem drohenden Streit zuvor. »Das kann ich nicht mehr aushalten!« Neue Tränen strömten über ihre Wangen. Da begann auch das kleine Mädchen auf dem Bett zu weinen und streichelte den Jungen, in einem vergeblichen Versuch, ihn zu trösten. Sallys Gesicht verzerrte sich, und sie umschlang Nan noch fester. Dabei warf sie Harry einen flehenden Blick zu.

Gehorsam ergriff er Maggies Ellbogen und zog sie zur Tür. Nach einem kurzen Seitenblick auf Charles erzählte er mit leiser Stimme: »Drei Schläger packten sie und stießen sie in die Gasse hinter der The Gilly Flower – so schnell, dass es niemand sah. Erst zertrümmerten sie den Karren, schlugen sie grün und blau, und dann haben sie die arme Nan vergewaltigt. Sie sagten, Danny hätte sie geschickt.«

Maggie umklammerte Harrys Arm. Trotz seiner Bestürzung über die tragischen Ereignisse wünschte Charles, sie würde sich an *ihm* festhalten, nicht an diesem Burschen im fadenscheinigen Anzug.

»Jetzt will Sally nicht, dass wir in die Wohnung zurückkehren«, fuhr Harry fort. »Aber das muss ich … Wenn ich verschwinde, schickt mir der Anwalt keine Arbeit mehr. So unzuverlässig darf ich nicht sein. Das kann ich mir nicht leisten.«

Im schwachen Lampenschein wirkte Maggies Gesicht kalkweiß. Langsam nickte sie. »Rück einen Stuhl unter die Türklinke, wenn du daheim bist. Und sei vorsichtig. Sag Giles, wenn er nach Hause geht, versohle ich ihm den Hintern.«

»Ja, Mum«, versprach er, drückte ihre Hand und huschte zur Tür hinaus.

»Wir sollten hierbleiben«, meinte Sally und presste Nan an ihre magere Brust.

»Natürlich«, stimmte Maggie zu. »Ich habe eine Idee. Wenn ich alles vorbereitet habe, schicke ich Giles zu dir.«

Sally lachte freudlos. »Nun, dann will ich hoffen, das klappt besser als dein Plan, diesem grässlichen Danny auszuweichen.«

Auf Maggies Zunge schien eine passende Antwort zu liegen. Aber sie schluckte nur. »Ich gehe jetzt zu ihm.«

Entsetzt schnappte Sally nach Luft. Sogar Nan blickte auf. »Nein, Maggie, das darfst du nicht!«

»Was bleibt mir denn anderes übrig? Glaubst du, es macht mir Spaß? Das war eine gottverdammte Warnung. Verstehst du das nicht?« Hilflos breitete Maggie die Arme aus. »Wenn ich es nicht tue, wird einer von euch bald als Leiche auftauchen. Oder gar nicht. Und das alles nur meinetwegen!« Beinahe verlor sie die Beherrschung. »Das ist einzig und allein *meine* Schuld. Klar, ihr glaubt alle, ich wäre so furchtbar nett, weil ich für euch sorge. Aber wisst ihr was? Das bin ich nicht, ich liefere euch an Dannys Messer. Am besten solltet ihr alle fortgehen. Weit weg …« Ihre Stimme erstarb, und Charles dachte, sie würde in Tränen ausbrechen. Doch sie zügelte ihre Verzweiflung und ging zu Nan, beugte sich hinab und küsste ihre Stirn. »Hab keine Angst, Schätzchen«, bat sie so leise, dass er die Worte kaum verstand. »Ich lege ihm das Handwerk. Irgendwie werde ich das hinkriegen.«

Dann richtete sie sich auf. Ohne eine Miene zu verziehen, verließ sie die Dachkammer und rannte nach unten.

Erst auf der Straße holte Charles sie ein. Nach einem kurzen Gespräch mit Giles eilte sie davon, ohne Charles einen Blick zu gönnen. Aber er folgte ihr und umfasste ihren Ellbogen. »Was soll das alles?«

Hastig riss sie sich los und spähte verstohlen zu einigen Huren hinüber, die lachend vor einem hell erleuchteten Schaufenster standen.

»Nicht hier«, murmelte Maggie und beschleunigte ihre Schritte, wandte sich zum Haymarket und dann nach Süden.

Charles blieb an ihrer Seite. Nur mühsam bezwang er seinen Ärger. Er war es nicht gewohnt, so behandelt zu werden.

Das würde er nicht dulden. Immer schneller eilte sie dahin, und er wollte wieder ihren Arm ergreifen, als sie in eine Gasse bog und sich an eine Mauer lehnte. »Hier kennen mich zu viele Leute«, erklärte sie.

»Was soll das?«, wiederholte er. Zu beiden Seiten ihres

Kopfes stemmte er seine Hände gegen die Wand, damit sie ihm nicht mehr entwischen konnte. Plötzlich hatte er das Gefühl, er wäre in eine groteske Welt geraten, wo er sich an keiner seiner bisherigen Erfahrungen zu orientieren vermochte, wo nichts einen Sinn ergab. »Wer ist dieser Danny? Und was hat er mit Ihnen zu tun?«

Maggie zitterte, und ihr zierlicher kleiner Körper schien den Aufruhr heftiger Emotionen kaum zu bewältigen. Im Licht der Gaslampe an der Straßenecke erhärtete sich ihre Miene. »Was hier los ist, haben Sie gesehen, Sir. Nan wurde brutal zusammengeschlagen. Und wer Danny ist, hat Giles Ihnen bereits erklärt. Mit mir hat er nichts zu tun. Dabei muss es auch bleiben.«

Mit diesen Worten überzeugte sie ihn nicht. »Warum ließ er das Mädchen vergewaltigen?«

»Ganz einfach.« Herausfordernd hob sie ihr Kinn. »Obwohl ich ihm aus dem Weg gehe, will er sich nicht von *mir* fernhalten. Dauernd schickt er seine Handlanger zu mir, die mir ausrichten, er würde sich gern mit mir unterhalten. Aber es ist gefährlich, mit Danny zu reden.« Ihre Stimme nahm einen bitteren Klang an. »Wahrscheinlich möchte er mir klarmachen, es sei viel gefährlicher, *nicht* mit ihm zu reden.«

Voller Unbehagen wurde Charles klar, dass er sich in einer widerwärtigen Situation befand, die er nicht verstand und nicht kontrollieren konnte. »Warum will er mit Ihnen reden?«

»Weil ich eine respektable Frau bin, die im Lauf der Jahre vielen Menschen geholfen hat«, antwortete sie fast spöttisch. »Und einmal habe ich sein Leben gerettet. Wirklich seltsam, wie er sich dafür bedankt …«

Ungläubig hob Charles die Brauen. Dannys Leben gerettet? Auf welche Weise? Wann? »Wie lange schlagen Sie sich schon mit diesem Schurken herum?«

»Zweieinhalb Wochen«, seufzte sie.

»Und jetzt wollen Sie zu ihm gehen und ihm mitteilen, Sie hätten sich anders besonnen und würden mit ihm sprechen?« Skeptisch schüttelte er den Kopf. »Wird er Sie danach in Ruhe lassen? Erwarten Sie das?«

»Ja, so was Ähnliches«, murmelte sie und wich seinem Blick aus.

Eine Zeitlang schaute er sie schweigend an. Mit solchen Komplikationen hatte er nicht gerechnet, er hatte einfach nur angenommen, sie würde seine Wünsche erfüllen. Nun musste sie sich mit einem Verbrecher auseinandersetzen. Dieser jungen Frau schuldete er nichts. Er konnte ihr erklären, das Abkommen sei null und nichtig, und davongehen. Mit ruchlosen Schurken, Schlägern und Vergewaltigern wollte er sich nicht einlassen. Maggie bedeutete ihm nichts, abgesehen von der Rolle, die sie bei seiner Wette spielte. Sicher würde er ein anderes Mädchen finden, das sich besser dafür eignete. Viel zu ambitioniert hatte er eine Frau gewählt, die innerhalb weniger Wochen aus der Gosse in höchste Gesellschaftskreise aufsteigen sollte. Sicher wäre es besser gewesen, die Tochter eines Ladenbesitzers oder Metzgers zu engagieren.

Aber all diese Gedanken, die ihm durch den Sinn gingen, nahm er nicht ernst. Er erinnerte sich, wie liebevoll sie Nan getröstet hatte, wie ihr Mund schmeckte, dachte an die Hitze ihres Körpers. Was mochte sonst noch alles in dieser Frau stecken, die ihm so alt erschien wie London? Und gleichzeitig so jung und fragil wie eine Blüte, die sich zwischen Pflastersteinen emporwand und leicht von einem achtlosen oder bösartigen Stiefel zertreten werden konnte. Und, was ihn genauso faszinierte, sie erkannte ihre Verletzlichkeit.

Aber was konnte sie dagegen tun?, überlegte er plötzlich und suchte beklommen, ihre Perspektive mit seiner eigenen in Einklang zu bringen. Nicht *sie* hatte den Ort ausgesucht, wo die Würfel fallen würden. Entweder wehrte sie sich, oder sie resignierte und wartete auf ihren verfrühten Tod. Doch so leicht würde sie sich nicht geschlagen geben. Ganz im Gegenteil, sie kämpfte nicht nur um *ihr* Überleben. Die zarte Blüte breitete auch ihre Blätter aus, denn sie wollte andere, noch schwächere Keimlinge schützen.

»Um Nan zu retten, würden Sie sich verkaufen, nicht wahr?«, fragte er.

Überrascht blickte sie zu ihm auf, und ihre harten Züge verwandelten sich in ein sanftes Lächeln, das ihre Verwundbarkeit deutlicher denn je bezeugte. Sie blinzelte. Dann sagte sie, als würde das alles erklären: »Sie gehört zu meiner Familie.« Krampfhaft krallten sich ihre Finger in die Falten ihres Rocks. »Zu meinen Kindern, für die ich sorge.«

»Zu Ihren *Kindern?«*, wiederholte Charles fassungslos. »Dieser große, rothaarige Bursche …«

»Frankie«, ergänzte sie.

»Nennen Sie ihn auch Ihr *Kind?«*

»Oh, so meine ich das nicht«, entgegnete sie ärgerlich. »Ich bin nicht seine richtige Mum. Aber – ja, er gehört ebenfalls dazu. Ich kümmere mich so oft um ihn, wie er es zulässt. Außer meinen Kindern habe ich niemanden. Das ist wie …« In wachsendem Enthusiasmus sprach sie weiter. »Also, es hängt mit meiner Ehre zusammen, mit meinem Stolz. Ihr feinen Pinkel habt genug, worauf ihr stolz sein könnt. Aber für jemanden wie mich gibt's da nur kleine Dinge. Zum Beispiel sorge ich für Menschen, die ich mag, und passe auf, dass sie gerecht behandelt werden. Nur weil ich so wenig für meine Ehre tue, ist sie keineswegs unwichtig.«

Ihre Worte trafen ihn wie Hammerschläge. *Das weiß sie nicht. Sie kann es nicht wissen …* Umso klarer erkannte *er* die Wahrheit – diese kleine Straßenratte besaß ein viel größeres Ehrgefühl als er. Diesem Vorbild müsstest du nacheifern, Millie, dachte er bitter. Hoffentlich kommen wir Maggie eines Tages gleich. »Ich hole den Wagen.« Noch länger musste er seine Entscheidung nicht überdenken. »Wir fahren zu diesem Danny und dann nach Chelsea zurück. In einer halben Stunde ist alles vorbei.«

Seufzend schüttelte sie den Kopf. »Sir, das ist ein ganz mieser Schuft. Von solchen Leuten verstehen Sie nichts. Wenn Sie mich begleiten, schlitzt er Ihnen die Kehle so blitzschnell durch, dass …«

»Ich bin ein Peer mit ererbtem Sitz im Oberhaus«, unterbrach er sie.

»Was nützt Ihnen das, wenn Sie auf dem Grund der Themse liegen?«, konterte sie ungeduldig. »Sicher, es würde eine Untersuchung geben, und ein armer Kerl, den Danny hasst, würde am Galgen enden. Aber Sie wären immer noch tot. Und Danny würde immer noch herumstolzieren, frei wie ein Vogel.«

»Was passiert mit Ihnen, wenn Sie allein zu ihm gehen?« Offenbar machte sie sich keine Gedanken darüber.

»Nichts«, behauptete sie, nicht sonderlich überzeugend. »Ich kenne Danny. Der ist mir was schuldig. Also tut er mir nichts.«

»Warum wird er Ihre Leiche *nicht* in die Themse werfen?«

»Weil er was von mir will. Sonst wäre er nicht so versessen drauf, mit mir zu reden.« Maggie richtete sich von der Mauer auf, an der sie gelehnt hatte.

Aber Charles rührte sich nicht von der Stelle, sie stieß gegen seine Brust. Automatisch reagierte sein Körper, spannte erwartungsvoll alle Nerven an. Wie klein und hilfsbedürftig sie war, so warm ... Sie brauchte dringend einen Mann, der sie beschützte.

»Sie sind sehr freundlich, Sir«, sagte sie leise und schmiegte sich an ihn. In ihren Augen schimmerte ein Echo seiner Sehnsucht.

Dann stellte sie sich auf die Zehenspitzen und presste ihren Mund auf seinen, ohne die Leute zu beachten, die an der Gasse vorbeigingen.

Ihre Lippen waren heiß, fordernd und beharrlich. Voller Leidenschaft erwiderte er den Kuss und drückte sie mit wachsender Begierde an sich. Erst nach langen Sekunden befreite sie sich aus seinen Armen. Halb bedauernd, halb ironisch schaute sie zu ihm auf. »Aber ich werde Ihnen nicht erlauben, einen Fehler zu machen.«

Während sein Gehirn, von Lust benebelt, immer noch versuchte, diese Worte mit ihrer früheren Äußerung zu verbinden, schob sie sich an ihm vorbei und rannte die Gasse hinab.

Verständnislos starrte er ihr nach. Dann fiel es ihm wie Schuppen von den Augen – sie hatte ihn nur geküsst, um ihn abzulenken, damit sie flüchten und diesem Gauner allein gegenübertreten konnte. Und danach? Würde sie zu ihm zurückkehren, falls das überhaupt möglich wäre? Oder hatte er ihren süßen Mund zum letzten Mal geschmeckt, ihren Körper zum letzten Mal gespürt?

»Verdammt!«, fluchte er erbost und stürmte hinter ihr her. Donnernd hallten seine Stiefel auf dem Kopfsteinpflaster. Dank seiner langen Schritte schmolz Maggies Vorsprung. Aber dann huschte sie behände um eine Ecke, was seiner hochgewachsenen kraftvollen Gestalt nicht so mühelos gelang. Als er das Tempo wieder beschleunigte, war sie ihm weit vorausgeeilt.

Offenbar hatte sie seine Schwäche erkannt und nutzte sie aus, denn sie lief blitzschnell durch dunkle Gassen, um Ecken und Winkel herum, zwischen Gebäuden hindurch, durchquerte Hintergärten und kletterte über Mauern, oder sie sprang über Abfälle hinweg, die nach Charles' Füßen zu greifen schienen. Ungeschickt folgte er ihr, und als er sich zur Verblüffung einer Familie, die sich in ihrem Hintergarten versammelt hatte, über eine Ziegelmauer schwang, fragte er sich, wie oft Maggie schon vor wie vielen Männern davongerannt war. Was hätte ihr zustoßen können, wäre sie nur ein einziges Mal zu langsam geflohen?

Atemlos schlitterte er um eine Ecke herum und sah ihren Rock in einer Seitengasse verschwinden. Als er die Stelle erreichte, war Maggie spurlos verschwunden. Er eilte zur nächsten Kreuzung und schaute sich um. Nichts. Während sich seine Herzschläge allmählich beruhigten, musste er sich eingestehen, dass er nicht wusste, wo sie steckte.

»Verzeihung, Sir?«, erklang eine leise Stimme hinter ihm, und er drehte sich um. Erwartungsvoll grinste Giles ihn an. In der Finsternis schimmerten seine Zähne unnatürlich weiß. »Maggie hat mir gesagt, ich soll Ihnen auf den Fersen bleiben. Falls so was passiert. O Mann, beinahe hätten sie ihr Gesicht verschlungen, was?« Bewundernd verdrehte der Junge die Augen, und Charles blinzelte irritiert. Also war der Kuss nicht unbeobachtet geblieben. »Wollen Sie zu diesem unanständigen Haus zurückgehen, Sir?«

»Nein, ich möchte Miss King folgen«, fauchte Charles von heißem Zorn erfüllt. Wie die Anwesenheit des Kindes bewies, hatte Maggie ihn nicht nur überlistet, sondern diesen Trick bereits geplant. Nun, auch er kannte gewisse Winkelzüge, wandte aber andere Methoden an, um seine Ziele zu erreichen. »Führ mich zu ihr.«

»Das geht nicht«, protestierte der Junge und schlug die Richtung ein, aus der er gekommen war. »Ich habe meine Befehle.«

»Und wenn ich dir noch einen Shilling gebe?«

Da blieb der Junge stehen und warf ihm einen verächtlichen Blick zu. »Für einen *Shilling* würde ich die einzige Mum, die ich je hatte, niemals hintergehen.«

Mühelos verstand Charles die Anspielung. »Für ein Pfund?«

»Jetzt sind wir uns einig!« Giles strahlte über das ganze Gesicht. »Gehen wir zu Ihrem Wagen, dann beschreibe ich Ihnen den Weg. Aber schwören Sie mir bei der Ehre einer großen Lordschaft, dass Sie draußen auf Maggie warten und nicht reingehen. Die wäre verdammt wütend, wenn sie sich umsonst angestrengt hätte, um Ihre Haut zu retten, Sir, und wenn Sie da hineinlaufen und sich abmurksen ließen.«

»Einverstanden. Das verspreche ich.« Dann folgte er dem Jungen und hoffte, er würde nicht den schlimmsten Fehler seines Lebens begehen.

Da Maggie annahm, Lord Edgington hätte ihre Spur im Labyrinth dunkler Gassen schon vor einer halben Meile verloren, verlangsamte sie ihre Schritte, als sie die Seven Dials erreichte. Mit gesenktem Kopf mischte sie sich unter Straßenhändler, Arbeiter und Handwerker. Schon vor langer Zeit hatte sie gelernt, sich möglichst unauffällig zu bewegen – eine kleine, magere, unscheinbare Gestalt unter vielen. Ihr neues Kleid aus grobem Halbwollstoff war zu vornehm für diesen Stadtteil. Aber die triste graue Farbe und der schlechte Sitz glichen diesen Makel aus. Die Straßenlampen standen weit auseinander, und so erregte Maggie trotz der hellen Mondnacht keine Aufmerksamkeit.

An ihrer Haut trocknete der Schweiß, und sie fröstelte. Aber darauf achtete sie ebenso wenig wie in früheren Zeiten, als sie nur ein dünnes Baumwollkleid und drei Unterröcke besessen hatte. Schwach. Im Lauf ihres etwas komfortableren Lebens war sie schwach geworden. Und verletzlich. Gerade jetzt, da sie sich das nicht leisten konnte. Hätte sie bloß die Pistole mitgenommen!

Sie steuerte die Ecke eines Hinterhofs an, den sie nie wiederzusehen gehofft hatte. Wo sich der alte Zufluchtsort für Diebe und Gauner befand, wusste sie sehr gut. Danny war der fünfte oder sechste Gangster, der seine Aktivitäten von hier aus organisierte. Vor ihm hatte es viele andere gegeben. Aber Maggie war nicht mehr hier gewesen, seit sie ihre Vergangenheit begraben hatte.

Da war sie, die Ecke, eher ein Winkel, wo zwei Häuser sich nicht ganz berührten. Sie schlüpfte dazwischen, und der schmale Durchgang führte sie in den dunklen Hof, den heruntergekommene Häuser umgaben, irgendwann waren sie hell getüncht worden, doch jetzt waren sie einheitlich mit Ruß beschmiert. Überall lungerten Männer und Frauen herum – Dannys Gefolge. Sie saßen auf Türschwellen und Stufen. Oder sie neigten sich aus den Fenstern im Erdgeschoss, um mit irgendwem zu plaudern.

Durch zerbrochene Fensterscheiben drang Lampenlicht in den Hof, das die Schatten eher verdunkelte, als es Maggies Weg beleuchtete. Gegenüber der schmalen Passage hing ein Schild über einer Tür, dessen Buchstaben längst verblichen waren. Aber niemand in den Seven Dials musste lesen, was das für ein Haus war – Dannys Kneipe, The King's Men. Zielstrebig ging Maggie darauf zu. Jetzt gab es kein Zurück mehr.

Für die Jahreszeit war die Nacht erstaunlich klar. Maggie vermisste den Nebel, der sie verborgen hätte. Zahlreiche Augenpaare folgten ihr, ein Dutzend sichtbare und wahrscheinlich Dutzende, die sich irgendwo versteckten.

Vor den Türen lungerten Huren herum, die sie feindselig beobachteten. Andere versuchten, betrunkene Männer zu umgarnen. Nur wenige Frauen waren hübsch, die meisten müde und verbraucht, nachdem sie sich in ihrer Jugend auf dem Haymarket verkauft hatten. Jetzt konnten sie keine jungen Gentlemen mehr anlocken, die ohnehin die besseren Prostituiertenviertel bevorzugten. Leichtsinnig oder vom Pech verfolgt, hatten sie nicht genug verdient, um sich als Madames in ihren eigenen Freudenhäusern zu etablieren.

»He, willst du uns Konkurrenz machen?«, rief eine Frau, die auf einer zerbröckelnden Eingangstreppe saß. »Hier sind wir vollzählig.«

Statt stehen zu bleiben, senkte Maggie den Kopf. »Ich habe was mit Danny zu besprechen.«

»Oh! Und wer bist du?« Grinsend entblößte die Frau ein fauliges Gebiss voller Lücken.

»Maggie von der King Street«, erwiderte Maggie laut genug, um das Stimmengewirr im Hof zu übertönen. Je mehr Leute wussten, dass sie Danny aufsuchte, desto besser, selbst wenn sie nicht zu seinem Gefolge zählten.

Sofort erstarb das Lächeln der Frau, Köpfe fuhren herum, und in den Fenstern ringsum erschienen bleiche Gesichter, männliche und weibliche. Wie Wellen in einem Teich breitete sich ein Flüstern aus.

»Maggie von der King Street kommt zu Danny?«

»Maggie King ist wieder da!«

»Endlich redet Maggie King mit ihm!«

Aber sie ignorierte das Getuschel. In grimmiger Genugtuung genoss sie ihren Ruhm. *Eines Abends war Maggie King, die hochbegabte Diebin, mit Johnny und einer Pistole losgezogen. Nur Maggie kam zurück. Statt Johnnys Terrain zu übernehmen, was ihr Recht gewesen wäre, verschwand sie mit ihren Freunden und überließ das Viertel diesem Emporkömmling Danny.* Er verdankte ihr seine Position. Auf diese Weise entstanden all die Rinnsteinlegenden.

Vor dem Eingang der Kneipe blieb sie mit einer Hand auf der Klinke stehen. Durch die dicke Eichentür drang schallendes Gelächter. Zu spät, um kehrtzumachen. Nach einem tiefen Atemzug öffnete sie die Tür. In der Schankstube war es kaum heller als im Hof. Ein schwaches Feuer glühte im Kamin, Rauchwolken bildeten schmutzige Wirbel an der Decke. Ein paar Männer schauten auf und musterten Maggie, eine Frau, die über den Knien von zwei Gästen lag, warf ihr einen warnenden Blick zu.

Aber Maggie achtete nicht darauf sondern ging weiter. Eine schwere Hand legte sich auf ihre Schulter, und sie erstarrte. Neben der Tür, dachte sie. Ein Mann hatte neben der Tür gestanden.

»Maggie von der King Street«, lallte eine tiefe, heisere Stimme.

»Ja«, bestätigte sie, obwohl es keine Frage gewesen war.

»Danny erwartet dich.«

»Das weiß ich«, sagte sie klar und deutlich.

»Komm mit mir.« Die Hand stieß sie vorwärts, sie wehrte sich nicht. Während sie den Schankraum durchquerten, erregten sie nur geringe Aufmerksamkeit. Der Mann dirigierte Maggie zur Treppe. Auf der ersten Stufe hielt sie abrupt inne. Erstaunt über den unerwarteten Widerstand, blieb auch der Mann stehen.

»Ich kann mit meinen eigenen Füßen gehen.« Nur eine kleine Herausforderung, eine ungefährliche. Zumindest glaubte sie das. Wie sie schon vor langer Zeit herausgefunden hatte, musste man in gewissen Situationen so tun, als hätte man die Wahl. Dann nahmen das auch andere Leute an. Und wenn man eine Chance hatte, bekam man vielleicht noch eine oder sogar eine dritte …

Sekundenlang schlossen sich die Finger fester um ihre Schulter. Dann schien sich der Mann eines Besseren zu besinnen, grunzte und ließ sie los.

Maggie stieg die Treppe hinauf. Im ersten Stock griff der Mann wieder nach ihrer Schulter und schob sie in den Korridor. Ehe sie wusste, wie ihr geschah, tastete er ihren Körper ab, die Arme, den Rücken, die Hüften, die Beine. Dann drehte er sie zu sich herum.

»Lass das, du dreckiger Bastard!«, fauchte sie und schlug auf seine Hand.

Ungerührt befingerte er ihre Vorderseite. »Mr O'Sullivan mag keine Überraschungen«, erklärte er stoisch.

»Unter meinem Kleid verstecke ich kein Schießeisen, falls du das vermutest«, zischte sie und riss sich los. Jetzt war sie froh, dass sie die Pistole vergessen hatte.

»Schon gut.« Der Mann grunzte wieder und zeigte auf eine Tür. »Da drinnen wartet Mr O'Sullivan.«

Nach einem letzten geringschätzigen Blick in seine Richtung wandte sie sich ab. Wenn sie diese Tür öffnete, würde sie Danny gehören.

Verdammt, warum machte sie sich was vor? Ob sie diese Tür aufstieß oder nicht, spielte keine Rolle, denn sie gehörte ihm, seit er seine Schläger auf Nan gehetzt hatte. Den Kopf hoch erhoben, betrat sie das Zimmer.

Licht. Aus allen Ecken, von allen Wänden kam ihr grelles Licht entgegen. Halb geblendet, kniff sie die Augen zusammen. Gaslampen flackerten, und auf dem Tisch in der Mitte brannten mehrere Petroleumlampen. So viel Licht im Heiligen Land? Ungläubig blinzelte sie. Wie viel Geld mochte Danny besitzen? Es dauerte eine Weile, bis sie die Gestalt entdeckte, die zwischen den Tischlampen und den Fenstervorhängen an der hinteren Wand aufragte. Wie üblich funkelte sein intaktes blaues Auge, Makassar-Öl glänzte auf seinem glatten blonden Haar, der Schnurrbart des eitlen Gecken war perfekt gestutzt. Danny.

Wenn sie sich auf ihn stürzte, würde sie ihn nur sekundenlang aus dem Gleichgewicht bringen und erzürnen oder, noch schlimmer, amüsieren.

Also blieb sie stehen.

»Ah, Maggie, mein liebes Mädchen!« Einladend breitete er die Arme aus.

»Hallo, Danny«, sagte sie und rührte sich nicht vom Fleck. »Welche Probleme Sie auch immer haben, die haben Sie nur mit *mir*. Lassen Sie meine Freunde in Ruhe.«

Bedauernd ließ er die Arme sinken. »Aber ich will gar keine Probleme mit dir haben, Maggie.«

Ohne mit der Wimper zu zucken, starrte sie ihn an. Mühelos rollte der starke irische Akzent von seiner Zunge – zu mühelos, denn Maggie kannte keinen echten Iren, der seine Herkunft so auffällig betonte. Wer ist er wirklich?, fragte sie sich nicht zum ersten Mal. Was war er gewesen, bevor er sich vor sechs Jahren in London niedergelassen hatte, mit seiner mysteriösen Augenklappe und der noch mysteriöseren unersättlichen Börse?

»Ich will einfach nur dein Freund sein«, fuhr er fort. »Warum du es mir so schwer machst, verstehe ich nicht. Immer wieder habe ich um deinen Besuch gebeten. Aber du wolltest nicht auf mich hören.« Den Kopf schief gelegt, mimte er hilfslose Verzweiflung, und ihr Magen drehte sich. »Was sollte ich denn tun? Letztes Endes musste ich dir eine Botschaft schicken, die du nicht missachten konntest.«

»Also gut, ich höre Ihnen zu, Danny. Aber wenn Sie meine Freunde jemals wieder anrühren, werde ich taub, für immer.«

Als hätte sie einen köstlichen Witz gemacht, lachte er schallend und sank in den Sessel hinter dem Tisch. »Ah, Maggie, mein Mädchen, jetzt weiß ich wieder, warum ich dich so gern mag.«

Statt zu antworten, räusperte sie sich verächtlich.

»Ich will doch nur mit dir reden. Sonst nichts.« In seiner Stimme klang ein klagender Unterton mit. »Damals habe ich versprochen, ich würde dir Bescheid geben, wenn ich meine Schuld bei dir beglichen habe. Vor zwei Wochen war es so weit.«

»Davon weiß ich nichts. Damit habe ich nichts mehr zu tun.«

»Jammerschade …« Danny schüttelte traurig den Kopf. »Glaub mir, du vergeudest dein Talent. Aber du wirst bald wieder lernen, worauf es ankommt.«

»Aus dieser Branche bin ich für immer ausgestiegen«, erklärte sie, obwohl sie wusste, dass es hoffnungslos war.

Lächelnd beugte er sich vor. »Hast du was vergessen, Maggie? Du stammst aus dem Heiligen Land. Das Heilige Land gehört mir. Das bedeutet, dass auch du mir gehörst, bis ich dir sage, ich brauche dich nicht mehr. Nun bist du wieder da. Wo du in Chelsea wohnst, weiß ich, Maggie. Ich weiß, in welchem Zimmer du schläfst, und dass sich deine Freunde bei der alten Bess Shipton verkriechen. Dort schweben sie in ernsthafter Gefahr, wenn du mir deinen Gehorsam verweigerst.«

In ihrer Kehle stieg Galle auf. Sie war ihm ausgeliefert. Trotzdem hob sie ihr Kinn. »Was wollen Sie von mir?«

»Jetzt? Nichts.« Grinsend entblößte er glänzende weiße Zähne unter dem geölten Schnurrbart. »Du bist genau dort, wo ich dich haben will.«

Geräuschvoll klopften seine Fingerknöchel auf die Tischplatte, und sein Laufbursche öffnete die Tür. Maggie war entlassen. Halb benommen schob sie sich an dem Muskelprotz vorbei. Nach dem grellen Licht in Dannys Zimmer wirkte der Flur pechschwarz. Blindlings taumelte sie zur Treppe und nach unten. In der Schankstube erholte sich ihr Sehvermögen, und sie eilte ins Freie hinaus. Im Hof begann sie zu laufen.

Nur weg von hier, weg, weg … Ihre Füße trommelten einen verzweifelten Takt zu den Gedanken, die sich überschlugen. Irgendwie musste sie sich befreien. Southampton, Leeds, verdammt noch mal, Amerika oder Australien. Weg von London, weit weg, irgendwohin, wo Danny sie nicht finden würde und ihr nichts anhaben konnte.

Aber Nan würde sie nicht begleiten, Frankie oder Giles auch nicht. Wenn sie flüchtete, würde Danny ihre Freunde töten. Wie eine Fliege in einer Flasche war sie gefangen. Aus ihrem Hals rang sich ein Schluchzen, sie bekam kaum noch Luft, ihre Lungen brannten. Aber sie stürmte weiter, in die schmale Passage, und stolperte, als eine starke Hand ihren Oberarm umklammerte.

7

Unsanft prallte sie gegen eine harte Brust, und ihre Faust zielte sofort auf die Nase des Angreifers. Um das Nasenbein zu brechen, war der Schlag zu schwach. Das wusste sie aus Erfahrung. Zu ihrem Leidwesen konnte sie ihre Schulter nicht einsetzen, weil er sie so fest an sich presste.

»Maggie …«

Die kultivierte, aristokratische Stimme zog ihren Namen in die Länge. Verwirrt hielt sie inne, und das kostete sie den Erfolg ihrer Gegenwehr, denn der Mann packte ihr erhobenes Handgelenk. Da erkannte sie das Gesicht über ihrem – das prägnante Kinn, nicht vorspringend, sondern wohlgeformt, die vollen Lippen, die breite Stirn, die brandyfarbenen Augen. »Lord Edgington!«, platzte sie heraus. »Warum sind Sie hier? Das ist zu gefährlich …«

Ohne den Griff zu lockern, zerrte er sie hinter sich her zu seinem schwarzen Wagen, der etwa ein Dutzend Schritte entfernt wartete. Wieso hatte sie die Kutsche übersehen? Ein kalter Schauer rann über ihren Rücken. In ihrer Angst war sie blindlings losgestürmt. Blind und dumm. Auf diesen Straßen konnte man sich Dummheit oft nur ein einziges Mal leisten.

»Wenn es für mich gefährlich ist, muss es für Sie noch viel schlimmer sein. Steigen Sie ein!«, befahl er in eiskaltem Ton, und Maggie bekämpfte ein neues Frösteln.

Sie hatte ihn überlistet, hintergangen und geglaubt, danach wollte er nichts mehr mit ihr zu tun haben und sie könnte so weiterleben wie bisher, mit allen nötigen Vorsichtsmaßnahmen. Keine Sekunde lang hatte sie angenommen, er würde ihr folgen. Nicht in die Seven Dials. Warum war er hierhergekommen? Aus Zorn, um ihr den tückischen Verrat heimzuzahlen? Er riss die Tür des Wagens auf und stieß sie hinein. Hilflos sank sie auf den Sitz.

»Fahren Sie los!«, rief er dem Kutscher zu und stieg hinter ihr ein. Nur mühsam bezähmte er seine Wut. Stephens gehorchte. Noch bevor der Baron den Wagenschlag schloss, begannen die Räder ruckartig zu rollen.

Aus dem Gleichgewicht geraten, fiel Maggie beinahe von der Bank. Charles saß ihr gegenüber. Im Licht der Kutschenlampe, die vor dem Fenster brannte, beobachtete er, wie sie sich umschaute, obwohl es nichts zu sehen gab außer ihm.

»Giles …«, flüsterte sie.

»Den habe ich weggeschickt«, erklärte er kühl. »Er ist Ihnen treu ergeben. Erst als ich ihm ein Pfund anbot, beschrieb er mir den Weg zu Ihrem Ziel. Aber er nahm mir das Versprechen ab, Ihnen nicht in diese Kneipe zu folgen.«

»Und Sie hielten Ihr Wort, das sie Giles gegeben haben?«, fragte sie fast verächtlich. Inzwischen war sie in die äußerste Ecke ihrer Sitzbank gerückt, möglichst weit von Seiner Lordschaft entfernt.

Nach allem, was du mir angetan hast, fürchtest du mich mit gutem Grund, dachte er. »Natürlich nicht. Als ich hineingehen wollte, kamen Sie gerade heraus.«

»Aber – warum?«, stammelte sie verständnislos.

»Weil Sie davongerannt sind, verdammt noch mal!«, fauchte er. »Ein Gentleman lässt eine Lady – eine Frau in so gefährlichen Situationen nicht im Stich. Ganz sicher nicht, wenn er Bescheid weiß. Er muss sie zurückhalten oder begleiten.«

Aus ihrer Kehle rang sich ein seltsamer Laut, halb Lachen, halb Schluchzen. »Was für ein Idiot Sie sind!«

Seine Kinnmuskeln zuckten. Dann zwang er sich zur Ruhe. »Heute erklärten Sie mir, Sie wären es Ihrem Ehrgefühl schuldig, Ihre Freunde zu schützen. Nun, *meinem* Ehrgefühl zuliebe muss ich für *Sie* sorgen.« Zumindest sollte es so sein, fügte er in Gedanken hinzu. Im schmalen Durchgang, der zu Danny O'Sullivans Hof führte, hatte er überlegt: Ist meine Mühe gerechtfertigt? Oder bin ich ein gottverdammter Narr, weil ich mich wegen einer kleinen Bettlerin in Gefahr begebe? Dann war Maggie aus der Kneipe gestürmt und hatte den inneren Konflikt unterbrochen, aber unglücklicherweise nicht beendet. In jenem Moment war er versucht gewesen, sie zu schütteln und zu ohrfeigen, an sich zu pressen und zu küssen … Nichts dergleichen hatte er getan. Und jetzt wusste er nicht, ob er richtig gehandelt hatte.

Immer noch ungläubig, schaute sie ihn an. »Ich sagte doch, für Sie wäre es in dieser Gegend zu gefährlich.«

»Hätten Sie nicht die Flucht ergriffen, wäre ich nicht gezwungen worden, Ihnen allein zu folgen. Ich hätte zwei Leibwächter engagiert.«

»Nur zwei? Warum nicht ein paar Dutzend? Das wäre viel besser gewesen. Dann hätten Sie keinen Mord, sondern nur einen Krieg riskiert. In diesem Hof wimmelt es von Dannys Schlägern!« Ärgerlich seufzte sie und reckte wieder einmal ihr Kinn empor, der sinnlose Starrsinn dieser Geste weckte eine fast schmerzhafte Begierde in Charles' Brust. »Gar nichts müssen Sie für mich tun, ich bin nicht Ihr Eigentum.«

»Immerhin habe ich Ihre Zeit gekauft – Ihre *ganze* Zeit.«

Seine Augen verengten sich. »Für zwei Pfund pro Woche«, erinnerte er sie.

Da sank sie in sich zusammen, verschränkte die Arme vor der Brust und verwandelte sich in die Frau, die sie tatsächlich war, obwohl sie so verbissen dagegen ankämpfte. Klein, jung, verletzlich. »Unsere Abmachung gilt nicht mehr, weil ich England verlassen muss. Hier kann ich nicht bleiben.«

»Wegen dieses Dannys.«

Abrupt blickte sie auf, und ihre Augen zeigten den alten Kampfgeist. »Weil ich plötzlich denke: Maggie, mein Mädchen, wie sieht's um diese Jahreszeit in Australien aus?«

»Nein«, entgegnete er kategorisch. Niemand würde ihn von seinem Entschluss abbringen. Obwohl ihn die Stimme seiner Vernunft warnte und ihm zuflüsterte, mit einer solchen Frau dürfe er sich nicht einlassen, konnte er Maggie nicht in ihre dunkle Vergangenheit zurückschicken. Vor allem Bösen auf dieser Welt würde er sie schützen. Nachdem er diese Entscheidung endlich getroffen hatte, würde er es auf die richtige Weise tun.

»Was?« Ungläubig zog sie die Brauen hoch.

»Nein«, wiederholte er energisch. »Wir wenden uns an Scotland Yard …«

Sarkastisch lachte sie auf. »Die Polizei weiß alles über Danny. Glauben Sie, die interessieren sich für meine Probleme? Die schnappen sich kleine Taschendiebe oder betrügerische Schuhputzer – keine verdammten großen Bosse, die halb London beherrschen, und zwar die Stadtteile, um die sich vornehme Typen wie Sie erst gar nicht kümmern, Sir!«

»Jetzt interessiere ich mich dafür«, erwiderte er.

»Das genügt nicht. Klar, Sie sind ein wahnsinnig wichtiger Gentleman. Aber nicht so wichtig, dass die Bullen Ihretwegen sterben würden.«

»Wie auch immer, Sie werden *nicht* abreisen«, beharrte Charles. Wenigstens *das* stand fest. Mochte es richtig oder verrückt sein, darauf kam es nicht an. Nur auf die Kosten. An große Ausgaben war er gewöhnt. »Wenn wir nicht zur Polizei gehen können, lassen wir's eben bleiben. Trotzdem finde ich, es wäre eine gute Idee, Anzeige zu erstatten.«

Entgeistert schnappte Maggie nach Luft, was er nicht beachtete.

»Ganz egal, ob Scotland Yard was unternimmt oder nicht, Sie sind meine Angestellte. Wer *Sie* bedroht, greift auch mich an. Wenn ich bewaffnete Lakaien vor dem Haus in Chelsea postieren muss, werde ich das tun. So oder so, Danny O'Sullivan wird nicht die Oberhand gewinnen, nur weil ich meine Pflicht vernachlässige, eine Frau zu schützen, die ich in meine Obhut genommen habe.«

Seufzend verdrehte sie die Augen. »Also geht's um Ihren Stolz, nicht wahr? Aber ich will genauso wenig wie die Bullen für Ihren Stolz sterben.«

Noch länger vermochte er sein Temperament nicht zu zügeln. »Würden Sie endlich den Mund halten?«

Erschrocken zuckte sie zusammen und drückte sich noch tiefer in die Ecke des Wagens.

Völlig unbeeindruckt von ihrer Reaktion, fuhr er fort: »Ich versuche, mich richtig zu verhalten. Meinen Sie, ein Teil von mir würde Sie *nicht* am liebsten aus dieser Kutsche werfen und Madame Rochelle mitsamt ihren Kleidern zum Teufel jagen? Ein einziges Mal in meinem Leben bemühe ich mich um ein ehrenwertes Verhalten. Warum müssen Sie mir das so verdammt schwermachen? Und so wahr mir Gott helfe – ein anderer Teil von mir möchte Sie aus ehrlosen, selbstsüchtigen Gründen behalten!«

Hin und her gerissen zwischen Zorn, Angst und Begierde beugte er sich vor, umfasste Maggies Arm und zog sie auf seinen Schoß. Der Kuss traf sie völlig unvorbereitet. Doch nach wenigen Sekunden stöhnte sie leise und erwiderte ihn mit gleicher Glut. Ihre kleine, glatte Zunge sandte wilde Hitze in seine Lenden hinab.

Die Finger in ihr Haar geschlungen, hielt er ihren Kopf fest, während sie die Beine um seine Taille legte und ihren Körper an seinen schmiegte. Der Geruch der Kernseife war verflogen, war vom blumigen Aroma, das Frances' teure Seifen verströmten, ersetzt. Aber es mischte sich immer noch mit Maggies besonderem femininem Duft, der Charles berauschte. Ungeduldig knöpften seine Hände ihr Kleid auf, und sie stemmte sich gegen seine Schultern.

»Wie sehr ich dich begehre …«, flüsterte er. »Gewiss, ich sollte dich beschützen, weil ich ein anständiger, ehrenwerter Mann bin. Aber ich fürchte, ich tue es aus reinem Egoismus, weil ich dich für mich haben will. Das ist verrückt, denn ich glaube, ich mag dich nicht einmal. Wie könnte ich, wo ich dich doch kaum kenne? Du bist eine Lügnerin und eine Kämpferin, eine schamlose Betrügerin und eine Frau von erstaunlichem Edelmut. Das alles versuche ich in Einklang zu bringen, und es gelingt mir nicht. Noch viel weniger vermag ich diese Eigenschaften zu beurteilen. Seit dem letzten Abend muss ich unentwegt an dich denken. Als du heute davongelaufen bist, war mein erster Gedanke, dass ich dich womöglich nie wieder umarmen würde.«

Das Oberteil ihres Kleids war halb geöffnet, und er schob eine Hand in ihr Korsett. Unter seiner Handfläche fühlte sich ihre Haut erhitzt an, und er spürte, wie sich ihre Brustwarze erhärtete. Als er sie zwischen zwei Fingern rieb, schrie Maggie halb erstickt auf. Ihre belegte Stimme erfüllte ihn mit lüsterner Freude. Dann küsste er sie wieder, leidenschaftlich und fordernd.

Aufreizend streichelte er ihren Busen, und sie zitterte immer heftiger. Er berührte einen ihrer Fußknöchel, tastete ihr Bein ab, bis hinauf zu ihrem Strumpf, und griff unter den zerknüllten Rock. So zart war ihre Haut, so seidig an der Stelle zwischen ihren Schenkeln. Scheinbar bestand Maggie nur aus Knochen, Feuer, Sehnen und sonst nichts.

Ihr Atem ging stoßweise. Fast schmerzhaft grub sie ihre Nägel in seine Schultern. Er strich über weiche Löckchen und fand die Öffnung, bereits feucht vor Lust. Mit der anderen Hand umfasste er ihre Hüfte, hielt sie fest und schob einen Finger in ihre intimste Zone. Keuchend rang sie nach Luft und wand sich. Ja, sie begehrte ihn, genauso heiß und verzweifelt wie er sie.

»Sag mir, dass du in London bleibst.« Schamlos nutzte er ihr Verlangen aus.

»Nein!«, würgte sie hervor.

Da ließ er dem ersten Finger einen zweiten folgen, und die nasse Hitze brachte ihn fast um den Verstand. »Sag es!«

»Nein!«

Ein dritter Finger glitt in ihre Weiblichkeit. Krampfhaft zuckten ihre Hände auf seinen Schultern, und sie starrte ihn an, schien ihn aber nicht zu sehen.

»Sag es mir!«

»Nein!«

Nun begann er seine Finger in ihr zu bewegen. Von ekstatischem Entzücken beherrscht, schluchzte sie leise.

Trotzdem stöhnte sie immer wieder: »*Nein, nein, nein …*«

Charles begehrte sie so unerträglich – er *brauchte* sie. Noch länger konnte er nicht warten. Er zog seine Hand zurück, öffnete hastig seine Hose und befreite sein hartes Glied. Natürlich würde sie auf seine Forderung eingehen. Dazu würde er sie zwingen. Der Verantwortung für Maggie, die er – aus welchen dubiosen Gründen auch immer – übernommen hatte, würde er sich nicht entziehen. Seine

Erektion presste sich zwischen ihre Schamlippen, seine Finger suchten ihre zweite runzlige Öffnung. »Sag mir, dass du in London bleibst«, wiederholte er mit einer heiseren Stimme, die er nicht als seine eigene erkannte.

»Nein«, hauchte sie.

Kraftvoll drang er in sie ein, genoss die einladende feuchte Wärme, und sein Finger glitt in die andere Öffnung, um sie zu stützen. In süßer Qual stieß sie einen Schrei aus. Doch er konnte sich nicht richtig bewegen, weil sie auf seinem Schoß saß. Er trennte sich von ihr mit einem bebenden Schauder, der in ihrem Körper ein Echo fand. Er stand auf und hob sie hoch, setzte sie auf die gepolsterte Bank und kniete sich vor ihr auf den Boden der Kutsche.

»Hör nicht auf!«, flehte sie und schlang die Beine um ihn. Selbst wenn er beschlossen hätte, ihr den Wunsch abzuschlagen, wäre das unvorstellbar gewesen. Er drang erneut in sie ein, und sie stemmte sich gegen die Rückenlehne. Dann zerrte sie an seinen Schultern, um ihn noch tiefer in sich aufzunehmen.

Nun konnte er sich ungehindert bewegen. Während er den Rhythmus beschleunigte, schwoll die überwältigende Begierde zu einem Feuerstrom an, der in seinen Ohren rauschte, bis alle seine Sinne zu schwinden drohten. Maggie schrie wieder auf, und er spürte das Zucken ihres Höhepunkts, das auch ihn zum Gipfel der Lust jagte. Plötzlich glaubte er, die Flammen würden ihn verschlingen, und die brennende Hitze raubte ihm den Atem, alle Kraft, beinahe den Verstand. Danach brach sie auf der Bank zusammen und vermochte, ebenso wie er, kaum Luft zu holen. Er schloss seine Hose, glättete den Gehrock und setzte sich zu ihr.

Reglos und völlig erschöpft lag sie neben ihm, die Augen unnatürlich groß im Halbdunkel. Um ihre Hüften bauschten sich die zerknitterten Röcke.

»Du wirst in meinem Haus in Chelsea bleiben.« Obwohl er beabsichtigt hatte, ruhig und gelassen zu sprechen, klang seine Stimme rau und gepresst.

Maggie schüttelte den Kopf und starrte zum Wagendach hinauf. »Unmöglich. Danny hat gesagt, dass ich weiterhin bei dir wohnen muss.«

»Das verstehe ich nicht.« Allmählich erwachte die vorübergehend erloschene Glut seines Zorns zu neuem Leben.

»Wenn er will, dass ich in deinem Haus bleibe, bin ich dort nicht sicher«, erklärte sie mit mühsam erzwungener Geduld. »Offenbar hat er irgendwas mit mir vor. Und das wird ganz schrecklich sein. Deshalb muss ich fliehen.«

»Warum möchte er dich in meiner Obhut wissen? Der Kerl blufft. Sicher versucht er nur, dir Angst zu machen.«

»Was ihm gelungen ist, Mylord«, erwiderte sie in einem ruhigen, sachlichen Ton, der ihm viel unheimlicher erschien als ein dramatischer Gefühlsausbruch.

»Er will dich nur in die Enge treiben.« Auf sanfte Weise versuchte er sie umzustimmen, obwohl er ihr lieber befohlen hätte, einfach nur zu tun, was er für richtig hielt. »Glaubst du wirklich, du wärst da draußen sicherer, weit weg von mir?«, fragte er und zeigte auf das Kutschenfenster.

Seufzend setzte sie sich auf. »Nirgendwo bin ich sicher.«

»Wenn ein Ort so gut ist wie der andere, solltest du eine komfortable Unterkunft vorziehen.« Automatisch legte er einen Arm um ihre Schultern. Aber als er spürte, wie sie sich versteifte, ließ er sie los.

»Ja, vielleicht …«, flüsterte sie und berührte seine Hand als stumme Entschuldigung für ihre Reaktion.

»Ich schicke Lakaien zum Haus in Chelsea, die werden Wache halten. Wenn du drinnen bleibst, wird dir nichts zustoßen.«

»Und meine Kinder?« Eindringlich schaute sie in seine Augen. »Gewiss, du fühlst dich für mich verantwortlich. Aber sie sind von *mir* abhängig.«

»Sagtest du nicht, Nan und Sally sollten in meinem Haus arbeiten?« Sofort erwärmte er sich für das Thema, denn jetzt sah er eine Möglichkeit, Maggie für seinen Plan zu gewinnen.

»Und Moll und Jo? Ganz zu schweigen von Harry, Frankie und Giles?« Bedrückt runzelte sie die Stirn.

»Nun, mein Anwalt stellt immer wieder vielversprechende junge Schreiber ein.« Eifrig fuhr er fort, erfreut über die Idee, die ihm soeben gekommen war. »Sie studieren Rechtswissenschaft, wohnen in seinem Haus und essen an seinem Tisch. Davon kann Danny nichts erfahren, er wird glauben, der Schreiber wäre einfach verschwunden. Wenn Harry tüchtig ist, könnte er sich eine Karriere aufbauen, sobald das alles überstanden ist.«

Nur ganz langsam nahm Maggies Gesicht einen Ausdruck an, den es offenbar nicht gewohnt war – Hoffnung. »Das würdest du tun?«, wisperte sie.

»Warum nicht?« Unbehaglich zuckte Charles mit den Schultern. »Natürlich ist das kein Versprechen, der Erfolg hängt von dem Jungen ab. Mein Anwalt unterstützt aufstrebende Talente, und wenn sie Karriere machen, ersetzen sie ihm die Unkosten, die sie verursacht haben. Das gefällt ihm besser als entnervende Auseinandersetzungen mit Vätern, die ihren unbegabten Söhnen eine Ausbildung bezahlen wollen. Dieses System hat mein Anwalt erfunden. Es ist nicht *mein* Verdienst.«

»Aber du wirst Harry diese Chance verschaffen. So etwas hätte ich mir niemals träumen lassen. Vielen Dank.« Er glaubte Tränen in ihren Augen zu sehen. Aber dann blinzelte sie hastig, und der verräterische Schimmer erlosch.

»Für den kleinen Giles gibt es sicher ein abgeschiedenes, strenges Internat auf dem Land, das seine verborgenen moralischen und intellektuellen Fähigkeiten fördern wird«, fügte er in munterem Ton hinzu. Seltsamerweise machte es ihn verlegen, Maggies Schwäche zu beobachten. Oft genug hatte er Frauen weinen sehen, aber nicht *Maggie*. Und er hatte nie zuvor den Eindruck gewonnen, es wäre fast unanständig, eine so persönliche Regung zu beobachten. »Und Frankie? Besitzt er auch irgendwelche Talente?«

Maggie lächelte wehmütig. »Am besten kann er andere Leute beim Kartenspielen betrügen.«

»Vielleicht sollte ich ihn zum Lakaien ausbilden lassen«, meinte er skeptisch. »Draußen auf meinem Landsitz.«

»Und Moll und der kleine Jo? Die beiden müssten bei Nan bleiben. Würde sie tagsüber als Köchin arbeiten, könnte sie abends nach Hause gehen. Aber sie müsste in deinem Haus wohnen …«

»Dann soll sie die beiden eben mitnehmen.« Entschlossen verdrängte er das leise Missbehagen, das er bei dem Gedanken empfand, so genannte unerwünschte Elemente in seinem Haus aufzunehmen. Immerhin würde er dieses Domizil mit seiner neuen Geliebten teilen. Mochte sie diese Rolle auch ungern spielen, die Tatsachen ließen sich nicht länger leugnen.

Langsam knöpfte sie ihr Kleid zu. Jede einzelne Bewegung ihrer Finger war ein Sinnenreiz für ihn. Aber Charles bezwang den Impuls, sie erneut zu umarmen.

»Anscheinend meinst du es ernst«, bemerkte sie. »Und du fürchtest trotzdem noch, du wärst ehrvergessen.«

Charles lachte bitter. »Vielleicht tue ich das alles nur, damit du bei mir bleibst und damit ich dich jederzeit lieben kann.«

»Das glaube ich nicht, Mylord.« Entschieden schüttelte sie den Kopf. »Um mich bei dir zu behalten, musst du Giles nicht in ein Internat schicken. Es würde genügen, wenn du ihn einfach irgendwo versteckst.« Zögernd fragte sie: »Warum traust du dir nicht zu, ein gutes Werk zu vollbringen?«

»Weil ich mich selber schon sehr lange kenne«, entgegnete er kategorisch. »In meinen Gesellschaftskreisen würde niemand diese Frage stellen. Sobald man den Namen Edgington hört, weiß man, wer ich bin und was all die Barone vor mir waren.«

Beim letzten Knopf an ihrem Hals hielt sie inne, und ihre Hand sank hinab. »Was bedeutet das?« Ihre Worte waren fast unhörbar, als fürchtete sie, er würde ihre Neugier tadeln.

Ein ironisches Lächeln verzog seine Lippen. »Nun, alle Edgingtons sind unersättliche Genussmenschen und selbstsüchtige Lüstlinge gewesen. Such dir irgendein Laster aus – gewiss war ihm irgendeiner meiner Ahnen rettungslos verfallen.«

Verwirrt hob Maggie die Brauen. »Aber du stehst keineswegs im Ruf, alle Opernsängerinnen zu verführen. Mit einigen Primadonnen hattest du kurze Affären. Aber keine Einzige spricht schlecht von dir.«

Verächtlich zuckte er mit den Schultern. »Weil sie nicht wissen, wie sich ein echter Gentleman benimmt. Ein paar Schmeicheleien und Geschenke genügen vollauf. Damit geben sie sich zufrieden. Sie erwarten kein ehrbares Handeln, keine Loyalität. Und sie hegen keine Hoffnungen.«

»Ich auch nicht«, betonte Maggie, ohne ihn aus den Augen zu lassen.

»Genau.« Mit allen Fingern strich er durch sein Haar, und sein Lächeln nahm bittere Züge an. »Weißt du, wie ich herausfand, dass mein Vater meine Mutter betrog? Damals war ich sechs Jahre alt. Ein Reitknecht führte mich auf meinem Pony durch den Hyde Park. Da sah ich meinen Vater mit einer schönen Frau in einer Karriole vorbeifahren. Ich rief nach ihm, da warf er mir einen eigenartigen Blick zu, den ich in jenem Moment nicht verstand. Später erkannte ich, was seine Miene ausgedrückt hatte – Schuldgefühle. Aber was ich in seinem Gesicht gelesen hatte, verschwand sofort wieder. Lachend steuerte er die Karriole zu mir, und es bereitete ihm ein sichtliches Vergnügen, mich einer besonderen Freundin vorzustellen – Miss Dorcas Pershing.«

»Meinst du etwa – Mrs Pershing?«, fragte Maggie ungläubig.

»Dieselbe. Sie war die vierte oder fünfte Bewohnerin des Hauses in Chelsea. Als sie in Ungnade fiel, benutzte sie den Rest seines Wohlwollens, um sich die Position einer Haushälterin zu sichern. Davon erfuhr ich erst viel später.«

»Eine Haushälterin, die den neuen Mätressen ihres einstigen Liebhabers dient?« Das konnte sich Maggie nicht vorstellen.

Charles sank in die Polsterung zurück. »Nun, Mrs oder Miss Pershing war schon immer praktisch veranlagt. Ich glaube, sie hat meinen Vater nie geliebt und sich ein gebrochenes Herz erspart, denn er liebte nur eine einzige Person, nämlich sich selber.« Träumerisch erinnerte er sich an jene langen heißen Sommertage, die erwartungsvolle Freude, die er bei jedem Ritt durch den Hyde Park verspürt hatte, die Hoffnung auf ein Wiedersehen mit der schönen, freundlichen Miss Pershing. »Wann immer sie mich sah, kaufte sie mir Eiscreme, ich hielt sie für eine gute Fee oder einen Engel. Mein Vater schenkte mir Spielzeug, kleine Bögen und Pfeile und natürlich Ponys, weil der künftige Lord Edgington all diese Dinge besitzen musste. Aber er kam niemals auf den Gedanken, dass ich im Hyde Park gern Eiscreme esse.«

In diesem Moment hielt die Kutsche, und Charles betrachtete die rote Ziegelfassade seines Hauses in Chelsea.

»Da sind wir.« In Maggies Stimme schwang ein spröder Unterton mit. »Werde ich dich später wiedersehen? Oder kommst du schon jetzt mit hinein?« Die Frage klang so hoffnungsvoll, dass neues Verlangen und eine seltsame Freude in ihm aufstieg.

Durch das Oberlicht über der schwarzen Tür und zwischen den geschlossenen Fenstervorhängen drang Gaslicht heraus und verlieh der Fassade ein schrecklich konventionelles und zugleich gemütliches Flair. Sekundenlang genoss er das Fantasiebild, er würde Maggie seinen Arm bieten und sie in die Eingangshalle führen, hinauf in das geschmacklos ausgestattete Schlafzimmer. Aber er gehörte nicht hierher, er hatte ein eigenes Haus, das ihn erwartete, ein eigenes Leben und seine Pflichten, die er wegen der unvorhergesehenen Ereignisse dieses Abends vernachlässigte. »Nein«, erwiderte er, »ich werde daheim dinieren. Außerdem muss ich einige Lakaien hierher schicken, die Wache halten sollen.« Er öffnete den Wagenschlag. »Nun, dann wünsche ich dir eine gute Nacht.«

Eine Zeit lang schaute sie ihn forschend an. Dann nickte sie und kletterte hinaus. »Bis Morgen, Mylord?« Diesmal verriet ihre Stimme keine Sehnsucht.

»Natürlich, bis morgen«, versicherte er.

Da schenkte sie ihm ein merkwürdiges, fast rätselhaftes Lächeln, bevor sie die Kutschentür schloss und die Eingangsstufen hinaufstieg. Er wartete, bis die Haustür aufschwang und Miss Pershings schlanke Gestalt im Lampenschein erschien, der den Gehsteig erhellte. Er öffnete eine kleine Klappe hinter dem Kutschbock und befahl Stephens, das Edgington Manor anzusteuern. Die kalten Räume, die ihn dort erwarteten.

8

Als er das Edgington Manor erreichte, schimmerte es geisterhaft unter dem Silberlicht des Dreiviertelmonds. Aus dem Zimmer seiner Schwester drang schwaches Licht, ansonsten lag das ganze Haus im Dunkel. Ärgerlich erkannte er die stumme Beschwerde seiner Mutter über sein schlechtes Betragen am vergangenen Abend und glaubte, ihre Stimme zu hören, die verkündete, sie würde das Essen nie wieder für ihn warm halten und überhaupt keine Rücksicht mehr auf ihn nehmen. Eine bessere Behandlung würde ein so respektloser Sohn nicht verdienen.

Und tatsächlich begrüßte ihn in der Halle nur eine einsame Dienerin. Geduldig saß sie auf einer vergoldeten Bank, die wie eine Sphinx geformt war. Auf dem Tisch an ihrer Seite brannten zwei Kerzen. Als sie aufsprang, dankte er ihr höflich. Aber er konnte ihr keinen Mantel, keinen Hut und keine Handschuhe anvertrauen, da diese Sachen bei seinem überstürzten Aufbruch im Haus in Chelsea zurückgeblieben waren. Verwirrt blieb sie im goldenen Lichtschein stehen, während er die Treppe hinaufstieg, eine der Kerzen in der Hand.

Wenn alle Gaslampen brannten, wirkte das Edgington Manor wie ein gefrorener Winterpalast. In der Kindheit hatte Charles sich halb und halb eingebildet – und seine Schwester sogar davon überzeugt –, das Haus hätte früher der legendären Schneekönigin gehört, schön und schaurig zugleich. Aber jetzt, wo nur eine flackernde Kerzenflamme seinen Weg beleuchtete, verschluckte das Dunkel all die kalte Pracht. In der Ostgalerie verhöhnten ihn die Gesichter der Ahnenporträts, und er fühlte sich so verlassen wie ein Gefangener im Labyrinth eines Mausoleums.

Dann bog er um die Ecke, und das vertraute rötliche Licht, das aus der offenen Tür seiner Schwester fiel, verscheuchte die groteske Atmosphäre. Argwöhnisch näherte er sich der unmissverständlichen Einladung, denn er hatte das Gespräch am vergangenen Abend in unangenehmer Erinnerung behalten. Oder war es ein Streit gewesen? Wenn er nicht ins Erdgeschoss zurückkehren und die Privattreppe zu seiner Suite benutzen wollte, musste er an Millies Zimmer vorbeigehen. Sein Stolz verbot ihm eine so schmachvolle Flucht.

Sobald er die Tür erreichte, ertönte der vorhersehbare Ruf: »Da bist du ja endlich! Seit *Stunden* warte ich auf dich!«

Resignierend unterdrückte er ein Seufzen, setzte eine höflich fragende Miene auf und betrat Millies Wohnzimmer.

»O Charles, eigentlich müsste ich dir böse sein. Komm her, nimm Platz. Wenn du so arrogant dastehst, machst du mich immer nervös.«

Er setzte sich auf ein so genanntes Sofa, ein zierliches Gebilde aus Holz und Brokat, das kaum stabil genug erschien, um sein Gewicht zu tragen. Davor stand ein abgedeckter Teller auf einem kleinen Tisch. Als er den Deckel abnahm, erblickte er kaltes Roastbeef mit Senfsauce, eine seiner Lieblingsspeisen aus der Kindheit. Offenbar wollte Millie ihn gnädig stimmen – kein gutes Zeichen. Aber eine so köstliche Mahlzeit sollte man nicht vergeuden, und so begann er zu essen, während sie weiterschwatzte.

»Was hast du gestern Abend zu Mama gesagt? Nun, was es auch gewesen sein mag, es hat sie veranlasst, fast den ganzen Tag in ihrem Zimmer zu verbringen und zu behaupten, wegen ihrer Herzbeschwerden würde sie keine Gesellschaft verkraften. Deshalb musste ich auf den Tee bei Lady Mary und Lady Elizabeth verzichten.«

»Warum bist du nicht allein hingegangen?«, fragte er und hoffte, sie von ihren Absichten abzulenken, falls sie ihn nicht nur aus schlichter Neugier in ihr Zimmer beordert hatte.

»Wie konnte ich denn? Das war keine private Teeparty nur für Damen. Mindestens fünfzig Leute wurden eingeladen, die Hälfte davon Gentlemen. Also durfte ich mich nicht ohne Chaperon blicken lassen. Hättest du Kusine Beryl nicht weggeschickt ...«

»Dann würde sie uns immer noch das Blut aussaugen, wie alle raffinierten armen Verwandten.«

Millie öffnete den Mund, um zu protestieren, schloss ihn wieder und warf ihr Haar in den Nacken.

War sie schon immer so affektiert gewesen? Wenn er ihr zuhörte, glaubte er dem Zwitschern eines Finks zu lauschen, der in einem Käfig saß und sinnlose melodische

Töne von sich gab, um Aufmerksamkeit zu erregen. So verhielten sich die meisten Frauen seines Bekanntenkreises. Die reiferen Damen äußerten sich kokett oder boshaft, die Unschuldslämmer blökten einfach nur und gehörten mit der Zeit, nach mehreren Enttäuschungen, der ersteren Kategorie an. Welch ein Unterschied zu Maggies Ausdrucksweise, als würde eine Querflöte neben einem Gewehrschuss trillern.

»Darüber will ich nicht mit dir reden«, verkündete Millie. »Wie gesagt, ich müsste dir böse sein, weil du Mama so aufgeregt hast. Zum Glück war sie zwischen ihren Riechsalz- und Laudanumexzessen imstande, mit den Vorbereitungen für die diesjährige Hausparty zu beginnen.«

Verdammt. Charles richtete sich auf. Bei dieser Party sollte Maggie eine Lady spielen. Normalerweise kümmerte sich seine Mutter erst im März um die nötigen Arrangements, er hatte gehofft, den Termin des Ereignisses den Fortschritten des Mädchens entsprechend zu beeinflussen. »Wann findet das Fest statt?«

»In diesem Jahr möchte Mamma den Spätfrühling auf dem Land verleben«, antwortete seine Schwester arglos. »Also wird sie die Party möglichst bald veranstalten.«

»*Wann*, Millie?«, wiederholte er.

Sie schnitt eine Grimasse. »In sechs Wochen.«

Würde die Zeit reichen?, überlegte er. Es *musste* gelingen.

»Aber das ist es nicht, was mich so fasziniert. Diesmal hat sie sich ein ganz besonders kühnes, brillantes Motto für die Party ausgedacht. Willst du's wissen?«

Eigentlich nicht. Aber er zwang sich zu nicken. »Gewiss.«

»Eine Ekloge!«, triumphierte sie. »Eine mythologische Pastorale, wie im alten Rom! Kannst du dir das vorstellen? Die Männer erscheinen als Satyrn und Schäfer oder als Götter in Hirtenkleidern und die Frauen als Nymphen und Schäferinnen.«

»Oder Göttinnen in der Kleidung von Schäferinnen«, ergänzte Charles.

»Jungfräuliche Jägerinnen«, korrigierte sie ihn sittsam. »Und Mama hat ganz wundervolle Ideen, wer von uns welche Rollen übernehmen soll.«

»Lass mich raten. Du bist Diana, und ich trete als Apollo auf.«

Ärgerlich zog sie einen Schmollmund. »Oh, mit dem Hinweis auf die Jägerinnen habe ich es dir zu leicht gemacht. Aber ist das nicht himmlisch? Du wirst die Sonne sein, schön und golden, neben der bleichen, kalten Schönheit deiner Schwester, die dem Mond gleicht. Natürlich ist Mama unsere Mutter Leto.«

»Dann ist unser teurer verstorbener Vater der edle Jupiter. Wie subtil von Mutter.« Nur dass der teure Vater nicht mit ihr die Ehe gebrochen, sondern sie betrogen hatte. Dabei würde Charles nicht mitmachen. Spiele und Mottos waren schön und gut. Aber er würde sich nicht in einem Apollo-Kostüm lächerlich machen.

Millie zählte mehrere Aktivitäten auf, die man für die Party planen könnte, zum Beispiel Wettbewerbe, von der Olympiade inspiriert. Seinen Einwand, die habe nicht in

Rom, sondern in Griechenland stattgefunden, tat sie sarkastisch ab. Dann malte sie sich eine kleine Theaterszene aus, in der Apollo diversen Nymphen nachstellte. Mit diesem Vorschlag wollte sie sich vermutlich für seine mangelnde Begeisterung über ihre anderen Ideen rächen.

Natürlich hatte sie die Wette nicht vergessen. Das bekundete sie mit einigen Anspielungen, und sie betonte, die Party wäre eine großartige Gelegenheit für die Präsentation einer Frau von fragwürdiger Herkunft.

Das alles hörte er sich kommentarlos an. Schließlich stand er auf und zog sich in seine eigene Suite zurück, wo die Gaslampen die weißen Wände mit schattenlosem Licht übergossen. Erschöpft von den Ereignissen des Tages, ging er sofort zu Bett. Doch der Schlaf bot ihm keine Erholung, weil ihn ein absurder Traum heimsuchte. Als lüsterner Satyr rannte er hinter zahllosen Nymphen her, die alle wie Maggie King aussahen. Sobald er ein Mädchen einfing, schlüpfte es zwischen seinen Fingern hindurch und verwandelte sich in einen Vogel oder eine Blume – oder eine rasende Mänade, die ihn bei lebendigem Leib zu verspeisen suchte.

Für Maggie verlief der nächste Tag noch verwirrender als der vorangegangene. Sobald sie erwachte, begannen die Lektionen und dauerten ohne Atempause bis sieben Uhr abends. Keine einzige Minute durfte sie für sich selbst erübrigen, obwohl Nan, Sally, Moll und Jo um die Mittagszeit ankamen. Durch das ganze Haus hallte schrilles Stimmengewirr.

Maggie wurde von einem lebhaften Gespräch zwischen

Mrs Pershing, Sally und Moll, das in der Eingangshalle stattfand, dermaßen abgelenkt, dass die sonst so unerschütterliche Miss West entnervt aufstand und die Salontür schloss. Dann ermahnte sie ihre Schülerin, keine Zeit zu vergeuden und sich etwas gewissenhafter auf den Lernstoff zu konzentrieren.

Nach einer Weile unterbrach Madame Rochelle den Unterricht für eine Anprobe, was eine weitere Tortur darstellte. In ungläubigem Staunen musterte Maggie die verschiedenen Stoffbahnen, die um ihren schlanken Körper gewickelt, da und dort festgesteckt und wieder entfernt wurden.

Nicht einmal die Gesangsstunde verlief erfreulich, denn wie sie herausfand, hatte sie bisher alles falsch gemacht. Deshalb bestand Mrs Ladd darauf, mit den Grundbegriffen der Sangeskunst anzufangen, was eine ziemlich qualvolle Prozedur war.

Diesmal verließ Miss West das Haus pünktlich um sieben Uhr. Aber Lord Edgington ließ sich nicht blicken. Nachdem Maggie eine halbe Stunde von Lehrbüchern umgeben gewartet hatte, nahm sie ein Bad. Das hatte sie zu Mrs Pershings Verblüffung auch am Vorabend getan. Verfolgte Miss King ein bewundernswertes Interesse an makelloser Hygiene? Oder missachtete sie ihre Gesundheit, indem sie ihren Körper zu oft in heißes Wasser tauchte?

Maggie hüllte sich in den hellblauen Morgenmantel, den Madame Rochelle ihr mit der Erklärung, diese Robe würde »zauberhaft unschuldig« erscheinen, ohne »süßlich« zu wirken, mitgebracht hatte.

Den Unterschied zwischen »unschuldig« und »süßlich« verstand Maggie nicht. Und er war ihr auch egal, denn der Morgenmantel fühlte sich nur durch ihr neues Nachthemd von der Haut getrennt herrlich weich an. Es widerstrebte ihr, die diversen Kleidungsstücke anzulegen, die nach Miss Wests Ansicht zu einem respektablen Déshabillé gehörten. Ein Buch in der Hand, setzte sie sich auf ihr Bett. Trotz aller Mühe schweiften ihre Gedanken immer wieder von der Lektüre ab. Angespannt lauschte sie auf vertraute Schritte im Flur, den ersehnten Bariton …

Als es endlich an der Tür klopfte, zuckte sie zusammen. Lord Edgington!

»Ich bin's«, rief Sallys Stimme, und Maggie bezwang ihre Enttäuschung.

Vielleicht hat er es vergessen. Oder er hatte niemals beabsichtigt, sie zu besuchen. »Herein!«

Die Tür schwang auf, und Sally trat ein. Unsicher blinzelte sie. In dem überladenen Schlafzimmer wirkte sie klein und hässlich. Das grüne Kattunkleid war alt und fadenscheinig, das helle rotgoldene Haar war aus dem vernarbten Gesicht zurückgekämmt und zu einem wenig schmeichelhaften Knoten hochgesteckt. Nie zuvor hatte Maggie bemerkt, wie dünn und unscheinbar ihre beste Freundin aussah. Zusammen mit den anderen »Kindern« hatte sie die winzige Wohnung ausgefüllt. Aber hier, in einem nur durchschnittlich großen Raum, glich sie einer Zwergin.

»Morgen will Mrs Pershing uns losschicken, damit wir Kleider kaufen«, berichtete Sally. »Nan und Moll kriegen

Dienstmädchentrachten. Ich bekomme ein Kleid aus schwarzem Seidenmoiré.« Jede einzelne Silbe dieser Worte schien sie zu genießen, und die dunkelblauen Augen in dem Bleichgesicht weiteten sich. »Seide, Maggie. Kannst du dir das vorstellen?«

»Ja, ich weiß.« Maggie zog ihre Knie an und schlang ihre Beine darum. »Für mich werden auch Seidenkleider genäht und andere aus Spitze und Stoffen, von denen ich noch nie gehört habe.«

Seufzend sank Sally auf die Bettkante. »Das muss himmlisch sein.«

»Allerdings«, stimmte Maggie zu, obwohl sie vom Chaos der letzten beiden Tage und der Angst vor Danny viel zu überwältigt war, um an Kleider zu denken, die in der Bond Street angefertigt wurden.

»Dein Lord Edgington hat zwei Lakaien zu Bess geschickt, die haben uns abgeholt. Als Giles hörte, man würde ihn in eine Schule schicken, mussten die beiden ihn mit vereinten Kräften in die Kutsche zerren und danach festhalten, damit er nicht aus dem fahrenden Wagen sprang«, fuhr Sally lächelnd fort. »Mit seinem Geheul hätte er die Toten aufwecken können. Das brachte auch Jo zum Weinen, die zwei brüllten wie am Spieß, und alle Leute auf der Straße starrten die Kutsche an. Wahrscheinlich dachten sie, da drin würde jemand umgebracht.«

»Hoffentlich verzeiht er mir«, meinte Maggie und kicherte leise.

»Und *ich* hoffe inständig, sie sperren ihn in diesem Internat ein, damit er nicht weglaufen kann. Danach holten wir auch Harry ab. Der war mit Frankie in der Wohnung an der Church Lane.«

In Sallys Bericht fehlte etwas, was Maggie nicht entging. »Und Frankie habt ihr nicht aufgegabelt?«

»Nein.« Bedauernd hob die Freundin ihre Schultern. »Davon wollte er nichts hören. Er sagte, von deinem – feinen Pinkel braucht er keine Almosen.«

Wie Maggie vermutete, war Frankies richtige Wortwahl noch viel vulgärer gewesen. Sie biss auf ihre Lippen und nickte. »Natürlich habe ich bereits befürchtet, er würde nicht mitkommen.«

»Das dachte ich mir auch. Aber Harry hörte sich ganz ernsthaft an, was der eine Lakai über diesen Anwalt sagte, und dann grinste er.«

Maggies Herz krampfte sich schmerzhaft zusammen. Seit zweieinhalb Jahren gehörte Harry zu ihrer seltsamen Familie. Sie konnte an einer Hand abzählen, wie oft der Junge in dieser Zeit gelächelt hatte. Wie alt bin ich?, fragte sie sich. Siebzehn? Nein, so jung kann ich gar nicht sein. Vielleicht neunzehn.

Dieses Jahr zu Weihnachten war Harry siebzehn geworden. Aber manchmal erschien er ihr wie ein alter Mann.

»Sehr gut«, sagte sie leise, und die Worte taten ihr in der Seele weh. O ja, es war *sehr gut*, wie glücklich er jetzt sein musste. Dieses Glück hatte sie ihm nicht geben können. Und der Baron schaffte es mit einem kurzen Brief an seinen Anwalt. Wie ungerecht, klagte eine innere Stimme. All das Leid, die jahrelange mühsame Arbeit – völlig unbedeutend im Vergleich zu den Erfolgen, die Lord Edgington mit einem Gedanken oder einer knappen Geste erzielte. *Tut mir leid, dass ich nicht mehr für dich tun konnte, Harry.* Niemals gut genug, niemals stark genug, niemals mächtig genug.

Sally warf ihr einen Seitenblick zu. »Weißt du, dass du schon wie eine feine Dame redest?«

Unbehaglich hob Maggie die Schultern. »Das muss ich dauernd üben. Sonst mache ich einen Fehler, wenn's mir nicht passieren darf. Trotzdem bin ich genauso wie früher.«

»Schon immer warst du anders als wir. Was uns kein bisschen stört. Jetzt lernst du, wie sich eine Dame benimmt. Das finde ich wundervoll.«

Maggie schaute ihre Freundin skeptisch an. »Ach, wirklich?«

»O ja«, bekräftigte Sally.

»Heute hatte ich das Gefühl, ich würde mich selber verlieren«, gestand Maggie nachdenklich. »Ich bin keine Lady. Das weiß ich. Aber *was* ich bin, weiß ich auch nicht.«

»Mein Kumpel«, erwiderte Sally schlicht. »Und wenn du eine Lady wirst und in dieser Welt vorankommst, sind deine Gefährten die Letzten, die es dir missgönnen. Und jetzt muss ich dir das Haar bürsten und dich fürs Bett zurechtmachen. Das hat Mrs Pershing gesagt.«

Lachend schüttelte Maggie den Kopf. »Wenn wir allein sind, kannst du dir dieses Getue sparen. Bisher habe ich immer für mich selber gesorgt. Genau wie du.«

»Wenn ich dafür bezahlt werde, dass ich dein Haar bürste, dein Waschwasser bringe und deine Schuhe putze, dann tu ich das auch.« Sallys Miene nahm jenen sturen Ausdruck an, den Maggie gut kannte. »Nun mach endlich!«

Widerstrebend stand Maggie auf und führte ihre Freundin ins Ankleidezimmer, setzte sich vor den Toilettentisch und ließ sich die Haarnadeln aus dem Knoten ziehen. Die üppigen Locken fielen beinahe bis zum Boden hinab.

Maggie schaute Sally im Spiegel an. »Zum Glück bin ich nie zu dem Perückenmacher gegangen, obwohl ich das vorhatte. Mit kurz geschorenem Kopf würde ich eine armselige Lady abgeben.«

»Eine wahre Schande wär's, dieses Haar abzuschneiden«, meinte Sally und begann die Locken mit der Bürste zu entwirren. Ohne von ihrer Arbeit aufzublicken, fuhr sie fort: »Also hast du mit dem feinen Pinkel geschlafen.«

»Sally!«, mahnte Maggie.

»Das dacht ich mir schon am ersten Tag, als er in die Wohnung kam«, seufzte Sally. »Ein- oder zweimal warf er dir diesen besonderen Blick zu. Wahrscheinlich hat er das gar nicht gemerkt. Und dir ist es auch nicht aufgefallen. Aber so, wie du zurückgeschaut hast … Damals lief mir ein kalter Schauer über den Rücken. Dann bist du mit ihm zu Bess gekommen. Wie er sich dort aufgeführt hat – offenbar glaubte er, du wärst sein Eigentum.«

»Darüber möchte ich nicht reden«, murmelte Maggie. Nicht mit Sally, die es nicht verstehen würde – die Sehnsucht nach Lord Edgington und nach etwas anderem, das viel bedeutsamer wäre als ihr kleines, bedrohtes Leben.

»Natürlich will ich nicht mit dir schimpfen, Maggie«, erwiderte Sally resignierend. »Nur eins wünsche ich mir – du sollst glücklich sein. Macht er dich glücklich?«

Glücklich. Das Wort schwirrte wie ein fremder Eindringling durch Maggies Gehirn. War sie mit Charles glücklich? In seiner Nähe empfand sie Begierde, ja, Angst, Ambitionen, Lust und noch etwas, ein seltsames Wiedererkennen. Als könnte sie in ihn hineinblicken und etwas finden, das sie dort erwartet hatte. Allein schon diese Erkenntnis erschreckte sie. Denn wie konnte ein Mädchen wie sie das Wesen Seiner Lordschaft erkennen? Für sie war er ein rätselhaftes, unergründliches Mysterium. Und doch ließ das Gefühl sie nicht los. Glück war es nicht. Gewiss nicht. Aber etwas, das ihr ähnlich erschien.

»Irgendwie schon«, flüsterte sie.

Sally ließ die Bürste sinken und verdrehte die Augen. »Lass dir nicht von ihm wehtun. Was immer du machst, er darf dich nicht verletzen.«

Wie soll ich ihn daran hindern?, fragte sich Maggie hilflos. Aber sie beteuerte: »Sicher nicht.«

Ehe Sally antworten konnte, klopfte es.

»Wahrscheinlich muss ich hingehen.« Mit einem verlegenen Lächeln wandte Sally sich ab und legte die Bürste beiseite. Dann verließ sie die Ankleidekammer, und Maggie folgte ihr ins Schlafzimmer.

Obwohl sie annahm, es wäre Nan, Moll oder Mrs Pershing, klopfte ihr Herz wie rasend. Unsicher blieb sie stehen und beobachtete, wie ihre Freundin die Tür zum Flur öffnete. Beim Anblick des Mannes, der auf der Schwelle stand, stockte ihr Atem.

Er ist es, er ist es, er ist es, sang ihr Herz, so entschlossen sie ihre Emotionen auch im Zaum hielt. Wie wundervoll er in seinem Abendanzug aussah. Und so unwirklich …

»Verzeihen Sie die Störung, Miss King«, begann der Baron höflich und musterte den hellblauen Morgenmantel. »Mrs Pershing erwähnte, Sie würden studieren. Deshalb nahm ich an, Sie hätten sich noch nicht zurückgezogen.«

»Besuchen Sie Frauen oft in ihren Schlafzimmern, wenn sie gerade studieren?« Dann bat sie hastig: »Würdest du uns entschuldigen, Sally?«

Schweigend nickte Sally, eilte hinaus und schloss die Tür hinter sich.

Halb sehnsüchtig, halb belustigt schaute Charles in Maggies Augen. »Wie ich mich in deiner Gegenwart verhalten soll, weiß ich beim besten Willen nicht. Noch nie bin ich einer Frau wie dir begegnet.«

Und ich habe feine Pinkel wie dich schon hundertmal getroffen, dachte sie. Doch das sprach sie nicht aus, weil es eine Lüge wäre. Nie zuvor war ihr ein Gentleman über den Weg gelaufen, der auch nur sekundenlang an seinem eigenen Ehrgefühl gezweifelt oder Notiz von ihr genommen hätte. »Und weil du mich so seltsam findest, nennst du mich Maggie, Margaret oder Miss King? Alle drei Namen gebrauchst du abwechselnd.«

Lässig zuckte er mit den Schultern. »Miss King nennt man eine Lady, Margaret ist eine Angestellte, und Maggie … Was ist sie? Ich bin mir nicht sicher. Das musst du mir erklären.«

»Keine Ahnung. Maggie ist einfach Maggie. Müsste ich's wissen?«

»Wenn du es wüsstest, wüsste ich wahrscheinlich auch, wer ich bin. Und ich glaube, das will ich gar nicht herausfinden.« Ob er es ernst meinte oder scherzte, vermochte sie nicht festzustellen.

»Jedenfalls weißt du mehr über mich als ich über dich«, sagte sie, weil ihr nichts Besseres einfiel. »Für dich bin ich Maggie, Margaret und Miss King. Während du für mich einfach nur Lord Edgington bist. Einen anderen Namen kenne ich nicht.«

»Nun, mein Taufname lautet Charles. Ich heiße Charles Edward Xavier Crossham, Lord Edgington.«

»Charles …«, wiederholte sie langsam, um den Namen auszuprobieren. »Das gefällt mir.«

»Und mir gefällt Maggie«, erwiderte er und ging zu ihr. »Das klingt so aufrichtig. Und ehrlich.«

»Vielleicht kenne ich dich besser als du mich«, meinte sie lächelnd.

Eine Armeslänge von ihr entfernt, blieb er stehen. »Also hast du mich belogen?«

»Nicht dich, zumindest nicht oft. Aber ich habe gelogen.« *Und betrogen und gestohlen und gemordet.*

»Wer hätte das nicht?« Er streckte eine Hand aus, und sie hielt dem Atem an. Aber er ließ nur eine ihrer Locken zwischen den Fingern hindurchgleiten und wieder fallen. »Was für erstaunliche Haare. Dass sie so lang sind, habe ich nicht erwartet.«

Verwirrt spähte sie nach unten. Ihre Haare reichten bis zu den Knien. »Welch ein Glück, dass ich sie nicht an den Perückenmacher verkauft habe. Eine Zeit lang hatte ich das vor.« Sie warf ihre Locken über eine Schulter und begann, sie automatisch zu flechten.

Aber der Baron hielt ihr Handgelenk fest. »Nein, das offene Haar gefällt mir besser.«

»Dann ist es bald zerzaust, und ich kann es kaum noch entwirren.« Doch ihr Zopf blieb unvollendet. Was machst du in meinem Schlafzimmer?, wollte ein Teil von ihr sagen. Warum bist du hier? Was suchst du? Ein anderer Teil ihres Wesens fand es besser, das nicht zu erfahren. Und so sprach sie den Gedanken nicht aus und lächelte ihn an. Möglichst gewinnend, wie sie hoffte. Sie drehte ihre Hand um und drückte seine Finger. »Freut mich, dass du da bist. Ich dachte schon, heute Abend würdest du nicht zu mir kommen.«

»Wie könnte ich mich von dir fernhalten?« Seine Worte klangen beiläufig. Aber der Glanz in seinen brandyfarbenen Augen beschleunigte Maggies Puls.

Schweigend schlang sie seinen Arm um ihre Taille und legte einladend den Kopf in den Nacken.

Statt sie zu küssen, strich er mit seiner freien Hand über ihre Wange. »Du machst mir Sorgen, Maggie. Viel zu leicht gibst du dich hin.«

Da rückte sie ein wenig von ihm ab. »Nur *dir*, das weißt du.«

Seine Mundwinkel zuckten – ein ironisches Lächeln? »Deshalb fürchte ich, dich auszunutzen.«

»Vielleicht nutze ich *dich* aus«, entgegnete sie ärgerlich. »Oder ich benutze meinen Körper, um dich an mich zu binden und dir noch mehr Geld zu entlocken. Übrigens, ich bereue nichts.« *Noch nicht.* »Warum solltest *du* bedauern, was zwischen uns geschehen ist?«

Mit dieser Frage überraschte sie ihn sichtlich. Aber die

einzige erkennbare Reaktion war eine leichte Verengung seiner Augen. »Ist das alles, was es dir bedeutet? Die Chance, mehr Geld aus mir herauszuholen?« Was er dachte, verriet seine leise Stimme nicht.

War das wirklich alles? Ja, wollte sie sich einreden, aber ihr Herz protestierte dagegen. Trotzdem erwiderte sie: »Einem Mädchen wie mir darf es nicht mehr bedeuten. Sonst würde ich mich selber zum Narren halten und glauben, ein Traum wäre Wahrheit geworden.«

»Du träumst niemals, Maggie, nicht wahr?«

»Du schon? Du zweifelst an deiner eigenen Ehre und du wagst zu träumen? Träume werfen Probleme auf, eines Tages muss jeder erwachen. Also sollte man gar nicht erst einschlafen.«

Seufzend ließ er sie los und wanderte im Raum umher, wie ein verdutzter Löwe. Dann blieb er vor einem kleinen Tisch voller Nippes stehen, ergriff die Porzellanfigur einer Schäferin und betrachtete sie nachdenklich, so lange, dass Maggie glaubte, an diesem Abend würde er kein Wort mehr hervorbringen. Schließlich begann er zu sprechen, geistesabwesend, eher mit sich selbst als mit ihr.

»Ehe ich vorgestern hierherkam, hatte ich dieses Zimmer vor sieben Jahren zum letzten Mal betreten. Meine Mutter war eben erst über die Existenz dieses Hauses informiert worden. Mein Vater hatte es gekauft, um seine Geliebte darin einzuquartieren – nur sechs Wochen nach der Hochzeit. Damals war ich zwanzig Jahre alt. Bis zu jenem Moment hatte ich meine Mutter niemals weinen sehen.« Sein Gesicht nahm ironische Züge an. »Wahrscheinlich hatte sie davor nichts wichtig genug gefunden, um Tränen zu vergießen. Von heißer Wut erfüllt, fuhr ich nach Chelsea und wollte meinen Vater zur Rede stellen, zum Duell fordern oder niederschlagen oder was auch immer. Aber ich traf ihn nicht an, nur Frances, seine neueste Geliebte, die sich erst vor kurzem in diesem Haus niedergelassen hatte. Sie war eine Schönheit, eine jener Frauen, die so hinreißend aussehen, dass die Männer die schlimmsten Fehler begehen und Tugenden nennen, nur um ihnen ein Lächeln abzuschmeicheln. Freundlich begrüßte sie mich, erstaunlich großmütig, sogar teilnahmsvoll, nachdem sie den Grund meines Besuchs erfahren hatte. Gewiss, sie war vulgär und ihr Benehmen eher affektiert als manierlich. Aber sobald sie lächelte, fühlte sich ein Mann wie ein König. Unter einem Vorwand lockte sie mich in ihr Schlafzimmer. Dort versuchte sie mich – eher leidenschaftslos – zu verführen.«

»Ist es ihr gelungen?« Diese naheliegende Frage stellte Maggie in der Hoffnung, den tieferen Sinn dieser Geschichte zu ergründen.

Die Lippen leicht gekräuselt, schüttelte Charles den Kopf. »Wenn ich auch keine Skrupel hegte – die Untreue meines Vaters erzürnte mich nicht so sehr wie der Kummer, den er meiner Mutter bereitete, es hätte mich nicht gestört, ihn gewissermaßen zu betrügen. Aber vor so geschmacklosen Aktivitäten schreckte ich zurück. Nur ein paar Sekunden lang erwiderte ich Frances' Kuss, dann beschloss ich, eine andere Art von Rache an meinem Vater zu üben. Der Wahnsinn verflog, ich stürmte aus dem Haus, das meine

Mutter zur Verzweiflung getrieben hatte. Aber Frances hatte Erfolg, denn nach jenem Abend war ich entweder zu feige oder zu heuchlerisch, um meinen ehebrecherischen Vater zur Rechenschaft zu ziehen.«

»Warum erzählst du mir das alles?«, erkundigte sie sich mit gerunzelter Stirn.

Ungeduldig stellte er die Porzellanfigur auf den Tisch zurück. »Weil mich dieses Zimmer an Frances erinnert. Ich habe mich oft gefragt, warum sie mich küsste, warum sie mich in ihr Bett zerren wollte. Schließlich erkannte ich, dass ihr Körper das Einzige war, das sie nutzen konnte, um in dieser Welt voranzukommen. Als ein junger Mann auftauchte und ihr alles wegzunehmen drohte, wofür sie so hart gearbeitet hatte, wehrte sie ihn nicht mit innerer Kraft ab, weil sie keine besaß. Stattdessen wollte sie ihn in ihren Bann ziehen, damit er sie nicht bekämpfen würde. Du bist nicht Frances. Aber wenn du sagst, du würdest deinen Körper benutzen, und wenn du dich so rückhaltlos hingibst …« Seine Stimme erstarb.

»Da hast du Recht.« Maggie verschränkte ihre Arme vor der Brust. »Ich bin nicht Frances und keine Schönheit. Noch nie hat mir ein Mann irgendwas gegeben, damit ich ihn anlächle. Ich bin auch keine Hure. Bisher nicht. Ich will auch keine Frau zum Weinen bringen. Das würde ich niemals ertragen, nicht einmal, wenn sie reich, verwöhnt und arrogant ist. Aber ich bin nicht dumm genug, um mir einzubilden, du wärst hierhergekommen, weil du ohne meine Liebe nicht leben kannst, und mich in eine Prinzessin verwandeln und mich in ein Märchenschloss entführen wirst.

Ich muss einen klaren Kopf behalten und für meine Kinder und mich selbst sorgen, weil niemand anderer das tut.«

»Also begehrst du mich nicht?« Die Miene des Barons schien zu gefrieren.

»Die Antwort kennst du«, seufzte sie. »Ich begehre dich viel mehr, als gut für mich ist. Trotzdem darf ich die Realität nicht aus den Augen verlieren.« Sie legte eine Hand auf seine Brust. »Auch *das* ist real«, flüsterte sie, stellte sich auf die Zehenspitzen und küsste seinen Hals. Seine heiße Haut schmeckte salzig. »So ist das nun einmal – du, ich, diese Nacht. An irgendwas anderes zu glauben, kann ich mir nicht leisten.«

Schweigend schaute er in ihr Gesicht, so lange, dass sie fürchtete, er würde sich abwenden. »Sehr vernünftig«, sagte er schließlich und lachte bitter auf. »Ich wünschte nur, ich würde deinen eindeutigen Standpunkt teilen.«

Ehe sie fragen konnte, was er damit meinte, küsste er sie. Danach waren Worte überflüssig.

9

Ein Tag verstrich und noch einer. Unaufhaltsam ging die Zukunft in die Vergangenheit über. Die Zeit drängte, und Charles wusste nicht, wie er die Situation bewältigen sollte. Während die Wochen dahinrasten, lasteten die Stunden zwischen dem Erwachen und der sinkenden Sonne bleischwer und farblos auf seiner Seele. Das gedämpfte Licht in seiner luxuriösen Suite wirkte abgenutzt, als wäre es in einer früheren, vitaleren Ära verbraucht worden. Die Geschäfte und Parlamentssitzungen, die seine Tage ausfüllten, kamen ihm viel zu vertraut vor. Seine Familie schien in der endlosen Wiederholung unabänderlicher Aktivitäten gefangen.

Wie üblich schwankte seine Mutter zwischen Annäherungsversuchen und jammervollem Tadel. Millie hänselte ihn wegen seiner ständigen Abwesenheit, die sie mit beunruhigendem Scharfsinn einem amourösen Zeitvertreib zuschrieb, und warf ihm seinen Geiz vor, der die Vorbereitungen für die Hausparty betraf.

Wenn die Sonne ermattet hinter den Horizont glitt, fuhr er ihr nach London entgegen. Von der Themse stiegen Nebelschwaden auf und wirbelten durch die Straßen von Chelsea, wo ihn ein Haus voller goldgelbem Licht erwartete, mit kleinen, spießbürgerlichen, aber gemütlichen Räumen. Hier nahm Maggie ihr Dinner in Miss Wests Gesellschaft ein und repetierte ihre neusten Lektionen, mit bezaubernder Naivität und erstaunlicher Intelligenz.

In den ersten drei Nächten hatte er sie von ihren Büchern ferngehalten. Doch dann hatte sie ungeduldig gefragt, was ihm wichtiger sei, dass sie ihre Zeit mit ihm verbrachte oder ihre Aufgabe erfüllte. Ohne ihr die provozierende Attitüde zu verübeln, gab er ihr Recht und störte sie nicht mehr bei ihren Studien. Während sie ihre Hausaufgaben machte, befasste er sich mit dem täglichen schriftlichen Bericht der Gouvernante, mit Journalen, Zeitungen und den Papieren, die einen viel zu großen Raum in seinem Leben einnahmen. Danach ließ er sich erklären, was Maggie am jeweiligen Tag gelernt hatte, und registrierte ihre Fortschritte. Die Lider halb gesenkt, blickte sie unverwandt an ihm vorbei. Dann entschwand die Distanz zwischen ihnen, die er zu kultivieren suchte, in leidenschaftlichen Umarmungen.

Halb und halb hatte er erwartet, seine Faszination von der kleinen Bettlerin würde verfliegen, wenn sie ihre neuen Kleider trug, wenn sie sich zumindest oberflächlich in eine der zahllosen Debütantinnen verwandelte, die man ihm auf allen Bällen präsentierte. Während sie, in Musselin mit Spitzenborten, Seide, Krinolinen und edle Glacélederstiefel gehüllt, ihre Sprechweise verfeinerte, zeigte sich ihr unkonventioneller Geist noch deutlicher. Manchmal fragte er sich, ob sie jemals eine richtige Lady werden könnte. Nicht weil sie ihm immer noch zu gewöhnlich vorkam, sondern weil sie Selbstvertrauen, Entschlossenheit und innere Kräfte besaß, lauter Eigenschaften, die er in den Salons behüteter junger Damen niemals antraf. Aber wer mochte erraten, woher sie stammte? Jetzt, wo die vulgären Züge hinter einer sittsamen Fassade und untadeligen Manieren verschwanden? Wer würde jemals erahnen, aus welcher Quelle sie ihre Charakterstärke schöpfte?

Nach einer Woche begann Miss West mit ihrer Schülerin auszugehen. Maggie spielte die Rolle eines gut situierten Waisenmädchens, das von einem Chaperon begleitet wurde und bei seinem Großonkel, einem Junggesellen, lebte. Lachend erzählte sie Charles von ihren Begegnungen im Hyde Park. Kühne junge Männer traten an sie heran, stellten sich vor und versuchten, den informellen Anfang dieser Bekanntschaft mit besonderer Galanterie zu überspielen. Aus ihrer Stimme hörte er das Staunen und die Freude einer Frau heraus, die plötzlich merkte, dass sie bewundert und respektiert wurde. Was ihre Verehrer anstrebten, wusste er – keine verbotene Liaison, eher nicht ganz korrekte, aber hoffnungsvolle Kontakte mit einer jungen Frau aus gehobenen Kreisen. Unwillkürlich empfand er heiße Eifersucht, weil diese Gentlemen einen rosigen Hauch auf Maggies Wangen zauberten. Gleichzeitig grollte er sich selbst, weil er es versäumt hatte, sie ebenso raffiniert zu hofieren wie die nichtsnutzigen Gecken.

An manchen Tagen wurde ihre Freude über seinen Besuch von einem gehetzten Ausdruck in ihren Augen getrübt, und er erfuhr, bei ihrem Spaziergang habe ihr ein Gassenjunge oder Bettler mitgeteilt, Danny sei sehr zufrieden mit ihren Fortschritten. Charles geriet in Wut und empfand

Angst um Maggie, ein ungewohntes Gefühl. Aber ein Nachmittag, den er in Scotland Yard verbrachte, überzeugte ihn von der Sinnlosigkeit seines Versuchs, offizielle Kanäle zu aktivieren. Der Inspektor verbeugte sich höflich und lächelte unterwürfig, speiste ihn jedoch mit hohlen Beteuerungen ab. Da ihm die Mittel fehlten, Maggie auf Schritt und Tritt bewachen zu lassen, tröstete er sie, so gut er es vermochte, doch ohne nennenswerten Erfolg. Dann versicherte er ihr, Harry sei jetzt glücklich und Giles in Sicherheit, rebelliere allerdings immer noch gegen die Zwänge des Internats. Erst seit Charles ihm ein Taschengeld von vier Shilling pro Woche versprochen hatte, benahm sich der Junge etwas besser.

Maggies Furcht schien mit jedem Tag zu wachsen. Obwohl er sich immer wieder sagte, kein Verbrecher würde es wagen, eine Frau in Lord Edgingtons Obhut zu attackieren, konnte er ihre Angst nicht ignorieren. Selbst wenn er sie jetzt schützte, was würde geschehen, wenn die gemeinsame Zeit zu Ende ging? Was würde ihr der mysteriöse, schurkische Danny O'Sullivan dann antun?

Nicht für alle ihre Freunde war gesorgt. Frankie, der schlaksige Rotschopf, der Charles in Maggies Wohnung bedroht hatte, wollte nichts von irgendwelchen Plänen bezüglich seiner Zukunft hören. Starrsinnig trieb er sich auf den Straßen herum, besuchte seine »Mum« aber mindestens einmal pro Woche und erzählte ihr die letzten Neuigkeiten. Der Baron misstraute ihm, vor allem dem Feuer in den dunklen Augen, wann immer der Bursche Maggie anschaute. Genauso unverhohlen glühte wilder Hass in Frankies Blick, wenn er Charles musterte.

Eines späten Abends betrat er die Eingangshalle des Hauses in Chelsea und begegnete dem Jungen, der gerade gehen wollte. Das schmutzige Gesicht voller Hohn, grinste Frankie Seine Lordschaft an. »Weiß Gott, warum, aber meine Maggie mag Sie. Wenn Sie ihr was zuleide tun, schlitze ich Ihren Bauch auf und werfe Sie den Straßenkötern zum Fraß vor. Ist das klar?«

Insgeheim gerührt über die Loyalität, die Maggie in ihren Freunden geweckt hatte, erwiderte Charles frostig: »Falls Sie um ihre Sicherheit bangen, sollten Sie sich an Danny O'Sullivan wenden, nicht an mich.«

Frankies Brauen zogen sich zusammen. »Wer sagt denn, dass ich mich *nicht* um ihn kümmere?« Mit diesen Worten rannte er aus dem Haus und verschwand in schwarzen Schatten.

Eine Woche verstrich, dann zwei, dann drei. In manchen Nächten gewann Charles den Eindruck, Maggie wäre seine Seelenverwandte. In anderen überlegte er, ob er jemals begreifen würde, warum sie die seltsame, problematische Familie, die sie um sich geschart hatte, mit einem so leidenschaftlichen Beschützerinstinkt umsorgte. Aber meistens sah er nur ihre komplexe Persönlichkeit, bezwingend und unergründlich, provozierend und faszinierend, eine starke Willenskraft in einem kleinen, zierlichen Körper, der zu bersten schien, weil er zu viele Facetten enthielt. Warum er jeden Abend zu ihr ging, wusste er nicht.

Noch weniger verstand er, wieso sie stets bereitwillig in seine Arme sank, trotz ihrer unverblümten Kommentare über gewisse »Realitäten«. Doch die erklärten nicht, was in ihnen vorging, wenn sie miteinander allein waren. Für ihn symbolisierte sie Farbe, Feuer, Zorn und Hoffnung, und er wagte nicht, dies alles zu ergründen, weil er fürchtete, eines Morgens könnte die Magie entschwinden wie Elfengold. In wenigen Wochen würden sie sich trennen. Was sollte er dann tun?

Am dritten Donnerstag, den Maggie im Haus in Chelsea verbrachte, erhielt sie eine kurze Nachricht und erkannte die Handschrift des Barons.

Heute Abend bin ich anderweitig beschäftigt. Pardon, Lord Edgington.

Einerseits enttäuscht, andererseits erleichtert, seufzte sie. Viel zu sehnsüchtig hatte sie seinen täglichen Besuchen entgegengefiebert, die sie mit heißer Freude erfüllten. Aber jedes Mal, wenn er sich verabschiedet hatte, spürte sie eine qualvolle innere Leere, als hätte er einen wesentlichen Teil von ihr mitgenommen, zusammengefaltet in seiner Tasche verstaut. Nur ein paar Stunden lang durfte sie schlafen, bis der Morgen dämmerte, mit weiteren Lektionen, Spaziergängen und gnadenlosen Regeln, die ihr Gehirn in eine neue, fremde Form pressten.

Mindestens einmal pro Woche schickte er ihr eine solche Botschaft und erinnerte sie an seine anderen Pflichten, an sein anderes Leben, zu dem sie nicht gehörte und das sie nicht verstand. Sie hatte stets geglaubt, die reichen Pinkel könnten tun, was ihnen beliebte. Aber anscheinend mussten sie sich so verhalten, wie es die restlichen reichen Pinkel wünschten. Eine armselige Freiheit, wenn man bedachte, wie viel Geld sie besaßen. Ihren Konversationen mit Edgington hatte sie entnommen – obwohl er es niemals aussprach –, dass das Dasein der Aristokratie eine phänomenale Pantomime wäre, ein grandioses Kasperlespiel, in dem schon seit Generationen unentwegt derselbe Akt wiederholt wurde.

Als Mrs Pershing ihr die Nachricht brachte, war Miss West eben erst gegangen, und Moll errichtete einen gefährlich schwankenden Porzellanstapel auf einem Silbertablett. Maggie betrachtete die Vorhänge, die ihr die Sicht auf die dunkle Straße versperrten und die den Straßenkehrer an der Ecke verbargen. Zum Teufel mit Danny und seinen Ränkespielen, seinen Lügen!

Rastlos fühlte sie sich in einem Haus gefangen, das ihr erst vor wenigen Wochen so groß erschienen war. Aber so geräumig ein Gefängnis auch sein mochte, es blieb ein Gefängnis, sie musste ihm entrinnen, einen Ort aufsuchen, den sie kannte, den sie verstand. Nicht die Church Lane, obwohl Frankie irgendwie die Miete bezahlte. In einer Londoner Nacht wäre das die letzte Gegend, wo sie sich sicher fühlen würde. Aber vielleicht die Wohnung einer Freundin …

Seit sie Edgingtons Liebhaberin oder Schülerin war, oder was auch immer, hatte sie nicht mehr mit Perle Blanc gesprochen. Die sorgsam formulierten Antworten auf Maggies ebenso sorgsam formulierte Briefe legten die Vermutung nahe, die Opernsängerin hätte ihr Geheimnisse mitzuteilen, wenn sie es nur wagte. Möglicherweise war es an der Zeit, diese Geheimnisse zu ergründen.

Entschlossen ging sie in ihr Schlafzimmer hinauf und zog sich um, schlüpfte in ihre alten Unterröcke und das braune Kattunkleid. Sollte sie die Unterhose anbehalten? So einen neumodischen Luxus kannten die Gassenmädchen nicht. Aber sie hatte sich daran gewöhnt, und unter den Röcken war die Hose unsichtbar.

Da sie ein fashionables Korsett trug, hing das alte Kleid formlos an ihr, und sie lockerte die Verschnürung, so gut sie es ohne Hilfe vermochte. Sie wollte nicht nach Sally läuten, denn die sollte nichts von der geplanten Exkursion wissen. Zweifellos würde die Freundin versuchen, sie davon abzuhalten, natürlich erfolglos, und wütend zurückbleiben.

Maggie tastete unter der Matratze nach der Pistole, schloss die Finger um das kalte Metall des Laufs und zog die Waffe hervor. Mit der anderen Hand ergriff sie die Kugeln, die Frankie ihr gebracht hatte. Ungeschickt lud sie den Revolver und steckte ihn durch einen verborgenen Schlitz im Rock in eine große Tasche. Schwer und beruhigend schlug er gegen ihren Schenkel.

Trotz dieses Gewichts fühlte sie sich leicht und frei, während sie die Treppe hinablief, unbehindert von der Krinoline, die immer so unangenehm um ihre Beine schwang. Den ersten Stock passierte sie unbemerkt. Aber in der Eingangshalle stand Mrs Pershing und sprach mit einem der Lakaien, die der Baron als Wachposten abkommandiert hatte.

»Gehen Sie aus, Miss?« Verwundert hob die Haushälterin ihre Brauen.

»Ja«, bestätigte Maggie, ohne eine Erklärung abzugeben.

Statt zu protestieren, verkniff die Frau nur die Lippen,

was Maggie ihr hoch anrechnete. Irgendwie hatte Mrs Pershing von dem Angriff auf Nan erfahren und ihre Besorgnis, die einen wesentlichen Teil ihrer Persönlichkeit bildete, zu übertriebener Wachsamkeit gesteigert. »Soeben haben Harwell und Thomas ihren Dienst angetreten, Miss. Die beiden könnten Sie begleiten.«

»Nein«, erwiderte Maggie entschieden. »Allein fühle ich mich sicherer.«

Nun zeigte die Haushälterin ihre Missbilligung noch deutlicher. Aber sie nickte. »Seien Sie vorsichtig, Miss King.«

»Selbstverständlich.« Maggie ging ins Damenzimmer. Im Schatten vor dem Erkerfenster spähte sie durch den Spalt zwischen den Vorhängen, ohne sie zu berühren. Wie erwartet, lungerte der Straßenkehrer an der Ecke herum.

Um diese Stunde herrschte reger Betrieb auf der Straße, Droschken folgten einem Omnibus, Gentlemen in dunklen Anzügen, die beinahe wie Uniformen wirkten, eilten vorbei, und Dienstmädchen erledigten vor dem Dinner irgendwelche Besorgungen für ihre Herrinnen. Ein Mann blieb bei dem Straßenkehrer stehen und sprach mit ihm. Dann schwang der Junge seinen Besen und fegte einen Haufen Unrat zur Seite, damit der Gentleman weitergehen konnte, ohne seine Schuhe zu beschmutzen.

Hastig durchquerte Maggie die Halle und rannte die Eingangsstufen hinab, ehe der Straßenkehrer seinen Beobachtungsposten erneut bezog. Während er einen Penny von dem Gentleman entgegennahm und seinen trägen Blick wieder auf das Edgington-Haus richtete, war Maggie bereits an drei Häusern vorbeigelaufen, und der Junge beachtete sie nicht, sie war ein schlicht gekleidetes Dienstmädchen unter vielen.

Der Fußmarsch zum St. James's Square, wo Perle Blanc wohnte, war sehr lang. Als Maggie ihr Ziel erreichte, brach die Abenddämmerung herein. Übel riechender, düsterer Nebel hatte sich auf die Stadt herabgesenkt, verbarg alle Bewegungen, dämpfte alle Geräusche, und sie stieß beinahe mit einem Mann zusammen. Gerade noch rechtzeitig wurde sie vom trüben Lichtkreis seiner Laterne gewarnt und huschte unentdeckt in einen Eingang.

Einladend glänzte die Tafelglastür des Hauses, in dem Perle wohnte. Maggie betrat das kleine, in Scharlachrot und Messinggelb gehaltene Foyer und nickte dem Pförtner zu. In den Ecken hingen Farne herunter, auf den Fenstersimsen standen empfindliche Pflanzen in beschlagenen Glaskästen, von Samtvorhängen flankiert.

»Grauenhaft, diese Nacht«, bemerkte der Pförtner jovial wie eh und je.

»O ja, Ned«, stimmte Maggie zu. »Die Gaslampen leuchten fast grün, nicht wahr?«

»Allerdings, Miss.«

»Hat Miss Blanc heute Abend Besuch?«

»Nein, soviel ich weiß nicht.« Ned strahlte über das ganze Gesicht. »Offenbar sind Sie die Erste.«

Maggie wünschte ihm eine gute Nacht und stieg die Mahagonitreppe hinauf. Lautlos eilten ihre Schritte über den dicken Orientteppich, mit dem die Stufen ausgekleidet waren. Unter ihrer Hand fühlte sich das gewachste Holzgeländer angenehm warm an. In jeder Etage lagen vier Wohnungen. Perle hatte sich im dritten, obersten Stockwerk einquartiert. Wie sie erklärt hatte, ertrug sie keine Schritte über sich.

Als Maggie anklopfte, öffnete ihr die Zofe die Tür und führte sie durch die Diele in den üppig ausgestatteten, mit zahlreichen Antiquitäten und Kunstgegenständen geschmückten Salon. Wenn Perle auch behauptete, sie würde schöne Dinge lieben, vermutete jeder, der sie kannte, dass ihre Liebe vor allem dem finanziellen Wert ihrer Sammlung galt. Wie Maggie wusste, hatte die Freundin jeden einzelnen Gegenstand schätzen, dokumentieren und versichern lassen. Sie umgab sich mit Kostbarkeiten, die ihr einen angenehmen Ruhestand ermöglichen würden. Mit diesem Geld würde sie auch ihre beiden unehelichen Töchter ernähren, die bei einer armen, aber ehrbaren Witwe in Cornwall lebten. Bald wären sie alt genug, um ein gutes Internat zu besuchen.

»*Ma chérie!*«, rief Perle, erhob sich von ihrer Chaiselongue in der Mitte des Raums und breitete die Arme aus. »Als Lord Edgington dich entführte, konnte ich meinen Augen kaum trauen. Sogar deinen Schal und deinen Hut hast du vergessen! Anscheinend hat er dich völlig überrumpelt. Leider verrieten mir deine Briefe nicht viel mehr als deine Adresse. *Très mystérieux!* Bist du jetzt seine Geliebte? Wenn ja – warum trägst du immer noch diesen alten Fetzen?«

Diskret zog sich die Zofe zurück, und Maggie erwiderte Perles Umarmung. »Nun, ich bin nicht *direkt* seine Geliebte. Und meine alten Sachen trage ich, weil ich allein hierherkam, zu Fuß. Davon weiß der Baron nichts.«

Perle ließ sie los und schob sie auf Armeslänge von sich. »Das weiß er nicht? Heißt das, er würde nicht wünschen, dass du eine alte Freundin besuchst?«, fragte sie halb missbilligend, halb verständnisvoll.

»Bin ich wirklich deine Freundin, Perle?«, fragte Maggie gerührt. »Eigentlich dachte ich, ich wäre nur eins deiner Protegés.«

»O nein, du doch nicht, *ma chérie*«, beteuerte Perle und schnalzte mit der Zunge. »Da wir uns lange genug kennen, musst du entweder meine Freundin oder meine Feindin sein. Und meine Feindin bist du gewiss nicht. Setz dich zu mir und beantworte meine Frage.« Gebieterisch umfasste sie Maggies Arm und zog sie mit sich auf die Chaiselongue hinab.

»Vorerst darf ich mich nicht mit dir blicken lassen, weil Lord Edgington mich engagiert hat, damit ich in einer Farce mitwirke. Ich soll eine unschuldige junge Dame von guter Herkunft spielen, die er seinen Freunden vorstellen will. Wenn mich jemand bei dir sieht, der ihn kennt …«

Forschend musterte die Sängerin Maggies Gesicht. »Also deshalb drückst du dich so gewählt aus. Bringt er dir bei, wie du sprechen und wie du dich benehmen musst?«

»Nun, ich tue meine Bestes.« Maggie wusste, wie viel sie noch lernen musste. In drei Wochen würde die Hausparty im Edgington Manor stattfinden, die Zeit drohte ihr davonzulaufen. Würde sie es schaffen? Wäre sie zu einer so enormen, wenn auch nur oberflächlichen Verwandlung fähig?

»Aber er ist auch dein Liebhaber, nicht wahr?«, fragte Perle.

Wortlos nickte Maggie und biss sich auf die Lippen.

Perle seufzte zufrieden. »Benutzt du ein Essigschwämmchen? Wäschst du dich danach?«

Wieder nickte Maggie. Solche Kenntnisse verdankte sie ihrer langen Bekanntschaft mit der Opernsängerin. Nach den ersten beiden Liebesakten mit dem Baron, die glücklicherweise ohne Folgen geblieben waren, hatte sie sich stets gewissenhaft geschützt, ohne ihn darüber zu informieren. Allerdings war es schwierig gewesen, diese Maßnahmen heimlich zu ergreifen. Warum sie ihm nichts davon erzählte, wusste sie nicht genau. Vielleicht fürchtete sie, er wäre beleidigt. Wie auch immer, sie wollte auf keinen Fall so enden wie die arme Nan oder wie ihre eigene Mutter. »Er fragte mich, ob die Möglichkeit einer Empfängnis bestünde. Da erklärte ich ihm, das sei unwahrscheinlich, weil ich meine Monatsblutung nur zwei- oder dreimal im Jahr bekommen würde. Damit gab er sich zufrieden.«

»Hör mal, der Mann ist kein Narr. Und du darfst deinem Körper nicht trauen. Jetzt ernährst du dich besser, du siehst nicht mehr wie ein halb verhungerter kleiner Vogel aus. Wenn das passiert …« Vielsagend zuckte Perle die Schultern. »Da ließe sich was machen.«

»Ja, gewiss …«

»Wenn du seine Geliebte bist – was hat er dir gegeben?«

»Eine Garderobe im Wert von hundert Pfund. Ich darf Droschken benutzen, und ich bewohne ein Haus, bis die Posse stattfindet. Außerdem werde ich von einer Gouvernante unterrichtet. Mrs Ladd gibt mir Gesangsstunden. Zusätzlich zahlt er mir zwei Pfund pro Woche.«

»Viel zu wenig«, murmelte Perle. »Du bist jung und hübsch, *ma petite*. Zudem kannst du dich inzwischen zivilisiert benehmen. Trotzdem schenkt er dir keine Juwelen, keine Kunstgegenstände, keine größeren Summen?«

So ist es nicht, wollte Maggie protestieren. Doch sie wusste es besser – er war ihr Gönner und sie seine Hure. Ganz einfach. »Vielleicht später, nach der Scharade. Dann brauche ich keine Gouvernante mehr, die mir Manieren beibringt.« ›Danach‹ wird es nicht geben, das stand fest, sie erwähnte es nur, um Perle zu besänftigen. »Viel hat er für meine Freunde getan. Er hat Harry eine Stellung bei einem Anwalt verschafft und Giles in ein Internat geschickt. Nan und Sally arbeiten in seinem Haushalt. Sogar Moll wurde ein Dienstmädchen.«

Eine Zeitlang schwieg Perle. Nachdenklich klopfte sie mit einem sorgsam manikürten Fingernagel auf ihre Oberlippe. »Gewiss, das ist einiges wert. Trotzdem gefällt es mir nicht.«

»Mehr darf ich nicht verlangen ...«, begann Maggie, doch die Sängerin fiel ihr ins Wort.

»Oh, deine Bescheidenheit missfällt mir genauso. Aber davon rede ich nicht.« Perle seufzte. »Sieh mal, Maggie, wäre mir zu Ohren gekommen, dass du in Schwierigkeiten steckst, hätte ich dir sehr gern zu einem Vorsingen verholfen. Doch ich erfuhr es nicht auf normalem Weg. Stattdessen erhielt ich einen Brief.«

»Von Danny«, flüsterte Maggie schweren Herzens.

Perle hob ihre runden Schultern. »Auf teurem Papier geschrieben, mit kultivierter Handschrift. Mehr weiß ich nicht. Aber der Tonfall dieses Briefs jagte mir einen Schauer über den Rücken, *ma chérie*.« Sie stand auf, wühlte in einer Schublade und nahm ein Blatt Papier heraus, das sie hastig in Maggies Hand drückte, als wäre sie froh, es loszuwerden.

In der linken oberen Ecke prangte das Wasserzeichen des teuersten Londoner Schreibwarenhändlers, eine Krone, von einer Raute umgeben. Beklommen las Maggie die in eleganter Handschrift abgefassten Zeilen.

Die junge Frau, die Sie als Maggie von der King Street kennen, hat sich in Schwierigkeiten gebracht, ihre Stellung verloren, und sie findet keine andere. Sie würden einen Gentleman erfreuen, Madam, wenn Sie ihr beim Vorsingen am 29. Januar zu einem Auftritt verhelfen. Dafür werden Sie großzügig belohnt.

Keine Unterschrift. Eindeutig *nicht* Edgingtons Handschrift. Und doch …

»*Naturellement* hat er mir nicht gedroht.« Nervös runzelte Perle die Stirn. »Aber wenn meine Hilfe belohnt werden sollte, was wäre geschehen, hätte ich mich geweigert, seinen Wunsch zu erfüllen? Glaub mir, ich wollte dich nicht hintergehen …«

»Selbstverständlich nicht.« Obwohl Maggie fröstelte, zwang sie sich zu einem Lächeln. »Außerdem hat das Vorsingen zu einem wundervollen Ergebnis geführt, wirklich. Das Beste, was mir jemals passiert ist.«

Stöhnend sank Perle auf die Chaiselongue zurück. »Welch ein merkwürdiger Zufall. Du wurdest aus ganz bestimmten Gründen in die Oper geschickt und dann von Lord Edgington engagiert, weil er eine seltsame Komödie inszenieren will. Glaubst du, das eine hängt *nicht* mit dem anderen zusammen?« Bedeutsam schaute sie Maggie an, eine erfahrene Frau, die es in dieser Welt ausschließlich dank ihrer eigenen Bemühungen weit gebracht hatte. »Warum glaubst du, Danny O'Sullivan hätte seine Hand im Spiel?«

Maggie schüttelte den Kopf. »Sicher ist es besser, wenn ich meinen Verdacht für mich behalte. Falls er dahintersteckt, wird er dich nicht mehr behelligen.« Nicht Perle, die so viele Freunde hatte, sehr wichtige Freunde. Angeblich hatte sie niemals einen Liebhaber verlassen, ohne mit ihm befreundet zu bleiben.

Gedankenverloren starrte Perle vor sich hin. Dann zuckte sie die Schultern. »Nun, ich habe auch noch deinen Hut und deinen Schal«, verkündete sie und stand wieder auf, um eine andere Schublade zu öffnen. Maggie nahm ihre Sachen entgegen und dankte ihr. »Nach allem, was du mir erzählt hast, wirst du das Zeug nicht mehr brauchen.«

»Hoffentlich nicht«, meinte Maggie und ignorierte die stumme Bitte um weitere Enthüllungen. »Vielen Dank.« Sie wollte der Freundin den Brief zurückgeben.

Aber Perle winkte ab und bedeutete ihr, sie könnte ihn behalten.

Sorgsam faltete Maggie das Blatt Papier zusammen und verstaute es in ihrer Tasche neben der Pistole. Dann wurde sie von der Zofe aus der Wohnung geführt.

10

Maggie hüllte sich in den Schal und setzte den Hut auf, bevor sie wieder in die finstere Nebelnacht hinaustrat. Auf dem Rückweg zum Haus in Chelsea schwirrten zahllose Gedanken und Spekulationen durch ihr Gehirn. Sie wohnte genau dort, wo Danny wollte. So wie er gesagt hatte.

Aber welche Rolle spielte Edgington in diesen Machenschaften? Hatte er freiwillig mit dem Schurken zusammengearbeitet? Unvorstellbar. Und doch – an jenem Tag hatte er beschlossen, eine Sängerin für seine Scharade zu engagieren. Der unbekannte Ränkeschmied hatte veranlasst, dass Maggie auf der Bühne stand. Also war ihre Anwesenheit in der Oper kein Zufall gewesen. Und der Besuch des Barons?

So oder so, sie musste aus London fliehen, aus England, an einen Ort am anderen Ende der Welt, wo Danny sie niemals aufspüren würde. Könnte sie es bloß schaffen, ohne ihre Freunde zu gefährden.

Diesmal musste sie nicht unbemerkt an dem Straßenkehrer vorbeilaufen. Ob er seinen Beobachtungsposten immer noch einnahm, wusste sie nicht, denn der dichte Nebel verbarg alles und jeden.

Vor dem Haus hielt sie kurz inne, als sie die schwarze

Kutsche des Barons am Straßenrand stehen sah. Was machte er hier? Besuchte er keinen Ball, keine Dinnerparty?

Nachdem er herausgefunden hatte, dass sie allein ausgegangen war, würde er sich wohl kaum freuen. Sollte sie sich in nächtlichen Schatten verstecken? Dann siegte ihre Vernunft. Dass sie das Haus verlassen hatte, wusste er ohnehin. Also war es am besten, wenn sie ihm möglichst bald gegenübertrat, ehe sein Zorn gefährliche Ausmaße annehmen würde. Sie ging weiter, da sprang ihr eine Bewegung auf der Eingangstreppe ins Auge. Sofort zuckte sie zurück. Aber die schemenhafte Gestalt schwang sich mühelos über das Geländer und landete direkt vor ihren Füßen. *Verdammt!* Sie tastete nach der Pistole in der Tasche ihres Rocks. Zu spät, denn der Mann griff nach ihr, legte den Kopf schief, und diese vertraute Angewohnheit verriet ihn.

»Zum Teufel mit dir, Frankie!«, zischte sie. »Warum erschreckst du mich so?«

Kichernd lehnte er sich ans Geländer. In den Nebelschwaden blieb sein Gesicht unsichtbar. »Nicht zu fassen! Wie kann ich die grandiose Maggie King erschrecken?«

»Beinahe hätte ich eine Kugel in deinen Bauch gejagt, du Idiot! Dann würdest du nicht mehr lachen.«

Gleichmütig zuckte er mit den Schultern. »Hältst du etwa ein Schießeisen in der Hand?«

Auf diese Frage ging sie nicht ein. »Was treibst du hier?«

»Ich wollte dich besuchen.«

»Aber ich war nicht da. Warum hast du gewartet?«

»Von der Stelle, wo ich jetzt schlafe, ist der Weg hierher ziemlich weit.« Er trat näher zu ihr, und sie merkte erstaunt, wie groß er geworden war. Schon ein richtiger Mann. Allerdings würde es noch ein paar Jahre dauern, bis er das schlaksige Ungeschick der Jugend verlor. Wie alt mochte er sein? Jünger als sie, wenn auch nicht viel. Zumindest war es ihr so vorgekommen, während sie Mrs Bakers Kinderbande angehört hatten.

»Bist du nicht mehr in der Wohnung?«

»Ich habe der Witwe Merrick die Miete für den nächsten Monat gezahlt. Aber da lasse ich mich nicht mehr blicken.« Rastlos trat er von einem Fuß auf den anderen. »Eines Abends ging ich hin, da lauerten mir zwei von Dannys Schlägern auf. Obwohl sie mich nicht sahen, fand ich, in der Church Lane wär's nicht mehr geheuer. Also tauchte ich draußen in Southwark unter. Das wollte ich dir heute nur sagen. Damit du weißt, warum du mich nicht mehr siehst.«

»Natürlich sorge ich mich um dich«, seufzte sie und drückte seinen Arm.

Frankie schüttelte ihre Hand ab. »Das sollst du nicht. Ich komme sehr gut zurecht.«

»Ja, ich weiß. Trotzdem mache ich mir Sorgen. Wenn du dem Baron erlauben würdest ...«

»Niemals!«, unterbrach er sie. »Von diesem feinen Schnösel nehme ich keine Almosen.«

»Von mir schon. Und ich nehme welche von dir.«

Wenn sie sein Gesicht auch nicht sah – sie fühlte sein Grinsen. »Das ist was anderes. Dieses Geld verdienst du nicht flach auf dem Rücken.«

Sie erstarrte. »Ganz so ist es nicht, Frankie ...«

»Heißt das etwa, du schläfst mit ihm?«, fragte er herausfordernd. »Fährt seine Karre jeden Abend hierher, damit ihr euch amüsiert?«

»Ich sagte nur, ganz so ist es nicht«, wiederholte sie leise.

Eine Zeitlang stand er reglos da, dann schien er zu verdrängen, was immer er dachte. »Verdammt, Mum, ich hab's geahnt, aber ich wünschte …« Er unterbrach sich. »Jedenfalls kann ich kein Geld von ihm nehmen. Klar, ich freue mich für dich, Harry, Sally und Nan und die Kleinen. Trotzdem finde ich's nicht richtig. Ich meine – ein feiner Pinkel …« In hilflosem Kummer ballte er die Hände, und Maggie starrte ihn an.

Für sie war er immer nur Frankie gewesen. Doch er hatte sich verändert, nicht nur körperlich. Sie erinnerte sich an die verstohlenen Blicke, die er ihr in den letzten Monaten zugeworfen hatte, an sein düsteres Schweigen, den gockelhaften Gang, seine Launen. Immer wieder war er verschwunden. Zuvor unerklärlich, ergab dies alles plötzlich einen beklemmenden Sinn.

»Du liebst mich«, flüsterte sie. »O Frankie, warum hast du mir das nie gesagt?«

»Wusstest du's wirklich nicht, Maggs?« Er lachte gequält. »Seit zwei Jahren reiße ich mir für dich das Herz aus dem Leib. Und du hast nichts gemerkt. Was sollte ich denn sagen? Harry liebt dich wie einen Engel im Himmel. Ich wollte die *Frau* lieben, die du bist. Ich wünschte mir, du würdest mich als Mann betrachten.« Gebeugt stand er im Dunkel vor ihr, ein knochiger, immer noch unfertiger Bursche.

»Ach, Frankie … Hätte ich das gewusst, vielleicht hätte ich dich mit anderen Augen gesehen. Aber jetzt …«

»Klar, Maggs, alles ist anders geworden. Du redest nicht mehr wie früher. Nun bist du eine Lady, du hast deinen feinen Pinkel, und ich habe die Straßen. Die solltest du mir gönnen. Lass mir meine Würde, lass mich meinen eigenen Weg gehen. Dieser Lord hat mich ausgebootet. So ist es nun mal, aber sag mir bloß nicht, ich muss ihm aus der Hand fressen.« Obwohl seine Stimme beiläufig klang, spürte sie seine Verzweiflung, die Trauer, die ihn schon seit Wochen peinigte. Hätte sie doch darauf geachtet!

Wehmütig hielt sie ihm ihre Hand hin. »Du wirst immer mein Freund bleiben.«

»Dass du das vergessen würdest, habe ich nie befürchtet. Maggie.« Nur sekundenlang drückte er ihre Hand und ließ sie los. »Halt dich von Danny fern.«

»Du auch.«

Wortlos nickte er. Dann verschluckte ihn der nächtliche Nebel.

Maggie starrte ihm nach, wirre Gedanken gingen ihr durch den Sinn. Was wäre gewesen, wenn … Fröstelnd stieg sie die Stufen hinauf, steckte ihren Schlüssel ins Schloss und drehte ihn vorsichtig herum, so dass sie den Widerstand kaum spürte. Dann öffnete sie die Tür, so leise wie möglich, und huschte hindurch.

In der Halle brannte nur eine einzige Gaslampe und beleuchtete die schwarzweiß glasierten Fliesen, die sich neben der Treppe zum schattigen Hintergrund des Hauses erstreckten. Nicht ein einziger Lakai hielt Wache. Die Stirn gerunzelt, legte sie ihren Hut und den Schal auf den Garderobentisch, damit Mrs Pershing die Sachen am nächsten Morgen wegräumen konnte. Als sie einen Schuh knarren hörte, erstarrte sie und spähte in den Spiegel, der ihr aber nur eine leere Wand zeigte. Scheinbar gleichmütig griff sie mit der linken Hand nach der schweren Bleiglasschüssel, die neben ihrem Hut auf dem Tisch stand. Mit der rechten ertastete sie die Pistole in der Tasche ihres Rocks.

»Wo warst du, Maggie?«

Edgington. In seiner Stimme schwang ein frostiger Unterton mit. Sekundenlang schloss sie die Augen und rang nach Luft, dann drehte sie sich langsam um und sah ihn in der Tür des Damenzimmers stehen, hochelegant in seinem Abendanzug.

Warum schmerzte ihre Brust, wann immer sie ihn anschaute? Weil er so attraktiv war, so reich, weil er einem goldenen Gott glich? Oder steckte noch mehr dahinter oder weniger als die simple Tatsache, dass er Edgington war und sie Maggie, dass Widerhaken aus seiner Seele ragten, die sich immer wieder in ihrer verhakten und sie verletzten?

»Ich bin ausgegangen«, antwortete sie ausweichend und gewann den sonderbaren Eindruck, sie müsste sich gegen einen Angriff verteidigen. »Heute Abend wolltest du nicht kommen.«

Die Brauen hochgezogen, bezeugte er seine Verachtung für ihre Worte, die nichts erklärten. »Das Dinner hat nicht lange gedauert. Dass du ausgegangen bist, habe ich gemerkt. Danach frage ich nicht.«

Entschlossen bekämpfte sie den Impuls, die Arme schützend vor ihrer Brust zu verschränken. »Ich habe Perle Blanc besucht.«

Seine Züge verkniffen sich – nicht aus Schuldbewusstsein, das wusste sie. »Also bist du quer durch die halbe Stadt gelaufen.«

»Nur durch ein Drittel von London.«

»Du fürchtest diesen Danny, der, falls ich dich daran erinnern muss, deine Freundin niederschlagen und entehren ließ. Trotzdem hast du dich nach Einbruch der Dunkelheit ganz allein in sein Territorium gewagt?« Jetzt war seine Miene ausdruckslos. Aber seine Stimme troff vor kaltem Hohn.

»Auf der Straße bin ich sicherer als in diesem Haus, Mylord«, fauchte Maggie. »Keiner von Dannys Schlägern wusste, wo ich war. Ich hielt mich nicht *hier* auf, wohin er mich geschickt hat.«

Der Baron wollte antworten. Dann zögerte er. »Wohin er dich geschickt hat?«, wiederholte er, die Augen zu schmalen Schlitzen verengt.

Plötzlich fühlte sie sich todmüde. »Eine lange Geschichte«, seufzte sie. »Vielleicht sollten wir uns setzen.«

Eine Zeitlang schaute er sie prüfend an, ehe er beiseitetrat und mit einer einladenden Geste ins Damenzimmer wies. Als sie an ihm vorbeiging, weckte seine Nähe keine Nervosität, sondern ein süßes, vertrautes Prickeln.

Edgington drehte die Lampen an, schloss die Tür, und Maggie nahm auf dem Sofa vor dem Erkerfenster Platz. Unaufgefordert setzte er sich vor ihr. Wie immer bewegte er sich mit der Grazie unerschütterlicher Selbstsicherheit. An ihrer Seite wirkte er viel zu groß – beängstigend und einschüchternd.

Nach einem tiefen Atemzug begann sie zu sprechen. »Perle gab mir den Brief eines Gentlemans. Darin wurde sie gebeten, meinen Auftritt bei jenem Vorsingen in der Oper, wo du mich entdeckt hast, zu arrangieren.«

Verwundert schüttelte er den Kopf. »In dem Brief konnte unmöglich stehen, warum ich damals in die Oper ging. Dass ich ein einfaches Mädchen suchte, das eine Lady spielen sollte, wusste nur meine Schwester.«

»Davon wurde auch gar nichts erwähnt. Nur das Datum. Aber ich nahm an dem Vorsingen teil und wurde von dir engagiert. Dann zog ich in dieses Haus. Und Danny war zufrieden.«

»Vielleicht hatte er etwas anderes vor, sein Plan ging schief, und O'Sullivan will dir nur weismachen, sein Wunsch wäre erfüllt worden.«

»Er wusste, dass du das Vorsingen verfolgen würdest. Vielleicht wollte Danny eine Begegnung zwischen dir und mir herbeiführen, konnte aber nicht genau voraussehen, was geschehen würde.«

»Wer wusste *nichts* davon? So lautet die logischere Frage. Wie üblich saßen Dines und Gifford neben mir. Ich besuche mindestens acht von zehn Vorsingen, das ist kein Geheimnis.« Nachdenklich verzog er die Lippen. »Meine Begeisterung für die Oper ist allgemein bekannt.«

»Damit erklärst du nicht, worum es *wirklich* geht«, erwiderte sie irritiert. »Warum sollte Danny – oder sonst jemand – uns beide zusammenbringen?«

Skeptisch zuckte er mit den Schultern. »Dass es so war, glaube ich noch immer nicht.«

Nun, ich schon, dachte Maggie und bezähmte den Impuls, ihn anzuschreien. Irgendetwas war hier faul. Das verriet ihr ein spezieller Instinkt, der von lebenslangen Erfahrungen mit der Londoner Unterwelt geschärft war.

»Falls du annimmst, jemand hätte dich zu dem Vorsingen geschickt, damit du mir begegnest«, fuhr der Baron fort, »und da ich *nicht* dahin geschickt wurde, gibt es eine weitere offensichtliche Frage, die du nicht gestellt hast.«

Unbehaglich rutschte sie auf dem Sofa umher. »Wenn du deine Hand im Spiel hattest, würdest du es zugeben?«

Weil er ihr Ablenkungsmanöver durchschaute, würdigte er sie keiner Antwort. Sie betrachtete ihre Hände, die sie im Schoß faltete.

»Inzwischen kennst du mich zu gut. Vor zwei Wochen wäre es mir noch gelungen, eine direkte Frage zu vermeiden.«

»Wenn du vermutetest, dass Danny deine Anwesenheit in diesem Haus wünscht, würde dein Verdacht naheliegen, ich hätte gemeinsame Sache mit ihm gemacht.«

»So großmütig, wie du mich hinstellst, bin ich nicht. Als ich den Brief las – nun, ich dachte tatsächlich, du hättest mich hereingelegt.« Sie schaute wieder zu ihm auf. »Was weiß ich schon von dir? Ich kenne deinen Namen, deinen Adelstitel, ich weiß, dass du eine Mutter und eine Schwester hast und in einem Haus außerhalb von London lebst, wo in ein paar Wochen eine Party stattfinden soll. Und ich konnte mich über verschiedene deiner Vorlieben und Abneigungen informieren. Das ist auch schon alles. Obwohl ich so wenig von dir weiß, kenne ich dich ganz gut. Auf solche Machenschaften würdest du dich nicht einlassen. Davon bin ich fest überzeugt.«

Seine Bernsteinaugen hielten ihrem Blick stand. Aber er schwieg, seine Miene verschloss sich.

Nervös räusperte sie sich und fuhr fort: »Ich weiß nicht, ob ich die richtigen Worte finde, aber die meisten Gentlemen in deiner Position würden sich nicht um ein Mädchen wie mich kümmern. Nachdem sie mich ins Bett gelockt hätten, wär ihnen egal, was aus mir wird. Ja, diese Männer reden dauernd über Ehre und Anstand. Aber an solche Grundsätze halten sie sich nur, wenn sie mit ihresgleichen zusammen sind. Du bist anders. Manchmal, wenn du bei mir bist, vergesse ich sogar, das ich *keine* Lady bin.« Da er noch immer nichts sagte, fragte sie unsicher: »Verstehst du, was ich meine?«

»O ja«, erwiderte er leise, mit gepresster Stimme. »Diese Wertschätzung verdiene ich nicht. Aber – ja, ich verstehe das alles.«

Verblüfft starrte sie ihn an. »Warum verdienst du sie nicht?«

Sein Lächeln glich eher einer Grimasse. »Glaubst du *nicht*, ich hätte genauso wie alle anderen jungen Gentlemen herumgehurt und mich betrunken? Ich hätte *nicht* gespielt, die Rechnungen meines Schneiders vergessen und andere Menschen ausgenutzt, nur zu meinem Vergnügen, so wie meine Vorfahren?«

Entschieden schüttelte sie den Kopf.

»Nun, ich habe versucht, mich zu *bessern*, wie diese abgedroschene Phrase lautet. Aber manche Taten kann man nicht ungeschehen machen.«

»Was hast du denn verbrochen?«

»All die üblichen gedankenlosen Verfehlungen, die ein Mann in meiner Position automatisch begeht, weil er praktisch dazu gezwungen wird. Hast du noch nie gehört, die Sünden der Väter würden auf die Söhne zurückfallen?«

»Nein«, entgegnete Maggie und las eine vage Belustigung in seinen Augen.

»Oder dass man das Blut in seinen Adern nicht leugnen kann?«

»So was habe ich schon mal gehört. Aber daran glaube ich nicht.«

»Warum nicht?«, fragte er, von echter Neugier erfasst.

»Meine Mutter war eine billige irische Hure. Wenn sie keine miesen Tricks ausprobierte, betrank sie sich. Und mein Vater – wahrscheinlich kannte sie nicht einmal seinen Namen. Jedenfalls kann er nicht viel besser gewesen sein. Als sie bei der Choleraepidemie starb, wurde sie weggeschleppt und ins einzige bisschen Erde geworfen, das ihr jemals wirklich gehörte. Wenn ich auch nichts Besonderes bin, etwas mehr habe ich sicher aufzuweisen.«

Die Lider halb gesenkt, hing der Baron seinen Gedanken nach. »Bei mir war's etwas anders. Was hat deine Mutter dir hinterlassen?«

Die Worte schnitten in eine vertraute Wunde, die war so alt, dass Maggie den Schmerz kaum noch spürte. »Gar nichts. Nicht einmal einen Namen.«

»Aber mein Vater hinterließ mir einen Titel und das schmutzige Erbe der Edgingtons. Wie kann ich das eine annehmen und das andere ablehnen? Zu den Ländereien gehören die Schulden, zum Adelstitel diverse Laster. Letztere hat sein Tod ebenso wenig ausgemerzt wie die anderen Konsequenzen seines Lebens und das Leben meiner Großväter und Onkel seit elf Generationen. So befleckt der Makel auch die Gegenwart.«

Wieder einmal erschien in Maggies Fantasie das Bild seiner bewegten Hand in einer Kasperlepuppe, die seinen Rang darstellte. Aber jetzt fand sie die Vision nicht absurd, sondern unheilvoll – eine groteske Puppe besudelte den Mann, der sie gar nicht berühren wollte. »Irgendwann sollte es aufhören, denn es wäre zu grausam, wenn jemand die Sündenlast all seiner Vorväter tragen müsste. Wie würde das enden? Nach so vielen Generationen könnte ein Mann unter einer solchen Bürde nicht mehr aufrecht gehen.«

»Das Böse in den Menschen lebt auch nach ihrem Tod weiter. Und das Gute wird oft mit ihren Gebeinen begraben.« Obwohl er lächelte, las Maggie tiefe Trauer in seinen Augen. »So einfach ist es leider nicht. Das gilt auch für die Wette mit meiner Schwester. Jetzt, wo wir beide hier sitzen, scheint der Zwischenfall, der dazu geführt hat, in weiter Ferne zu liegen.« Als wollte er die Ironie der Situation ausdrücken, hob er die Brauen. »Ich versuchte, ein Unrecht meines Vaters wiedergutzumachen oder wenigstens zu mildern, indem ich für das uneheliche Kind meiner Gouvernante sorgte.«

»Sein Kind?«

»Ja, sein Kind und ihre Schande. Miss Barrett wurde weggeschickt, ein Jahr, nachdem meine Mutter sie eingestellt hatte. Kein einziges Mal fragte ich, warum. Die Hintergründe fand ich erst heraus, als ich ein paar Monate nach dem Tod meines Vaters seine Papiere durchsah. Dabei befand sich der Brief einer Frau, die eine billige Pension besaß. Dort hatte die Gouvernante gewohnt. Die Wirtin schrieb meinem Vater, Miss Barrett sei gestorben und ihre Tochter müsse das Haus verlassen, wenn er die Miete nicht bezahlte.«

»Hat er bezahlt?«, fragte Maggie.

Der Baron schüttelte den Kopf. »Offenbar waren ihm irgendwelche Spielschulden oder ein neues Pferd wichtiger. Immerhin entnahm ich jenem Brief, wo ich Miss Barretts Tochter finden würde. Und so suchte ich sie auf. Da erfuhr ich noch mehr.«

»Zum Beispiel?«

Edgingtons Gesicht wirkte wie versteinert, seine Stimme emotionslos. »Offenbar hatte die Gouvernante meinen Vater nicht verführt. Sie war mehr oder weniger vergewaltigt worden. Als sie ihm ihre Schwangerschaft gestand und um Hilfe bat, nannte er sie eine Hure, warf sie mit fünf Pfund hinaus und verweigerte ihr ein Empfehlungsschreiben. Kategorisch erklärte er ihr, er könne nicht wissen, ob das Balg in ihrem Bauch von ihm stamme. So sah sich die junge Frau gezwungen, ihren gesamten Besitz zu verkaufen. Sie nahm eine Stellung als Wäscherin an. Damit konnte sie weder sich selbst noch ihre Tochter ernähren. Und so ersuchte sie meinen Vater erneut um Beistand. Manchmal schickte er ihr ein paar Pfund, meistens nur Flüche.«

»O Charles …« Bestürzt zuckte sie zusammen. Durfte sie ihn so vertraulich anreden? »Verzeih mir, Mylord.«

»Vielleicht sollte ich meinen Adelstitel eher für eine Beleidigung halten als meinen Taufnamen.« Er lachte hohl. »Um meinen Bericht fortzusetzen – ich traf Miss Barrett in einer verzweifelten Notlage an. Sie war mit all den Vorzügen aufgewachsen, die ihr die gebildete Mutter bieten konnte. Aber was soll ein bettelarmes Mädchen, das zu einer Dame erzogen wurde, auf dieser Welt anfangen?«

»Was hast du getan?«

»Ein gewisser Colonel schuldete meinem Vater eine höhere Summe, die er vor dessen Tod nicht zurückzahlen konnte. Ich bat ihn, Lily Barrett in seinem Haus aufzunehmen und für eine entfernte Verwandte auszugeben – mit einer Mitgift, die ich zur Verfügung stellte. Auf diese Weise konnte sie junge Männer aus guten Familien kennenlernen, dritte oder vierte Söhne, weniger gut situierte Aristokraten oder vielleicht Gentlemen, die zur Kirche oder zur Army gehen müssten. Nur zu gern würden Letztere eine hübsche junge Frau heiraten, die eine anständige Mitgift in die Ehe einbringen würde und bereit wäre, in bescheidenen Verhältnissen zu leben.«

»Dann geschah etwas, das mit deiner Schwester zusammenhing«, erriet Maggie.

»Nun, die liebe Millie fand Miss Barrett langweilig und beschloss, sie aus unseren Kreisen zu verbannen, indem sie auf dem Ball der Rushworths lauthals verkündete, sie verstehe nicht, warum ein Mädchen von niedriger Herkunft an einem so elitären Ereignis teilnehmen dürfe.«

»So kam die Wette zustande. Du musst mich als Lady präsentieren, und was wird deine Schwester tun?«

»Sie muss sich bei Miss Barrett entschuldigen und unsere Mutter veranlassen, das Mädchen bei einem offiziellen Debüt zu betreuen.«

»Wie kompliziert das alles ist …«, meinte Maggie.

»Aber wichtig.«

»Jedenfalls bist du ein anständiger Mann und nicht verantwortlich für die Sünden deines Vaters.«

»Wäre ich so anständig, würde ich dann jeden Abend hierherkommen?«

Ihr Atem stockte. »Was meinst du?«, fragte sie halb ängstlich, halb erwartungsvoll.

»Eine Varietésängerin und ein Baron.« Als er den Kopf schief legte, schimmerte das Lampenlicht auf seinem goldbraunen Haar. »Das klingt nicht viel besser als eine Gouvernante und ein Baron.«

»Aber ich *begehre* dich. Das macht einen großen Unterschied aus.«

»Wenn das alles vorbei ist, was wird dann aus dir? Ich werde mein gewohntes Leben fortsetzen. Und du? Wirst du einen verfrühten Tod in einem Arbeitshaus oder in einer billigen Pension finden, weil du zu stolz bist, um meine Hilfe zu bitten?«

»Um das Arbeitshaus oder eine billige Pension musst du dir keine Gedanken machen. Wenn Danny mich in seine Gewalt bringt, werde ich nicht so friedlich sterben«, fügte sie zynisch hinzu.

»O Gott … Ist er wirklich so brutal?«

Maggie strich über ihre Stirn. Beinahe hätte sie ihrem Lachreiz nachgegeben. »Danny ist der mächtigste Schurke von London. Was glaubst du denn, wie er diese Position erreicht hat? Was er Nan antat, weißt du. An seinen Händen klebt das Blut zahlloser Menschen.«

»Aber wenn du seine Wünsche erfüllst ...«

»Dann würde ich etwas länger leben, vielleicht ein paar Wochen oder Monate. Aber sorg dich nicht um mich. Wenn ich die Rolle einer Lady gespielt habe, werde ich auswandern. Nach Kanada oder Amerika oder sonst wohin. Ich spare jeden Penny, den ich von dir bekomme. Damit bezahle ich die Schiffsreise. Irgendwo werde ich ein neues Leben beginnen. Sally wird mich begleiten. Frankie vielleicht auch.« Natürlich würde sie ihm niemals gehören, so wie er es erträumte. Aber wenn er darauf hoffte, war er sicher bereit, sich selbst zu retten. »Wenn du für Giles das Internat bezahlst und einen Platz für Nan, Moll und Jo findest ... Nur für eine gewisse Zeit. Harry darf bereits mit einer gesicherten Zukunft rechnen. Sobald er eine gute Stellung hat, wird er für die Mädchen sorgen.«

»Um Himmels willen, Maggie«, unterbrach Charles den Wortschwall, mit dem sie all diese Pläne aufzählte. »Natürlich werde ich Giles' Ausbildung im Internat weiterhin finanzieren und mich sogar in den Ferien um ihn kümmern. Vermutlich wird man ihn für meinen illegitimen Sohn halten. Später schicke ich ihn nach Oxford oder Cambridge, wenn es seine schulischen Erfolge rechtfertigen. Oder ich kaufe ihm eine Kommission in der Army oder Navy, falls er das will. Was Nan mit ihrer kleinen Familie betrifft – sicher finde ich eine Stellung für deine Freundin, bis ihre Schwester und ihr Sohn alt genug sind, um eine Schule zu besuchen. Dann kann sie in einem Haushalt arbeiten, wo sie auch wohnen wird.«

»Das alles würdest du für mich tun?«, wisperte Maggie. Ihre Kehle war so eng, dass sie die Worte kaum hervorbrachte. »Weder Nan noch Giles werden dir jemals danken. Und wie sollte ich es dir zurückzahlen?«

»Indem du nicht abreist«, entgegnete er brüsk.

»Was?«, hauchte sie.

»Ich lasse dich nicht nach Amerika auswandern. Bleib in diesem Haus. Hier kannst du ein bisschen Geld zurücklegen für dein Alter. Ich weiß, ich habe erwähnt, ich würde keine Geliebte aushalten. Und das stimmt, ich will keine Geliebte. Nur *dich*.«

»Unmöglich!«, protestierte sie. »Niemals würde Danny mich in Ruhe lassen. Solange ich in London lebe, bin ich in Gefahr.«

»Ich beschütze dich.«

Energisch schüttelte sie den Kopf, obwohl sie sein Angebot nur zu gern angenommen hätte. Ihn wiederzusehen, jeden Abend, Woche um Woche, mit ihm zu reden und ihm zuzuhören, sein Lächeln zu sehen. Seine Küsse zu genießen, seinen Körper, seine Leidenschaft, Hitze und Ehrlichkeit. Aus diesem Stoff bestanden goldene Träume. Aber wie sie ihm bereits erklärt hatte, Mädchen wie sie wagten nicht zu träumen. Für solche Mädchen wurden Träume niemals wahr.

»Eine Geliebte kannst du nicht schützen«, betonte sie.

»Denn eine Geliebte ist – eine unsichtbare Gefährtin, keine reale Person wie eine Schwester oder ein Freund. Da wäre ich nicht sicher. Und ich will nicht mein Leben lang aus dem Fenster schauen und mich fragen, wer mich beobachtet, oder ob Danny mir befiehlt, irgendetwas Schreckliches für ihn zu tun. Allein schon der Gedanke, er könnte mich zu irgendetwas zwingen, das dich verletzen würde …«

Nach einem langen Schweigen fragte er: »Bist du sicher?«

»O ja …« Mühsam schluckte sie. »Trotzdem möchte ich dir danken. Auf die einzige Weise, zu der ich fähig bin.«

Wehmütig erwiderte er ihren eindringlichen Blick. »Das musst du nicht. Du kannst dich mir verweigern, wann immer du es wünschst. Hoffentlich verstehst du das.«

»Nein, das will ich nicht«, erwiderte sie schlicht und hielt ihm ihre Hand hin, eine stumme Einladung. Stöhnend nahm er sie in die Arme.

Niemals hatte sie eine Heimkehr erlebt, nie verstanden, was die Leute meinten, wenn sie davon sprachen. Aber sie glaubte, es müsste so ähnlich sein wie dieser Kuss, der sie ganz und gar einzuhüllen schien, dem sie sich rückhaltlos hingab.

Immer leidenschaftlicher küsste er sie, das süße Entzücken steigerte sich zu brennendem Verlangen. Er drückte sie auf das Sofa hinab, so dass sie unter ihm lag, und sie überließ sich dem Geschick seiner Hände, seiner Lippen. Wenige Sekunden später hatte er ihr das Kleid ausgezogen. Hastig versteckte sie die Tasche mit der Pistole im zerknüllten braunen Kattun. Ihre Unterröcke glitten nach oben …

»Warte«, bat sie atemlos und schob ihn weg. »Ich muss

hinaufgehen, nur für ein paar Minuten. Gleich komme ich zurück. Das verspreche ich.«

Von Lust verschleiert, kniffen sich seine Augen zusammen. »Warum?«

»Weil ich – das Bad benutzen muss.«

»Jetzt?«

»Ja«, bestätigte sie nervös.

Diese Antwort genügte ihm nicht. »Was willst du tun?«

»Nun, ich – ich brauche ein Schwämmchen«, stammelte sie, die Wangen feuerrot, und versuchte sich unter ihm hervorzuwinden.

Doch er hielt sie eisern fest. »Ein Schwämmchen?«

»Mit Essig, das schützt mich vor – Überraschungen.«

»Also ein vorbeugendes Mittel?«

Schweigend starrte sie ihn an.

»Möchtest du damit eine Empfängnis verhindern, eine Schwangerschaft?«

Sie nickte. »Wenn es auch nicht immer wirkt, es hilft …«

»Deshalb erlaubst du mir nie zu …«

»Bitte«, fiel sie ihm ins Wort, »du willst kein Kind, ebenso wenig wie ich. Lass mich das Schwämmchen holen.«

»Wieso hast du mir nichts davon erzählt?«

War er verärgert oder beleidigt, weil sie solche Vorsichtsmaßnahmen ergriff? Das sah sie ihm nicht an. »Ich dachte, es würde dich nicht interessieren und du wärst zufrieden, solange nichts passiert.«

Für einen kurzen Moment schloss er die Augen. Als er die Lider wieder hob, war sein Blick unergründlich. »Da du halb nackt bist, werde *ich* das Schwämmchen holen. Wo ist es?«

»In meinem Schreibtisch, im untersten Schubfach«, murmelte sie verlegen und fühlte sich so gedemütigt wie noch nie im Leben. Er erhob sich, und sie richtete sich auf. Als er zur Tür ging, warf er ihr einen warnenden Blick zu.

»Bleib hier«, befahl er und verließ das Zimmer.

Charles fand die kleine Blechbüchse an der Stelle, die Maggie beschrieben hatte, und nahm den Deckel ab. Nachdenklich inspizierte er das Schwämmchen. Es lag in einer klaren Flüssigkeit, die unverkennbar nach Essig roch.

Warum hatte er nie bemerkt, dass sie dieses Verhütungsmittel benutzte? Sie musste stets sehr vorsichtig gewesen sein, sehr sorgsam, um kein vaterloses Kind zu gebären und unerwünschte Konsequenzen der häufigen Liebesakte zu vermeiden. In dieser kleinen Büchse lag ein ungeheurer Zynismus. Oder Weisheit? Seit einiger Zeit fiel es ihm schwer, den Unterschied zu erkennen.

Er schloss die Büchse wieder. Auf gewisse Weise erschien ihm das Schwämmchen wie eine Anklage. Was ihn mit Maggie verband, war verboten und unanständig. Eine Affäre, die im Verborgenen stattfand. Dabei musste es auch bleiben, und die junge Frau sorgte dafür, weil sie die Gesetze dieser Welt kannte.

Die Büchse in der Hand, stieg er die Treppe hinab. Das Haus war dunkel und still. In der Erwartung einer Konfrontation mit Maggie hatte er die diensthabenden Lakaien in den hinteren Garten geschickt und das übrige Personal für diesen Tag entlassen.

Mrs Pershing schlief in ihrer Dachkammer, Nan mit ihrer

kleinen Familie in einer anderen. Und Sally bewohnte eine dritte. Vielleicht war sie noch wach, weil sie glaubte, Maggie würde nach ihr läuten.

Ins Damenzimmer zurückgekehrt, sah er Maggie auf dem Sofa sitzen. Mittlerweile hatte sie sich bis auf ihr Hemd und die Unterhose ausgezogen. Sie musterte ihn mit der üblichen Unbefangenheit, als wäre ihr halbnackter Zustand bedeutungslos. Da sie stets mit mehreren Leuten ein Schlafzimmer geteilt hatte, war es ihr sicher unmöglich gewesen, Schamgefühle zu entwickeln. Plötzlich stieg irrationale Eifersucht in ihm auf, und er fragte sich, wie oft Frankie und Harry sie so leicht bekleidet erblickt hatten.

Diesen Gedanken verdrängte er sofort und ging zu ihr. Sie nahm ihm die Büchse aus der Hand und öffnete sie. Einige Sekunden lang betrachtete sie den Inhalt, dann griff sie hinein.

»Nein«, protestierte Charles. Mochte ihr die spärliche Bekleidung auch gleichgültig sein, es würde sie sicher demütigen, *diese* Prozedur vor seinen Augen vorzunehmen. Sie schaute auf und wollte wie üblich widersprechen. Aber er schüttelte den Kopf. »Nein«, bekräftigte er, ehe sie zu Wort kam. »Vertrau mir. Wenn es an der Zeit ist, werde ich das tun. Jetzt ist es noch nicht nötig.« Nicht vor mir, ergänzte er stumm. In ihrer Miene erschien ein sanfterer Ausdruck. Offenbar verstand sie seine Beweggründe.

»Danke«, sagte sie leise, »du bist so gut zu mir.«

Nicht gut genug, dachte er, sonst würde ich mich abwenden und sofort gehen. Aber diesen Gedanken behielt er für sich. Sie stellte die Blechbüchse auf das Tischchen an ihrer

Seite, ganz vorsichtig, als könnte ein Atemhauch das Schwämmchen zerstören. Dann wartete sie ab, was er tun würde.

Er dürfte es nicht wünschen. Nicht jetzt, nachdem ihm die schändliche Heuchelei der Welt und seine eigene so schmerzlich bewusst geworden waren. Trotzdem konnte er Maggie nicht anschauen, ohne sie zu begehren. Unter dem feinen Baumwollstoff ihres Hemds zeichnete sich ihr zarter, kleiner Körper ab. Die alten Augen in dem jungen Gesicht verrieten eine Sehnsucht, die sich zweifellos auch in seinem Blick zeigte. Ihre angespannte Haltung jagte sein Blut schneller durch die Adern. Obwohl sie beinahe ätherisch wirkte, strahlte ihre zierliche Gestalt Hitze, Kraft und Vitalität aus. Er wollte ihr etwas geben, weil sie sich weigerte, als seine Geliebte Geschenke anzunehmen. Langsam sank er zwischen ihren Beinen auf die Knie, und sie erbleichte.

»O nein, Charles, du darfst nicht vor mir knien …«

»Ich tue, was mir beliebt. Und das gefällt mir.«

Da erhob sie keine Einwände mehr. Er schob seine Hand unter das Hemd, zum Gurtband der Unterhose, löste die Verschnürung und streifte den dünnen Stoff nach unten. Um ihm zu helfen, wand sie sich. Charles legte sein Jackett und die Weste ab. Achtlos warf er beides auf den Boden, auch die Krawatte. Dann umfasste er Maggies Hüften.

»Rück weiter nach vorn«, forderte er, und sie rutschte zur Sofakante. »Jetzt lehn dich zurück.« Wieder gehorchte sie, obwohl ihre Miene wachsende Unsicherheit bezeugte. »Du wirst mich nicht abwehren.« Es war keine Frage, sondern ein Befehl.

»Nein«, stimmte sie heiser zu.

Zielstrebig hob er das Hemd. Als er ihren Bauch küsste, spürte er, wie sie unter seinen Lippen zitterte. Nun wanderte sein Mund von einem ihrer Knie zur Innenseite des Schenkels, Maggie rang nach Luft. Ihre Haut war unglaublich zart und seidig, spannte sich straff über Muskeln und Sehnen. Zu fragil und verletzlich für ein solches Leben, für einen solchen Geist …

Seine Küsse zogen eine feuchte Spur nach oben, und der Geschmack ihrer Haut, ihr Stöhnen, die Erwartung, die in ihrem Körper vibrierte, steigerte seine Begierde, bis seine Lenden schmerzten. Jetzt erreichte er die Löckchen zwischen ihren Beinen. Die Fältchen hatten sich bereits geteilt, waren vor Verlangen geschwollen, und seine Zunge glitt in den Spalt. Halb erstickt schrie Maggie auf, ihr femininer Duft brachte ihn fast um den Verstand. Er sah auf, und sie starrte ihn an, das Gesicht von Scham und Leidenschaft gerötet.

Lautlos formten ihre Lippen das Wort *Nein*. Aber ihre Augen sandten ihm eine andere Botschaft, und er senkte wieder den Kopf. Seine Zunge fand die winzige Perle ihrer Lust. Da stieß sie wieder einen leisen Schrei aus, bäumte sich auf, und er kostete sie hungrig, wechselte ständig den Rhythmus seiner intimen Liebkosungen, zog sie in einen süßen Bann, dem sie machtlos ausgeliefert war. Unfähig, ihre Reaktionen zu kontrollieren, erbebte sie, die Schreie verwandelten sich in ekstatisches Schluchzen. Eine krampfhafte Anspannung in ihren Schenkeln kündigte den Höhepunkt an. Keuchend presste sie sich an Charles' Mund, flehte um stärkere Reize, um die Erlösung, bis nur noch animalische Laute aus ihrer Kehle drangen. Dann brach sie erschöpft auf dem Sofa zusammen.

Charles richtete sich auf, begegnete ihrem verschleierten Blick, und sie würgte hervor. »Ich fühle mich so …«

»Erfüllt«, ergänzte er, und sie nickte.

Während er aufstand und sich auszog, schloss sie die Augen. Sie hörte seine Bewegungen. In diesem Moment glaubte sie, sogar seine Herzschläge zu vernehmen. Erst als sie etwas Kaltes, Feuchtes zwischen den Beinen spürte, hob sie die Lider. Automatisch presste sie die Schenkel zusammen. Aber Charles zwang sie wieder auseinander. Eine Hand auf ihrem Bauch, schob er mit der anderen das Verhütungsmittel in ihre Vagina.

Erstaunlicherweise übte das kühle, nasse Schwämmchen eine erotische Wirkung aus. Durch ihren Körper rann ein wohliger Schauer, als es immer tiefer hineinglitt. Atemlos schluckte sie. »Ich wünschte, du würdest es noch einmal tun.«

»Ein anderes Mal«, versprach Charles und lachte leise. Fast hätte sie vor lauter Dankbarkeit geweint, weil er den nüchternen, banalen Vorgang so angenehm gestaltete.

Er ergriff ihre Hand und bedeutete ihr, das schmale Sofa zu verlassen und sich auf den Teppich zu legen. Bereitwillig befolgte sie die Anweisung und zog ihn zu sich hinab. Seine heiße, raue Haut schmiegte sich an ihre weichere, ein Unterschied, der sinnliches Entzücken in ihr weckte.

»Küss mich«, bat sie, als seine Hüften ihre Beine spreizten, und er presste seinen Mund auf ihren. Bei der Vereinigung glitt das Schwämmchen noch weiter nach oben. Sofort schürte der unerwartete Reiz Maggies Erregung. Stöhnend umklammerte sie seine Schultern, und er bewegte sich immer schneller, bis ihr ganzer Körper zu brennen schien. Die Ellbogen zu beiden Seiten ihres Kopfs auf den Boden gestützt, umfasste er ihr Gesicht. Seine Augen spiegelten die Flammen wider, die durch alle Fasern ihres Seins rasten, und sie verlor sich in verzehrender Glut.

Bald glaubte sie, in eine andere Welt zu schweben, wo sie nichts mehr sah, nichts mehr hörte, nur noch fühlte. Alles, was sie fühlte, war dieses wilde Feuer und Charles, in ihr, auf ihr. Kraftvoll bewegte er sich im selben drängenden Rhythmus, der auch sie bis ins Innerste ihrer Seele erschütterte.

Nur ganz langsam erlosch die Hitze. Völlig ermattet lag sie auf dem Teppich des Damenzimmers, an Charles' Seite. Jetzt bildeten die heftigen Atemzüge keine Einheit mehr, wirkten seltsam disharmonisch.

»Danke«, wisperte sie und schloss die Augen.

»Bürde mir deine Dankbarkeit nicht auf«, entgegnete er so leise, dass sie die Worte kaum verstand. »Sag stattdessen, *es war eine reine Freude.*«

»O ja, das war es«, bestätigte sie, und das klang beinahe wie ein Abschied.

11

Komm herunter, Charles, die Hälfte der Gäste ist schon eingetroffen!«

Er hob den Kopf und sah seine Schwester in der Tür des Arbeitszimmers stehen, die vollen Lippen zu einem Schmollmund verzogen. Aber ihre Augen strahlten. Während er aufstand, verbarg er seinen inneren Konflikt hinter einer gleichmütigen Fassade. Nun näherte sich die Kette der merkwürdigen Ereignisse, die mit Millies Brüskierung ihrer unehelichen Halbschwester begonnen hatte, dem Ende. Er müsste Genugtuung und Vorfreude empfinden. So war es auch. Aber diese Emotionen wurden von einem viel stärkeren Angstgefühl überlagert.

Trotz seiner ermutigenden Worte war Maggie im Lauf der Wochen immer nervöser geworden, denn sie erhielt regelmäßig beklemmende Nachrichten von Danny O'Sullivan. Über ihre Furcht sprach sie nicht, so wie es andere Frauen tun würden. Stattdessen versank sie in düsterem Schweigen, ihr Gesicht war wie versteinert, und sie befasste sich mit ergebnislosen Spekulationen. Halb glaubte er immer noch, sie würde sich unbegründete Sorgen machen. Aber angesichts ihres Kummers zweifelte er zuweilen daran.

Noch etwas bedrückte ihn, und das hing nicht mit Danny zusammen. Die Hausparty markierte das Ende seiner Beziehung zu Maggie King, denn sie hatte bereits eine Passage dritter Klasse nach Amerika gekauft. Am Tag nach dem Fest wollte sie abreisen. Das gefiel ihm ganz und gar nicht. Aber was sollte er dagegen tun? In London war sie todunglücklich. Wann immer sie einen dunklen Schatten sah, glaubte sie, Danny würde dahinter lauern. Charles versuchte ihr zu erklären, als seine Geliebte wäre sie vor allen Gefahren geschützt. Doch davon ließ sie sich nicht überzeugen. Um gewisse selbstsüchtige Argumente auszusprechen, war er zu stolz, zudem respektierte er Maggie zu sehr.

»Kommst du?«, fragte Millie ungeduldig und unterbrach seine Gedanken.

Erst jetzt merke er, dass er stocksteif dagestanden und in den Kamin gestarrt hatte. Hochmütig hob er die Brauen, weil er wusste, das würde seine Schwester ärgern. »Ja, natürlich, ich warte nur, bis du vorausgehst.«

Bevor sie davonrauschte, warf sie ihm einen vernichtenden Blick zu. Charles folgte ihr durch die Ostgalerie zur Haupttreppe.

Schon nach zehn Schritten vergaß sie ihren Groll, freudige Erregung gewann die Oberhand und entlud sich in einem Wortschwall. »So viele Gäste sind gleichzeitig vorgefahren. Einige haben ihren Tee etwas verfrüht bei den Ashcrofts eingenommen. Warum warst du nicht da, um sie zu begrüßen? Wie üblich konnte Lord Rushford nicht dazu überredet werden, seinen Landsitz zu verlassen. Aber Lady Rushford und Lady Victoria sind schon hier. Jetzt machen sie sich in ihren Zimmern frisch. Auch Lord und Lady James Ashcroft sind angekommen, mit allen drei Töchtern. Mr Weldon und Mamma trinken gerade Tee im chinesischen Salon. Kurz nach den Radcliffe-Männern ist Lord Hamilton erschienen …«

Mit halbem Ohr hörte Charles zu. Jedes Jahr nahmen dieselben Leute an der Hausparty teil, so wie ihre Vorfahren die Party früherer Barone besucht hatten. Wenn Lady Edgington die Gästeliste zusammenstellte, verzichtete sie darauf, für jenes ausgewogene Verhältnis der Geschlechter zu sorgen, das bei den meisten gesellschaftlichen Ereignissen penibel beachtet wurde. Nach der Ansicht der Hausherrin musste man sich um solche Bagatellen nicht kümmern.

Die meisten Gäste hatten Häuser auf dem Edgington-Grundbesitz gemietet und wohnten nur eine knappe Meile entfernt. Deshalb konnte man genau genommen nicht mehr von einer »Hausparty« sprechen, eher von einer Dinnerparty, die in exklusiven Kreisen die Höhepunkte der Londoner Saison einleitete. All diese Leute kannten Charles, seit er Kniehosen getragen hatte. Wenn er sie auch nicht zu Busenfreunden erkoren hatte, traf er sie regelmäßig, weil sie laut seiner Mutter zu »unserer Sorte« gehörten. Das betraf den Reichtum und diverse Adelstitel ebenso wie den Lebensstil und die politische Gesinnung.

Diese Leute musste Maggie zum Narren halten. Natürlich kannten sie sämtliche Regeln und Umgangsformen, die sie erlernt hatte. Von Geburt an hatten sie dies alles so verinnerlicht, dass sie die Gesetze oft genug ignorieren durften, ohne der Vulgarität beschuldigt zu werden.

Als Charles und Millie den Treppenabsatz erreichten, drang kultiviertes Stimmengewirr aus der Eingangshalle herauf. Er spähte über das Geländer, sah unter dem hohen Deckengewölbe, wo Europa und der Stier tollten, aber nur grauweiß gekleidete Dienstmädchen und Lakaien in himmelblauer Livree bei der Tür stehen.

Langsam stieg er an der Seite seiner Schwester die Stufen hinab. In diesem Moment schwang die Tür auf, und Lord Gifford trat mit einer jungen Frau am Arm ein, gefolgt von Nathaniel Dines.

Beim Anblick der fremden Frau runzelte Millie verwirrt die Stirn. Dann ging ihr ein Licht auf, sie lächelte entzückt, und Charles verbarg seine grimmige Genugtuung.

Die Idee, Jane Howser auf diese Weise in die Gesellschaft einzuführen, war ein Geniestreich gewesen. Nicht Charles' Geistesblitz, obwohl er das Verdienst gern für sich beansprucht hätte, sondern Dines'. Der Baronet hatte sich regelmäßig über Edgingtons kleines gesellschaftliches Experiment informiert. Eines Tages erwähnte Charles, er fürchte, sobald Millie eine unbekannte Frau entdeckte, würde sie nur noch an die Wette denken und irgendwelche Tricks anwenden, um zu gewinnen. Lachend hatte Dines erklärt, deshalb sei ein Ablenkungsmanöver vonnöten und Miss Howser engagiert.

Wie Charles zugeben musste, eignete sie sich perfekt für die Rolle, die sie spielte. Was immer sie sein mochte – danach fragte er nicht, denn er wusste, dass Dines sich gern und oft in schlechter Gesellschaft bewegte –, sie war keine Lady. Hübsch genug sah sie aus, mit goldblonden Locken und haselnussbraunen Augen, in einem teuren Kleid, das die Augen der Betrachter nicht beleidigte. Aber ihre Haltung wirkte etwas zu dreist. Zweifellos konnte Millie feststellen, was an der Aufmachung und der Frisur nicht ganz richtig erschien. Sogar Edgingtons ungeschulter Blick erkannte die gekünstelte Aura, die unechte Eleganz.

»Also wirklich, Charles«, murmelte Millie, als sie den Fuß der Treppe erreichten. »Sogar von *dir* hätte ich was Besseres erwartet.«

»*Dich* muss sie nicht beeindrucken. Überlass es den anderen, die Frau zu beurteilen.«

Millie trat vor, um die neuen Gäste zu begrüßen und in den Salon zu geleiten. Strahlend lächelte sie Lord Gifford an.

Geradezu überschwänglich hieß sie Miss Howser willkommen, die ihr als Dines' Kusine vorgestellt wurde. Über die Schulter der Frau hinweg warf sie Charles einen bedeutsamen Blick zu. Damit gab sie ihm zu verstehen, er dürfe *ihr* keine Vorwürfe machen, wenn die Gäste den Neuankömmling nicht akzeptierten.

Dann nahm sie Kränze aus den Händen eines Dienstmädchens entgegen und legte sie auf die Köpfe beider Männer. Den dritten übergab sie Charles.

»Ah, nun wird mir alles klar – in diesem Jahr soll die Hausparty einem Bacchanal gleichen«, bemerkte Gifford. Amüsiert rückte er seinen Lorbeerkranz zurecht.

»Keineswegs«, protestierte Millie missbilligend, »sondern eine römische Pastorale.« Sorgsam schlang sie eine Blumengirlande um Miss Howsers Hals, sie selbst trug bereits eine. Nachdem sie sich höflich entschuldigt hatte, hängte sie sich ostentativ bei der Frau ein und führte sie in den Salon, während Charles bei den beiden Gentlemen stehen blieb. Das zynische Glitzern in Howsers Augen war ihm nicht entgangen.

»O Gott, Dines, sie ist brillant«, meinte Gifford, sobald sich die Frauen außer Hörweite befanden.

Selbstgefällig grinste Dines und hob sein Monokel, um sein Protegé zu beobachten. »Innerhalb einer Stunde wird sie allgemeines Entsetzen auslösen. Sagen Sie, Gifford, können Sie sich vorstellen, wie Ihre Schwester reagiert, wenn sie Miss Howser kennenlernt?«

»Zweifellos wird sie dreinschauen, als hätte sie eine Zitrone verschluckt.«

»Haben Sie sich Gifford anvertraut, Dines?«, fragte Charles, obwohl die Antwort offensichtlich war. Viel lieber hätte er hervorgestoßen: *Was zum Teufel haben Sie sich dabei gedacht?*

»Wollen Sie etwa behaupten, ich wäre nicht vertrauenswürdig?« Gifford schlug einen beiläufigen Ton an. Aber seine blauen Augen funkelten herausfordernd. »Die Hälfte Ihres Plans kannte ich ohnehin schon, Edgington. Was kann meine Mithilfe bei diesem Ablenkungsmanöver schon schaden?«

»Solange Sie sich amüsieren, sind Sie vertrauenswürdig genug«, konterte Charles kühl.

»Allerdings, alter Junge«, bestätigte Gifford besänftigt. »Und dieser Abend müsste jeden amüsieren.«

»Immerhin soll es in Millicents Augen so aussehen, als

hätten wir uns um die Komödie bemüht«, erklärte Dines. »Dass wir Gifford in Miss Howsers Gesellschaftskreis einbeziehen, erhöht ihre Glaubwürdigkeit.«

Immer noch skeptisch, nickte Charles. Auf Gifford konnte er sich nicht verlassen. Wenn ihn die Situation langweilte, würde er die ganze Farce platzen lassen, einfach nur, um das Aufsehen zu genießen, das er heraufbeschwören konnte. Natürlich wusste er über Maggie Bescheid, da er damals das Vorsingen verfolgt hatte. Es wäre sicher besser, wenn er von den wesentlichen Ereignissen ferngehalten wurde.

»Wollen wir zu dem bewussten Haus fahren?«, schlug Gifford lächelnd vor.

Irritiert trat Charles von einem Fuß auf den anderen. Gab es irgendetwas, das Dines dem Mann *nicht* erzählt hatte? »Zuerst sollten wir feststellen, wer schon eingetroffen ist.«

»Fast alle, nehme ich an. Deshalb sollten wir aufbrechen.«

»Warum nicht?« Allmählich gewann Charles den Eindruck, der Plan entglitt seiner Kontrolle. Nur mühsam widerstand er dem Impuls, Dines anzuschreien, steuerte den chinesischen Salon an, und die beiden Gentlemen blieben ihm auf den Fersen.

In dem opulent ausgestatteten Raum herrschte bereits dichtes Gedränge. Lady Edgington saß mit den älteren Damen in einer Ecke – mit Giffords Mutter Lady Rushworth, seiner Schwester Lady Victoria, Lady James Ashworth, an deren Hals überdimensionale Diamanten glitzerten, und Lady Hyde. Fröhlich wanderte die jüngere Generation umher – die Ashworth-Mädchen, die Hyde-Töchter und die

Radcliffe-Männer bildeten immer wieder neue Gruppen, während die älteren Gentlemen in einer anderen Ecke hinter zwei riesigen Jadevasen standen.

In Gedanken ging Charles die Gästeliste durch. Nur wenige Namen fehlten noch, die Mortimers, die stets zu spät kamen, Lord Grimsthorpe und die Morels. Vielleicht waren sie dieses Jahr nicht eingeladen worden, weil sich die Boulevardzeitungen immer noch mit Mrs Morels neuester indiskreten Affäre befassten. Nicht, dass Lady Edgington prinzipiell etwas gegen Affären einzuwenden hätte – solange sie nicht mit dem Ehebrecher verheiratet war –, aber sich zum Gespött des gemeinen Londoner Volks zu machen, zeugte von äußerst schlechtem Geschmack. Um so etwas zu verzeihen, brauchte sie mehrere Monate.

Gifford ließ seinen Blick durch den Raum schweifen und hob die Brauen. Waren genug Leute angekommen? Charles nickte ihm zu, und der Mann schlenderte zu einer Gruppe junger Leute, die sich um das Spinett an einer Wand versammelt hatten. Ein Steckenpferd des verstorbenen Barons, war es auf die orientalische Fünftonskala gestimmt und prangte mit Intarsien und lackierten Ornamenten im chinesischen Stil. Einer der Hyde-Zwillinge schlug lässig ein paar Tasten an – entweder Lady Elizabeth oder Lady Mary, das wusste Charles nicht –, während der andere Zwilling, Millie, Miss Howser und zwei Radcliffe-Männer einen Halbkreis um das Mädchen bildeten. Als sich Gifford und Charles zu den jungen Leuten gesellten, wanderte Dines zu einer anderen Gruppe.

»Übrigens, Miss Crossham«, begann Gifford in seinem

üblichen Tonfall übertriebener Langeweile, »auf der Fahrt hierher sah ich einen erstaunlichen Palast. Wer wird darin wohnen?«

In Millies Wangen entstanden Grübchen. »Lord Langston. Ist das nicht ein fantastisches Gebäude? Er hat mir erklärt, es sei im Stil einer gotischen Abtei erbaut worden.«

Peter Radcliffe brach in Gelächter aus. »Noch nie habe ich eine Abtei mit so vielen Säulen und Türmen gesehen.«

»Wusstest du das nicht?«, fragte der Zwilling, der neben ihm stand. »Langston nennt sich einen Experten für mittelalterliche Kultur. Aber meistens zitiert er ›Le Morte d'Arthur‹, oder er erörtert die Frage, wo sich Camelot tatsächlich befunden hat. Ich wette, er wird das Haus mit einem runden Tisch einrichten und unzählige Waffen an die Wände der Eingangshalle hängen. In jede Ecke wird eine Rüstung stehen.«

»Und Familienwappen an allen Wänden«, ergänzte die andere Zwillingsschwester spöttisch und klimperte eine Melodie, die sie offenbar für mittelalterlich hielt. Aber das seltsam gestimmte Instrument gab unheimliche, disharmonische Töne von sich.

»Und Bratspieße in der Küche«, fügte der erste Zwilling hinzu.

Missgelaunt schaute sich Gifford im Salon um. »Immerhin klingt das interessanter als eine endlose Teestunde mit Biskuits und den ewigen Klatschgeschichten, die wir seit dem Beginn der Saison auf jeder Party hören.«

»Möchten Sie das Haus besichtigen?«, fragte Millie, wie auf ein Stichwort.

Vielen Dank, meine Liebe, dachte Charles.

»Oh, das wäre wundervoll!«, zwitscherte Miss Howser ein bisschen zu schrill. Der Zwilling am Spinett warf seiner Schwester einen verstohlenen Blick durch gesenkte Wimpern zu, und beide lächelten.

»Also gut«, beantwortete Charles den fragenden Blick seiner Schwester, »fahren wir hin, wenn wir genug Kutschen haben.«

»Draußen steht immer noch Dines' Landauer«, warf Gifford gedehnt ein.

»Unsere Stadtkutsche auch«, verkündete Peter.

»Gut, ich lasse die Wagen vorfahren.« Charles nickte einem Lakaien zu, der diskret bei der Tür stand. »Lasst uns herausfinden, wie viele Leute mitfahren möchten.«

»Sicher *du*, nicht wahr?« Millie zwinkerte ihm zu. »Bei dieser Besichtungstour brauchen wir einen Führer. Wie du weißt, verstehe ich nichts von Architektur.«

»Natürlich«, stimmte Charles zu.

Eine halbe Stunde später saßen sie alle in den Kutschen, und die Fahrt ging los.

Im Edgington-Landauer zwischen Christopher Radcliffe, der voller Stolz auf seine neue Captain's-Uniform strahlte, und Gifford eingezwängt, saß Charles seiner Schwester gegenüber. Neben ihr hatte die unvermeidliche Flora Ashcroft Platz genommen, die ihm von ihrer Mutter schon die ganze Saison präsentiert wurde. Hinter sich hörte er die Stimme Dines', der Miss Howser irgendwelche Klatschgeschichten in dem Wagen erzählte, den sie mit Lord Radcliffe, Miss Ashcroft und Lord Hamilton teilten, während die

Zwillinge, Peter und Alexander Radcliffe in der geschlossenen Stadtkutsche der Radcliffes die Nachhut bildeten. Polternd überquerte die kleine Prozession die Brücke oberhalb des schmalen, kalten Flüsschens, passierte das Tor und bog in die Hauptstraße nach London.

Bald ist es so weit, dachte Charles und zwang sich zu einer gleichmütigen Miene. Die Stunde der Wahrheit ... Nur um Lily Barrett sollte er sich sorgen, um ihre drohende endgültige Verdammung aus gehobenen Gesellschaftskreisen, falls er einen Fehlschlag erlitt. Aber viel wichtiger fand er Maggies Erfolg, aus Gründen, die nichts mit der lächerlichen Wette zu tun hatten. Wenigstens ein einziges Mal sollte sie einen Sieg in einer Welt erringen, die sich stets gegen sie gestellt hatte. Inständig wünschte er, sie würde in seiner Gesellschaftsschicht anerkannt. Warum ihm das so viel bedeutete, wusste er nicht. In angespanntem Schweigen starrte er vor sich hin.

»Was ist denn das?«, rief Miss Flora, die nur selten das Wort ergriff.

Ist es schon so weit? Charles folgte ihrem Blick und glaubte, sie hätte Maggie entdeckt. Stattdessen zeigte sie auf einen Graben neben der Straße, in dem Arbeiter bis zur Taille versunken waren und dunkles Erdreich aushoben.

»Eine Gasleitung«, erklärte er und atmete auf. »Vermutlich soll sie zu Langstons neuem Haus führen.« Als er Miss Floras weit aufgerissene Augen bemerkte, erlag er dem Impuls, die Situation aufzubauschen. »Natürlich ist das eine sehr gefährliche Arbeit, deshalb dürfen die Männer nicht rauchen.«

»Was würde geschehen, wenn sie's trotzdem tun?«, fragte Flora. Offensichtlich erwartete sie, eine Schauergeschichte zu hören.

Wie kindisch sie war. »Dann würden sie sich womöglich selber in die Luft sprengen. Neulich kam es außerhalb von London zu mehreren Gasexplosionen, ganze Häuser wurden dem Erdboden gleichgemacht, riesige Krater klaffen im Boden.«

»Oh …«, wisperte Miss Flora ehrfürchtig, während sie an den Arbeitern vorbeifuhren, und reckte den Hals, um sie möglichst lange im Auge zu behalten.

»Da ist es!«, rief Millie. Hinter einer Kurve ragte ein halb fertiges Haus auf, ein grandioses Gebäude aus grauem Kalkstein. Statt wie die anderen Langstons neues Domizil anzustarren, wandte sich Charles zu einer unscheinbaren Kutsche, die weiter vorn auf die Hauptstraße bog.

Auftritt Maggie, rechte Bühnenseite.

Vor zehn Minuten hatte Maggie die Arme vor der Brust verschränkt. Sally saß ihr gegenüber, die Augen übergroß und angstvoll im dunklen Wagen.

Beklommen dachte Maggie an die harte Arbeit der letzten sechseinhalb Wochen und fühlte sich wie ein Kessel aus Schmelzfarbglas, den jemand mit einer dünnen Glasierung versehen hatte, in der Hoffnung, man würde ihn für Silber halten. Sie wusste, ihr wahres Wesen würde überall hindurchschimmern. Aber was konnte sie jetzt noch dagegen tun? Sie musste einfach aufpassen, damit sie niemals in zu helles Licht geriet und sich stets in halbdunklen Ecken aufhalten, wo man versilberte Gefäße nicht von Sterlingsilber unterscheiden konnte.

Eine Woche lang musste sie ihre Rolle spielen. Und dann? Das wusste sie nicht. Irgendwie würden sie es schaffen, Sally und sie selbst, obwohl sie sich immer noch fragte, ob sie New York jemals erreichen würden. Die bevorstehende Scharade und ihre unsichere Zukunft sollten genügen, um ihre Gedanken vollauf zu beschäftigen. Doch die kehrten immer wieder zu ihrem unausweichlichen Verlust zurück. Nicht die Trennung von Nan, Giles, Harry und den anderen bedrückte sie, sondern ein Verlust, mit dem sie von Anfang an gerechnet hatte – mit dem Abschied von Charles. Und von ihrem komfortablen Leben. Sie würde Charles' Freundlichkeit nicht vermissen, weder seine unglaubliche Aufmerksamkeit, die ihr den Eindruck vermittelt hatte, sie wäre die einzige Frau auf der Welt, noch seinen trockenen Humor oder sein gewinnendes Lächeln, weder sein Gesicht noch seine Lippen, seinen Körper oder seinen wachen Geist. Das alles würde sie nicht vermissen, denn es hatte niemals ihr gehört. Nicht wirklich.

Plötzlich unterbrachen schnelle Schritte ihre Gedanken und kündigten die Ankunft des kleinen Jungen an, den Charles als Beobachtungsposten engagiert hatte. Völlig außer Atem erzählte das Kind dem Fahrer, soeben sei die Edgington-Wagenkolonne aufgetaucht. Maggie klammerte sich an den Halteriemen, als die Kutsche aus ihrem Versteck holperte und auf die Straße fuhr.

Mit aschfahlem Gesicht hielt sich auch Sally an ihrem Halteriemen fest. Sekunden später ging ein gewaltiger Ruck durch den Wagen, als die angesägte Achse zu bersten begann. O Gott, hoffentlich klappt es, dachte Maggie. Dieser Teil des Plans war ihre eigene Idee gewesen – ein bisschen gefährlich, aber verheißungsvoll.

Ein paar Sekunden lang fuhr die Kutsche weiter, dann brach die Achse endgültig entzwei. Ruckartig kam der Wagen zum Stehen, und beide Frauen wurden von den Sitzen geworfen. Gedämpftes ärgerliches Geschrei schüttelte Maggie aus ihrer leichten Benommenheit.

Das war nicht Sally, die da schrie. Nein, die Stimmen drangen von außerhalb herein. Hastig stand Maggie auf, ordnete ihre zerknüllten Röcke und setzte sich auf die Bank. Dann half sie der Freundin, wieder ihr gegenüber Platz zu nehmen. »Bist du verletzt?«

»Nur ein paar Schrammen«, seufzte Sally. »Und du?«

»Mir geht's gut.« Maggie verstummte und spitzte die Ohren. »Glaubst du, sie helfen uns?« Durch das Fenster der schiefen Kutsche sah sie den Himmel und den oberen Rand einer Hecke, auf der anderen Seite dichtes Gebüsch. »Die Türen öffnen sich nach außen. Nun brauche ich irgendetwas, das ich dagegenstemmen kann.«

Jetzt näherten sich die aufgeregten Stimmen. Während sie noch überlegte, wie sie das schwierige Werk in ihrer hinderlichen Krinoline vollbringen sollte, drehte sich der Türgriff, der Wagenschlag schwang auf, und das Gesicht eines fremden Mannes erschien vor dem hellen Himmel. Auf seinem Haar saß ein seltsamer Kranz aus Blättern, der so absurd wirkte, dass Maggie ihn verblüfft anstarrte.

»Hallo!«, grüßte er. »Wen haben wir denn da?«

»Was ist los, Peter?«, rief eine ungeduldige weibliche Stimme.

»Das will ich auch sehen!«, verkündete ein anderer.

Peter wandte sich zu seinen unsichtbaren Gefährten. »Selbstsüchtige kleine Dinger! Sicher wärt ihr froh, wenn hier eine ganze Waisenkinderschar gefangen wäre, mit lauter gebrochenen Knochen, nicht wahr?«

Dieser Bemerkung folgte empörter Protest, und Peter streckte einen ritterlichen Arm aus.

»Madam?«

Da Maggie nicht wusste, was sie sonst tun sollte, ließ sie sich aus der Tür helfen. Dabei verrutschte die Krinoline und entblößte zu viel von ihren Beinen. Doch das schien den jungen Mann nicht zu stören. Lächelnd umfasste er ihre Taille und stellte sie auf den Boden.

»Oh, Sie sind ja leicht wie eine Feder! So ein schmächtiges Mädchen … Oh, verzeihen Sie!«, entschuldigte er sich rasch, nachdem er verspätet erkannt hatte, dass die junge Dame solche Bemerkungen nicht schätzte.

Dann drehte er sich wieder zu der Kutsche um. Mit etwas größerer Mühe half er Sally herauszuklettern. Maggie blieb nicht lange allein, denn sobald Peter ihr den Rücken gekehrt hatte, wurde sie von neugierigen jungen Damen umringt. Glatte Gesichter, leuchtende Augen, elegante Kleider, funkelnde Juwelen, Blumengirlanden. Eine glich der anderen, so dass sie den verwirrten Eindruck gewann, ein und dasselbe Mädchen hätte sich vervielfältigt. Dann merkte sie, dass zwei tatsächlich Zwillinge waren.

»Sind Sie verletzt?«

»Haben Sie einen Schock erlitten?«

»Wurden Sie in dem Wagen umhergeschleudert?«

»Fühlen Sie sich schwach?«

Mit solchen Fragen überschüttet, fand Maggie keine Zeit, um zu antworten, denn Sekunden später stellten sich die jungen Leute vor, und sie prägte sich ein paar Namen ein – Charles' Schwester, Millicent Crossham, Peter Radcliffe, Lady Mary und Lady Elizabeth, oder vielleicht andersherum. Miss Howser kannte sie bereits, was sie sich ebenso wenig anmerken ließ wie die blonde Frau.

Hinter den jungen Damen standen einige Gentlemen und beobachteten die Szene teils belustigt, teils interessiert. Wie albern sie mit den Lorbeerkränzen auf ihren Köpfen aussahen, war ihnen offenbar nicht bewusst. Charles unterschied sich in seiner Haltung nicht von den anderen. Lässig stand er da, lächelte süffisant, und das passte nicht zu dem Charakter, den Maggie in den letzten Wochen kennengelernt hatte. Vielleicht sah sie ihn jetzt zum ersten Mal in der Rolle des Barons, nicht des Mannes. Als sich ihre Blicke trafen, pochte ihr Herz schneller, und sie schickte ihm eine stumme Botschaft. *Ich fürchte, es wird nicht klappen …* Dann schaute sie rasch weg, bevor jemand den Kontakt bemerken konnte.

»Bitte, meine Damen! Wenn Ihr Antworten hören wollt, müsst Ihr dem Mädchen eine Chance geben zu sprechen!« Dieser Vorschlag stammte von Peter Radcliffe, der Sally gerettet hatte und jetzt neben Lord Edgington trat.

Da verstummten die Ladys, und Maggie schenkte ihnen ein Lächeln, das – wie sie hoffte – echt und ein wenig nervös wirkte. »Danke, es geht mir gut. Aber ich bin ziemlich erschrocken.«

»Kein Wunder!«, meinte ein Mädchen – ein unscheinbares kleines Ding, abgesehen von erstaunlichen blauvioletten Augen.

»Wohin wollten Sie fahren, Madam?«, fragte Miss Crossham.

»Nach Baslehurst.« Entschuldigend fügte Maggie hinzu: »Ob Sie das kennen, weiß ich nicht. Vor zwei Wochen hörte ich zum ersten Mal davon. Ein Dorf bei Exeter. Angeblich sehr pittoresk …«

»Da wollten Sie *allein* hinfahren?«, fragte einer der Zwillinge, und Maggie erkannte die Stimme der jungen Dame, die sich erkundigt hatte, ob sie verletzt sei. »Zu einem Ort, den Sie gar nicht kennen?«

»Meine Zofe begleitet mich«, erwiderte Maggie und zeigte auf Sally, die unbeachtet neben der Kutsche stand. »Sonst habe ich niemanden.«

»Niemanden?«, echote der andere Zwilling.

Scheinbar bestürzt, hob Maggie eine Hand zu ihren Lippen. »Oh, das hätte ich nicht sagen dürfen! Wie undankbar von mir. Ich habe Verwandte in Baslehurst, die sich großzügig bereitfinden, mich in ihrem Haus aufzunehmen, damit ich nicht ganz allein in London leben muss. Aber ich bin ihnen nie begegnet. Erst nach dem Tod meines Großonkels habe ich mit ihnen korrespondiert.«

»In der Tat«, bemerkte ein hochgewachsener schwarzhaariger Mann an der Seite eines etwas kleineren blonden Gentlemans, der Maggie durch ein Monokel begutachtete.

»Einer alleinstehenden jungen Frau drohen viele Gefahren. Insbesondere, wenn ihre Kutsche zusammenbricht.«

Maggie setzte eine sorgenvolle Miene auf. »Nachdem mein Anwalt die Effekten meines Großonkels veräußert hatte, konnte ich sein Haus vermieten. Dann beschloss ich, in seiner Kutsche nach Baslehurst zu fahren und sie nach meiner Ankunft zu veräußern. Er war sehr lange krank, deshalb dachte er nicht daran, den Wagen instand halten zu lassen.« Wehmütig musterte sie das lädierte Vehikel. »Sicher wäre es klüger gewesen, eine Postkutsche zu mieten«, fügte sie hinzu und schaute den schwarzhaarigen Gentleman unglücklich an.

Aber es war Miss Crossham, die erwiderte: »Oh, Sie Ärmste! Bleiben Sie doch bei uns, als Gast meiner Mutter, bis Sie neue Arrangements treffen können.«

Maggie warf ihr einen Blick zu, der Verwirrung und ein gewisses Misstrauen angesichts der Blumengirlanden und Lorbeerkränze ausdrückte. Insgeheim frohlockte sie, denn Charles behielt Recht. Miss Howsers Anwesenheit hatte seine Schwester zu der naheliegenden Vermutung bewogen, dies wäre die Frau, um die es bei der Wette ging. Millie schöpfte keinen Verdacht, der Maggie betraf. »O nein, ich möchte Ihnen nicht zur Last fallen, Miss Crossham.«

»Unsinn! Wir veranstalten gerade eine Hausparty. Also können Sie sich einfach zu den anderen Gästen gesellen. Und regen Sie sich nicht wegen unserer kleinen Kostümierung auf, so was gehört zu einer alten Edgington-Tradition. Diese Partys waren früher Maskenbälle, und das ist davon übrig geblieben. Kein Grund zur Besorgnis.«

»Edgington … Meinen Sie – Baron Edgington?« Maggie verlieh ihrer Stimme einen erleichterten Klang.

Nun trat Charles vor. »Derselbe. Meine Schwester hat völlig Recht. Zweifellos wird sich meine Mutter freuen, wenn sie jemanden unter ihre Fittiche nehmen kann.« In seinen Worten schwang ein ironischer Unterton mit, als würde ihn die Entwicklung der Dinge nicht sonderlich begeistern, aber ein Protest wäre nach seiner Meinung zu anstrengend.

»Vielen Dank«, sagte Maggie verlegen. »Jetzt muss ich mich wohl selber vorstellen, weil niemand hier ist, der das übernehmen kann. Ich bin Margaret King. Mein Großonkel hieß Tertius King …« Seufzend registrierte sie die verständnislosen Blicke. »Da er ein sehr zurückgezogenes Leben führte, finde ich es keineswegs erstaunlich, dass Sie ihn nicht kennen.«

»Steigen Sie in unseren Landauer«, bat Miss Crossham mitfühlend. »Ihre Zofe soll mit Lady Elizabeth und Lady Mary fahren. Sorgen Sie sich nicht, unser Kutscher wird einen Schmied beauftragen, Ihren Wagen zu reparieren.«

Die genannten Ladys warfen ihr einen Blick zu, der grausame Rache ankündigte, weil sie von der interessanten neuen Bekanntschaft ferngehalten wurden und sich mit der Zofe begnügen mussten. Aber sie schwiegen.

»Nochmals vielen Dank«, antwortete Maggie. »Oh, ich weiß gar nicht, was ich sagen soll …«

Kichernd nahm Millie ihre Blumengirlande ab und legte sie um Maggies Hals. »Am besten gar nichts.«

»Treten Sie näher, junge Dame.«

Maggie verbarg ihr Unbehagen und gehorchte der Baroness. Sobald sie Edgington House erreicht hatten – ein enormes Monument aus weißem Stein, das ihre kühnsten Träume übertraf –, war sie in einen kleinen Salon geführt worden. Millie hatte versprochen, ihre Mutter zu holen.

Jetzt wurde Maggie von der Hausherrin inspiziert. Lady Edgington saß in einem wuchtigen Sessel, der ihre zierliche Gestalt zwergenhaft erscheinen ließ. Hinter ihr standen zwei reglose, schwarz gekleidete Frauen.

Leicht besorgt musterte sie den Neuankömmling, nicht mit der skeptischen Intensität, die Maggie von Charles' Mutter erwartet hatte. Dann schüttelte Ihre Ladyschaft den Kopf. Über ihrem mageren Busen glitzerten Jettperlen. »Millicent sagt, sie hätte Sie auf der Straße angetroffen«, begann sie und nickte ihrer Tochter zu.

»Ja, Madam«, bestätigte Maggie und verneigte sich respektvoll. »Zu meinem Bedauern erlitt ich einen Unfall mit meiner Kutsche, und Ihre Tochter war so freundlich, mich hierher einzuladen. Seien Sie versichert, Madam, ich will Ihnen keine Unannehmlichkeiten bereiten.«

»Wie Millicent erwähnt hat, sind Sie verwaist.« Immer noch verunsichert, runzelte Lady Edgington die Stirn. »Wer war Ihr Vater?«

»William King aus Somerset«, log Maggie. Dieser erfundene Nachname war insofern günstig, weil viele Verstorbene so hießen.

»Ah, ich verstehe ...«, murmelte die Baroness. Offensichtlich hatte sie noch nie von William King gehört, ihre

Skepsis schien zu wachsen. Miss Crossham räusperte sich beunruhigt. Nach einer längeren Pause bemerkte ihre Mutter: »Also zählen Sie nicht ganz zu unserer Sorte, Miss King.«

»Nein, Madam«, stimmte Maggie aufrichtig zu. »Leider wuchs ich bei einer Familie auf, die sehr isoliert lebte.«

»Allem Anschein nach sind Sie von guter Herkunft, von besserer als die meisten Gesellschafterinnen und gewisse arme Verwandte, die gelegentlich hier auftauchen.«

Belustigt unterdrückte Maggie ein Lächeln, als sie an Miss Howser dachte. Dann bemerkte sie die frostigen Mienen der Frauen, die hinter dem Ohrensessel standen, und fürchtete, sie hätte sich deren Feindschaft zugezogen.

»Wenn ich auch nichts von Ihrer Familie weiß …«, fuhr die Baroness fort, ohne die Reaktion ihres Gefolges wahrzunehmen. Sie schüttelte wieder den Kopf und ließ die Jettperlen tanzen. »Soweit ich feststellen kann, sind Sie ein nettes Mädchen. Und nach allem, was Millicent mir erzählt, wurden Sie vom Schicksal nicht gerade begünstigt. Ich freue mich über Ihren Besuch. Nehmen Sie an unserer Hausparty teil. Später werde ich Erkundigungen einziehen, dann sehen wir weiter.«

»Vielen Dank, Madam«, antwortete Maggie, und ihre innere Anspannung, die sie bisher gar nicht registriert hatte, verflog.

»Sicher wollen Sie sich nach Ihrem Abenteuer frisch machen.« Einen besseren Vorschlag hätte Ihre Ladyschaft gar nicht machen können, und Maggie nickte erleichtert.

»O ja, Madam.«

Lady Edgington läutete mit einer Kristallglocke, die neben ihr auf einem Tisch lag. Nach wenigen Sekunden betrat ein Dienstmädchen den Salon. »Bringen Sie Miss King bitte in ein Gästezimmer.«

»In welches, Mylady? Die sauberen sind alle besetzt.«

Die Baroness zögerte. »Ist die Wintersuite geöffnet?«

»Ja, Mylady.«

»Dann führen Sie Miss King dorthin.«

Maggie verabschiedete sich von der Hausherrin und folgte dem Stubenmädchen eine Seitentreppe hinauf.

Am Ende eines langen Korridors blieben sie vor einer Tür stehen, die das Mädchen öffnete. »Gerade wird Ihr Gepäck aus Ihrem Wagen geholt. Ich werde jemanden heraufschicken, der ein Feuer im Kamin macht und die Suite in Ordnung bringt. Um acht Uhr findet das Dinner statt.

»Danke«, erwiderte Maggie geistesabwesend und betrat ein verschwenderisch eingerichtetes Wohnzimmer. Die Schritte des Dienstmädchens, das sich rasch entfernte, hörte sie kaum.

Noch nie hatte sie einen solchen Luxus gesehen. Vage erinnerte sie sich an die Eingangshalle des Edgington House und den kleinen Salon, in dem die Baroness sie empfangen hatte. Auch diese Räume präsentierten sich in exquisiter Pracht. Aber Maggie war vor ihrem Gespräch mit der alten Lady und währenddessen furchtbar nervös und unfähig gewesen, die Einzelheiten ihrer Umgebung zu registrieren. Inzwischen hatte sie die Schwelle überquert, vorbei am Cerberus. Amüsiert lächelte sie über diesen Vergleich der schmächtigen, sorgenvollen Gastgeberin mit dem mythologischen Monstrum, über das sie im Lauf ihrer Studien einige Geschichten gelesen hatte. Nun hinderte sie nichts daran, das Wohnzimmer der sogenannten Wintersuite zu inspizieren.

Der Marmorboden und die teilweise mit Damast verkleideten Gipswände schimmerten weiß. An der Holztäfelung glänzten vergoldete Ornamente. Eigentlich müsste der Gesamteindruck steril wirken. Aber wie Maggie nie zuvor festgestellt hatte, gab es verschiedene Nuancen von Weiß, Grau und Blau in den abendlichen Schatten. Zaudernd ging sie über den dicken Teppich. In diesem Raum grenzte alles an Extravaganz, der kunstvolle Stuck an der Decke und den Wänden, der edle Damast, die Schnitzereien an den Möbeln. Zweifellos hätte das Dekor überladen gewirkt, wäre das Weiß mit anderen Farben kombiniert worden.

Als sie die restliche Suite besichtigte – ein zweiter Salon, ein Schlafgemach und ein großes Ankleidezimmer –, fühlte sie sich wie ein unbefugter Eindringling. Leicht benommen kehrte sie in den ersten Raum zurück und setzte sich auf ein Sofa. Erst jetzt erkannte sie in vollem Ausmaß, was der Titel des Barons für Charles bedeutete. Gewiss, er hatte ihr von seiner Kindheit und Jugend erzählt. Doch die Beschreibung der Tages- und Nachtkindersuite, des Rasens, der Allee und der Grotte hatten nur verschwommene Bilder in Maggies Fantasie heraufbeschworen. Wie sein Leben gewesen sein musste, hatte sie sich nicht vorstellen können. Jetzt erschien ihr die überwältigende Opulenz wie eine Verhöhnung der Stunden, die er mit ihr im Haus in Chelsea verbracht hatte. Sicher kam es ihm wie ein Puppenhaus vor, obwohl es Räume enthielt, in die Maggies ganze St. Giles-Wohnung passen würde. Diese Suite im Edgington House könnte das ganze Haus in Chelsea aufnehmen.

Maggie erschauerte in der Kälte, die von den steinernen Mauern ausging, und wünschte, der angekündigte Dienstbote möge sich beeilen. Aber nicht einmal das hellste Kaminfeuer würde ihre Angst verscheuchen, die wachsende Überzeugung, die ganze Eskapade wäre eine sehr, sehr schlechte Idee.

Drei Stunden nach Maggies dramatischer Einführung in die vornehme Gesellschaft herrschte immer noch fieberhafte Aufregung im Edgington House. Diese Sensation übertrumpfte mühelos die Empörung über Miss Howsers skandalöse Gegenwart, sogar das Interesse an Lord Langstons halb fertigem Haus, obwohl – oder vielleicht *weil* Maggie bei dieser Besichtungstour äußerste Zurückhaltung geübt hatte. Während ihrer Abwesenheit wurde die Geschichte allen Gästen erzählt, die nicht an der Ausfahrt teilgenommen hatten. Lady Elizabeth und Lady Mary veranlassten eine lachende Flora Ashcroft zu einer theatralischen neuen Interpretation der Szene. Einer der Zwillinge spielte einen prahlerischen Peter Radcliffe, der andere eine unrealistisch kokette Maggie. Nur um die Ereignisse zu veranschaulichen, wie sie dem Publikum erklärten.

»Mama hat Miss King sehr freundlich aufgenommen und in der Wintersuite einquartiert«, berichtete Millie ihrem Bruder, als sie an seinem Sessel vorbeiging. »Jetzt erholt sie sich von ihrem Schock, die Ärmste, aber sie hat versprochen, sie würde zum Dinner erscheinen.«

Bevor sie weitergehen konnte, hielt er ihre Hand fest. »Oberhalb meiner Suite?«

Millie befreite sich von dem harten Griff und runzelte die Stirn. »Stört dich das? Sie wird wohl kaum die Treppe hinabschleichen und dich mitten in der Nacht aus dem Schlaf reißen.«

»Vermutlich nicht«, stimmte er zu. Allerdings glichen die Bilder in seiner Fantasie auf bemerkenswerte Weise der Situation, die seine Schwester beschrieben hatte.

Schließlich ertönte der Gong zum Dinner, und der wichtigste Gesprächsstoff dieses Tages tauchte wieder auf, in Gestalt von Margaret King.

Während die Gäste einem Dienstmädchen durch die Halle folgten, stieg Maggie die Treppe herab. Der Moment war perfekt gewählt. Sofort verstummte die Konversation, alle Leute blieben stehen und gafften, denn für Maggies zierliche Gestalt in dem schlichten schwarzen Abendkleid gab es keinen besseren Hintergrund als den Glanz der großen, weißen Eingangshalle.

Nur eine Spitzenborte schmückte das erstklassig geschnittene Kleid, mit Jettperlen bestickt, die dunkel über den weißen Armen glitzerten. In dieser Robe wirkte ihre gertenschlanke Gestalt fast ätherisch, die Haut schimmerte wie Alabaster im bleichen Gaslicht.

Sobald sie die neugierigen Blicke bemerkte, hielt sie inne. Charles wusste, die anderen würden in ihrem Zögern mädchenhafte Scheu sehen. Aber er kannte ihr Misstrauen. Ehe er vortreten konnte, um ihr seinen Arm zu bieten, eilte Gifford zum Fuß der Treppe. Lady James bugsierte Flora Ashcroft an die Seite des Barons.

Offenbar brachte Lord Giffords Aktion die Gäste zur Besinnung, denn sie lachten und schwatzten wieder und setzten den Weg zum Speiseraum fort, als wäre er niemals unterbrochen worden. Gehorsam reichte Charles seinen Arm der unscheinbaren Miss Flora, die ihn ergriff, ohne irgendeine Reaktion zu zeigen, sondern ihren Blick zu Boden richtete.

Der Arm des großen, dunkelhaarigen Mannes fühlte sich ganz falsch unter Maggies Hand an. Aber sie verbarg ihre Gefühle und ließ sich durch die Gästeschar führen. Sie musste sich zwingen, Charles nicht anzuschauen. Vorerst durfte sie nicht versuchen, was sie über ihn wusste und sein anderes Leben, das diese hochherrschaftlichen Räume repräsentierten, in Einklang zu bringen.

Stattdessen blickte sie sich verstohlen um, hier schien einiges nicht zu stimmen. Sollte nicht jeder Mann eine Frau eskortieren? Aber an jedem von Peter Radcliffes Armen hing ein Zwilling, Miss Crossham schlenderte neben einer Dame dahin. Nur wenige Leute bildeten korrekte Paare.

»Miss King«, begann der schwarzhaarige Gentleman, »in diesem Haus legen wir keinen allzu großen Wert auf die Etikette – zum Glück, denn die Ankunft ein oder zwei zusätzlicher Damen kann die Pläne der Gastgeberin nicht durcheinanderbringen.« Lächelnd musterte er Maggies skeptische Miene. »Eine so elitäre Gesellschaft kann auf Konventionen verzichten, ohne befürchten zu müssen, man würde ihr Vulgarität vorwerfen. In unseren Kreisen werden Moderichtungen initiiert, nicht befolgt.«

»Oh, ich verstehe, Sir …« Unsicher verstummte sie, weil sie nicht wusste, wie sie den Mann ansprechen sollte.

»Lord Gifford«, stellte er sich vor, ein seltsames Funkeln in den blauen Augen. »Natürlich könnte ich Miss Crossham bitten, uns einander vorzustellen. Aber unter diesen Umständen wäre das ziemlich albern, nicht wahr?«

»Gewiss«, murmelte sie.

»Jedenfalls freue ich mich über die Gelegenheit, Sie besser kennenzulernen.«

Irritiert über seinen etwas zu vertraulichen Ton, warf sie ihm einen kurzen Blick zu. »Ganz meinerseits«, erwiderte sie so frostig wie nur möglich.

»Wer Sie sind, weiß ich«, flüsterte er. »Sir Nathaniel Dines hat mich eingeweiht.« Mit erhobenem Kinn wies er auf den Mann, der vor ihnen ging, das blonde Haar zerzaust und mit Miss Howser am Arm.

Ach ja – Charles' Freund, der Miss Howser aufgespürt hat, entsann sich Maggie. Bisher war sie ihm nicht begegnet, wusste aber über die Rolle Bescheid, die er in der Komödie spielte. Ärgerlich kräuselte sie die Lippen. Charles, Sir Nathaniel, Lord Gifford, Miss Howser – wie viele Leute wussten sonst noch Bescheid?

Lord Gifford verfolgte das Thema nicht weiter. Kurz danach saßen sie an der Tafel. Eine ältere Dame erklärte Maggie zum Ehrengast und wies ihr einen Platz neben Charles zu. Wie die glitzernden Augen der Frau verrieten, handelte sie eher aus Neugier als aus Großmut, weil sie selbst nur zwei Stühle von dem interessanten Neuankömmling entfernt saß. Wie auch immer, Maggie war dankbar für diesen Platz. Und da Lord Gifford sich an ihrer anderen Seite niederließ, war sie wenigstens einigermaßen von den forschenden Blicken der Leute geschützt, die sie zum Narren halten sollte.

Auf ihr Rollenspiel konzentriert, kam sie erst jetzt dazu, den Raum zu betrachten. Wie die Eingangshalle und die Wintersuite ganz in Weiß gehalten, nahm ihr die üppige Ausstattung des Speiseraums den Atem. Zwischen seidenen Wandbehängen glänzten versilberte Stuckschnörkel, große Spiegel wechselten sich mit Gemälden ab, die heroische Motive darstellten. An der langen Tafel fanden die dreißig Gäste mühelos Platz. Trotz der Lakaien in den blaugoldenen Livreen, die hinter allen Stühlen standen, wirkte der Raum nicht überfüllt. Wahrscheinlich konnte er dreimal so viele Gäste aufnehmen.

Unauffällig warf Maggie einen Blick auf Charles, nicht ganz sicher, was sie sehen würde. Ja, derselbe Mann, der in unbewusst arroganter Lässigkeit an ihrem kleinen Tisch in Chelsea saß. Das Kopfende dieser langen Tafel beherrschte er ebenso mühelos wie jenes kleine Zimmer. Ein goldener Gott vor dem Hintergrund des schneeweißen Dekors, der geborene Herr eines vornehmen Hauses, jeder Zoll ein gebieterischer Lord Edgington.

Am anderen Ende des Tischs plauderte seine Mutter fröhlich mit ihren Freunden. Hinter ihr standen wie üblich die beiden schwarz gekleideten Frauen, offenbar ihre Gesellschafterinnen. Nur selten ließ Lady Edgington mit knappen Gesten erkennen, dass sie während des Dinners alle Vorgänge dirigierte. Trotzdem schien sich alles, was in diesem Raum geschah, um sie zu drehen, als wäre sie das wichtigste Rädchen in einem komplizierten Mechanismus. Maggie fragte sich, was Ihre Ladyschaft denken würde, wenn sie wüsste, dass die unstandesgemäße Geliebte ihres Sohnes an dieser Tafel saß. Und was sie tun würde … Bei diesem Gedanken erschauerte sie.

Bei der Mahlzeit sprach sie so wenig wie möglich. Obwohl sie sich nicht mehr darauf konzentrieren musste, manierlich zu essen, wollte sie keine Aufmerksamkeit erregen. Sie fürchtete, sie würde ziemlich unsicher wirken. Doch das konnte man von einer verwaisten jungen Dame erwarten, die sich nie zuvor in der gehobenen Gesellschaft aufgehalten hatte, mochte sie auch gut situiert und von untadeliger Herkunft sein.

Charles wechselte kaum ein Wort mit ihr und mimte den großmütigen, aber schweigsamen Gastgeber. Nur ein einziges Mal, als sie nicht beobachtet wurden, zwinkerte er ihr zu. Sofort flog ihm ihr Herz entgegen. Die Kluft, die zwischen ihnen entstanden war, schloss sich, und Maggie verbarg ihr Lächeln hinter ihrem Weinglas.

12

Nach der Mahlzeit zogen sich die Damen nur für zehn Minuten zurück, bevor auch die Gentlemen den großen Salon betraten. Eifrig schlug Lady Edgington vor, Scharaden zu spielen, was mit einhelliger Begeisterung akzeptiert wurde. Vier Gäste erklärten, sie würden nur zuschauen. Bald teilten sich die anderen, Jung und Alt gleichermaßen, in vier Gruppen. Miss Crossham und ihre Mutter gaben ihnen versiegelte Umschläge mit gefalteten Papieren. Darauf stand, welche mythologischen Motive sie darstellen sollten.

Zu Maggies Erleichterung gehörte sie Charles' Gruppe an, der sich auch Lord Gifford, zwei Schwestern mit dunkelblondem Haar und der Ehemann der Älteren angeschlossen hatten. Die Gruppen trennten sich, um ihre Tableaux zu planen, der Baron führte seine Mitspieler in einen kleinen Nebenraum, der wie eine scharlachrote Schmuckschatulle leuchtete.

Lord Gifford öffnete das Kuvert. Die einzelnen Motive kannte Maggie bereits, denn Charles hatte seiner Mutter über die Schulter gespäht, ehe die Umschläge versiegelt worden waren. Danach hatte er Miss West angewiesen, ihre Schülerin auf alle vier Möglichkeiten vorzubereiten.

»›Wer ist die Schönste?‹«, las Lord Gifford und blickte auf. »Wir sollen vorführen, wie Paris entscheidet, welche der drei Göttinnen den Apfel bekommen soll.«

»Aber das ist weder römisch noch pastoral«, wandte Maggie ein, als würde sie ganz automatisch protestieren. Charles hatte sie beim Dinner über das Motto der Hausparty informiert. Nun wurde sie von allen angestarrt und musste sich nicht um ein Erröten bemühen.

»Miss Crossham hat dieses Thema ziemlich großzügig interpretiert«, bemerkte Lord Gifford gedehnt. »Glücklicherweise stehen uns drei Damen zur Verfügung, um die Göttinnen zu verkörpern. Ansonsten müsste ich Aphrodite mimen.«

Pflichtbewusst kicherte Maggie, was Charles bewog, hinter Giffords Rücken pikiert die Brauen hochzuziehen. Offenbar missfiel ihm ihr affektiertes Verhalten. Was dachtest du denn?, hätte sie am liebsten gefragt. Immerhin bin ich eine Schauspielerin. Doch sie verkniff sich die Grimasse, die sie gern geschnitten hätte.

Faith Weldon, die ältere Schwester, sollte Hera personifizieren, ihr Ehemann den obersten Gott Zeus. Entschieden weigerte sich Charles, Hermes-Flügel an den Schuhen zu tragen, und so wurde ihm die Rolle des Paris zugeteilt. Mrs Weldon überredete die unscheinbare, verlegene Miss Flora dazu, Aphrodite zu spielen. Lord Gifford übernahm den Part des Götterboten Hermes. Für Maggie blieb nur noch die Rolle der Athene übrig.

Danach mussten sie ihre Kostüme und Requisiten aussuchen. Maggie folgte einigen Gästen zu den Schlafzimmern.

Dabei kam sie an Miss Flora vorbei, die gerade auf die Klinke einer verschlossenen Tür drückte.

»Fern!«, rief sie ärgerlich und klopfte an. »Ich weiß, du bist da drin! Sperr sofort die Tür auf!«

»Nein, du darfst nicht hereinkommen«, drang eine Stimme durch das Holz. »Sonst siehst du, was ich tue. Außerdem brauche ich Careys Hilfe. Wenn ich dich hereinlasse, machst du mir unsere Zofe abspenstig!«

Wütend starrte Flora die Tür an, und Maggie zögerte.

Einer so privilegierten jungen Dame dürfte ihr Mitleid wohl kaum gelten, schon gar nicht, wenn sie sich wegen einer solchen Bagatelle aufregte. Ihre verzweifelte Miene wirkte fast lächerlich, noch dazu über einem so wohlgenährten, kerngesunden Körper. Mit bebenden Fingern zupfte sie an der Spitzenborte ihres Dekolletés, die so viel gekostet haben musste, wie Maggie in einem Monat beim Varieté verdiente. Und doch – Miss Floras Kummer war eindeutig echt.

»Miss King!«

Maggie drehte sich zu Lord Gifford um, der neben Sir Nathaniel stand. »Ja, Sir?«, fragte sie und verbarg ihren Argwohn.

Ehe er mit gedämpfter Stimme antwortete, trat er vor und zeigte auf den Gentleman hinter sich. »Das ist Sir Nathaniel Dines.«

»Ja, vor dem Dinner haben Sie mich auf ihn hingewiesen.« Sie nickte dem glatt rasierten, untadelig gekleideten Mann mit dem kunstvoll zerzausten Haar zu.

»Wir möchten Ihnen unsere Dienste anbieten«, fuhr

Lord Gifford fort. »Da Sie zum ersten Mal in einem Tableaux mitwirken, dachten wir, Sie würden ein paar Anweisungen brauchen.«

»Vielen Dank, Sir, aber es würde niemanden überraschen, wenn Miss King, die ein so zurückgezogenes Leben geführt hat, bei einer Scharade nicht zu brillieren weiß.« Als der schwarzhaarige Aristokrat grinsend seine Zähne entblößte, wuchs ihr Misstrauen. »Zudem wollte ich Miss Flora gerade vorschlagen, mir beizustehen.«

»Sehr gut.« Beide Gentlemen nickten und entfernten sich.

Maggie wandte sich wieder zu dem Mädchen. »Miss Flora?«

Sichtlich verwirrt, blinzelte die junge Dame. Wäre sie hübsch gewesen, hätten die erstaunlich blauvioletten Augen ihrem Gesicht eine besondere Aura verliehen. Stattdessen hoben sie die unscheinbaren Züge noch hervor. »Ja, Miss King?«

»Wollen wir gemeinsam nach unseren Kostümen suchen? Meine Bettlaken könnten wir als Chitons verwenden.« Maggies Lächeln fühlte sich steif an. Doch sie hoffte, es wirkte ermutigend.

»Oh, das wäre wundervoll.«

Als Maggie vor ihrer Tür stehen blieb, kicherte Flora nervös.

Maggie schaute sie fragend an.

Nun errötete das Mädchen heftiger denn je. »Das ist die Wintersuite. Sicher wollte Lady Edgington freundlich zu Ihnen sein. Aber hier wohnte einst eine berüchtigte Kurtisane, die Mätresse eines Baron Edgington, der seine Frau hasste. Wegen ihres Geldes wagte er nicht, sie aus ihren Räumen zu vertreiben. Deshalb baute er eigenhändig eine Treppe, die diese Suite mit der darunter befindlichen verbindet, Letztere wurde später von allen seinen Nachfahren benutzt …« Die schockierende Geschichte schien Flora alle Kraft zu rauben, denn sie sank in sich zusammen. »Tut mir leid, das hätte ich nicht erwähnen dürfen, es ist schon so viele Jahre her. Aus Rücksicht auf seine Mutter zog Lord Edgington in die Suite des verstorbenen Barons. Denn sie sollte in ihren Räumen bleiben. Während der letzten hundert Jahre hat nie wieder eine Mätresse in der Wintersuite gehaust.«

»Also liegen Lord Edgingtons Räume direkt unter meinen?« Maggie öffnete die Tür, trat ein und versuchte, diese Information zu verkraften.

»Ja«, bestätigte Flora, sichtlich bedrückt. »Oh, es tut mir so leid. Sicher ist das vollkommen respektabel. Wie großzügig von Lady Edgington. Das sind die größten Zimmer, abgesehen von den Gemächern der Baroness. Sie können die Tür zur Treppe versperren. Falls sie nicht ohnehin schon zugemauert wurde.«

»Keine Bange, das ist schon in Ordnung«, erwiderte Maggie besänftigend. »Ich fühle mich geschmeichelt, dass ich eine so luxuriöse Suite bewohnen darf. Nun will ich meiner Zofe läuten. Mal sehen, welche Kostüme wir aufstöbern …«

Maggie und Flora wählten zwei Bettlaken, die sich in klassische Chitons verwandeln ließen.

Dann suchten sie nach Requisiten, die zu den Rollen passten. Die Kostüme ließen sich einfach vollenden, denn Flora führte Maggie in ein sogenanntes Jagdzimmer. Dort entdeckten sie nicht nur einen Helm und ein Schwert, sondern auch eine ausgestopfte Ente, die Flora lachend an der Schulter ihrer Mitspielerin befestigte.

Auf dem Rückweg durch den Korridor begegneten sie weder Lord Gifford noch Sir Nathaniel, was Maggie maßlos erleichterte.

»Wie eine Eule sieht der Vogel wohl kaum aus, nicht wahr?«, fragte sie und betrachtete sich in einem Spiegel an der Wand des Flurs. Auch der Helm mit dem eisernen Rand passte nicht zur Göttin Athene, die sie auf mehreren Illustrationen gesehen hatte. Bis zu ihren Ohren war er hinabgerutscht. Und das Offiziersschwert war so lang, dass Maggie immer wieder darüber zu stolpern drohte. Schließlich klemmte sie es unter ihren Arm.

»Natürlich nicht«, stimmte Flora grinsend zu. »Aber der Helm und das Schwert bezeugen eindeutig, wen Sie darstellen, Miss King. Nun lassen Sie das alles verschwinden, bevor jemand es bemerkt. Jetzt überlegen wir, was wir für mein Kostüm tun können. Wie sieht eine Aphrodite aus?«

Unfähig, dieser Versuchung zu widerstehen, entgegnete Maggie: »Von den meisten Bildhauern wurde sie nackt dargestellt. Aber das wäre sicher unschicklich.«

Mit feuerrotem Gesicht hielt Flora den Atem an. Dann brach sie in Gelächter aus. »Oh, wenn ich mir die Gesichter vorstelle! Mama und Faith,Papa und Fern! Natürlich wären sie wütend, und sie müssten befürchten, nach einer solchen

Eskapade würde Lord Edgington niemals um mich anhalten.«

»Lord Edgington?«, wiederholte Maggie leise. In ihrer Brust schien irgendetwas zu sterben.

»Ja, meine Familie möchte mich mit ihm verheiraten«, antworte Flora arglos. »Genau genommen würden mich meine Eltern mit jedem vermählen, der halbwegs akzeptabel wäre. Nach ihrer Ansicht ist der Baron die beste Partie auf diesem Fest.« Nun nahm ihr Blick einen zynischen Ausdruck an. »Das ist meine erste Saison. Leider bin ich nicht hübsch. Deshalb glauben meine Eltern, mir droht das Schicksal einer alten Jungfer. Trotzdem bilden sie sich ein, sobald Lord Edgington Notiz von mir nimmt, wird er mich anbeten.« Spöttisch verzog sie die Lippen. »Ich habe ihnen versprochen, mein Bestes zu tun, um ihn zu erobern. Aber er hat mich seit meiner Kindheit oft genug gesehen, um zu wissen, dass es an mir nichts Interessantes zu entdecken gibt.«

Nicht alles, was das Mädchen sagte, drang in Maggies Bewusstsein. Ihre erste Reaktion war ungeduldiger Spott. Wie konnte eine junge Frau so willensschwach sein, ihr Leben von den Ansichten ihrer Familie überschatten zu lassen? Doch dann schaute sie in das traurige Gesicht der jungen Dame, und da erkannte sie die Wahrheit – Miss Ashcroft war tatsächlich verzweifelt, mochte der Grund ihres Unglücks auch albern sein. Vielleicht musste man den Kummer verwöhnter reicher Mädchen anders definieren als das Elend der Armen. Für jemanden, der niemals die Unannehmlichkeit einer versäumten Mahlzeit verspürt hatte, musste sich das genauso anfühlen wie ein ganzer Monat ohne ausreichend Nahrung.

»Tut mir so leid.« Maggie umfasste Floras Arm. Sie bedauerte die junge Dame aufrichtig, die von ihrer gefühllosen Familie gepeinigt wurde. Aber dass Charles sie nicht beachtete, das störte Maggie kein bisschen. Allein schon der Gedanke, Charles wäre mit Flora zusammen oder mit einem anderen Mädchen, krampfte ihr das Herz zusammen.

»Ach, schon gut.« Flora lächelte gequält. »Mit meinen Sorgen dürfte ich Sie nicht belasten. Aber ich glaube, Sie sind einer der wenigen Menschen, die einem wirklich zuhören.«

»Nun müssen wir erst einmal ein Kostüm für Sie finden«, betonte Maggie unbehaglich. »Schauen wir uns um. Vielleicht inspiriert uns irgendetwas.«

Und so geschah es auch, gerade noch rechtzeitig, kurz bevor die Glocke läutete, die alle Spieler in den Ballraum beorderte, wo die Scharaden beginnen sollten.

Später sollte sich Maggie nur vage an den Abend erinnern – kurze Impressionen von Heiterkeit und Dekadenz, Luxus und grobem Unfug. Mitten darin Charles, unerschütterlich wie ein Pol, um den sich alles drehte. Umgeben von den Menschen seiner Gesellschaftsschicht, hob er sich sogar von den Gentlemen ab, die ihm ebenbürtig waren, er wirkte so distanziert und unberührbar wie ein Stern an einem klaren Winterhimmel. Ein perfekter Aristokrat – kühl, überlegen und attraktiv. Nicht einmal die Toga gab ihn der Lächerlichkeit preis. Wann immer sie ihn anschaute, entstand ein brennender Schmerz in ihrer Brust, denn sie würde niemals die Kraft besitzen, die gewaltige Kluft zu überbrücken, die sie von ihm trennte.

Von Anfang an wusste ich, es würde ein Ende nehmen, sagte sie sich. Für uns gibt es keine Zukunft. Nicht einmal, wenn Danny aus dieser Welt verschwinden würde.

Nach den Scharaden versammelten sich die Gäste im Salon, um ein letztes Glas Sherry oder Brandy zu trinken, bevor sie ihre Zimmer aufsuchten. Doch es blieb nicht bei einem Glas, und es dauerte noch sehr lange, bis sich die ersten Gäste zurückzogen. Charles hatte sich den ganzen Abend von Maggie ferngehalten. Und sie hätte nicht gewagt, ihn anzusprechen. Nicht einmal, wenn keine Wette auf dem Spiel stünde.

Solche Skrupel empfand Miss Crossham nicht. Ihre Neugier auf Maggie kannte keine Grenzen.

In der Gegenwart anderer war Maggie den Fragen der jungen Dame geschickt ausgewichen und hatte deren Interesse damit noch geschürt.

Sobald sie die Wintersuite betreten hatte, klopfte es an der Tür. »Bitte, Miss King, ich *muss* ganz einfach mit Ihnen reden!« Millie rauschte herein und sank unaufgefordert in einen komfortablen Samtsessel. Forschend schaute sie Maggie an. Ihre Missachtung der Schicklichkeit wirkte nicht respektlos, eher wie eine Erklärung freundschaftlicher Gefühle.

Unsicher nahm Maggie ihr gegenüber Platz. Wozu mochte diese Begegnung führen?

»Was für eine eigenartige Frau Sie sind!«, begann Miss

Crossham. »Nein – ein seltsames, ätherisches Geschöpf, unbelastet von den Banalitäten, die uns gewöhnlichen Sterblichen auf unserem Weg durch das irdische Leben anhaften!«

Nur mühsam bekämpfte Maggie den Impuls, schallend zu lachen. Solche Worte hatte sie am allerwenigsten erwartet, es gab keine Beschreibung ihrer Person, die den Tatsachen so eklatant widersprochen hätte. Um ihre Reaktion zu verbergen, senkte sie die Wimpern. Dann erwiderte sie in einem Ton, den Miss Crossham hoffentlich für bescheiden hielt: »Von dieser Welt kenne ich nicht allzu viel. Jedenfalls ist Ihr Lob viel zu großzügig.«

»Oh, Sie unverdorbenes Kind!«, jubelte Miss Crossham. »Erzählen Sie mir Ihre ganze Geschichte. Sonst sterbe ich vor Neugier. Woher kommen Sie? Welches Leben haben Sie bis zu dem Moment geführt, als wir Sie gestrandet auf der Straße fanden?«

Energisch bekämpfte Maggie ihren Lachreiz, als sie Miss Crosshams offenherzigem Blick begegnete. »Nun, es war ein sehr langweiliges Leben.« Diesen Bericht hatte sie mehrmals in Charles' und Miss Wests Gegenwart geübt. Nach ihrer Ansicht klang er etwas zu melodramatisch, um glaubwürdig zu klingen. Doch sie nahm an, der Baron würde seine Schwester gut genug kennen, um zu wissen, was man ihr zumuten durfte. »Mein Vater war ein wohlhabender Mann. Zum Glück für mich, sein einziges Kind, war sein Vermögen niemals von Schulden oder Hypotheken belastet. Meine liebe Mutter starb schon in meiner Kindheit, und wenige Jahre später folgte ihr mein Vater. Er hatte keine Geschwister. Und so wurde ein unverheirateter Großonkel mein Vormund. Er war ein jüngerer Sohn und brachte es zu gewissem Wohlstand, indem er in London Häuser verkaufte und vermietete. Da er das Großstadtleben vorzog, vernachlässigte er sein kleines Haus auf dem Land. Doch er glaubte, seinem kleinen Mündel sollte man die gesunde Landluft nicht vorenthalten, ebenso wenig die Gesellschaft anderer Kinder und einer Ersatzmutter, denn ich war ein melancholisches, ernsthaftes kleines Mädchen, das im Haus des verwitweten Vaters keine Freuden erlebt hatte. Er beauftragte einen Freund, eine geeignete Bleibe für mich zu finden. Zufällig war die Tochter dieses Freundes mit einem Squire in Middlesex verheiratet. Die beiden hatten drei junge Söhne, waren aber nicht mit einer Tochter gesegnet. Also zog ich zu dieser Familie. Mein Großonkel verwaltete mein Erbe und bot meinen Pflegeeltern eine großzügige Summe für meinen Unterhalt an. Doch die Frau, die ich bald Mama nannte, war so entzückt über meine Gesellschaft, dass er ihren Ehemann geradezu zwingen musste, das Geld anzunehmen.«

»Oh«, seufzte Millie in sentimentalem Enthusiasmus, »warum haben Sie dieses wundervolle Haus wieder verlassen? An Ihrer Stelle wäre ich für immer dort geblieben.«

»Leider lag diese Entscheidung nicht bei mir«, erwiderte Maggie und heuchelte tiefe Betrübnis. »Mein Großonkel war ein gütiger, aber strenger Mann. Kurz nach meinem zwölften Geburtstag schickte er mich in ein Internat, um mir eine gediegene Ausbildung zu ermöglichen. Als ich mich von dem Ort meiner glücklichen Jahre verabschiedete, ahnte ich nicht, wie verändert ich ihn bei meiner Rückkehr antreffen würde.«

»Was ist geschehen?«, fragte Miss Crossham mit weit aufgerissenen Augen.

Ein Glück, dass sie die Welt so schlecht kennt, dachte Maggie. Wie leicht sie sich belügen lässt. »In meiner Abwesenheit wurde die Familie vom Scharlachfieber heimgesucht, der jüngste Sohn und meine liebe Mama starben. Der Squire war wie verwandelt. Mit jener Tragödie schwand alles Glück dahin, das dieses Haus erfüllt hatte. Nachdem ich meine Ausbildung in dem Internat beendet hatte, nahm mein Großonkel mich zu sich, denn es schickte sich nicht mehr, dass ich im Haus des Squires wohnte. Obwohl ich ihn als meinen lieben Vater betrachtete und Frederick und Ambrose als meine Brüder. Inzwischen war ich eine erwachsene Frau geworden, und meine liebe Mama – so werde ich sie immer nennen – lag schon seit einigen Jahren unter der Erde. Deshalb wäre ich das einzige weibliche Wesen im Haus meiner Jugend gewesen. Eine unvorstellbare Situation ...«

»Sicher hatten Sie Angst vor Ihrem Großonkel!«, meinte Miss Crossham.

»Ja, zuerst, obwohl ich ihn als guten, gerechten Mann kannte«, stimmte Maggie salbungsvoll zu. »Er führte ein sehr bescheidenes Leben, beschäftigte nur fünf Dienstboten und besaß eine alte Kutsche – dieselbe, die heute zusammenbrach und zur Reparatur in die Schmiede gebracht wurde. Nach meiner Ankunft stellte er noch zwei Domestiken ein – einen Chaperon und eine Zofe. Doch er änderte den Lebensstil nicht, zu dem er sich in den letzten Jahren entschlossen hatte, wir gingen niemals aus. Diesen Gegebenheiten passte ich mich an, obwohl er oft sagte, er würde mir gern eine gewisse Abwechslung gönnen. Doch er sei zu alt, um mich zu gesellschaftlichen Veranstaltungen zu begleiten. Einige Monate nach meiner Ankunft erkrankte er, und ich pflegte ihn. Wie sich nach seinem Tod herausstellte, hatte er mir sein gesamtes Vermögen hinterlassen – zusätzlich zu meinem eigenen Erbe. Aber was sollte ich damit anfangen? Ich war niemals in die Gesellschaft eingeführt worden, und ich kannte niemanden. Also überließ ich die Verwaltung meines Eigentums einem tüchtigen Anwalt und schrieb an meine einzigen lebenden Verwandten mütterlicherseits, die in angenehmen Verhältnissen leben. Das Familienoberhaupt ist der Pfarrer von Baslehurst. Er erklärte sich bereit, mich aufzunehmen. Endlich sollte ich der Gesellschaft präsentiert werden, allerdings nur einer einfacheren Klasse, nicht den erlauchten Kreisen, auf die ich gehofft hatte.« Tapfer lächelte sie Miss Crossham an.

»O nein, das haben Sie jetzt nicht mehr nötig«, entschied Millie. »Für immer aus London verbannt zu werden, um in einem armseligen Pfarrhaus zu leben, nur weil Sie keine einflussreichen Verwandten oder Freunde haben? Niemals! Mama wird diesen Leuten sofort schreiben und ihnen mitteilen, Sie haben sehr wohl Freunde in London, meine liebe Miss King, und die würden sich von jetzt an um Sie kümmern. Sobald ich Sie sah«, fuhr sie eifrig fort, »merkte ich, dass wir uns so gut wie Schwestern verstehen würden. Das sagte ich auch meiner Mutter, und sie meinte, in diesem Fall sollten wir etwas mehr über Sie erfahren, und wenn wir zufriedenstellende Auskünfte erhalten, müssten Sie bei uns bleiben.«

»Nun bin ich wirklich überrascht, Miss Crossham«, gestand Maggie wahrheitsgemäß. Charles' zynische Einschätzung seiner Schwester hatte sich bestätigt. Ohne Zögern würde sie die sentimentale Geschichte einer Fremden akzeptieren, aber nicht die Gesellschaft einer jungen Frau ohne Vergangenheit. Außerdem müsste die Integrität einer solchen Person von unanfechtbaren Quellen verifiziert werden. »Natürlich würde ich sehr gern etwas länger bei Ihnen bleiben, denn ich hatte niemals eine Schwester.« Nein, keine Schwester, weil Sallys Freundschaft ihr viel mehr bedeutete als Blutsbande. Und Nan erschien ihr eher wie ein mutwilliges Kind als wie eine Schwester.

Lächelnd beugte sich Miss Crossham vor und berührte Maggies Wange.

Solche zärtlichen Gesten hatte Maggie schon oft zwischen engen Freundinnen in Millicent Crosshams Kreisen beobachtet. Trotzdem musste sie sich zusammenreißen, um nicht zurückzuzucken.

»Nennen Sie mich Millie, meine liebe Margaret«, bat Miss Crossham. »Ich werde Mama sofort Bescheid geben. Noch heute Abend wird sie Ihren Verwandten schreiben. Diesen Brief können Sie Ihrem eigenen beifügen. Seien Sie versichert, nur weil Ihnen ein so trauriges Schicksal beschieden war, werden wir Sie nicht ins Exil schicken.«

»Danke«, murmelte Maggie, als Millie aufstand. Dann fühlte sie sich verpflichtet, noch mehr zu sagen. »Niemals hätte sich das mutter- und vaterlose Kind träumen lassen, eines Tages so viel Güte auf dieser Welt zu finden.«

»Glauben Sie mir, jede Frau, die ein empfindsames Herz besitzt, würde Sie bei sich aufnehmen. Bis morgen, meine Liebe.«

»Bis morgen«, stimmte Maggie verwirrt zu.

Dann eilte Millie aus der Suite – zweifellos, um einer ihrer Busenfreundinnen anzuvertrauen, was sie soeben erfahren hatte. Diese rührende Geschichte würde sie mit unzähligen romantischen Nebensätzen ausschmücken. Seufzend schloss Maggie die Tür hinter ihr und läutete nach Sally, die nach wenigen Minuten erschien, die Stirn angstvoll gefurcht.

»Es hat geklappt«, verkündete Maggie schlicht. »Keine Ahnung, wieso. Aber es hat geklappt.«

Da atmete Sally erleichtert auf und umarmte ihre Freundin. Lächelnd erwiderte Maggie die Umarmung, dankbar für die Ehrlichkeit dieses Überschwangs. Während Sally ihr beim Auskleiden half, schwelgten sie beide in ihrem Erfolg.

Aber sobald Maggie ihr Nachthemd unter einem Morgenmantel trug und ihr Haar flechten ließ, nahm Sallys Gesicht wieder einen ernsten Ausdruck an. »Eigentlich wollte ich dir das nicht sagen, weil du so glücklich bist. Vor einer Weile ging ich nach unten, um mit den anderen Dienstboten zu essen. Als ich zurückkam, fand ich diesen Brief auf deinem Bett.« Sie zog ein zusammengefaltetes Blatt Papier aus ihrem Rock, das sie Maggie nur widerstrebend überreichte. »Wenn du dich auch nicht aufregen sollst, Mum, vielleicht ist es wichtig.«

Schweren Herzens betrachtete Maggie das Wasserzeichen auf dem edlen Papier, eine Krone in einer Raute. Als sie das Blatt auseinanderfaltete, fiel eine kurze rote Haarsträhne heraus, die sie in ihrer Handfläche auffing. *Frankie – o nein, nicht Frankie …* Krampfhaft schluckte sie die bittere Galle hinunter, die in ihrer Kehle aufstieg, und las die wenigen Zeilen.

Herzlichen Glückwunsch. Morgen wirst du Instruktionen erhalten. Stets Dein ergebener, et cetera, et cetera, Danny.

Die Handschrift war dieselbe wie auf dem Brief, den Perle Blanc ihr übergeben hatte. Eine Zeitlang starrte sie die Worte blindlings an, ehe sie den Brief zerknüllte, als könnte das die Bedeutung der Nachricht aus der Welt schaffen. Dann drehte sie sich um. Unglücklich schaute sie zu Sally auf, die sich über ihre Schulter gebeugt und den Brief gelesen hatte. »Kannst du noch heute Nacht in die Stadt zurückkehren?«

Verständnisvoll nickte Sally. »Ist Frankie immer noch in Southwark?«

»Ja. Seine Jagdgründe kennst du genauso gut wie ich. Sei versichert, ich möchte dich nicht in Gefahr bringen. Aber es würde zu lange dauern, bis ich nach London gelangen könnte. Und wenn Danny herausfindet, dass ich das Edgington House ohne seine Einwilligung verlasse …« Der Satz blieb unvollendet.

»Frankie ist auch mein Freund, Mum«, betonte Sally. »Ich werde mein Bestes tun, um ihn zu finden. Hätte ich gewusst, dass das alles so schrecklich ist …«

»Ja, ich weiß«, fiel Maggie ihr ins Wort. »Nun werde ich mit Charles reden. Bevor es zu spät ist, muss ich diese Farce beenden. Vielleicht lässt Danny den armen Frankie frei, denn der Baron wird dann nichts mehr mit mir zu tun haben.«

Der Kummer in Sallys Augen war ein Echo des Schmerzes, der Maggies Brust erfüllte.

13

Edgington!«

Als Charles sich umdrehte, sah er Dines und Gifford herankommen, die Gesichter zu einem fast identischen süffisanten Grinsen verzogen. Mit einiger Mühe widerstand er dem Impuls, Giffords arrogante Nase einzuschlagen, wegen der dreisten Blicke, die er Maggie den ganzen Abend zugeworfen hatte.

»Einfach großartig, diese Schau, die uns Ihre kleine Rinnsteinpflanze geboten hat!«, rief Gifford spöttisch. Charles war gerade auf dem Weg durch das Erdgeschoss zu der privaten Bibliothekstreppe, die zu seiner Suite hinaufführten während die Gäste die Haupttreppe benutzten. »Ich war tief beeindruckt. Wäre ich nicht über alles informiert gewesen, hätte ich ihr sogar den Hof gemacht. Stellen Sie sich das vor – ich und ein kleines Gassenmädchen!«

Erbost ballte Charles die Hände. Mit diesem Mann wollte er nicht über Maggie reden. »Da Sie Bescheid wissen, werden Sie sich wohl kaum für Miss King interessieren.«

Gifford mochte ein Ekel sein, doch er war nicht dumm. Kichernd winkte er ab. »Nur keine Bange, alter Junge, ich bin kein Dieb. Sie gehört ausschließlich Ihnen.«

Ohne ihn einer Antwort zu würdigen, fragte Charles: »Wo ist Miss Howser?«

»In – eh – ihrem Zimmer.« Wie Dines' Zögern verriet, befand sie sich vermutlich in *einem* Zimmer, aber nicht notwendigerweise in *ihrem*. »Miss Crossham und die anderen halten sie für das Objekt Ihrer Wette, Edgington. Nach diversen Reaktionen zu schließen, hat Millicent zumindest die Ashcroft-Schwestern in alles eingeweiht und ihren Verdacht erwähnt, der Miss Howser gilt.«

»Nun, das würde mich nicht überraschen.« Charles zuckte mit den Schultern und versuchte, das Gespräch zu beenden. »Wenn es Ihnen nichts ausmacht, möchte ich mich jetzt zurückziehen. Morgen liegt ein ereignisreicher Tag vor uns.«

»Allerdings«, bestätigte Dines amüsiert.

»Also, gute Nacht.« Charles stieg die Privattreppe hinauf und durchquerte sein Schlafzimmer.

Da er einen Aktenordner brauchte, den er in dieser Nacht studieren musste, wollte er ihn aus dem Arbeitsraum holen. Aber als er die Tür des Salons öffnete, sah er seine Mutter vor dem Kaminfeuer sitzen, ein Glas Brandy in der Hand.

Verblüfft blieb er stehen. »Mutter?« Sonst wusste er nichts zu sagen. Er entsann sich nicht, wann sie diese Suite zum letzten Mal betreten hatte. Auch in seinem ersten eigenen Schlafgemach, das er nach seinem Auszug aus den Kinderzimmern bewohnt hatte, war sie nur ganz selten erschienen.

»Hallo, Charles.« Ihre Stimme klang spröde. Plötzlich wirkte sie uralt. Und sehr müde.

Aus unerfindlichen Gründen erschreckte ihn diese Beobachtung. »Willst du mich sprechen?« Widerstrebend nahm er ihr gegenüber Platz.

»Ja …« Eine Zeit lang starrte sie ihr Brandyglas an und drehte es im Kerzenschein hin und her. »Ich *muss* mit dir reden, Charles. Natürlich weiß ich, dass du deinem Vater nicht gleichst – nur äußerlich, wie ein Ei dem anderen. An manchen Tagen erwache ich voller Zorn gegen ihn und ertrage es nicht, dich anzuschauen. Obwohl das ungerecht ist. Dann sage ich schreckliche Dinge zu dir, die ich nicht so meine, und vergifte die Atmosphäre.«

»Schon gut, Mutter, ich weiß«, erwiderte er leise.

Lady Edgington seufzte. »Ja, sicher, Charles. Leider habe ich es niemals ausgesprochen. Manchmal ist es wichtig, über gewisse Dinge zu reden. Dies alles will ich dir schon so lange anvertrauen, es ist nur …« Sie schaute wieder in ihr Glas. »Bis heute Abend war ich niemals betrunken genug, um es zu wagen.« Sie lallte nicht. Aber als sie den Kopf hob, sah er ihre leicht verschleierten Augen.

»Das verstehe ich.«

»Wenn ich deine Schwester und dich betrachte und an euren Vater denke, hoffe ich immer wieder, ihr beide werdet nicht die gleichen Fehler begehen wie er und ich. So viele Fehler haben wir gemacht. Für euch beide wünsche ich mir ein besseres Schicksal. So verzweifelt bemühe ich mich, richtig zu handeln, und mache doch immer alles falsch. Ich verwöhne Millicent, belaste dich, und ich weiß nicht, wie ich damit aufhören soll.«

»Mama …«

Da lächelte sie, und er erinnerte sich, wie selten er seine Mutter in den letzten Jahren hatte lächeln sehen. »Ja. Immer deine Mama. Glaub mir, ich habe stets versucht, dir eine gute Mama zu sein.« Sie erhob sich, und auch Charles stand auf.

»Geh nicht zu hart mit dir ins Gericht«, bat er tief bewegt. »So viel verlange ich gar nicht von dir.«

Lässig zuckte sie mit den Schultern und stellte das Brandyglas auf einen kleinen Tisch. »Dann will ich mich in Zukunft nicht mehr so krampfhaft um all das bemühen.«

»Und ich werde mein Bestes tun, um dich besser zu verstehen«, versprach Charles, »und mich auch etwas mehr in Geduld üben.«

Lady Edgington lachte ironisch. »Was, du und Geduld? Eher wird die Erde stillstehen.« Sie stellte sich auf die Zehenspitzen und küsste seine Wange. Ohne ein weiteres Wort verließ sie das Zimmer und schloss die Tür hinter sich.

Charles schenkte sich einen Drink ein und starrte nachdenklich auf die geschlossene Tür. Allzu lange blieb er nicht allein mit seinen Gedanken, denn es klopfte an eine andere Tür innerhalb seiner Suite. Ein zweites Klopfen half ihm, das Geräusch genauer zu orten. Wie erwartet, drang es aus seinem privaten Treppenhaus. Maggie.

Lächelnd öffnete er die Tür und sah sie auf dem winzigen Absatz der schmalen Wendeltreppe stehen, das Gesicht aschfahl, sogar die Lippen blutleer.

Bei diesem Anblick blieb ihm der geplante fröhliche Gruß im Hals stecken. »Was ist geschehen?«, fragte er, während sie in sein Schlafzimmer wankte.

»O Gott, Danny hält Frankie gefangen.« Stöhnend rang sie nach Luft und reichte ihm ein Blatt Papier. Während er die Nachricht las, hielt sie ihm eine rote Haarsträhne hin. »Das lag dabei …«

»Bist du sicher, dass es Frankies Haare sind?« Charles erinnerte sich an seine letzte Begegnung mit dem spöttischen jungen Mann, der sicher keine leichte Beute für Danny O'Sullivan gewesen war.

»Nein«, gab sie zu. »Heute Nacht versucht Sally herauszufinden, was passiert ist. Aber was kann ich tun? Soll ich warten, bis Danny mir einen Finger schickt?« Zitternd umklammerte sie die Haarsträhne. »Keine Ahnung, wie ich mich verhalten soll! Oh, warum wurde Frankie in das alles hineingezogen? Es ist meine Schuld …«

»Jetzt brauchst du erst einmal eine Stärkung«, entschied Charles, entwand ihr die Haarsträhne und drückte ihr das Brandyglas in die Hand. »Trink das.«

»Nein«, protestierte sie, »ich muss nachdenken, einen klaren Kopf behalten. Alkohol macht mich immer schläfrig.«

»Umso besser. In dieser Nachricht stellt Danny keine Forderungen, und er gibt dir keine Anweisungen, falls diese Nachricht überhaupt von ihm stammt. Deshalb solltest du schlafen und morgen mit klarem Kopf aufwachen.«

Obwohl sie die Stirn runzelte, ergriff sie das Glas. Nach dem ersten Schluck hustete sie, dann trank sie den restlichen Brandy.

Charles legte die Haarsträhne und den Brief auf seinen Toilettentisch, dann nahm er ihr das Glas aus der Hand. »Noch mehr?«

»Nein, danke. Irgendjemand hilft Danny. Jemand in deinem Haus.«

»Aber wer? Ein Dienstbote, ein Gast?« Diese Möglichkeit wollte er ausschließen. Doch es gelang ihm nicht.

»Vielleicht ist es ein Gast. Auch ein Dienstbote muss seine Hand im Spiel haben. Während des Dinners wurde dieser Brief auf mein Bett gelegt. Hat irgendein Gast an der Tafel gefehlt?«

»Nein. Allerdings konnte sich ein Gast die Hilfe eines arglosen Dieners sichern, ohne Verdacht zu erregen. Und die Handschrift …«

»Ist es nicht Dannys Schrift?«

»Da bin ich mir nicht sicher. Irgendwie kommt sie mir bekannt vor.« Die Augen zusammengekniffen, betrachtete er die Zeilen. »Keine Ahnung. Nur eins steht fest, das ist nicht die Handschrift einer Person, mit der ich öfter korrespondiert habe. Und doch, ich habe sie schon einmal gesehen …«

Bedrückt starrte Maggie vor sich hin. »Du kennst deine Gäste. Wer würde Danny helfen?«

»Keiner der älteren Männer, die würden sich nicht auf solche Machenschaften einlassen. Und keiner von ihnen frönt einem Laster, das einen Erpresser anlocken könnte. Das gilt auch für die Ehefrauen und die Gesellschafterinnen meiner Mutter. Was die jüngeren Leute betrifft – nun, die drei Ashcroft-Schwestern und Weldon würde ich nicht verdächtigen.«

»Für Miss Flora würde ich meine Hand ins Feuer legen«, erklärte Maggie lächelnd.

»Ja, ich auch. Und die Hyde-Kinder … Wenn sie das alles für einen harmlosen dummen Streich hielten, würde ich es Lady Elizabeth oder Lady Mary zutrauen. Aber Lord Hamilton wäre zu verantwortungsbewusst. Die Rushfords? Lady Victoria ist über jeden Verdacht erhaben. Allerdings, Lord Gifford …«

Angewidert rümpfte Maggie die Nase. »Gewiss, er könnte es sein. Wahrscheinlich würde er das alles amüsant finden.«

»Da bin ich ganz deiner Meinung.« Trotz der ernsten Situation empfand Charles eine gewisse Genugtuung, weil sie die Avancen des Mannes nicht zu schätzen wusste. »Und die Mortimers – die sind viel zu sehr mit sich selber beschäftigt, um auf irgendetwas anderes zu achten. Millie könnte den Mund nicht halten. Für Sir Nathaniel Dines gilt dasselbe wie für Lord Gifford, ebenso für Lord Grimsthorpe. Und die Radcliffe-Brüder … Weder Colin noch Christopher würden sich für einen solchen Unsinn hergeben. Aber wenn Peter und Alexander denken, es wäre ein aufregendes Abenteuer …«

»Also Lady Mary, Lady Elizabeth, Lord Gifford, Sir Nathaniel, Lord Grimsthorpe, Peter und Alexander Radcliffe.« Beklommen zählte sie die Namen auf. »Was die Möglichkeiten nicht sonderlich einschränkt …«

»Sieben von dreißig. Nun, was sollen wir tun?«

»Am besten bringst du Danny um!«, stieß sie hervor. »Wirf ihn in die Themse oder begrab ihn im Garten, wie ist mir egal. Wenn er bloß tot wäre!«

So klein und zierlich wirkte sie in ihrem Rüschen besetzten weißen Morgenmantel. Diese Worte müssten lächerlich klingen. Stattdessen jagten sie einen Schauer über Charles' Rücken. »Wenn du es könntest, würdest du Danny tatsächlich töten. Nicht wahr?«

Bebend biss sie in ihre bleichen Lippen. »Das müsste ich tun, Charles. Sonst könnten sich meine Kinder niemals sicher fühlen.«

»Und wenn du am Galgen endest?«, fragte er leise.

Sie schaute ihn an, schien ihn aber nicht zu sehen. »Was du nicht weißt, ist, dass ich schon seit vier Jahren tot bin. Ich lebe nur noch so lange, wie Danny mir gewährt. Einmal half ich ihm. Genauso gut hätte ich Selbstmord begehen können. Danny ist nicht der Mann, der irgendwem was schulden will oder jemandem verzeiht, dem er etwas verdankt. Damals kannte ich ihn noch nicht, ich dachte, er würde mich in Ruhe lassen. Wäre ich klüger gewesen, hätte ich ihn erschossen, als ich die Gelegenheit dazu hatte.«

Was sollte er sagen? Was sollte er denken? Das war immer noch die Maggie, die er kennengelernt hatte, eine leidenschaftliche Frau, die dem Leben so viel wie nur möglich abverlangte. Aber jetzt sah er auch eine andere Seite ihres Wesens, verstand zum ersten Mal die grausamen Lektionen, die ihre Widerstandskraft gestärkt hatten. Er erkannte auch, welche Entbehrungen ihren Kampfgeist weckten, warum es ihr so wichtig war, die Menschen, die sie liebte, vor Not und Elend zu bewahren.

Behutsam nahm er ihr das Glas aus der Hand, führte sie zu einem Sessel in einer Zimmerecke und schob einen anderen davor. Automatisch setzte sie sich. Charles nahm ihr gegenüber Platz und wartete schweigend ab, während sie ihre Gedanken ordnete und entschied, was sie ihm erzählen wollte. »Von meiner Vergangenheit weißt du nichts«, begann sie schließlich mit einer Stimme, die aus weiter Ferne zu kommen schien.

»Immerhin hast du mir viele Geschichten erzählt.«

Die Arme vor der Brust verschränkt, sank sie noch tiefer in den Sessel. »Stets die Wahrheit. Aber nur die einfachen Geschichten, die netten Geschichten.« Ihre Lippen zuckten. »Nur Nans Geschichte fand ein glückliches Ende. Als sie ganz allein auf der Straße stand, mit einer kleinen Schwester und einem dicken Bauch, erinnerte sie sich an ihre alte Freundin Maggie, jetzt führt sie zusammen mit ihrer Familie ein anständiges Leben. Aber es gibt auch traurige Geschichten.« Wie ein Messer schnitt ihre Qual in sein Herz.

»Schreckliche Geschichten«, flüsterte sie. Die Augen weit geöffnet, starrte sie ein unsichtbares Grauen an. »Als ich ein kleines Mädchen war, starb meine Mutter, ihr Bruder Bill verkaufte mich an eine Bettlerin, die eine Kinderbande befehligte. Sie war gut zu uns, ließ uns auf trockenem Boden schlafen, und wenn es genug zu essen gab, verteilte sie es gleichmäßig unter uns allen. Nicht einmal die Kinder mussten hungern, die das verdient hätten.« Unbewusst fiel sie in ihren alten Cockney-Akzent zurück. »Aber dann starb sie, ihr Mann Johnny übernahm die Bande. Der wollte ein ganz großer Gangsterboss werden, unsere mickrige Bettelei genügte ihm nicht. Also bildete er uns zu Taschendieben aus. Von Tag zu Tag ging er brutaler mit uns um. Die größeren Kinder mussten ihm ein Pfund pro Woche bringen, die kleinen sechs Shilling. Auf ehrliche Weise kriegt man so was nicht hin. Aber irgendwie mussten wir es schaffen, sonst hätte er uns grausam verprügelt.«

»Warum bist du nicht weggelaufen?«, fragte Charles.

»Wohin?«, fauchte Maggie. »Zu wem? Ein Junge namens Jamie versuchte zu fliehen. Als Johnny ihn einfing, schlug er ihn so gnadenlos zusammen, dass der Arme überall hinkotzte. Danach war er nie mehr ganz richtig im Kopf. Die meisten Mädchen wurden dazu getrieben, sich selber zu verkaufen, damit sie die wöchentlichen Abgaben zahlen konnten. Die Jungs schlugen sich mit Diebstählen und Betrügereien durch.«

»Aber du hast dich nicht verkauft.« Charles' Worte enthielten eine stumme Frage. *Was hast du getan?*

Ironisch verzog Maggie die Lippen. »Nicht bevor ich *dich* traf, eh? Nein, ich war kleiner als die meisten Jungs, genauso mager und zweimal so flink. Manchmal sang ich auf der Straße, meistens stahl ich. Oh, ich war eine erstklassige Taschendiebin und eine noch bessere Einbrecherin. Behände und geschmeidig kletterte ich durch Fenster in unbewachte Läden oder unbewohnte Häuser und ließ die Männer herein, die vor der Tür warteten. So geriet ich in die Londoner Unterwelt. Eine Zeitlang ging ich bei einem Spezialisten in die Lehre, der mir beibrachte, alle Schlösser zu knacken, außer diesen neuen Sicherheitsschlössern. Wenn ich auf die stieß, entwendete ich Schlüssel, fertigte einen Wachsabdruck an und gab das Original zurück, bevor der Besitzer was merkte. Ich war eine Diebin, Charles. Und noch was Schlimmeres, bevor das alles zu Ende ging.«

»Zu Ende?« Seine Kehle verengte sich. »Auf welche Weise?«

»Ich habe Johnny getötet«, erklärte sie in ruhigem Ton und hielt der Bestürzung in seinen Augen stand. »Deshalb weiß ich, dass ich auch fähig wäre, Danny umzubringen. Sogar mit Freuden, denn meine armen Kinder müssten ihn dann nicht mehr fürchten.«

»Nein, Maggie, du bist keine Mörderin«, erwiderte Charles entschieden. »Das glaube ich nicht.«

Gleichmütig zuckte sie mit den Schultern. »Johnnys Gehilfen mussten jemanden töten, wenn sie eine Beförderung anstrebten. Dadurch hatte er sie in der Hand. Falls sie ihm in die Quere kamen, konnte er sie jederzeit bei den Bullen verpfeifen, denn er wusste, wen sie ermordet hatten. Wenn er einen fragte, ob man sich seiner Gang anschließen würde, wagte man nicht, Nein zu sagen. Wer sich weigerte, wurde von einem seiner Gehilfen abgemurkst. Weil er mich befördern wollte, sollte ich Danny abknallen. Der war damals ein neuer Gangsterboss und machte sich in Johnnys Territorium breit. Ich hatte keinen Grund, einen Mann zu töten, den ich gar nicht kannte. Aber dann schaute ich Johnny an und sah Frankie in diesem Milieu viel zu schnell altern, Harry mit eingeschlagenem Schädel, Sally mit blutiger Nase und tränenüberströmt, weil ein Kerl sie verprügelt und ihr Geld gestohlen hatte. Ich sah Moll Blut husten, zur Strafe für dieses Vergehen wurde sie in die Rippen getreten. Und als ich die Pistole hob und abdrückte, war's Johnny, den ich erschoss. Nicht Danny. Ich erinnere mich noch gut, wie die Leiche übers Brückengeländer in den Fluss fiel. Tausendmal sah ich das in meinen Träumen – die Brücke, den Nebel, das plötzliche Feuer in der Revolvermündung. Der Schuss knallte unendlich laut. Mit einem Loch in der Stirn stürzte Johnny hinab. Immer wieder, immer wieder …«

Schaudernd rang Charles nach Luft und befreite sich von der grausigen Vision, die Maggie heraufbeschworen hatte. »Du hattest keine Wahl.«

»Doch. Ich hätte Johnny den Gehorsam verweigern und meinen Tod riskieren oder Danny erschießen können, so wie es geplant war. Aber ich tat es nicht. Und ganz egal, wie oft ich Johnny in meiner Fantasie sterben sehe – ich bereue nichts. Im Gegenteil, ich bin froh, dass ich ihn beseitigt habe, weil niemand anderer das gewagt hätte. Nur eins bedaure ich, dass ich Danny nicht ebenfalls erschoss, als ich die Chance dazu hatte.« Mit durchdringenden schwarzen Augen starrte sie Charles an. »Jetzt weißt du alles über mich. Womöglich wirst du mich hassen. Aber ich hoffe nicht, dass du mich der Polizei auslieferst, wie verwerflich meine Taten auch sein mögen.«

»Natürlich hasse ich dich nicht, Maggie«, entgegnete er erschrocken. »Du bist kein schlechter Mensch. Das weiß ich, ich kenne dich gut genug. Hat es dir Freude bereitet, Johnny zu töten?«

Die Lippen zusammengepresst, schüttelte sie den Kopf.

Charles nickte, denn sie hatte ihm die erwartete Antwort gegeben. »Obwohl das sicher nicht im Sinne der Gerichtsbarkeit ist, betrachte ich dich als Henkerin, sogar als ein Werkzeug des Schicksals. Vielleicht ist private Lynchjustiz in einem zivilisierten Staat unannehmbar. Aber wenn das

Auge des Gesetzes in gewissen Fällen wegschaut, was soll man dann tun, um der Gerechtigkeit zum Sieg zu verhelfen?«

»An die Gerechtigkeit dachte ich nicht. Nur an Sally und Moll, Jamie und Sam …«

»… die du retten wolltest«, ergänzte er.

Hilflos hob sie die Schultern.

»Vielleicht war es falsch, Johnny zu erschießen. Aber du *hast* sie gerettet.«

»Nicht Sam. Jamie auch nicht, der arbeitete für Danny und wurde verhaftet, weil er einen reichen Pinkel überfallen und seine Börse gestohlen hat. Wenn ich Danny nicht unschädlich mache, kann ich Sally oder Moll ebenso wenig schützen.«

»Trotzdem.« Ihre Behauptung, sie würde nichts bedauern, tat ihm in der Seele weh. Nicht wegen ihrer mangelnden Reue, sondern weil sie sich schuldig fühlte.

Freudlos lachte sie auf. »Willst du mein Vergehen in eine Tugend verwandeln? Das ist unmöglich. Siehst du in jedem meiner Diebstähle ein Opfer, in jedem Betrug, an einem Unschuldigen, eine Robin-Hood-Aktion? Damals wusste ich noch nichts von Robin Hood, ich stahl, damit ich nicht verprügelt wurde. Meine Beute half den Armen keineswegs. Stattdessen hat sie Johnny bereichert. Nein, dahinter steckten keine edlen Motive.«

»Genauso wenig hinter meinen unzähligen Sünden. Vielleicht sind sie in den Augen des Gesetzes nicht so schlimm, aber nur, weil die Gesetze von den Reichen erlassen wurden, die keine Skrupel hätten, ein Kind aufzuhängen, wenn es ein Taschentuch gestohlen hat, die keine Skrupel haben, vom Blut und Schweiß der Armen zu leben. Ich bin ebenso schuldig wie alle anderen in meinen Kreisen.« Maggie wollte widersprechen. Aber er schnitt ihr das Wort ab. »Wer von uns beiden verwerflicher ist, darüber will ich nicht streiten. Darauf kommt es auch gar nicht an.«

»Worauf denn sonst?« Maggie reckte ihr Kinn hoch. »Wenn es unwichtig ist, dass ich einen Menschen getötet habe, was findest du dann wichtig?«

»Dich«, erwiderte er schlicht.

»Immer noch?«, fragte sie verwirrt. »Heute sah ich dich inmitten all dieser Aristokraten. So perfekt hast du zu ihnen gepasst. Da wusste ich, im Grunde kann ich dir gar nichts bedeuten. Nicht wirklich ...« Ihre Stimme starb, dann stöhnte sie erbost. »Zum Teufel mit dir! Mit der Hausparty sollte unsere Beziehung zu Ende gehen. Ich wollte dich über meine Vergangenheit informieren, damit du mich hasst und wegschickst, bevor Danny irgendwas Schreckliches von mir verlangt.« In wachsender Erregung fuhr sie fort: »Denn ich werde alles tun, was er verlangt, weil er Frankie in seiner Gewalt hat. Und jetzt vereitelst du meinen Plan mit deiner verdammten Großzügigkeit.«

»Nein, ich schicke dich nicht weg«, verkündete er entschlossen.

»Aber das musst du.« Verzweifelt sprang sie auf. »Wenn er Frankie tötet ...«

»Ich werde dich schützen.« Auch Charles erhob sich.

»Das kannst du nicht, du Idiot!«

»Doch!«, herrschte er sie an. »Großer Gott, Maggie,

glaubst du, ich werfe dich auf die Straße hinaus? Nach allem, was zwischen uns geschehen ist?«

»Genau das solltest du tun«, konterte sie wütend. »Zwischen uns gibt es nichts, Charles. Da kann es nichts geben – nichts, was ehrbar und richtig wäre.«

Er öffnete den Mund, um ebenso zornig zu antworten. Dann hielt er inne. »Du versuchst, mich zu provozieren.«

Charles holte tief Atem und zügelte sein Temperament. »Wie auch immer, ich werfe dich nicht hinaus. Dazu zwingst du mich nicht mit Enthüllungen über deine dunkle Vergangenheit oder indem du dich wie ein ekelhaftes, widerspenstiges Balg benimmst.« Diese Beleidigung verschlug ihr die Sprache, und er lächelte grimmig. »Soll ich mich einfach damit abfinden, dass ich dir das Leben noch schwerer gemacht habe?«

»Solche Sorgen haben dich nicht beunruhigt, als du mich im Salon auf den Boden gestoßen und dort genommen hast«, erwiderte sie bissig.

»Genau das meine ich. Alles, was ich anfasse, verderbe ich. Trotzdem kann ich nicht aufhören, dich zu berühren. Heute Nacht werde ich dich lieben. Das weiß ich schon jetzt, obwohl ich es nicht tun dürfte. Warum also sollte ich dich *nicht* schützen, so gut ich kann?«

Geringschätzig verdrehte sie die Augen. »Das ergibt keinen Sinn. Wen interessiert es denn, was du tun solltest und was nicht?«

»Mich! Eigentlich müsste ich ehrbarer und stärker sein als du.«

»Wie arrogant du bist!«

Charles fuhr mit allen Fingern durch sein Haar. »Manchmal weckst du in mir das Bedürfnis, eine Frau zu schlagen, Maggie. So habe ich es nicht gemeint, das weißt du.«

»Du willst mich schlagen? Damit wäre alles über dein Ehrgefühl gesagt.«

Verdammt, wie zielsicher sie ihn zu ärgern vermochte. Warum kannte sie ihn so gut? »Ganz egal, ob es falsch ist, dass ich dich verführe oder verderbe, wie immer du es nennen willst, Maggie. Ich glaube – ich *muss* es glauben –, unsere Leidenschaft ist gut und richtig. Weil ich weiß, du bist gut. Und das möchte ich nicht verlieren, was auch geschehen wird.«

Da erlosch ihr Kampfgeist. »Findest du wirklich, dass ich *gut* bin? Immer noch? Warum?« Sie sprach in einem sonderbaren Tonfall, als wollte sie fragen: *Bist du verrückt?*

»Wenn ein Ertrinkender klares Wasser kostet, erkennt er es sofort«, erwiderte er und lächelte sardonisch. Maggie öffnete den Mund, um neue Einwände zu erheben. Doch er wollte nicht mehr hören, wie sie sich selber anklagte, und brachte sie mit einem Kuss zum Schweigen. Zunächst versteifte sie sich, dann schien sie in seinen Armen zu schmelzen. Heiß und hungrig spielte ihre Zunge mit seiner, ihre Glut raubte ihm den Atem und beinahe den Verstand. Alles, was sie forderte, gab er ihr und nahm sich noch mehr. So süß und vertraut schmeckte sie, ihr Körper, an seinen geschmiegt, wirkte viel zu klein und zerbrechlich, um sich gegen die Angriffe der ganzen Welt zu behaupten. Ja, er wollte sie schützen, zwischen diese Frau und das Universum treten, wollte sie bei sich behalten. Für immer.

Schließlich löste sie ihre Lippen von seinen, mit einem halb erstickten Laut, presste ihr Gesicht an seine Brust und schloss die Augen, klammerte sich an ihn, als hätte er mit seinem Kuss ihre Gegenwehr restlos besiegt.

»Du machst mich ganz schwach«, warf er ihr leise vor. »O Gott, Maggie, du findest in meiner Seele einen Faden, ziehst daran und nimmst mich auseinander.«

»Das will ich nicht«, beteuerte sie, hob den Kopf und öffnete die Augen. Forschend schaute sie in sein Gesicht. »Nur dich will ich, für die kurze Zeit, die uns noch bleibt. Obwohl ich weiß, ich dürfte es nicht wünschen.«

»Warum muss es ein Ende nehmen?«, fragte er langsam.

Noch fester an ihn geschmiegt, schüttelte sie den Kopf. »Das habe ich dir bereits erklärt – ich möchte nicht deine Geliebte werden. Und weil Danny meine Kinder bedroht, kann ich nicht hierbleiben.«

»Davon spreche ich nicht. Wenn du eine Persönlichkeit wärst, die Danny nicht anzugreifen wagt? Maggie, meine einzige ...« Mit einem bitteren Lächeln unterbrach er sich. »Jetzt rede ich wie ein Idiot. Mir fehlen die Worte, weil mich so intensive Gefühle bewegen. Würde nicht alles banal und hohl klingen? O Maggie, mein Labsal in der Wüste, meine Schwäche, mein Leben ...« Sie rückte ein wenig von ihm ab. Verständnislos starrte sie ihn an, und er fuhr eindringlich fort: »Zweifellos haben schon unzählige Männer solche Worte ausgesprochen. Mit der Zeit nutzen sie sich ab, ihrer Bedeutung entledigt. Und so frage ich dich schlicht und einfach: Willst du mich heiraten, Maggie, meine Baroness werden und alles Leid hinter dir lassen? Schicken wir deiner Familie in Baslehurst eine großzügige Summe, dann wird sie nur zu gern einen Tropfen aristokratisches Blut in ihrem Stammbaum finden …«

Schrilles, sprödes Gelächter unterbrach ihn. »O Charles, du bist wahnsinnig. Ich gehöre nicht hierher. Unmöglich! Schau mich doch an! Ich bin die Straßenratte, die du ausgewählt hast, gerade *weil* ich nicht in deine Kreise passe. Eine ehemalige Taschendiebin, eine Varietésängerin. Glaub mir, du redest Unsinn. Morgen wirst du das erkennen und diesen albernen Heiratsantrag bereuen.«

»Wenn du nicht hierhergehörst, dann ist dies der falsche Ort. An *dir* gibt es nichts auszusetzen.«

»In *deiner* Welt würde man das anders sehen. Wenn ich eine Woche lang eine feine junge Dame mime, ist das ganz nett und amüsant. Aber ich bin eine Betrügerin, eine Hochstaplerin. Die Konfrontation deiner Schwester mit Lily Barrett zeigt mir deutlich genug, wie man Hochstaplerinnen behandelt.«

»Du bist die ehrbarste Frau, die ich kenne! Zum Teufel mit deinem Eigensinn!«

»Nein, ich bin keine Lady«, erklärte sie und betonte jede einzelne Silbe. »Falls du mich bittest, für alle Zeiten eine Lady zu spielen, wäre ich dann *keine* Betrügerin? Würde ich nicht verlieren, was du am wichtigsten an mir findest?«

»Mit diesen Worten weist du mich unmissverständlich darauf hin – du wirst du selbst bleiben, hinter welcher Fassade auch immer.« Wieder einmal hob sie ihr Kinn in ihrer unnachahmlichen Art. Doch er ließ sie nicht zu Wort kommen. »Hör ausnahmsweise auf, mit mir zu streiten, und nimm meinen Heiratsantrag an.«

Misstrauisch kniff sie die Augen zusammen. »Warum ist dir das so wichtig? Versuchst du, mich zu retten, Charles? Oder dein eigenes Gewissen?«

»Natürlich nicht.« Dann gab er ehrlich zu: »Vielleicht, zu einem kleinen Teil. Weil ich glaube, du würdest mich vor Schuldgefühlen bewahren. Aber wenn ich einfach nur mein Gewissen beschwichtigen wollte, würde ich dir einen Scheck über einhundert Pfund ausstellen, sogar zweihundert, und mir gratulieren, nachdem ich dir ein neues Leben ermöglicht hätte. Damit wäre der Fall für mich erledigt. Doch das werde ich nicht tun, denn ich möchte dich an meiner Seite haben, in jeder Stunde meines restlichen Lebens.«

Das Gesicht schmerzlich verzerrt, schloss sie die Augen. »Keine Ahnung, was ich sagen soll. Was ich sagen *kann*. Nur eins – stell mir diese Frage nicht jetzt. Erst wenn alles vorbei ist.«

So, wie ihre Stimme klang, schien sie zu fürchten, es würde *niemals* vorbei sein. Unwillkürlich erschauerte er. »Du *kannst* Ja sagen, Maggie.« Dann nahm er sie in die Arme und nutzte die ganze Überzeugungskraft seiner Begierde, obwohl er wusste, es würde nicht genügen.

14

»Was machen wir heute, Millie?«, fragte Fern Ashcroft, die neben ihrer Schwester auf einem Sofa saß. Gelangweilt blätterte sie in einem Gedichtband. Flora hatte Maggie gebeten, bei ihnen Platz zu nehmen, sobald sie aus dem Frühstücksraum in den Salon gegangen waren.

Nun gab Maggie vor, sie würde an einem Taschentuch arbeiten, das Miss West zu besticken begonnen hatte. An ihrem Bein spürte sie das Gewicht der Pistole.

Sie hatte die Schneiderin gebeten, in allen Röcken einen langen Schlitz offen zu lassen, weil sie zwischen den Kleidern und Unterröcken eine Tasche tragen wollte. Was sie damit bezweckte, hatte sie damals nicht genau gewusst und nur überlegt, Taschen wären praktisch. Jetzt war sie froh über ihre weise Voraussicht. An diesem Morgen hatte Charles ihr beim Ankleiden geholfen. Von dem Revolver ahnte er nichts. Danach hatte sie sich selbst frisiert, denn Sally war noch nicht aus der Stadt zurückgekehrt. Maggie redete sich ein, sie müsste nichts befürchten. Southwark lag weit entfernt, und es würde einige Zeit dauern, einen so großen Bezirk zu durchsuchen. Trotzdem sorgte sie sich.

Geflissentlich wich sie Charles' Blick aus. Sie traute sich

nicht zu, ihn mit dem Gleichmut zu betrachten, die einer unschuldigen Erbin angemessen wäre. Obwohl er sich am anderen Ende des Raumes mit einer geistlosen Konversation beschäftigt aufhielt, spürte sie seine Gegenwart wie eine lodernde Flamme. Sein Zorn schien ihre Haut zu versengen, ihre Seele zu erhitzen. Angesichts einer so vitalen Gewalt verstand sie die gelassene Trägheit der restlichen Gesellschaft nicht. Sie konnte ihn nicht heiraten. Allein schon der Gedanke war lächerlich. Doch das spielte keine Rolle, denn in einer Woche wäre sie nicht mehr imstande, irgendjemanden zu heiraten.

»Heute stellen wir Waldnymphen dar!«, verkündete Millie. Beim Frühstück hatte sie neue Blumengirlanden und Lorbeerkränze verteilt. Lady Mary und Lady Elizabeth hatten ihrem Bruder, Lord Hamilton, und Peter Radcliffe die Kränze entwendet und ihre eigenen Frisuren damit geschmückt. Um sich zu entschädigen, hatte Peter seinen drei Brüdern und Sir Nathaniel Dines die Lorbeerkränze weggenommen. Jetzt saßen alle vier auf seinem Kopf. Da er die Zwillinge in allen Belangen übertrumpfen wollte, hatte er Maggie und Flora Ashcroft ihre Girlanden abgeschwatzt, die nun an seinem Hals hingen.

Erwartungsgemäß animierte er die Zwillingsschwestern mit diesen Aktivitäten zu einem neuen Zeitvertreib. Immer wieder versuchten sie die gestapelten Kränze von seinem Kopf zu stoßen, zu Lord Giffords, Sir Nathaniels und Alexander Radcliffes Amüsement.

Maggie behielt ihre Liste aller Verdächtigen im Auge. Was sie erhoffte, wusste sie nicht, denn es war unwahrscheinlich, dass einer der Gentlemen ihr verraten würde, er stecke mit einem Londoner Schurken unter einer Decke und leite dessen Botschaften weiter.

»Was Gifford davon hält, kann ich nicht sagen«, bemerkte Sir Nathaniel gedehnt. »Jedenfalls fühle *ich* mich nicht wie eine Nymphe.« Die blauen Augen halb geschlossen, strich er über sein glatt rasiertes Kinn. Miss Howser, die sich an seinen Ellbogen klammerte, kicherte schrill. Wie Maggie vermutete, war sie nicht die Einzige, die diese Nacht in einem fremden Zimmer verbracht hatte.

»Nymphen oder Jäger«, erklärte Millie. »Wir veranstalten einen Wettbewerb im Bogenschießen.«

Erschrocken unterbrach Lady Rushworth ihr Gespräch mit Lord Hyde. »Bogenschießen? O Gott, das habe ich seit meiner Kindheit nicht mehr praktiziert.«

»Ja, ich dachte mir, heutzutage wäre das ganz was Neues«, warf Lady Edgington ein.

»Gehen wir zum Schießplatz«, schlug Charles mit kühler Stimme vor und richtete sich vom Fenstersims auf, an dem er gelehnt hatte.

Peter Radcliffe nahm eine dramatische Pose ein. »Hinaus mit euch allen! Im satten Grün warten furchtsame, mit Heu gefüllte Säcke auf eure kühnen Pfeile!« Schwungvoll öffnete er eine Glastür und stolzierte auf die Veranda. Aber seine heroische Attitüde wurde ruiniert, als ein lachender Zwilling hinter ihm herlief und die wackeligen Lorbeerkränze mit einem gezielten, wuchtigen Stoß ins taufeuchte Gras beförderte.

Auch die anderen verließen den Salon, was einige Minuten dauerte, denn die Dienstboten mussten Handschuhe, Hüte, Mäntel und Capes bringen. Schließlich hatten sich alle auf dem Rasen vor der Veranda versammelt. Die Damen rafften die Röcke ihrer dünnen Morgenkleider, um sie vor den Tautropfen zu schützen. In der frischen Brise schwankten die Krinolinen wie groteske Kirchenglocken.

»Hättest du uns bloß gestern Abend verraten, was du planst, Millie«, klagte Faith Weldon. »Dann hätte ich ein passendes Kleid für diese sportliche Betätigung angezogen.«

»Damit hätte ich die Überraschung verdorben«, erwiderte Millie leichthin und wies einen Lakaien an, vier Bögen zu verteilen.

Maggie beobachtete die Prozedur voller Unbehagen, denn sie hatte noch nie einen Pfeil auf einen Bogen gespannt. Aber ein Großteil der anderen wohl auch nicht, sie wäre eher eine verdächtige Ausnahme, wenn sie unerwartete Geschicklichkeit demonstrierte.

Etwa zwanzig Yards entfernt erhoben sich keine Säcke, wie Peter Radcliffe vermutet hatte, sondern drei Heuballen. Daran waren Zielscheiben befestigt, bunt bemalte Kreise aus Papier.

Flora stand neben Maggie und schaute sorgenvoll zum Himmel hinauf. »Glauben Sie, es wird regnen?«

Prüfend spähte Maggie nach oben. Schiefergraue Wolken zogen dahin, schoben sich unter- und übereinander. So stellte sie sich Meereswellen vor einem drohenden Sturm vor. In London sah man nur selten einen solchen Himmel. Dort presste schwere, feuchte Luft den Rauch, der die Wolken verbarg, auf die Straßen hinab, und man konnte den

Regen nur riechen. Die Fassade des Edgington House schien weiß vor dem Dunkelgrün des Waldes und dem düsteren Grau des Himmels zu pulsieren. Verglichen mit der Länge und Höhe des ganzen Gebäudes, wirkte die Kuppel über der Eingangshalle eher unbedeutend.

Charles' Gemahlin, die Herrin dieses Hauses … Wehmütig erkannte Maggie, dass eine solche Zukunft unmöglich war, und der Schmerz einer hoffnungsvollen Sehnsucht erfüllte ihr Herz. Närrin, verspottete sie sich, dumme Gans. Für dich ist er nicht bestimmt. Das war er nie und wird es niemals sein, du wusstest das von Anfang an. Auch er weiß es. Bald wird er zur Vernunft kommen …

Entschlossen setzte sie eine ausdruckslose Miene auf, die sich steif und starr anfühlte wie eine Totenmaske, die für einen anderen Menschen angefertigt worden war. »Zweifellos«, beantwortete sie Floras Frage. »Hoffen wir, dass wir nicht völlig durchnässt werden.«

Als Lady Edgington die Gesellschaft in vier Gruppen teilte, sträubte sich niemand gegen den Wettkampf, nicht einmal Lady Rushfords sarkastische Tochter. Sie umklammerte einen Pfeil, und ihre bleichen, dünnen Lippen zuckten. Offenbar amüsierte sie sich über irgendetwas, das nur ihr bewusst war.

Nun gingen sie alle in Stellung, und abwechselnd feuerte jeder drei Pfeile ab. Gewissenhaft notierte Millies Zofe die Punkte, und vier Lakaien sammelten die abgeschossenen Pfeile ein.

Maggie gehörte der dritten Gruppe an und kam hinter Sir Nathaniel Dines an die Reihe. Mit seinen ersten beiden

Pfeilen hatte er fast genau die Mitte der Zielscheibe getroffen. Sie beobachtete, wie er seinen dritten Pfeil auf den Bogen spannte. Kurz bevor er ihn fliegen ließ, senkte er die Spitze nach unten, und der Pfeil grub sich in den Heuballen außerhalb der Zielscheibe.

Verwirrt blinzelte sie. Hatte er absichtlich danebengeschossen? Er wandte sich zu ihr und bemerkte ihre Verblüffung. Dann schenkte er ihr ein Lächeln, reichte ihr den Bogen und stellte sich hinter die Gruppe. Maggie erschauerte. Doch sie sagte sich, es sei albern, etwas Unheilvolles in seine Handlungsweise hineinzugeheimnissen, nur weil er auf der Liste der Verdächtigen stand, die Danny vielleicht helfen würden.

Nachdem sie den Pfeil auf den Bogen gespannt hatte, zog sie die Sehne zurück und staunte, weil ihr das so leichtfiel. Sie hatte erwartet, man müsste größere Kraft anwenden. Sorgsam visierte sie das Ziel an und entsann sich, wie die Jungs in Johnnys Bande einen ganzen Winter lang mit besessenem Eifer Messer geworfen hatten. Auch sie hatte diese Kunst geübt. Schließlich war sie den Besten ebenbürtig gewesen und hatte deren Respekt errungen.

Leise zischte die Sehne, der Pfeil sauste durch die Luft und landete in der Zielscheibe am Rand des Mittelpunkts. Ringsum erklang Applaus, lächelnd schoss sie den zweiten Pfeil ab, diesmal etwas weiter nach links. *Zu* tüchtig durfte sie nicht erscheinen.

Kurz danach trafen Charles' Pfeile ausnahmslos ins Schwarze. Um Maggies fragenden Blick zu beantworten, erklärte er unbefangen: »Ich gehe regelmäßig zur Jagd.«

Nachdem Lady Rushford ihre anfängliche Unsicherheit überwunden hatte, sandte sie ihre Pfeile mitten in die Zielscheibe, zur Überraschung ihres Sohnes, Lord Gifford. Auch ihre Tochter, Lady Victoria, erwies sich als ausgezeichnete Schützin.

Während alle ihr Glück versuchten, wurden Wetten und Gegenwetten abgeschlossen. Daran wollte sich auch Millie beteiligen, was ein vernichtender Blick ihres Bruders verhinderte. Die letzten Schüsse wurden von Jubel oder Klagen begleitet, je nachdem, welche Wetten das Publikum eingegangen war.

Mühelos gewann die Favoritin, Lady Rushford, den Wettkampf. Als sie ihren Bogen gegen ihren Gehstock eintauschte, wirkte sie ruhig und gelassen, abgesehen von den roten Flecken auf ihren faltigen Wangen. In ihrer Kindheit sei das Bogenschießen ein beliebter Sport gewesen, erklärte sie, und sie habe stets die gesamte Konkurrenz übertrumpft.

Trotzdem hätte Sir Nathaniel Dines sie besiegen können, wäre einer seiner Pfeile nicht von einem Windstoß aus der Bahn geworfen worden. Doch er war ein guter Verlierer und meinte, hätte man nicht Amors Pfeile, sondern Dolche benutzt, wäre vielleicht er der Sieger gewesen. Diesen Kommentar fanden die Zwillinge überaus komisch, obwohl sich hinter dem funkelnden Monokel keine Spur von Humor zeigte.

Bedrückt erinnerte sich Maggie wieder an ihren Verdacht. Als der Gentleman davonschlenderte, schaute sie ihm nach. Zu alt – weit über dreißig. In diesem Alter konnte er Johnnys Bande nicht angehört haben, als sie von Danny übernommen worden war. Und ein Baronet! O Gott, welche törichten Vermutungen würde ihre ausschweifende Fantasie sonst noch ersinnen?

Der Wettkampf war gerade noch rechtzeitig beendet worden. Als die Gesellschaft über den Rasen zum Haus ging, fielen die ersten Regentropfen herab. Kreischend begannen die Zwillinge zu laufen, gefolgt von Millie, den jüngeren Ashcroft-Schwestern und den Radcliffe-Söhnen, sie suchten Zuflucht in der Eingangshalle. Die anderen ignorierten das Wetter und wanderten gemächlich dahin. Offenbar fühlten sie sich über die Launen der Elemente erhaben.

Der Regen schien ihnen immerhin einen gewissen Respekt zu zollen, denn kaum hatten die Damen ihr Ziel erreicht, begann es in Strömen zu gießen.

»Ach, du meine Güte!«, rief Millie. »Ich habe meinen Sonnenschirm auf dem Rasen vergessen!«

»Warum hast du trotz des bewölkten Himmels einen Sonnenschirm mitgenommen?«, fragte Peter Radcliffe.

»Nun, man kann nie wissen«, entgegnete sie ärgerlich. »Und jetzt sind die Heuballen weg!« Sie trat vor die Glastür und beobachtete die Dienstboten, die das glitschige, nasse Heu auf einen Wagen luden. »Sicher sehen sie den Schirm gar nicht und zertrampeln ihn!«

»Ich suche ihn«, erbot sich Maggie, im kleinen Damenzimmer zwischen so vielen voluminösen Krinolinen und breiten Schultern eingezwängt, fühlte sie sich nicht wohl. Wenigstens könnte sie im Regen freier atmen.

»Oh, nicht Sie!«, protestierte Millie bestürzt. »Sie werden sich den Tod holen. Lassen Sie Charles hinausgehen. Oder Peter.«

»Damit *ich* mir den Tod hole?«, schnaufte Peter verächtlich. »Vielen Dank, Millie, ich spiele lieber nicht deinen galanter Ritter.«

»Oh, das stört mich kein bisschen«, beteuerte Maggie. »Wie Sie wissen, wuchs ich auf dem Land auf. Da habe ich mich an Regengüsse gewöhnt.« Um weiteren Einwänden zuvorzukommen, öffnete sie eine Glastür, überquerte die Veranda und rannte über den Rasen, ihre Pelisse fest um die Schultern gezogen.

»Bitte, Charles, du musst ihr folgen!« Hinter ihr erklang Lady Edgingtons sorgenvoller Ruf. Aber Maggie schaute nicht zurück. Wenn sie mit diesem Verhalten aus ihrer vornehmen Rolle fiel, umso besser. Dann würde sie Danny wahrscheinlich nichts mehr nützen. Vielleicht würde er Frankie dann freilassen, falls er ihn überhaupt gefangen genommen hatte.

Schnelle Schritte folgten ihr und holten sie bald ein. Während Charles an ihrer Seite dahinlief, starrte er sie missbilligend an. »Was treibst du denn?«

»Ich fliehe.«

»Aber der Regen wird dich bis auf die Haut durchnässen.«

Der Wind blies eisige Nadeln in ihr Gesicht, an ihrem Nacken rann Wasser hinab. »So schlimm ist es nicht.«

»Sicher wirst du dich erkälten.«

»Du auch.« Den Kopf gesenkt, konzentrierte sie sich darauf, im kurzen Gras des Rasens nicht auszurutschen.

»Wie albern du bist! Willst du mit aller Macht krank werden? Damit hilfst du niemandem.«

Die Augen zusammengekniffen, entdeckte sie den Sonnenschirm etwa zwanzig Schritte von den Dienstboten entfernt. »Immerhin meide ich die Party-Gesellschaft. Einer der Gäste ist mit Danny im Bunde. Ich überlege dauernd, wer das sein könnte. Das macht mich halb wahnsinnig.«

»Keine Bange, Maggie, das alles werden wir überstehen.« Aus dem Mund eines anderen Mannes hätten die Worte sanft und tröstlich geklungen. Aber Charles stieß sie mit einer wilden Entschlossenheit hervor, die zweifellos Berge versetzen konnte.

Doch seine geballte Energie würde ihn nirgendwo hinführen. Seufzend hob Maggie den Sonnenschirm auf. »Ja, natürlich«, log sie und stürmte zum Haus zurück. Verwirrt schaute er ihr nach.

Wieder im Damenzimmer übergab sie Millie den Sonnenschirm. Dann wollte sie sich in ihre Suite zurückziehen, um die nassen Kleider auszuziehen und dem Getue der Ladys zu entrinnen, die ihr eine gefährliche Erkältung prophezeiten.

In der Halle hörte sie Charles' Schritte hinter sich. Er folgte ihr die Treppe hinauf, vorbei am ersten Stock, in dem seine Räume lagen, bis nach oben zum zweiten. Beharrlich ignorierte sie ihn. Jedes weitere Gespräch war sinnlos. Zwischen ihnen gab es nichts mehr zu sagen, die schmerzliche Diskussion des letzten Abends würde sich nur wiederholen.

Im düsteren Korridor, der zur Wintersuite führte, holte

er sie ein, packte ihren Ellbogen und drehte sie so vehement zu sich herum, dass sie an seine Brust sank.

Als sie den Mund öffnete, erstickte er ihren Protest mit einem verzehrenden Kuss. Was sollte sie dagegen tun? Ihre angespannten Muskeln erschlafften. Hilflos lehnte sie an ihm, genoss seine Glut, seine Kraft, die sie einzuhüllen schien. Süße Leidenschaft erwachte in ihrem Blut. Und beinahe auch Hoffnung.

Nach viel zu kurzen Sekunden ließ er sie los und trat zurück.

»Das hättest du nicht tun dürfen«, schalt sie, weil es ausgesprochen werden musste, obwohl sie den Kuss nicht bereute. »Wenn uns jemand gesehen hat …«

»Hier ist niemand.« Unverwandt schaute er in ihre Augen. Der Regen hatte sein Haar gekräuselt und die normalerweise perfekte Frisur durcheinandergebracht.

»Willst du mich wieder anschreien?«, fragte sie und zwang sich zu einem Lächeln.

»Kein einziges Mal habe ich dich angeschrien.« In seinem Blick kämpfte Belustigung mit tiefem Kummer. »Vielleicht genügen Worte nicht, um dich umzustimmen. Ich wollte dich an alles erinnern, was wir geteilt haben. Und ich wünschte, es würde dich von deinem Entschluss abbringen.«

»Wie könnte ich es jemals vergessen?«

»Gut.« Charles streckte eine Hand aus und strich behutsam über ihr Kinn. »Jetzt muss ich mich umziehen. Wenn ich mich zu lange von den Gästen fernhalte, werden sie sich wundern.«

Sie nickte schweigend, und er kehrte ihr abrupt den Rücken. Steifbeinig ging er davon, eine breitschultrige Silhouette im schwachen Licht, und sie starrte ihm nach, den Tränen nahe.

Eine halbe Stunde später stieg sie die Treppe hinab. Charles war schon vor ihr im Salon eingetroffen. Seit einiger Zeit befasste sich die Gesellschaft mit Wortspielen. Flora Ashcroft hatte soeben einen Poesiewettbewerb gewonnen und errötete, als Peter Radcliffe sie theatralisch mit einer Girlande bekränzte. Wieder einmal weigerte sich Maggie, dem Blick des Barons zu begegnen, und sank in den Sessel, den Milly ihr anbot.

Lady Edgington nickte ihr zu und kündigte ein Buchstabenversetzrätsel an. Pflichtbewusst notierte Maggie die Wörter, die ihr genannt wurden – FILTER, TASSO, ALL, DIWAN – auf einen Zettel. Dabei erhoffte sie eine so schwierige Aufgabe, dass es niemanden überraschen würde, wenn sie sie nicht lösen konnte.

Nun wurden die Zettel ausgetauscht. Lord Gifford reichte ihr seinen und zwinkerte ihr zu. Maggie faltete das Papier auseinander. SAG NICHT NULL DIWAN. Nun, sie wollte wenigstens den Eindruck erwecken, sie würde angestrengt nachdenken, und studierte die Wörter. Sag nicht null Diwan … Irgendetwas regte sich in ihrem Unterbewusstsein. Null Diwan. Null*di*wan. *Null*diwan. Nulldivan … Sullivan. Ihr Atem stockte. Danny O'Sullivan! Ruckartig hob sie den Kopf.

Lord Gifford lächelte sie an. Ohne Bosheit. Wie ein Schuljunge, der ihr einen Streich gespielt hatte, ohne die

Konsequenzen abzusehen. Dann schweifte sein Blick zu Sir Nathaniel Dines hinüber, dessen Monokel im Gaslicht funkelte und ein blaues Auge verbarg. Wie eine Augenklappe.

Für ein paar Sekunden verlor sie die Kontrolle über ihr Mienenspiel. In ihrer Fantasie sah sie ein Gesicht, halb verdeckt von einem Backen- und einem Schnurrbart, und einen Hut, über dem pomadisierten Haar tief in die Stirn gezogen. Danny grinste, hob eine Hand, als wollte er das zerzauste Haar glätten, tätschelte seine glatt rasierte Wange … Danny. Danny *hier.* Keiner seiner Schläger, keiner seiner Kumpane, sondern er *selbst.*

Maggies Gedanken überschlugen sich. Also gehörte er den vornehmen Kreisen an. Wie sie bereits vermutet hatte, war er ein Gentleman. Ein *echter* Gentleman. Nicht in Not geraten, keineswegs. Wusste der amüsierte Lord Gifford, mit wem er es zu tun und was dieser Mann verbrochen hatte? Sie schaute sich um, und alles schien sich auf grausige Weise zu verändern, die fröhliche Gästeschar verschwamm vor ihren Augen. All die Spitzen der Gesellschaft und in ihrer Mitte der kaltblütigste Mörder von England … Schwerer denn je hing der Revolver an ihrem Bein.

Unvermittelt stand sie auf, die Leute in ihrer Nähe beobachteten sie erstaunt. Sie las eine Frage in Charles' Blick und sandte ihm eine flehende stumme Botschaft. Dann murmelte sie eine Entschuldigung und floh aus dem Salon.

Nebenan lag der Frühstücksraum, von Schatten erfüllt. An den Fenstern rann Regenwasser herab, verzerrte den Rasen und den Park dahinter in eine amorphe, vibrierende Masse aus dunklem Grün. Mit geschlossenen Augen lehnte

Maggie an der Wand, eine Hand in der versteckten Tasche, wo das kalte Metall der Waffe ihre Krinoline streifte.

Niemals wird Charles mir verzeihen, dachte sie und umfasste den Pistolengriff. Aber spielte das eine Rolle, wo sie doch ohnehin bald sterben würde? Wie auch immer, sie musste es tun. Sie war so gut wie tot. Natürlich konnte Danny sie nicht am Leben lassen, denn jetzt kannte sie seine zweite, seine *respektable* Identität.

Aber selbst wenn sie dem Tod geweiht war, würde sie ihre Kinder retten. Nur eine Minute lang, nur eine halbe, musste sie stark sein. Danach wäre alles vorbei, ihr Schicksal würde nicht mehr in ihren Händen liegen.

Charles würde in helle Wut geraten.

In Gedanken probte sie ihre Maßnahmen. Den Revolver hervorziehen, entsichern, die Tür einen Spaltbreit öffnen, hindurchspähen und sich vergewissern, dass niemand die Schusslinie blockierte, den Salon betreten, abdrücken und zwei Leben beenden – Dannys und ihr eigenes, denn sie würde hängen. *O Gott, Charles …*

Knarrend schwang die Tür des Frühstücksraums auf. Mit verkrampften Fingern umklammerte Maggie den Griff des Revolvers. Ehe sie ihn ziehen konnte, zerrte Danny ihre Hand aus der Tasche und presste ihre Arme zu beiden Seiten ihres Kopfs an die Wand. Wortlos bekämpfte sie ihn, rang verzweifelt nach Luft. Doch die Krinoline verwehrte ihr, nach ihrem Gegner zu treten. Seiner Kraft war sie nicht gewachsen. Sollte sie schreien?

»Halt den Mund, wenn dir Frankies Leben lieb ist!«, stieß Danny – Sir Nathaniel – zwischen zusammengebissenen Zähnen mit seinem prononcierten irischen Akzent hervor. In seinem Monokel spiegelte sich ein Lichtschein, der durch das Fenster ins Zimmer fiel. Warum hatte sie dieses Glas nie zuvor gesehen? Sir Nathaniels Haar war kunstvoll zerzaust, nicht glatt gekämmt, die Züge – nicht mehr hinter falschen Bärten verborgen – scharf gezeichnet. Doch die seelenlosen Augen glitzerten genauso bösartig wie Dannys einzige blaue Iris. Und ebenso beängstigend. »Ich habe einem meiner treuen Anhänger befohlen, den Jungen morgen zu töten, wenn er keinen anders lautenden Befehl erhält.«

Da erlahmte ihr Widerstand. Zitternd schöpfte sie Atem. »Was wollen Sie, Danny?«

»Hier gibt's keinen Danny, mein Mädchen«, erwiderte er, kehrte zu seiner kultivierten Sprechweise zurück und lächelte spöttisch. »Nur mich.«

»Was wollen Sie?«, wiederholte Maggie und zwang sich, ihn herausfordernd anzustarren, obwohl ihr Herz schmerzhaft gegen die Rippen hämmerte. So groß wie Charles war er nicht, aber größer als sie. Seine Hand um ihren Hals könnte sie innerhalb einer halben Minute töten. Stets waren Schnelligkeit, List und raffinierte Tarnung ihre Stärken gewesen. An die Wand gedrückt, war sie so hilflos wie das Kind, für das manche Leute sie immer noch hielten.

Sir Nathaniels Gesicht verzog sich zu einem breiten, hässlichen Grinsen. »Demnächst wird mir der größte Coup gelingen, den das britische Empire je gesehen hat.«

»Nur gut, dass dieses Empire nicht besonders alt ist, eh? Sonst müssten Sie sich gewaltig anstrengen.«

Ohne den Hohn zu beachten, fuhr er fort: »Ich habe

mich falsch ausgedrückt. Diesen Coup wirst *du* abwickeln.«

»Keine Ahnung, wovon Sie reden ...« Doch sie wusste es nur zu gut. Und es war viel zu spät, um etwas dagegen zu unternehmen. *Sie werden mich benutzen. Danach werde ich einen Unfall erleiden, die Beute wird verschwinden ... Und ich kann es nicht verhindern.*

»Lady Edgington, Millicent Crossham, Lady James Ashcroft, Fern und Flora und Mrs Weldon. Lady Elizabeth und Lady Mary. Mrs Mortimer. Lady Rushworth. Und ja, sogar Lady Victoria. Weißt du, was sie alle gemeinsam haben?«, fragte er kühl.

Auf dieses Spiel ließ sie sich nicht ein. »Wenn eine dieser Frauen einen Schwengel hätte, würde ich staunen.«

»Hör mal, das sind *Ladys,* mein Liebes.« Das Kosewort troff vor Sarkasmus. »Lauter Ladys aus den besten, ältesten Familien. Das bedeutet, dass sie Familienschmuck aus mehreren Jahrhunderten besitzen.«

»Und?«, fragte Maggie, weil sie ihn zwingen wollte, das ungeheuerliche Ansinnen auszusprechen.

»Das alles wirst du heute Nacht für mich stehlen.«

»Und wenn die Ladys ihre Juwelen tragen?«

»Darum musst du dich nicht sorgen, das werden sie nicht tun. Kannst du dir nicht vorstellen, dass ich alles arrangiert habe?«

Schweigend starrte sie ihn an.

»Wo die Schlafzimmer liegen, weißt du. Du wirst merken, wenn es an der Zeit ist. Die hochbegabte Miss Howser wird dir helfen. Und mein Kammerdiener hält Wache. Also brauchst du nicht zu befürchten, dass es dir am nötigen Beistand fehlt.«

Inzwischen hatte sie vergessen, wie man Schlösser knackte. Diesen Mangel würde Miss Howser, zweifellos eine Expertin, wettmachen. »Das alles haben Sie gemeinsam mit Lord Gifford geplant, nicht wahr?«, fragte sie bitter.

Lächelnd schüttelte Sir Nathaniel den Kopf. »Lord Gifford? O nein, aber er ist ein guter Junge, stets bereit, anderen Leuten Streiche zu spielen. Worum es hier geht, ahnt er gar nicht. Er wird auch nichts merken, ehe es zu spät ist, und wohl kaum wagen, den Mund aufzumachen.«

»Woher weiß ich, dass Sie mich nicht zum Narren halten, Sir? Und ob sich Frankie tatsächlich in Ihrer Gewalt befindet?« Für ihren Freund würde sie ihr Leben riskieren – sogar ihr Leben verlieren. Für einen üblen Trick nicht.

»Nun, du musst mir einfach glauben, mein Mädchen«, erwiderte Sir Nathaniel amüsiert. »Falls du mir misstraust, kannst du einen Lakaien zum Queens Head nach Southwark schicken. Dann wird der Wirt ihm erzählen, was vor zwei Nächten passiert ist.«

Vor zwei Nächten – sogar noch vor ihrer Ankunft im Edgington Manor. Von Charles' Plan hatte er seit jener Begegnung in der Oper gewusst. Aber wie hatte er herausgefunden, dass der Baron eine Wette mit seiner Schwester abgeschlossen hatte? Und Lily Barretts Demütigung? Konnte Danny auch das arrangiert haben?

»An deiner Stelle würde ich dem Baron nichts erzählen«, fuhr er fort. »Sonst würde er das neue Jahr nicht erleben, nicht einmal, wenn ich sterben müsste, weil ich gewisse Instruktionen hinterlassen habe. Ein junger Aristokrat kann viel Unfälle erleiden. Insbesondere, wenn er so abenteuerlustig ist.« Boshaft kicherte er. »Das müsste dir genügen, mein Mädchen, falls dich die Todesgefahr, in der dein Freund Frankie schwebt, nicht beeindruckt. Übrigens, Edgington würde dir ohnehin nicht glauben. Wir kennen uns seit unserer Kindheit. Aber du? Was weiß er schon von dir, abgesehen von gewissen Amüsements zwischen deinen Schenkeln?«

Die Klinke der Verbindungstür zum Salon wurde wieder herabgedrückt.

Blitzschnell trat Sir Nathaniel von Maggie weg, durchquerte den Frühstücksraum und verließ ihn durch die Tür, die in den Korridor führte. Nur sekundenlang erwog Maggie, ihm in den Rücken zu schießen. Doch das durfte sie nicht tun, es würde Frankie umbringen und, großer Gott, auch den Baron.

In hilflosem Zorn starrte sie vor sich hin, bis Charles' Stimme sie aus ihren Gedanken riss. »Was ist geschehen, Maggie?«

Sie schaute in seine ernsten Augen, betrachtete die sorgenvoll gerunzelte Stirn. Jetzt war nichts mehr von der Distanz zu spüren, die er in der Rolle des aristokratischen Gastgebers wahrte. Nein, sie durfte ihn nicht einweihen. Niemals würde er ihr gestatten, die Juwelen zu stehlen. Wenn er Bescheid wüsste, stünde außerdem sein Leben auf dem Spiel. Zweifellos würde er überstürzte Maßnahmen ergreifen, wenn er ihr nicht glaubte, Sir Nathaniel über ihren Verdacht informieren oder ihn zur Rede stellen, falls er ihre

Anschuldigung für bare Münze nahm. Vielleicht würde er Scotland Yard verständigen oder ähnliche Dummheiten machen. Dann würde er ebenso wie Frankie sterben. »Nichts«, erwiderte sie, »alles in Ordnung. Mir war nur ein bisschen schwindlig …« Als sie ihm anmerkte, dass er ihr nicht glaubte, fügte sie hinzu: »Ich habe Angst. Letzte Nacht habe ich kaum geschlafen. Und ich musste dich allein sehen, wenn auch nur für ein paar Minuten.«

Halt dich von mir fern, flehte sie stumm. Doch sie wagte nicht, es auszusprechen. Zudem würde er ohnehin nicht auf sie hören. Alle Menschen, die ihr zu nahe kamen, brachten sich in Gefahr. In diesem Moment beschloss sie, alles zu tun, um ihn zu retten. Ohne Rücksicht auf Frankie. Ihretwegen durfte ihm kein Leid geschehen.

In seinen Augen erschien ein sanfter Ausdruck. »Du wirst mich heiraten. Niemals lasse ich dich gehen. Bald kannst du mich so oft sehen, wie du willst.«

»Vielleicht …«, murmelte sie und erstickte beinahe an dieser Lüge. »Bitte, versprich mir, Charles, etwas für mich zu tun.«

»Was?«

»Wer könnte gewusst haben, dass du dich für Lily Barrett einsetzt? Wenn diese Woche vorbei ist, solltest du ihren Gönner, den Colonel, danach fragen.« Irgendwann musste Charles die Wahrheit erfahren. *Und sei es nur, um sich vor dieser Viper zu schützen, seinem falschen Freund.* Doch er musste es selbst herausfinden, wenn es für ihn zu spät war, leichtfertig zu handeln, um sie zu retten und sich selbst zu schaden. »Wenn er behauptet, niemand habe es gewusst, frag Miss Barrett, ob sie es irgendjemandem erzählt hat. Vielleicht ihren Nachbarn, ihrer Vermieterin oder sonst wem. Sollte das zutreffen, musst du feststellen, wer informiert wurde.«

»Ja, das werde ich tun«, versprach er, ohne seinen Argwohn zu verbergen.

»Frag deine Schwester, ob irgendjemand sie dazu angestiftet hat, Miss Barrett zu brüskieren. Und ob diese Wette die Idee einer anderen Person war.«

»Irgendetwas weißt du«, konstatierte Charles. »Was ist es, Maggie? Geht es um Gifford?« Seine Stimme nahm einen gefährlichen Klang an.

»Das weiß ich nicht. Ich vermute es …« In Gedanken bat sie ihn, er möge ihr diese Lüge verzeihen. »So vieles ist möglich. Aber es gibt noch keine Beweise. Lass mir noch etwas Zeit.« Zeit genug, damit er sie nicht zurückhalten konnte. »Ich muss einiges herausfinden. Und Charles …«

»Ja?«, fragte er tonlos.

»Was immer passiert, schwöre mir, dass du dich um meine Kinder kümmerst.« Verdächtige Worte, gefährliche Worte. Aber Maggie musste sie aussprechen.

»Gar nichts wird passieren. Dafür will ich sorgen. Trotzdem können sich deine Freunde auf mich verlassen.«

»Danke«, flüsterte sie. *Es ist schon passiert, Charles. So wie ich es prophezeit habe …*

15

Jetzt können wir uns nicht mehr im Freien amüsieren!« Missgelaunt starrte Millie durch ein Fenster des chinesischen Salons in den strömenden Regen. Seit dem Lunch war eine Stunde verstrichen, und das Wetter schien sich nicht zu bessern.

»Nun, dann spielen wir eben morgen wieder draußen, Liebes«, erwiderte ihre Mutter gleichmütig.

»Wenn es regnet, müssen wir uns auf andere Weise die Zeit vertreiben, Millie«, meinte eine der Zwillingsschwestern. Sie stand neben dem Spinett, diesem eigenartig gestimmten Instrument, dem Fern Ashcroft gerade eine erkennbare Melodie zu entlocken suchte.

»Oh, ich liebe den Regen!«, rief die andere Zwillingsschwester enthusiastisch. »Ich finde es einfach himmlisch, hier drinnen im Warmen zu sitzen, wenn es draußen so kalt und unfreundlich ist.« Dramatisch erschauerte sie, und Lady Victoria – ausnahmsweise nicht an der Seite ihrer Mutter, sondern auf der anderen Fensterbank postiert – unterdrückte ein Lächeln.

»Wie wär's mit Kartenpartien?«, schlug Flora Ashcroft schüchtern vor. Sie saß neben Maggie auf einem Diwan.

Nach der Nachtruhe war die allgemeine Neugier auf

Miss King verflogen. Während Millie ständig betonte, sie seien »beste Freundinnen«, hatten sich die Flatterhafteren unter den jungen Damen anderen Interessen zugewandt.

Zum Beispiel fand man Miss Howsers miserable Leistung beim Bogenschießen geradezu skandalös, und so wurde Maggie vernachlässigt, zugunsten gewisperter Scherze auf Kosten der inakzeptablen Blondine, was Millie sichtlich genoss. Miss Howser machte gute Miene zum bösen Spiel und mimte teils die Naive, teils das vulgäre Mädchen, was die Sensationslust der Ladys immer wieder aufs Neue schürte.

Alldem konnte Charles nichts abgewinnen, solange Maggie bleich und bekümmert in Floras Schatten saß. Obwohl sie eine Miene freundlicher Anteilnahme zur Schau trug, erweckte sie den Eindruck, sie würde am liebsten davonlaufen.

Wie er sich entsann, hatte sie am Vormittag bei ihrer Flucht aus dem Damenzimmer einen Zettel umklammert. Eine weitere Nachricht von Danny? Falls ja, von wem war sie ihr übermittelt worden? Offenbar von einem der Gäste, sonst hätte sie ihn nicht gebeten, Millie und Colonel Vane ins Verhör zu nehmen. Noch wichtigere Fragen, was stand auf diesem Papier? Wo befand es sich jetzt? Warum hatte sie ihm nichts davon erzählt?

Sie fing seinen durchdringenden Blick auf und zuckte zusammen. Hastig schaute sie weg. Damit beseitigte sie seine letzten Zweifel. *Verdammt, Maggie, wieso weihst du mich nicht ein?* Doch das ahnte er – Danny hatte gedroht, Frankie zu töten, wenn sie irgendetwas verlauten ließ.

»Oh, Kartenpartien, das klingt gut«, entschied er. Wenn es ihm gelang, einen Spieltisch mit Maggie zu teilen, konnte er sie befragen, ohne die Aufmerksamkeit der anderen zu erregen. Vielleicht würde er ihr irgendetwas entlocken, obwohl sie nicht allein wären. Er beauftragte einen Lakaien, im Spielsalon die nötigen Vorbereitungen zu treffen. Lachend und schwatzend erhob sich die Gesellschaft.

Da sich die Gäste Zeit ließen, standen die Tische bei ihrer Ankunft im Spielsalon bereit. Es fiel Charles nicht schwer, direkt hinter Maggie den Raum zu betreten, so dass er sie unauffällig zum Tisch seiner Wahl dirigieren konnte. Auch Flora gesellte sich zu ihr. Anscheinend bemerkte sie die zielstrebigen Aktivitäten des Barons nicht. Zu seiner Verblüffung setzte sich Miss Howser auf den vierten Stuhl, mit einem kecken Lächeln, das ihre scharfen Augen nicht erreichte. Maggie musterte sie sekundenlang. Dann betrachtete sie den grünen Filz der Tischplatte. Obwohl der Blickkontakt nur kurz war, glaubte Charles, eine Bedeutung darin zu erkennen.

Er ergriff die zwei neuen Kartenpäckchen und öffnete sie. Eines davon gab er Maggie, die ihm gegenübersaß. »Whist?«, fragte er. Damit meinte er: *Kennst du dieses Spiel?*

Das verstand sie. In ihrem Gesicht zeigte sich der alte Kampfgeist. »Sehr gern. Spielen wir um ein Pfund pro Trick?«

Mit diesen Bedingungen waren die beiden anderen Frauen einverstanden. Charles und Maggie mischten die Päckchen und reichten sie den Mitspielerinnen.

»Warum geben Sie nicht, Miss Howser?«, fragte Maggie. In ihrer Stimme schwang ein seltsamer Unterton mit, der jemandem, der sie nur flüchtig kannte, nicht auffallen würde. Aber Charles schaute sie durchdringend an.

»Oh, natürlich …« Miss Howser zögerte fast unmerklich. Dann begann sie, die Karten zu verteilen.

Von plötzlichem Misstrauen erfüllt, beobachtete Charles ihre flinken Hände – eine Karte für ihn, Flora, Maggie, Miss Howser. Für ihn, Flora, Maggie, Miss Howser. Für ihn, Flora, Maggie … Da! Die kleinen Finger hielten inne, die Blondine umfasste eine andere Karte – welche? – und gab sie Maggie statt sich selber. Dieser Prozedur folgte keine zweite. Aber nachdem alle Kerzen verteilt waren, lächelte Maggie grimmig.

Alle hoben ihre Karten hoch. Ungläubig riss Miss Howser die Augen auf, und Maggies Lächeln vertiefte sich.

Was ging hier vor? Der erste Trick beantwortete die Frage. Irgendwie schaffte es Maggie zu gewinnen. Mit Miss Howsers unfreiwilliger Hilfe? Sie hatte kein perfektes Blatt. Aber sie schien die Karten der anderen auf unheimliche Weise zu kennen und vorherzusehen, was sie ausspielen würden. Drei Viertel der Tricks heimste sie ein, die anderen gingen zu fast gleichen Teilen an Flora und Charles, während Miss Howser ihren einzigen in stummem Zorn beklagte, als die ersten Punkte gezählt wurden.

»Mein Großonkel war ein erstklassiger Kartenspieler«, verkündete Maggie. Aber ihr fröhlicher Ton klang nicht ganz echt. Dann schaute sie zu, wie Flora die Karten austeilte, die der Baron gemischt hatte. »Jeden Donnerstag lud er seine Freunde Mr und Mrs Franklin ein, sie spielten stundenlang. Mr Franklin war sogar noch besser.« Bei diesen letzten Worten warf sie Charles einen bedeutsamen Blick zu. Franklin? Frankie. Ja, sie meinte Frankie. Jetzt erinnerte er sich, dass sie einmal erwähnt hatte, der Junge sei ein raffinierter Spieler. »Er war ein Genie. Ganz egal, bei welchen Kartenspielen. Er brachte mir einiges bei, weil eine vierte Person am Spieltisch gebraucht wurde. Leider konnte ich ihn kein einziges Mal besiegen.« Nun schenkte sie Miss Howser ein kühles Lächeln, und das Gesicht der Frau nahm eine grünliche Farbe an.

Während des nächsten Spiels wurde nicht geschwindelt, denn Flora hatte die von Charles gemischten Karten verteilt. Aber Maggie spielte so geschickt, dass sie erneut die meisten Tricks erzielte.

Flora starrte sie bewundernd an. »Normalerweise gewinne *ich*«, erklärte sie mit einem scheuen Lächeln, das Maggie erwiderte.

»Daran zweifle ich nicht. Aber in Ihrem Leben gab es interessantere Vergnügungen, auf die Sie sich freuen durften, als einen allwöchentlichen Kartenabend. Bedauerlicherweise genoss ich keine anderen Abwechslungen.«

Die Stirn gefurcht, mischte Miss Howser die Karten langsam und unbeholfen. *Zu* ungeschickt, dachte Charles. Damit musste sie einen unlauteren Zweck verfolgen. Eine stumme Herausforderung in den Augen, sah Maggie ihn an.

Warum sollte er ihr helfen? Sie schloss ihn aus ihrem Leben aus, weihte ihn nicht in ihre Geheimnisse ein. Und doch, er konnte ihre beschwörende Miene nicht ignorieren.

Kurz entschlossen ließ er die Karten fallen, und Howser schnappte nach Luft, als sie am Boden landeten.

»Oh, wie tollpatschig ich bin …« Er bückte sich, um die Karten einzusammeln. Sofort eilte ein hilfsbereiter Lakai herbei. »Schon gut, bemühen Sie sich nicht«, wandte sich der Baron an den Mann, »ich habe bereits alle Karten aufgehoben.« Er legte sie zusammen und mischte sie, scheinbar geistesabwesend, bevor er sie verteilte.

Als Maggie ihre Karten auseinanderfächerte, schaute er sie mit schmalen Augen an. *Vertrauen gegen Vertrauen, Maggie?* Da errötete sie und senkte die Lider.

In der nächsten halben Stunde versuchte er, sie mehrmals in ein Gespräch zu verwickeln. Obwohl sie bereitwillig mit ihm plauderte und von ihrem imaginären Großonkel erzählte, verriet sie ihm nichts Wichtiges, nicht einmal andeutungsweise.

Bis die Tische gewechselt wurden, hatte sie einen beträchtlichen Gewinn ergattert, meistens zum Schaden der erbosten Miss Howser. Warum sie es auf die Frau abgesehen hatte, konnte Charles nicht herausfinden.

Stand Miss Howser mit Danny im Bunde? Kannte Maggie die Frau schon länger? Hatte sie in ihrem früheren Leben eine Abneigung gegen die Blondine entwickelt? Davon hatte sie nie gesprochen. Alles war möglich. Vielleicht hatte sie einfach nur angenommen, die Frau würde mogeln, und beschlossen, ihr das Handwerk zu legen. Fand hier ein versteckter Kampf um eine gewisse Vorherrschaft in der Unterwelt statt?

Nun erhoben sich alle Leute, um an anderen Tischen

Platz zu nehmen. Ob Maggie eine Nachricht von Danny erhalten hatte, wusste Charles noch immer nicht.

Sorgsam verstaute sie ihren Gewinn in der Tasche ihres Rocks und setzte sich an einen neuen Tisch, wo sie genauso mühelos gewann wie bisher. Diesmal auf ehrliche Weise, hoffte Charles.

Etwas später kehrte die Gesellschaft in den chinesischen Salon zurück, um Tee zu trinken. Maggies Miene drückte bittere Genugtuung aus. Sobald sich mehrere Gesprächspartner gefunden hatten, ging Charles zu ihr. »Wie viel hast du gewonnen?«, murmelte er.

»Zweihundert Pfund. Übrigens habe ich mich geweigert, Schuldscheine anzunehmen, mit der Begründung, vielleicht würde ich den Gentlemen und Ladys nie wieder begegnen.«

Beinahe verschluckte er sich an seinem Tee. »Mein Gott, du bist wirklich eine tüchtige Geschäftsfrau.«

Maggie legte den Kopf schief. »Im Durchschnitt habe ich jeder Person nur sieben Pfund abgenommen. Und niemandem mehr als dreißig Pfund. So viel habe ich in den letzten vier Jahren nicht verdient.« Ihre Stimme klang fast wehmütig.

»Was geht hier wirklich vor, Maggie?«

Sofort verschloss sich ihre Miene. »Nichts.«

»Maggie!«, wiederholte er warnend.

Da las er unverhohlene Verzweiflung in ihren Augen. »Nichts, was ich dir erzählen dürfte, Charles. Wenn ich es könnte, ich schwöre dir …«

Als Millie in Hörweite vorbeischlenderte, verstummte

Maggie und wandte sich zu ihr. Wieder einmal wurde Charles ausgeschlossen.

»Ist das ein Darjeeling-Tee?«, fragte Maggie lächelnd.

Ohne die Antwort abzuwarten, ging Charles davon.

Eine Stunde vor dem Dinner gab Lady Edgington bekannt, man würde auf römische Weise speisen. Die Dienstboten statteten alle Gäste mit Togen oder Chitons und Sandalen aus, außerdem mit Schmuck im altrömischen Stil, Imitate aus billigem Metall und mit minderwertigen Strassjuwelen.

Darauf reagierten die Gäste unterschiedlich. Einige staunten, weil Millie ihnen nichts von diesem Spiel erzählt hatte, nicht einmal streng vertraulich, andere wussten schon Bescheid und zuckten nonchalant mit den Schultern.

Kommentarlos nahm Charles seine Toga entgegen. Um Millie zu entschädigen, weil er ihre Apollo-Diana-Idee ablehnte, hatte er diesem Themenabend zugestimmt. Allerdings hatte er darauf bestanden, dass sie die vorhandenen Diwans und Sofas benutzten, obwohl sie nicht besonders römisch wirkten. Außerdem hatte er einige Lakaien beauftragt, gebrauchte Tische zu kaufen und die Beine abzusägen, statt bei einem Tischler geeignete Möbel zu bestellen.

Als er sich umsah, entdeckte er Maggie, die in einer Ecke stand. Voller Entsetzen starrte sie den Schmuck an. Dann blinzelte sie, setzte eine neutrale Miene auf und eilte zu seiner Schwester. Sie umfasste Millies Ellbogen und wechselte ein paar Worte mit ihr. Dabei warf sie eine kurzen Blick auf den arglosen Gifford.

Sobald sie sich entfernt hatte, wandte er sich an seine Schwester. »Was hast du mit Miss King besprochen?«

Verwirrt hob sie die Brauen. »Oh, sie wollte nur wissen, wer auf die Idee mit den Kostümen und dem Schmuck kam.«

»Und?«

»Nun, das war Lord Gifford. Spielt das eine Rolle?« Leicht gekränkt fügte sie hinzu: »Diese falschen Juwelen habe *ich* ausgesucht.«

»Ich verstehe …« Plötzlich fiel ihm etwas ein. »Was unsere Wette betrifft, hat Gifford dir vorgeschlagen, ich soll eine Frau von niedriger Herkunft in eine Lady verwandeln?«

»Warum wärmst du diesen alten Unsinn auf?«, fauchte Millie erbost. »Diese Wette hast du verloren, das weißt du doch. Niemand hält Miss Howser für eine Lady.«

»Stammt der Vorschlag von Lord Gifford?«, beharrte Charles.

»Nein. Aber Sir Nathaniel hat so etwas Ähnliches erwähnt.«

Charles blinzelte verwirrt. Also auch Dines? Er entdeckte den Mann am anderen Ende des Raums. Als der Baronet seinen Blick auf ihn richtete, lächelte er. »Deshalb kamst du auf die Idee, diese Wette mit mir abzuschließen?«

»Natürlich«, bestätigte Millie gleichmütig. »Fast eine halbe Stunde lang habe ich mit Sir Nathaniel darüber gesprochen.«

Gifford. Dines. Welche Rolle spielten sie in dieser ganzen Angelegenheit?

Was soll ich tun? Während er sich wieder umsah, stellte er fest, dass Maggie verschwunden war. In Gedanken fluchte er, ergriff ein paar Sandalen, einen Kranz aus goldenen Blättern und die Toga.

Dann stieg er die Treppe zu seinem Zimmer hinauf. Er läutete nach seinem Kammerdiener. Doch die Robe war so raffiniert und anachronistisch entworfen, dass man sie einfach anziehen konnte, ohne die Stoffbahnen kunstvoll zu drapieren. Am Gürtel hing ein Beutel, in den er sein Taschentuch steckte. Seufzend betrachtete er sein Spiegelbild, die Frisur – eindeutig im Stil des neunzehnten Jahrhunderts – und das alberne Kostüm. Nur widerstrebend setzte er den goldenen Blätterkranz in verwegen schiefem Winkel auf.

Nachdem er seine Pflicht erfüllt und sich für das Dinner angekleidet hatte, entließ er den Diener und öffnete die Tür in seinem Schlafzimmer, die zum Treppenhaus und zu Maggies Suite führte. Er ließ die Tür offen, das Gaslicht, das aus seinem Schlafzimmer drang, beleuchtete seine Schritte bis zum ersten Absatz. Den weiteren Weg musste er ertasten. Er hielt inne, als er das Holz der Tür spürte.

Er drückte auf die Klinke, doch die Tür war versperrt, er klopfte.

Stille.

Er klopfte ein zweites Mal, etwas lauter. Doch es rührte sich noch immer nichts.

»Maggie!«, rief er. »Ich weiß, dass du da drin bist! Mach die Tür auf!«

Noch immer nichts. Obwohl er zu spüren glaubte, wie sie lauschte.

»Ich trete die Tür ein!«, drohte er. »Das ist mein Haus, und ich …«

Ganz langsam wurde der Riegel zurückgeschoben. Ehe sie sich anders besinnen konnte, stieß er die Tür auf. Erschrocken sprang Maggie zurück. Sie war fast so bleich wie ihre weiße Robe, die Augen glichen schwarzen Höhlen in ihrem farblosen Gesicht.

Nur mühsam unterdrückte Charles einen Fluch. »Was zum Teufel ist los, Maggie? Wie ich inzwischen herausfand, hat Sir Nathaniel Dines meiner Schwester diese idiotische Wette vorgeschlagen. Und Lord Gifford redete ihr ein, falsche Juwelen für die römischen Kostüme zu besorgen. Wie hängt das alles zusammen?«

Maggie schüttelte den Kopf. »Das darf ich dir nicht sagen. Wenn ich's bloß könnte. Nur eins sollst du wissen – es ist wichtig.«

»*Alles* muss ich wissen«, fuhr er sie an. »Sofort!«

Unglücklich ließ sie die Schultern hängen.

»Geht es um Frankie?« Charles trat näher zu ihr. Skrupellos nutzte er seine Größe, um sie einzuschüchtern, da seine Worte es nicht vermochten. »Du erzählst mir nichts, weil Danny gedroht hat, dann würde er Frankie etwas antun. Was will er von dir?«

»Keine Ahnung.« Obwohl sie seinem Blick standhielt, erkannte er die Lüge.

»Natürlich will er etwas von dir. Und das sollst du hier erledigen, in meinem Haus. Schon bald. Sag es mir, damit ich dir helfen kann.«

»Wobei?« Maggie lachte bitter. »Bei einem Verbrechen?

Würde Danny legitime Absichten hegen, hätte er das alles nicht inszeniert.«

Dass der Mann kriminelle Pläne geschmiedet hatte, wusste Charles. Aber welche? Diebstahl oder Mord? Nichts Geringeres konnte so umständliche Vorbereitungen erfordern. Und Charles wusste noch etwas. Grundlos würde Maggie niemanden töten, niemals einen unschuldigen Menschen. Ganz egal, wie schlecht sie sich selber machte. Deshalb musste es um einen Diebstahl gehen. »Ich werde dir helfen, von diesem Schurken loszukommen. Was immer du für ihn stehlen sollst …«

Atemlos wich sie zurück. »Nein, ich will nicht von ihm loskommen. Lass mich einfach nur in Ruhe!«

Ein grausiger Verdacht ging ihm durch den Sinn. Entschlossen packte er Maggies Schultern. Er spürte, wie sie sich anspannte. Wütend schüttelte er sie, so vehement, dass ihr Kopf in den Nacken sank. »*Hör mir zu, Maggie!* Glaub bloß nicht, ich würde dir erlauben, dich für ihn zu opfern!«

»Natürlich nicht. Du tust mir weh …«

In ihren umschatteten Augen las er eiserne Willenskraft. Könnte er die Wahrheit aus ihr herausprügeln, er würde es tun, selbst wenn sie ihm niemals verzeihen würde. Sie schwebte in Lebensgefahr. Daran zweifelte er nicht. Er würde alles tun, was in seiner Macht stand, um sie zu retten. Auch gegen ihren Willen. Sie würde nicht einmal zusammenbrechen, wenn er Gewalt anwandte. Das wusste er. Mit einem hilflosen Fluch stieß er sie weg. Taumelnd hielt sie sich an der Lehne eines Stuhls fest.

»Wenn du es auch nur in Erwägung ziehst, wird Frankie dich hassen«, warnte er.

»Das weiß ich.« Würdevoll richtete sie sich auf.

»Was auch immer du vorhast, ich gestatte es dir nicht«, erklärte er in entschiedenem Ton, obwohl er die Unwirksamkeit seiner Worte fürchtete. Er wusste nichts. Wie durfte er hoffen, Maggie zurückzuhalten?

»Gewiss, du bist dagegen«, flüsterte sie.

»Ich sperre dich in diesem Zimmer ein«, drohte er.

»Dann schreie ich. In diesem Haus halten sich zu viele Leute auf. Jemand wird mich hören. Wenn du mich schlägst, setzt du dein Leben aufs Spiel. Denn ich müsste dich töten. Glaub mir, Charles, du kannst nichts tun.«

Vor lauter Angst stand sie Höllenqualen aus. Das las er in ihren glanzlosen Augen, und er hörte es aus ihren Worten heraus, die viel zu ruhig klangen. Was sie empfand, vermochte sie nicht zu verbergen. *Rette mich, Charles.* Aber dann verschloss sich ihre Miene. Nein, sie würde sich nicht retten lassen.

»Diese Nacht wirst du mit mir verbringen, Maggie.«

Schicksalsergeben nickte sie. Nahm sie an, sie würde diese Nacht nicht mehr erleben?

Verdammt, verdammt, verdammt, verdammt.

»Heirate mich, Maggie«, hörte er sich flehen. »Gib mir dein Jawort, wir geben beim Dinner unsere Verlobung bekannt. Dann bist du unantastbar. Was immer Danny von dir verlangt, du musst es nicht tun.«

In ihrem Kopf drehte sich alles. Wollte er sie *immer noch* bei sich behalten? Obwohl er wusste, sie würde ihn hintergehen und alles wegwerfen, was sie ihm verdankte? Sein Blick bekundete nicht einmal den Anflug eines Zweifels, und diese Erkenntnis traf sie wie ein schmerzhafter Schlag in die Magengrube. Zitternd rang sie nach Luft, und da merkte sie, dass sie weinte. *Sie weinte.* Über ihre Wangen rollten richtige *Tränen*, die hektischen Atemzüge verwandelten sich in ein Schluchzen.

Da war Charles, riss sie in die Arme, küsste die Tränen weg, küsste ihre Lider, ihren Mund, und sie erwiderte seine Küsse mit der ganzen Verzweiflung, die ihr Herz zusammenkrampfte.

Sie zerrte an seiner lächerlichen Toga, streifte sie über seinen Kopf. Gleichzeitig befreite er sie von ihrer Robe, löste die Verschnürung des Korsetts und warf es beiseite. Auch seine Unterwäsche, ihr Hemd und ihre Unterhose landeten am Boden. Drängend schob sie ihn zum Bett, die Kante der Matratze stieß gegen seine Kniekehlen, und er fiel darauf. Voller Sehnsucht stürzte sie sich auf ihn. Ihre letzte Chance, diese Lippen zu küssen, diese Haut zu kosten, seine Hitze zu fühlen. Ihr Körper glitt über seinen, bis sie seine Erektion zwischen ihren Schenkeln spürte. Dann sank sie schluchzend hinab. Nur *er* war wichtig, alles andere kümmerte sie nicht. So dringend brauchte sie ihn und wünschte, er würde sie verbrennen.

»Lass dich retten, Maggie!«, flehte er. »Verdammt, tu uns das nicht an!«

Mit einem glühenden Kuss brachte sie ihn zum Schweigen. Während sie sich über ihm bewegte, erschauerte und stöhnte er. Flammen schienen sie zu durchströmen, zu sengend, um Entzücken zu entfachen, zu wunderbar, um Schmerzen zu bereiten.

»Du Närrin!«, würgte er hervor und stieß sie von sich, schwang sie herum, so dass sie unter ihm lag. Kraftvoll und gnadenlos drang er in sie ein.

Ihr Schluchzen mischte sich mit einem verrückten, hysterischen Impuls, über die Sinnlosigkeit dieses Liebesakts zu lachen. Wie töricht, Charles' Schultern zu umklammern, wo es doch nichts gab, woran sie sich festhalten konnte, nichts, was sie zu tun vermochte. Nicht einmal genug Zeit würde ihr bleiben, um sich an ihr Glück zu erinnern.

Bald lösten sich alle Gedanken in Nichts auf, und sie bestand nur noch aus wilden, egoistischen Gefühlen. Blindlings schwelgte sie in einem grellweißen, überwältigenden Licht, während sich Sekunden zu Ewigkeiten dehnten. Und dann schrie sie, litt unerträglich unter dem Verlust, als der Glanz erlosch. Nur langsam kam sie wieder zur Besinnung, kehrte zurück zum Bewusstsein ihrer Qualen, zur Gewissheit, das Ende würde sich unaufhaltsam nähern. Viel zu früh.

16

Reglos lag er auf ihr. »Verdammt, verdammt, verdammt …«, wiederholte er in einem fort, wie eine zwanghafte Litanei.

Maggie schloss die Augen. »Ich liebe dich. Wenn es uns auch nicht hilft, du sollst es wissen und immer daran denken.«

Da hob er den Kopf. Ihr Atem stockte, als sie seine geröteten Augen sah. »Wenn du mich verlässt, kann ich dir niemals verzeihen, Maggie.«

»Das weiß ich«, wisperte sie. »Geh jetzt. Sonst kommen wir zu spät zum Dinner.«

»Nein«, widersprach Charles und richtete sich auf. »Ich bleibe bei dir, während du dich anziehst. Dann gehen wir gemeinsam nach unten.«

»Jemand wird uns sehen«, protestierte sie, »und alle werden erraten …«

»Glaubst du, das interessiert mich jetzt noch? Ich lasse dich nicht allein.« In seinem Kinn bebte ein Muskel.

»Also gut«, stimmte sie zu. Obwohl sie wusste, seine Bemühungen würden nichts nützen, wollte sie ihm den kleinen Trost gönnen. Leise fügte sie hinzu: »Sally ist noch nicht zurückgekommen.« In ihren Worten schwang kalte

Angst mit. Sie hatte ihre beste Freundin in eine feindselige Nacht hinausgeschickt. Vielleicht war auch sie verloren.«

»Tut mir leid«, seufzte Charles. »Nun, dann werde ich dich anziehen.« Wie sein Tonfall bezeugte, erkannte er, welch eine unzulängliche Reaktion das war.

Sie nickte und fühlte sich wie eine ausgestopfte Puppe, als er ihr in die Kleider half. Als er kam, hatte sie den Revolver noch nicht in der Tasche verstaut. Das holte sie jetzt nach. Unter dem dünnen Stoff zeichnete sich die Waffe ab, Maggie glaubte sogar, das kalte Metall schreien zu hören. Aber Charles schien nichts zu bemerken, während er sich selber anzog. Sie suchte und fand eine Schere. Damit schnitt sie einen langen Schlitz in die Robe, so dass sie die Pistole schnell und mühelos hervorholen konnte. Das nahm er ebenso wenig zur Kenntnis.

Wortlos beobachtete er, wie sie sich frisierte. Dann glättete er sein eigenes Haar mit ein paar Bürstenstrichen. Als er die Bürste auf den Toilettentisch zurücklegte, entdeckte er ein zusammengefaltetes Papier und griff danach. Vergeblich streckte sie eine Hand aus, um ihn daran hindern. »Für meine Kinder«, las er in Maggies immer noch ungelenker Handschrift.

Er entfaltete das Papier, da fiel ein kleines Bündel Geldscheine heraus – ihr Gewinn beim Kartenspiel. Als er erkannte, wie gering sie ihre Überlebenschancen einschätzte, fühlte er sich elend. »Maggie …«

»Für *sie* ist das ein Vermögen«, flüsterte sie.

Weil er nichts zu sagen wusste, schüttelte er nur den Kopf. *Nein, ich lasse dich nicht sterben. Nicht einmal ihretwegen.*

Auf ihren Wunsch führte er sie schon ein paar Minuten, bevor der Dinnergong ertönte, aus ihrer Suite. So begegneten sie niemandem, als sie nach unten gingen. Schweigend standen sie im Salon neben dem Speiseraum, bis sich die anderen versammelten. Schließlich kündigte der Butler den Beginn der Mahlzeit an.

Fünf lange, von Diwanen umgebene Tische standen im Zimmer. Erstaunt musterten die Gäste das Arrangement. Charles umfasste Maggies Ellbogen und führte sie zu einem Tisch in einer Ecke, möglichst weit von Gifford, Dines und Miss Howser entfernt.

Nachdem sie nebeneinander auf einem Diwan Platz genommen hatten, wurde der erste Gang aufgetragen. Was Charles aß, nahm er nicht wahr. In seinem Mund schmeckte alles nach nichts. Er merkte auch nicht, was ringsum gesprochen wurde und was die Tischgesellschaft von dem ungewöhnlichen Dinner hielt, bei dem Flötisten und ein Harfenist auftraten. Die Melodien hörte er ebenso wenig wie das Gelächter der Gäste.

Aber er würde niemals die Explosion vergessen, die wie Kanonendonner durch das Haus hallte. Der Raum erzitterte, die Musik verstummte. An der Zimmerdecke schwankten die Lüster. Eine Frau kreischte, aufgeregt redeten alle durcheinander. Dann flackerte orangegelbes Gaslicht und erlosch.

Beklemmendes Dunkel erfüllte das Speisezimmer.

»Oh, die Gasleitung!« Charles erkannte Flora Ashcrofts Stimme. »Offenbar ist ein Rohr explodiert!«

»Die Hauptleitung in der Küche muss abgeschaltet werden«, befahl seine Mutter. Anscheinend war sie nur albern, wenn es keine Rolle spielte. »Wenn das Rohr repariert wird und die Zündflamme nicht brennt, strömt das Gas aus den offenen Düsen und wird uns alle ersticken.«

»Darum kümmere ich mich«, erbot sich Peter Radcliffe. Dieser Ankündigung folgten ein Krach und ein gedämpfter Fluch.

»Niemand rührt sich!« Gebieterisch durchdrang Charles' Ruf die wachsende Verwirrung. »Die Dienstboten werden Kerzen bringen. Sobald wir Licht haben, kann jemand die Gasleitung abdrehen. Vorerst droht uns keine weitere Explosion. Wir werden auch nicht ersticken.« In der Dunkelheit tastete er nach Maggie. Beinahe blieb sein Herz stehen, denn er spürte nur die Polsterung des Diwans, noch warm von ihrem Körper.

Nein …

Kurz entschlossen ignorierte er seine eigene Anweisung und sprang auf. Mit zusammengekniffenen Augen versuchte er, sich in der Finsternis zu orientieren. Er sah nur ein paar vage Silhouetten, die ihm nichts nützten. In seiner Fantasie entstand das Bild des Speiseraums – die nächste Tür befand sich zu seiner Linken. Er brauchte Licht, irgendetwas, das brannte. Hastig ergriff er seine Serviette. »Christopher!« Ja, Christopher Radcliffe saß ihm gegenüber. Nach jeder Mahlzeit rauchte der Mann eine dicke Zigarre.

»Ja?«

»Gib mir deine Streichhölzer.«

Ein Rascheln. Langsam, viel zu langsam … »Hier.«

Ungeduldig streckte Charles seine Finger aus, und sie berührten den Arm des Mannes, wanderten bis zur Hand, in der er die Streichholzschachtel fand. Er öffnete sie und riss ein Streichholz an. Als das kleine Licht zu flackern begann, schrien die Gäste auf. In aller Eile drehte er die Serviette zu einem dicken Strang zusammen, die Seide fing Feuer.

»Charles?«, rief seine Mutter unsicher.

»Bleibt alle hier!«, befahl er. Der schwache Lichtschein genügte nicht, um das große Speisezimmer zu erhellen. Wer war sonst noch verschwunden? Wer außer Maggie? Das konnte er nicht feststellen, denn er sah nur seine eigenen Tischgenossen. Aber er würde es verdammt noch mal herausfinden.

Später. Zuerst musste er Maggie aufspüren, bevor sie etwas tat, das sich nicht mehr ungeschehen machen ließ.

Er sammelte die Servietten der anderen Leute ein und stopfte sie in den Beutel an seinem Gürtel. Dann verließ er das Zimmer, so schnell er es wagte. In seiner Hand knisterte die Serviettenfackel. Hätte er bloß Zeit, um Kerzen zu holen. Aber die lagen wahrscheinlich unten in der Küche.

Durch schattige Räume eilte er zur Eingangshalle. Ob er die richtige Richtung wählte, wusste er nicht und konnte nur hoffen, sein Instinkt würde ihn zum Ziel führen. Wie groß war Maggies Vorsprung? Eine Minute? Fünf?

Die Wände schimmerten wie feuchtes Perlmutt, als die Flamme daran vorbeiglitt. Im Dunkel glichen die Umrisse der Möbel lauernden Gestalten. Schließlich erreichte er die Halle. Seine Schritte erzeugten ein hohles Echo auf den Marmorfliesen. Von der provisorischen Fackel stieg gekräuselter Rauch auf. Zögernd blieb er stehen. Das hohe Deckengewölbe war unsichtbar, der Boden unter seinen Füßen weiß wie ausgebleichte Gebeine.

Nirgendwo eine Bewegung, kein Geräusch außer dem Regen, der auf das Dach trommelte. Er schloss die Augen. Wohin war sie gegangen? Und warum? Dass Danny einen Diebstahl von ihr verlangte, hatte Charles bereits erraten. Aber im Edgington House gab es so viele Dinge, die sich zu stehlen lohnten. Tafelsilber und Kunstgegenstände, Antiquitäten und Juwelen, kostbare Bücher, seltene ausgestopfte Tiere. Welch eine endlose Liste …

Nein, es musste etwas sein, das sich leicht transportieren ließ. Maggie hatte Millie gefragt, wer auf die Idee gekommen sei, vor dem römischen Dinner falschen Schmuck zu verteilen. Wenn alle Damen falsche Juwelen trugen, lagen die echten in den Schubfächern der Gästezimmer.

Charles rannte die Treppe hinauf und nahm immer zwei Stufen auf einmal. Im ersten Stockwerk drohte die Fackel seine Hand zu versengen. Er unterdrückte einen Fluch, riss eine andere Serviette aus dem Beutel, zündete sie mit der Flamme des ersten Tuchs an und schüttelte sie, bis sie erlosch, bevor er den verkohlten Fetzen auf den Marmorboden der Ostgalerie warf.

Zwischen den spöttischen Gesichtern seiner Ahnen befanden sich Türen, zu beiden Seiten, er stieß die erstbeste auf. Maggie musste ihr Werk möglichst schnell vollbringen. Deshalb erwartete er, geöffnete Schubladen und hastig durchwühlte Schatullen zu sehen. Aber der flackernde Fackelschein zeigte ihm nur ein ordentlich gemachtes Bett, die leere Platte eines Toilettentisches. Hier wohnte niemand. Er ließ die Tür offen und inspizierte vier weitere Räume.

Bis er fand, was er suchte – die Spuren einer Bewohnerin, eine leere Schmuckkassette.

Charles stieß seinen Atem hervor. So viele Vermutungen ... Und alle trafen zu. Jetzt musste er Maggie suchen, bevor sie die Beute dem Schurken übergab. Diese Begegnung erwartete sie nicht zu überleben. Sicher hatte sie gute Gründe für diese Befürchtung. Und deshalb *musste* er sie zurückhalten.

Während er weitereilte, öffnete er alle Türen. Nach Beweisen für den Diebstahl suchte er nicht mehr, denn er wusste, er war auf der richtigen Spur. Am Ende des Flügels erreichte er seine eigene Suite, er hatte Maggie noch immer nicht aufgestöbert. Verdammt. Sollte er auch den Westflügel durchsuchen? Nein, da wohnten keine Gäste. Wer immer Maggies Auftraggeber war, Gifford oder Dines oder sonst wer, hatte den Coup zu penibel geplant, um das nicht zu wissen.

Also hinauf zum zweiten Stockwerk. Charles wählte die Abkürzung durch sein Schlafzimmer und rannte die schmale Wendeltreppe hinauf. Oben angekommen, musste er innehalten und eine weitere Serviette anzünden. Nur noch vier waren jetzt übrig.

Zuerst durchsuchte er erfolglos seine eigenen Räume. Aber in anderen Zimmern fand er leere Schmuckschatullen, Kleider am Boden. Auf Lady James' Bett stand ihr kleiner Safe, die Tür weit offen. Mit jedem Zimmer, in das er spähte, wuchs seine Angst. Er war zu spät dran. Viel zu langsam kam er voran. Wie konnte sich eine kleine Frau so schnell bewegen? Vielleicht war sie nicht allein.

Schließlich riss er die letzte Tür in diesem Flügel auf. Nichts. Nicht einmal eine Reisetruhe. Er trat ein, als könnte seine Anwesenheit Maggie heraufbeschwören. Wo musste er sie suchen? Überall konnte das Treffen stattfinden, auf dem Dachboden, im Keller, im Wald. Sogar in London, um Himmels willen …

Plötzlich fiel ihm eine Bewegung vor dem Fenster ins Auge. Mit zwei Schritten hatte er es erreicht und wagte seinen Augen kaum zu trauen. Eine weiße Gestalt kämpfte sich durch den strömenden Regen die Zufahrt hinab. Sein Gesicht ans Glas gepresst, legte er seine Hand darauf, damit die Spiegelung des Fackelscheins seine Sicht nicht behinderte. Tatsächlich, ein weißer Chiton. Die kleine Gestalt musste Maggie sein. *Gott segne dich, Millie, für deine albernen Kostüme!*

Er richtete sich auf. Im selben Moment reflektierte die Glasscheibe etwas, das sich nicht hier befinden dürfte. Blitzschnell sprang er zur Seite, und etwas sauste an seiner Schulter vorbei, flog ins Fenster, zertrümmerte es in tausend Scherben, die in seine nackten Arme stachen. Er ließ die Fackel fallen, die auf dem Teppich schwelte, dann duckte er sich und tastete nach der nächstbesten Waffe. Seine Finger packten die Lehne eines zierlichen Stuhls vor dem Toilettentischchen, er schwang ihn hoch, um den Angreifer abzuwehren. In seinem Schultergelenk spürte er den Schmerz eines harten Aufpralls, die Gestalt brach in einer Wolke aus weißem Stoff zusammen und rührte sich nicht mehr.

In den ersten Sekunden gewann Charles den verwirrenden Eindruck, die Person, die auf der Zufahrt gelaufen war, habe ihn irgendwie hier oben attackiert. Maggie? Nein, im Flammenschein glänzte blondes Haar. Miss Howser. Und Gifford und Dines. Was planten sie?

Innerhalb kurzer Zeit erhellte sich der Raum. Der Teppich brannte! Charles drehte sich zu der Serviette um, die er zu Boden geworfen hatte, und sah Flammen aus dem Teppich lodern. Hastig ergriff er die Serviette an einem Zipfel, hob sie hoch und zertrampelte das Feuer. Das alles dauerte viel zu lange. Vor lauter Ungeduld zitterten seine Hände, als er eine neue Serviette anzündete. Nach kurzem Zögern warf er die alte zum Fenster hinaus, und der Regen löschte die Flamme.

Mit der Spitze einer Sandale stieß er Miss Howsers Körper an. Neben ihrer Hand lag ein Kerzenleuchter. Sie bewegte sich nicht. Sollte er sie fesseln? War sie tot? Er schüttelte den Kopf und zwang sich, klar zu denken. Er durfte keine Zeit verlieren. Und er brauchte eine Waffe, eine bessere als den Kandelaber.

In wachsender Angst rannte er auf den Korridor zurück. Das Jagdzimmer lag in Erdgeschoss. Er war nur wenige Schritte von der Haupttreppe entfernt. Während er zum Absatz stürmte, liebkosten die Flammen, die aus der Serviette schlugen, seinen Handrücken. So schnell stürmte er nach unten, dass er auf der fünften Stufe ausrutschte und beinahe in die Halle hinabstürzte.

Wenn ich tot bin, nütze ich ihr nichts, dachte er und zwang sich zur Vorsicht.

Auf dem Weg zum Jagdzimmer stieß er beinahe mit Peter Radcliffe zusammen, der aus einem Seitenkorridor auftauchte, eine Kerze vor seinem fröhlichen Gesicht.

»Also, ich muss schon sagen, Edgington!«, rief er, als Charles ihm die Kerze entriss und die Serviette fallen ließ. »Die gehört mir, du Mistkerl!«

»Hol dir eine neue«, fauchte Charles und folgte einem anderen Korridor.

Maggie war eine Diebin, eine Verbrecherin. Deshalb konnte er niemanden um Hilfe bitten. Niemand durfte es erfahren. Oder das Gesetz würde sie genauso unbarmherzig töten, wie Danny es plante. Endlich erreichte er das Jagdzimmer, inspizierte den Inhalt der Waffenschränke und vergeudete kostbare Sekunden, bis er fand, was er suchte – eines der neuen Gewehre, für die man vorgefertigte Patronen verwendete. Erleichtert riss er es aus dem Schrank. Jetzt die Munition. Er öffnete eine Schublade nach der anderen. Da waren sie. Er lehnte die Waffe an die Schrankwand, steckte die Patronen in seinen Beutel und hielt nur lange genug inne, um eine in die Kammer zu schieben.

Das Gewehr in der Hand, spähte er aus einem der Fenster an der Vorderfront. Nun sah er die weiße Gestalt auf der Zufahrt nicht mehr, und seine Brust verengte sich. Er blies die Kerze aus, ließ sie fallen, lief durch das Dunkel zum nächstbesten Fenster und schwang den Gewehrlauf durch die Luft. Zweihundert Jahre altes Glas zersplitterte. Dann sprang er in die Regennacht hinaus.

17

Maggie strauchelte und geriet aus dem Gleichgewicht, nicht zum ersten Mal. Wütend fluchte Dannys Kammerdiener und zerrte sie auf die Beine. Die Falten des Chitons waren zu lang, die Sandalen zu groß, und das Gewicht des prall gefüllten Sacks behinderte sie zusätzlich. Wann immer sie in Schlamm oder glitschiges, feuchtes Gras trat, rutschte sie aus. Der Mann stieß sie von der Zufahrt zwischen die Bäume.

Blinzelnd blieb sie stehen, strich nasses Haar aus ihrem Gesicht und versuchte sich im Dunkeln auf den Weg zu konzentrieren, der vor ihr scheinbar ins Nichts führte. Der Diener fluchte wieder, die schwarze Silhouette seines Arms sauste herab. Instinktiv duckte sie sich, ihre Füße verloren den Halt, und sie stürzte. Mit ausgestreckten Händen versuchte sie sich abzustützen, dabei entglitt ihr der Sack.

Ein harter, brutaler Stiefeltritt traf ihre Rippen, warf sie seitwärts in den Schlamm. In ihrer Brust explodierte ein brennender Schmerz.

»Elende Hure!«, fauchte der Kammerdiener. »Wenn du auch nur ein einziges Schmuckstück verlierst, schneide ich dir das Herz aus dem Leib!«

Keuchend lag sie am Boden, Schlamm drang in ihr Haar.

Der Mann hob den Sack auf und vergewisserte sich, dass der Knoten die Öffnung immer noch fest verschloss.

Nur ein Drittel aller Juwelen hatte sie gestohlen. Geschickt hatten Miss Howsers flinke Finger mit den Schlössern hantiert. Um sie aufzubrechen, hätte Maggie sogar in ihrer Glanzzeit doppelt so lange gebraucht. Diese Beobachtung beseitigte den letzten Rest ihrer Zweifel – auf ihre Talente legte Danny keinen Wert, sie sollte nur den Sündenbock abgeben. Nach dem Coup würde sie sterben.

Der Diener wandte sich wieder zu ihr, und sie wappnete sich gegen einen weiteren Tritt. »Steh auf!«

»Das kann ich nicht!«, zischte sie erbost. »Meine Rippen sind gebrochen.«

Als seine wüsten Beschimpfungen und die Androhung eines zweiten Fußtritts nichts nützten, seufzte er: »Hör mal, ich werde den Sack tragen. Steh endlich auf! Danny will dich sehen. Aber bevor ich dich trage, erschieße ich dich lieber und führe ihn hierher.«

Mühsam erhob sie sich, jeder Atemzug jagte heftige Schmerzen durch ihre Brust. Gebrochen war nichts, sonst würde sie noch schlimmere Qualen erleiden, aber sicher angeknackst. Wenigstens konnte sie den Weg ohne Last fortsetzen, während ihr Peiniger den Sack und sein Gewehr schleppte – ein kleiner Sieg, ein unbedeutender, falls sie sich in ihr Schicksal fügen würde.

Aber noch war sie nicht bereit, alle Hoffnung auf Leben aufzugeben. Taumelnd folgte sie dem Mann durch die Nacht, nass und schmutzig klebte die weiße Robe an ihren Beinen, der Saum schlang sich um ihre Fußknöchel. Bei jedem Schritt schlug der kleine Revolver gegen ihren Schenkel. Schließlich blieb sie stehen, schlüpfte aus den Sandalen und ignorierte die Flüche des Kammerdieners. Ihre Zehen gruben sich in den Schlamm. Aber sie würde zumindest nicht stolpern, wenn irgendetwas Gefährliches passierte.

Der Mann hob den Deckel seiner Laterne, was kaum etwas nützte. Jetzt bestand die Welt nicht mehr aus tausend Schatten, sondern aus einem schwachen Lichtstrahl, der sich zwischen schwarzen Wällen aus Baumstämmen hindurchkämpfte. In kaum vernehmlichem Flüsterton verwünschte Maggie den Diener, während sie in seine Fußstapfen zu steigen versuchte.

Plötzlich erreichten sie wieder den Rand der Zufahrt. Wasser plätscherte, viel lauter als der Regen, und Maggie kniff die Augen zusammen. Der Fluss an der Grenze des Grundstücks? Hier müsste es eine Brücke geben …

Irgendetwas regte sich im Dunkel, Maggie konnte es nicht genau erkennen. Dann tauchte eine geschlossene Kutsche aus den Schatten auf, die Tür wurde geöffnet, ein Mann in einem weit geschnittenen Mantel sprang heraus.

»Hallo, mein Mädchen.« Obwohl Danny seine Stimme nicht erhob, übertönte sie den rauschenden Regen.

Unwillkürlich erschauerte Maggie, beißende Kälte versteifte ihre Muskeln. »Wo ist Frankie? Ich will ihn sehen.«

»Hier ist er nicht, meine Liebe. Aber keine Bange, es geht ihm gut.«

»Ich will ihn sehen. Sonst wird nichts aus unserem Geschäft.« Ihre Hand glitt durch den Schlitz zwischen den

Falten der Robe in die Tasche, sie ertastete den Revolver. Feucht, aber funktionsfähig.

Von grellem Licht getroffen, zwinkerte Maggie. Danny hatte den Deckel einer Laterne in seiner Hand geöffnet. Hinter dem hellen Strahl verschmolz er mit der Finsternis. »Dafür ist es ein bisschen zu spät, Schätzchen. Wenn er hier wäre, würde es keinen Unterschied machen. Nun, vielleicht würdest du dich etwas besser fühlen. So oder so, du könntest mich auch dann nicht dran hindern, erst dich abzuknallen und dann ihn.«

Schweigend umklammerte sie den Pistolengriff.

»Aber ich bin ein Mann, der sein Wort hält, mein Mädchen. Also werde ich Frankie nicht töten – falls du tust, was ich sage.«

»Was wollen Sie denn *noch* alles, Danny? Ich bin hier ...« Heiser und stockend rangen sich die Worte aus ihrem Hals.

»So ein widerspenstiges kleines Ding!« Danny kicherte leise. »Zuerst dachte ich mir, ich sollte dich erschießen und auf der Straße liegen lassen, wo man dich am Morgen finden würde. Eine Diebin, von ihren eigenen Kameraden verraten. Aber dann kam ich auf eine andere Idee, eine viel elegantere Lösung. Mein Kumpel hier ...« Er schwenkte die Laterne seitwärts, um seinen Kammerdiener zu beleuchten, der ein paar Schritte entfernt am Straßenrand stand. »Stattdessen wird er dich ertränken. Ein Unfall, verstehst du? Eine höhere Gerechtigkeit. Die Diebin rannte in die Nacht hinaus, um ihre Spießgesellen zu treffen. Auf dem Rückweg fiel sie in den Fluss und ertrank.« Während er sich für seinen Plan erwärmte, begann er wieder im Sir-Nathaniel-Stil zu sprechen.

Maggies Magen krampfte sich zusammen. Ob vor Kälte oder Furcht, wusste sie nicht. »Bringen wir's hinter uns …« Sie traute ihm nicht. Sicher würde er Frankie niemals freilassen. Charles würde auch weiterhin in Gefahr schweben. Ganz egal, ob sie starb oder weiterlebte.

»Steig zum Ufer hinab«, befahl Sir Nathaniel ungeduldig.

Ich habe keine Wahl, das ist meine einzige Chance, Charles und Frankie doch noch zu retten. So gering sie auch sein mag, ich muss es wagen. In ihrer Fantasie erschienen die Bilder beider Männer, und Charles' Gesicht wuchs, bis es den alten Freund verdrängte.

Halb lachend, halb schluchzend stieg sie die Böschung hinab, ihre Zehen krümmten sich im kalten Schlamm, sie rutschte aus und stürzte. Sekunden später schlug das eisige Wasser über ihrem Kopf zusammen, und sie fürchtete, sie hätte dem Kammerdiener die Arbeit bereits erspart. In wilder Panik schlug sie um sich, tauchte auf, stand im Wasser, das nicht ganz bis zu ihrer Taille reichte. In der Strömung schwankte sie. Mit aller Kraft musste sie gegen die Wellen ankämpfen, um nicht mitgerissen zu werden.

Sir Nathaniel fing zu lachen an. Kein kultiviertes Gelächter, eher ein schrilles Meckern. »Also wirklich, mein Mädchen, du bist fabelhaft! Beinahe hätte ich dich gar nicht umbringen müssen.«

Erschrocken zuckte sie zusammen, als sie noch ein plätscherndes Geräusch hörte. Nahe der Brücke stieg der Kammerdiener ins Wasser, etwa zehn Schritte entfernt.

»Weißt du was?«, fragte Sir Nathaniel unvermittelt. »Soeben habe ich mich anders besonnen. Ich denke, ich werde

Frankie doch noch töten. Und Edgington natürlich auch. Aber *sein* Tod soll einem Kunstwerk gleichen. Wie ein Unfall wird er aussehen, so wie deiner.«

Eine Lüge, ganz sicher. Vor ihrem Tod wollte er ihr noch ein letztes Mal wehtun und ihr einreden, all ihre Mühe sei umsonst gewesen. Wenn sie gestorben war, hatte er keinen Grund mehr, Charles und Frankie zu ermorden.

Trotzdem griff sie in die verborgene Tasche und wich vor dem Schemen des Kammerdieners zurück, der auf sie zukam. Der Revolver war durchnässt. Würde er funktionieren? Wenn sie den Mann erschoss, würde sie zugleich die beiden Männer töten, die ihr so viel bedeuteten. Wenn nicht, würden sie so oder so einem grausamen Mord zum Opfer fallen. Hin und her gerissen erstarrte sie. Sir Nathaniel lachte wieder, diesmal leise und boshaft.

Plötzlich zerriss ein Knall die Stille der Nachtluft, und die Laterne schwang herum, als Sir Nathaniel die Quelle des Lärms zu erforschen suchte. Gewehrfeuer! Aus Richtung des Hauses!

Charles … Diese Erkenntnis erfüllte Maggie mit kaltem Entsetzen und einer zaghaften Hoffnung.

»Nein, Charles!«, schrie sie. »Lauf weg! Sonst wird er Frankie umbringen!« *Und dich auch, du Idiot!*

Sir Nathaniel stieß einen Fluch hervor. In weitem Bogen flog die Laterne über das Ufer und versank im Wasser. »Kümmer dich um das Mädchen!«, befahl der Schurke seinem Diener. »Inzwischen schnappe ich mir den Baron!«

Wie rasend hämmerte Maggies Herz gegen die lädierten Rippen. »Nein!«

Nicht Charles, nein, nein, nein …

Immer noch geblendet vom Laternenlicht, blinzelte sie und holte den Revolver aus der nassen Tasche. Wo steckte der Kammerdiener? Mit gezückter Waffe sah sie sich um. Aber in der stürmischen Nacht schwankten alle Büsche und Zweige, keiner der bewegten Schemen ließ sich vom anderen unterscheiden.

Dann stieß der Kammerdiener plötzlich gegen ihren Körper, nicht hart genug, er streifte sie nur an der Seite, weil er ihren Standort falsch eingeschätzt hatte. Blitzschnell drückte sie ab, der Revolver krachte, vom Rückstoß erschüttert, zitterten ihre Hände. Also funktionierte die Waffe immer noch! Der kurze Triumph verflog sofort, als der Kammerdiener erneut gegen sie prallte. Aus dem Gleichgewicht gebracht, stürzte sie, warf sich seitwärts zum Ufer und landete im Schlamm. Aus ihren Lungen wurde alle Luft gepresst. Noch mehr Schüsse hallten, einige in der Nähe, andere weit entfernt.

Wasser spritzte auf, als der Kammerdiener zu ihr watete. Weil sie ihn in der Finsternis nicht sah, zielte sie einfach in die Richtung des plätschernden Geräuschs und drückte ab. Diesmal mischte sich ein Schrei in den Knall, die Strömung erfasste den Mann und schwemmte ihn näher zu Maggie heran. Undeutlich sah sie die Umrisse seines Körpers, während er fluchend um sich schlug und seine Füße Halt auf dem Grund des Flusses suchten. Seine Hand streifte ihr Knie, klammerte sich daran fest. Automatisch wich sie zurück. Doch sie zog ihn nur näher zu sich heran. Jetzt sah sie sein Gesicht, weiß in der Dunkelheit, der

Mund eine schwarze Höhle. Krampfhaft hielt er sich an ihrer nassen Robe fest. Da schlug sie den Pistolenlauf mit aller Kraft auf seinen Schädel. Sofort ließ er sie los und trieb davon.

Charles. Wo ist Charles? Sie sank in den Fluss zurück und bekämpfte die Strömung. Mittlerweile spürte sie ihre Füße nicht mehr.

Im Unterholz am anderen Ufer knackten die Zweige – Dannys Verstärkung! Hastig hob sie den Revolver.

»Wo bist du, Maggie?«

»Maggie!«

Sallys und Frankies Stimmen. Maßlos erleichtert taumelte sie im Fluss. »Hier!«

»Danny, dieser verdammte Bastard, hat mich nicht erwischt!«, rief Frankie. »Obwohl er sich so bemüht hat!«

Noch ein Schuss krachte, und Maggie hörte die Kugel an ihrem Kopf vorbeirasen. Sir Nathaniel lebte noch. Mit letzter Kraft schleppte sie sich zum Ufer, zu den schützenden Büschen. »Nehmt euch in Acht! Der Kerl steht auf der Brücke! Und er ist bewaffnet!«

Plötzlich erhellte Laternenlicht das Unterholz, in dem Sally und Frankie standen, tanzte über die Böschung hinweg, auf die Maggie gerade klettern wollte, und blieb an der Brücke hängen. Mit zwei Revolvern in den Händen erschien Danny im Lichtkreis, nur wenige Schritte von seiner Kutsche entfernt. Grinsend richtete er beide Waffen auf die Lichtquelle – die Zeit stand still.

Dann knallten mehrere Schüsse, die Laterne bebte. Das Gesicht in ungläubigem Staunen verzerrt, brach Danny auf den rutschigen, regennassen Brettern der Brücke zusammen und rührte sich nicht mehr.

Erschöpft stieg Maggie aus dem Wasser, nur vage hörte sie mehrere Stimmen, die ihren Namen riefen. Sie müsste eigentlich erleichtert aufatmen, doch stattdessen fühlte sie sich wie betäubt. Das Laternenlicht hüpfte und schwang umher, und sie sah Frankie und Sally aus dem Gebüsch zur Brücke laufen.

»Oh, er ist tot!«, hörte sie Sally ehrfürchtig rufen. »Hast du ihn erwischt?«

»Das glaube ich nicht«, erwiderte Frankie. In seiner Hand glänzte eine Waffe.

»Das war ich.«

Maggie wandte sich in die Richtung, aus der die Stimme drang, so leise, dass sie die Worte kaum gehört hatte. »Charles!«

»Oh, du Närrin!« Dann zog er sie hoch, küsste sie, bis ihr die Luft wegblieb, und presste sie mit beiden Armen an sich, als fürchtete er, sie könnte erneut verschwinden. Maggie erwiderte seinen Kuss mit gleicher Glut. Der wundervolle Geschmack seines Mundes, diese betörende Hitze, diese Kraft. Beinahe hätte sie das alles verloren. »Tu mir so etwas nie wieder an!«, stieß er hervor. Nur zögernd ließ er sie los.

»Verdammt, wieso bist du hierhergekommen? Das war viel zu gefährlich, du hättest sterben können.«

»Was sollte ich denn tun?« Den Ausdruck seiner Augen sah sie nicht. Aber seine Stimme verriet den Aufruhr seiner Gefühle. »Du warst bereit, für Frankie zu sterben. Dachtest du, für *dich* würde ich mein Leben *nicht* wagen?«

»Aber Danny wollte auch dich töten. Das hat er mir gesagt. Und das durfte ich nicht zulassen. Dafür liebe ich dich viel zu sehr.«

»Meinst du das ernst?« Charles drückte sie wieder an sich. Überglücklich genoss sie die Geborgenheit, die seine Arme ihr boten.

»Über alles.«

»O Gott, Maggie!«, flüsterte er. »Versprich mir nur zweierlei.«

»Was immer du willst«, wisperte sie.

»Erstens musst du mich noch in diesem Monat heiraten. Und zweitens mach nie wieder solche Dummheiten.«

Maggie schaute zu Sally und Frankie hinüber, die immer noch auf der Brücke standen und sich über Dannys Leiche neigten.

»O ja, das verspreche ich dir.« Dann küssten sie sich wieder, bis ihnen der Atem ausging.

Epilog

Sechs Monate später.

Wo steckte sie?

Mit gerunzelter Stirn schaute sich Charles im Ballsaal um. Schon jetzt war der große Raum überfüllt.

Zwischen den schwarzweiß gekleideten Gentlemen wirkten die voluminösen Röcke der Damen noch farbenfroher. Lily Barrett stand neben dem Gastgeber, schüchtern und überwältigt von der Ehre ihres offiziellen Debüts unter der Schirmherrschaft des Barons und seiner neuen Baroness.

Aber diese neue Baroness ließ sich nirgends blicken.

»Wo bleibt denn deine Gemahlin?«, fragte Charles' Mutter an seiner anderen Seite. Sie litt immer noch unter den Folgen der hektischen Aktivitäten. Einen Mundwinkel hinabgezogen, schwankte sie zwischen verwirrter Nörgelei und jener sanften Herzenswärme, die er in den Jahren seit seiner Kindheit fast vergessen hatte. Dies war einer ihrer schwierigen Tage.

Aber er tätschelte ihre faltige Hand, spähte über seine Schulter und bedeutete ihren beiden Gesellschafterinnen, auf ihre Herrin zu achten. »Das weiß ich nicht, Mutter. Ich werde sie suchen. Bleib hier bei Miss Barrett.«

Als er davonging, wandte sie sich zu dem Mädchen, und er hörte sie fragen: »Sind Sie meine Schwiegertochter?«

Bis er Maggie aufspürte, verstrichen einige Minuten. In ihren Lieblingsräumen fand er sie nicht. Aber während er nach einer Inspektion der Wintersuite durch die Galerie eilte, sah er sie im Korridor stehen, der zur Haupttreppe führte. Auf die Balustrade gestützt, kehrte sie ihm den Rücken zu und beobachtete die Gäste in der Eingangshalle.

Auch sie trug die ausladenden Röcke, die gerade der Mode entsprachen. Ihr Haar war kunstvoll am Hinterkopf hochgesteckt. Winzig klein wie sie war, wirkte sie fast wie ein Kind und glich einer sehr teuren Puppe.

Nichts an ihr erinnerte an das Mädchen, das er vor fast einem Jahr auf der Opernbühne gesehen hatte. Und doch war sie dieselbe Maggie, die immer noch vorsichtig auf Zehenspitzen zu gehen schien. Wer sie nicht besser kannte, mochte diese Eigenart für Koketterie halten. Sie besaß immer noch die Vitalität und die Leidenschaft, die ihn damals fasziniert hatten. Immer noch war sie die unwandelbare Maggie. Und sie forderte ihn immer noch heraus.

Ehe er an ihre Seite trat, begann er zu sprechen. Im Lauf der Monate waren ihre einst so geschärften Sinne abgestumpft. Früher hätte er sie niemals überrumpeln können. »Du solltest hinuntergehen.«

Erschrocken zuckte sie zusammen und fuhr in raschelnden Seidenröcken herum. Nur ihre Körperhaltung verriet ihre Verblüffung, ihre Miene zeigte das Unbehagen, das sie vermutlich schon zuvor erfasst hatte. »Das will ich nicht, Charles.«

»Ich glaube nicht, dass ich dich darum gebeten habe«, entgegnete er und ergriff ihren Ellbogen.

»Natürlich nicht, das tust du nie.« Die schwarzen Augen groß und unergründlich in ihrem bleichen Gesicht, hielt sie seinem Blick stand. Ihre Wangen waren etwas voller geworden. Jetzt sah sie nicht mehr wie ein halb verhungertes Waisenkind aus.

»Trotzdem setze ich meinen Willen nur selten durch.« Diesen ironischen Kommentar richtete er eher an sich selbst als an Maggie.

»Jedenfalls will ich nicht hinuntergehen«, bekräftigte sie und strich über ihr Kleid, eine fahrige, unsichere, fast angstvolle Geste.

Charles zog sie an seine Brust, und sie wehrte sich nicht. Wie immer in seiner Nähe, nahmen ihre Züge einen sanfteren Ausdruck an. »Bitte, Maggie, du bist Lady Edgington. Niemand wird dich missachten. Daran wird man nicht einmal denken. Und ganz egal, wie seltsam man es finden mag, dass ein Baron dich zur Gemahlin gewählt hat – nun, immerhin bin ich ein Edgington.« Bei diesen Worten lächelte sie schwach. »Im Ballsaal wartet Lily Barrett. Wenn du nicht erscheinst, glauben die Leute, du würdest sie inakzeptabel finden und dich weigern, ihr Debüt zu unterstützen. Und außerdem bist du jetzt eine Baroness, du darfst dich nicht für immer verstecken. Übrigens wirst du heute Abend nicht im Mittelpunkt der allgemeinen Aufmerksamkeit stehen, weil es genug andere Abwechslungen gibt.«

Nach einer langen Pause nickte sie. »Ich nehme an, Lily kann nur ein einziges Mal debütieren.«

»Und mit Gottes Hilfe wird Millie nur ein einziges Mal von ihrer Hochzeitsreise zurückkehren.« Die anderen Abwechslungen erwähnte er nicht.

Auf diesem Ball trat die Familie zum ersten Mal seit jener verhängnisvollen Hausparty, die mit zwei Leichen geendet hatte, in der Öffentlichkeit auf. Nach der offiziellen Version hatten Charles, Maggie und Dines einem kriminellen Kammerdiener das Handwerk gelegt, auf Kosten von Dines' Leben. Auch der Verbrecher war ums Leben gekommen. Außer den Verschwörern kannten nur zwei andere Personen die Wahrheit. Miss Howser hielt wohlweislich den Mund, um einer Gefängnisstrafe oder der Deportation zu entrinnen. Und Gifford? Wie viel er über Dines' Pläne wusste, hatte Charles nicht herausgefunden. Jedenfalls schwieg der Mann.

Obwohl Maggie die Notwendigkeit zu lügen verstand, fühlte sie sich elend, wann immer Dines' Heldentum gepriesen wurde. Charles vermied es tunlichst, über jene Ereignisse zu sprechen.

Nun blickte sie wieder über die Balustrade. »Als kleines Mädchen kletterte ich oft zum Schnürboden der Royal Italian Opera hinauf und beobachtete die Sänger. Dabei stellte ich mir vor, wie es wäre, eines Tages auf dieser Bühne zu stehen.«

»Das wirst du gleich herausfinden.«

»Ja, vielleicht«, stimmte sie belustigt zu. »Schau doch, man hat uns entdeckt. Da ich jetzt eine Edgington bin, sollte ich endlich beginnen, meine Rolle zu spielen und meinem skandalösen neuen Namen Ehre zu machen.«

Sie stellte sich auf die Zehenspitzen, hauchte einen Kuss auf Charles' Lippen, und er schenkte ihr ein mutwilliges Lächeln.

»Wenn du einen Skandal heraufbeschwören möchtest, musst du das auf die richtige Weise tun.« Dann nahm er sie in die Arme und küsste sie voller Leidenschaft.

Glücklich schmiegte sie sich an ihn. Ihr Mund war weich und nachgiebig, trotzdem heiß, süß und fordernd. Sekundenlang empfand er den verlockenden Impuls, seine Frau hochzuheben und ins Schlafgemach zu tragen – zum Teufel mit dem Ball.

Aber seine Vernunft siegte. Als Maggie sich aus seiner Umarmung befreite, verrieten ihre verschleierten Augen, dass sie ähnliche Wünsche hegte wie er.

»Sicher haben wir einige Leute ganz furchtbar schockiert«, flüsterte sie.

»Zumindest werden sie entrüstet tuscheln, wenn wir uns viel zu früh in unsere Suite zurückziehen.«

Maggie lächelte strahlend. »Gehen wir nach unten, Lord Edgington?«

»Mit Vergnügen, Lady Edgington.«

Danksagung

Mein besonderer Dank gilt – wieder einmal – Emma Gads und Robin Perini, die mir halfen, dieses Buch in Form zu bringen. Anne Bohner und Nancy Yost bin ich ewig für ihre Unterstützung dankbar und dafür, dass sie an mich glaubten, wodurch ich mein Ziel erreichen konnte.